Ich liebe dich nicht

Ich lieb dich nicht! – Nein! Ich lieb dich nicht!
Und doch bin ich traurig, wenn du fort bist:
Und beneide sogar den strahlend
blauen Himmel über dir,
und die Sterne, die dich sehen können
und glücklich sind.

Ich lieb dich nicht! – Doch ich weiß nicht, warum,
was immer du tust, scheint mir richtig;
und oft seufze ich in meiner Einsamkeit,
daß die, die ich liebe, nicht mehr sind wie du!

Ich lieb dich nicht! –
Doch deine sprechenden Augen,
mit ihrem tiefen, leuchtenden,
so ausdrucksvollen Blau;
zwischen mir und dem Mitternachtshimmel
tauchen sie auf,
viel öfter als je Augen, die ich gekannt.

Ich weiß, ich lieb dich nicht! Doch ach!
Anderen wird kaum je mein Herz aufrichtig trauen;
Und oft fange ich ihr Lächeln auf,
wenn sie vorbeikommen,
weil sie sehen, daß mein Blick dich sucht.

Caroline Norton

Als ich ein kleiner Junge war, nannten sie mich einen Lügner, aber nun, da ich erwachsen bin, nennen sie mich einen Schriftsteller.

Isaac Bashevis Singer

Dieses Buch widme ich

Nashville, Tennessee
Dem gastfreundlichen Haus

Und den Freunden dort:

Joyce Jackson

Ruby Taylor

Lloyd Lindroth
(dessen Harfenmusik himmlisch ist!)

Bob »Robbi« Robinson

Und meinem Freund:

Guy Davis
(Der die Tür geöffnet
und den Hasen raus gelassen hat)

Ein besonderes Dankeschön an:

Tom Drum, Tom Thurman, Carol Bryan von
Handleman Books

»Mein Gott, Nicholas, was denkst du dir nur dabei? Willst du es denn unbedingt darauf anlegen, gehängt zu werden? Du weißt genau, daß eine Herausforderung zum Duell ein großes Vergehen ist.«

»Ach, laß mich doch in Ruh'«, gab Nicholas Sabre gereizt zurück und blickte seinen Bruder verächtlich an.

»Warum läufst du nicht gleich nach Hause zu Vater und erzählst ihm die ganze Geschichte? Du kannst es ja sowieso kaum noch erwarten.«

Christopher Sabre schüttelte traurig den Kopf.

»Sie ist es nicht wert, sage ich dir. Das Mädchen hat dich nur ausgenutzt«, versuchte er seinen Bruder zu überzeugen.

Nick packte ihn wütend am Arm.

»Noch ein Wort, und ich bring' dich um.«

»Mein Gott«, Christopher machte sich von Nicks Griff frei. »Dir ist wirklich nicht zu helfen, Nick. Ich habe alles getan, was möglich war, Nick. Vater und ich. Er hat über all deine Eskapaden hinweggeschaut und geschwiegen. In ganz Europa hast du dich herumgetrieben und eine Frau nach der anderen verführt. Gespielt hast du; und immer hat Vater für dich einstehen müssen, hat deine Schulden bezahlt, was ihn selbst fast an den Rand des Ruins gebracht hat. Aber, das sage ich dir, einen Mord wird er nicht tolerieren. Das geht zu weit. Ich soll dir ausrichten, daß diesmal Ernst gemacht wird. Wenn du auf dieses Duell nicht verzichtest, wird Vater dich enterben. Und er hat dann keinen zweiten Sohn mehr.«

»Ach, wie oft habe ich das schon gehört«, spottete Nick.

»Und diesmal meint er es ernst.«

»Ja, ja, er meinte es immer ernst, auch letztes Mal und die Male davor.«

Nick wandte sich um und blickte zu der Gruppe von Männern hinüber, die man im grauen Morgennebel fast nur als Schatten wahrnahm.

Christopher stand dicht hinter ihm.

»Bitte, hör mir zu. Ich verstehe ja, warum du es tun willst. Und es hat eigentlich gar nicht so viel damit zu tun, ob du das Mädchen nun liebst oder nicht. Aber wann, frage ich dich, wann wirst du endlich aufhören, die ganze Welt für das büßen zu lassen, was dich selbst einmal so tief verletzt hat? –«

»Wenn ich das schon höre... Du wirst unserem edlen und ach so gütigen Herzog von Chesterfield wirklich mit jedem Tag ähnlicher.«

»Er war kein schlechter Vater, Nick.«

Voller Hohn brach Nick in ein bitteres Lachen aus. Es wirkte in der Morgenstille fast unheimlich.

Christopher trat dicht an seinen Bruder heran und vertrat ihm die Sicht zu dem Mann, mit dem er sich in Kürze duellieren wollte. Voller Mitleid blickte er Nick an, dessen schwarze Haare das Gesicht noch blasser wirken ließen, als es ohnehin schon war.

»Warum tust du das?« fragte er. »Sag es mir, verdammt noch mal, was ist an dem Mädchen besser als an irgendeiner von denen, die du in den letzten Jahren verführt und dann doch wieder fallengelassen hast?«

»Sie ist nicht wie die anderen«, erwiderte Nick.

»Sie muß dich verhext haben. Geschickt hat sie das angestellt. Aber ich sage dir, hinter diesen süßen, unschuldigen Augen und dem arglosen Lächeln verbirgt sich ein Biest. Im Grunde ist sie eiskalt. Und du bist der einzige, der das nicht sieht. So schön sie auch ist – sie benutzt dich nur, um Lord Price eifersüchtig zu machen. Nichts sonst steckt hinter dem ganzen Getue«, versuchte Christopher es von neuem.

»Du lügst«, widersprach Nick mit eisiger Stimme.

»Ich wünschte, du hättest recht, Nick. Ich möchte Gott anflehen, alles könnte ein einziges Mißverständnis sein, die Frau, die du liebst, ein Engel und wirklich wert, deine Gemahlin zu werden. Und ich könnte dir heute hier zur Seite stehen und dich beglückwünschen ob deiner Ritterlichkeit und deinem Mut. Bei Gott, ich würde dich vor Gericht vertreten, mit allem, was in meiner Macht steht. Vater und ich wären so dankbar, wenn wir dich endlich einmal glücklich und ausgeglichen sehen würden.«

Eindringlich fuhr Chris fort: »Ich weiß ja, wie schlimm es für dich war, mit ansehen zu müssen, daß Vater und Mutter sich nicht so liebten, wie es sein sollte, daß beide ihre Geliebten hatten. Du warst ja noch ein Kind. Und dann, wie Mutter dich und mich im Stich ließ, nur, um mit diesem Admiral nach Indien durchzubrennen.«

Nick lachte bitter auf. »Ja, aber immerhin hat sie bekommen, was sie verdient hat.«

Schockiert fuhr Christopher zurück.

»Wie kannst du nur so etwas sagen. Sie wurde grausam ermordet –«

»Ja, und ihr geliebter Admiral auch.«

»Ist dir niemals in den Sinn gekommen, daß sie ihn geliebt haben könnte?« fragte Christopher leise.

»Allerdings nicht. Lady Chesterfield hat doch nur sich selbst geliebt. Die Männer hat sie benutzt, zur Selbstbestätigung und gegen die Langeweile... Und darf ich dich erinnern, wie viele.«

Christopher zuckte resigniert die Schultern.

»Papa und ich haben ihr längst verziehen. Warum kannst du es nicht?«

»Papa hat ihr doch gar nichts zu verzeihen gehabt. Ihm war es schließlich ganz recht, sie endlich loszuwerden. Seine Lordschaft hat ja auch nicht gerade wie ein Mönch gelebt.«

»Ja, und um dich zu rächen, verdammst du nun die ganze Welt. Vaters Leben machst du zur Hölle, und du beschmutzt unseren guten Namen, wo du nur kannst. Was du für einen Ruf hast, ist dir vollkommen egal, und daß wir alle mit darunter zu leiden haben, auch.«

»Was ich mit meinem Leben anfange, geht keinen etwas an.«

»Aber es wird kein Leben mehr geben, wenn Price dich tötet. Und wenn du wegen eines Mordes verurteilt wirst, wartet doch nur der Strick auf dich.«

Nick wandte sich ab.

»Du bist so jung, Nick. Und du bist tief verletzt.« Christopher legte seinem Bruder die Hand auf die Schulter.

»Mama verließ dich, als du sie am meisten brauchtest. Ich kann wirklich verstehen, daß du aus diesem Grund um dich geschlagen hast. Du wolltest kränken, weil du gekränkt wurdest. Die Frauen hast du immer nur benutzt. Du schmeißt das Geld zum Fenster raus. Du trinkst... all das, um die grauenhafte Leere in dir auszufüllen.«

Er blickte Nick eindringlich an: »Du kannst mir glauben, daß ich auch darunter gelitten habe und mich immer und immer wieder gefragt habe, warum Mutter uns das antun mußte. – Aber was nutzt das Grübeln? Was geschehen ist, ist geschehen. Und keiner kann es wieder ungeschehen machen. Als ich das endlich begriffen hatte, verheilten allmählich auch die inneren Wunden. Ich konnte wieder nach vorne schauen und habe mein Leben selbst in die Hand genommen. Darauf allein kommt es an.«

»Was eben auch meine Absicht ist –«

»Indem du einen Mann umbringst, einzig und allein, weil er behauptet, mit Jocelyn geschlafen zu haben?«

»Das ist eine ganz gemeine Lüge. Und ich werde die Ehre von Jocelyn retten.«

Nick riß sich wütend von seinem Bruder los und ging ein paar Schritte auf seinen Sekundanten zu. Allmählich wurde es heller. Dort stand Lord Price, ältester Sohn des Earl of Almsbury. Seine Jacke hatte er ausgezogen.

»Nick, bist du denn sicher –«

»Ja!« schrie er und fuhr zornig zu seinem Bruder herum. »Ja, verdammt noch mal. Ich weiß, daß sie die Wahrheit sagt.«

»Aber hast du denn überhaupt schon mit ihr geschlafen?«

»Natürlich nicht. Sie ist noch vollkommen unschuldig.«

Christopher ließ nicht locker. »Aber wie zum

Teufel kannst du denn dann so sicher sein?«

»Sie hat geschworen –«

»Du meine Güte, Nick.« Chris schloß für einen Augenblick verzweifelt die Augen.

»Wer von uns beiden ist denn nun der Zyniker?«

Nick machte eine Bewegung, als wolle er seinen Ärger abschütteln. Dann legte er plötzlich seine Hand auf Chris' Schulter und sagte mit weicher Stimme:

»Ich muß es glauben. Versteh doch! Verzweifelt habe ich nach einem Menschen gesucht, für den es sich zu kämpfen lohnt. Endlich habe ich jemanden gefunden. Jocelyn ist der einzige Mensch, der mich vor mir selbst retten kann. Chris, ich brauche sie. Ich brauche ganz einfach jemanden, der mich braucht, und der mich liebt und –«

»Mr. Sabre, wir sind soweit –«, wurden die Brüder jäh unterbrochen.

»Nick, ich bitte dich. Noch kannst du zurück.«

Nicholas hörte ihn gar nicht mehr. Er ging langsam auf Lord Price zu, der ihm grinsend entgegensah. Vor Jahren waren die beiden gute Freunde gewesen, aber das war, bevor Nick sich von allem und jedem zurückzog, der ihm einmal etwas bedeutet hatte. Statt dessen ›nahm Nick Rache an der Gesellschaft‹, wie sein Vater es einmal treffend umschrieben hatte.

Die beiden Männer blickten einander schweigend in die Augen. Nachdem sie ihre Waffen gewählt hatten, meinte Price endlich sehr ruhig:

»Bei all deinem Zynismus und deiner Verbitterung, Sabre – du machst dich zum Narren. Und alles wegen einem Paar unschuldiger Augen.«

»Rücken an Rücken, Gentlemen!«

»Es ist eine Schande, Nick, daß einer von uns beiden dran glauben muß, und das alles nur wegen so einer...«

Price schloß die Augen. Schweiß tropfte von seiner Stirn.

»Sie hat dir was vorgemacht, Nick. Sie hat dich benutzt. Weil sie mich zurückhaben wollte. Das ist alles.«

»Bei fünf, meine Herren, drehen Sie sich um und schießen Sie.«

»Nick, sie wollte mich eifersüchtig machen. Sie dachte, daß ich zu ihr zurückkäme. Aber ich will sie nicht mehr. Bei Gott, Nick, ich war doch selbst nicht mal ihr erster.«

Schon wurde gezählt. Nick machte einen Schritt nach dem anderen. Die einundzwanzig Jahre seines jungen Lebens liefen vor ihm ab wie in einem Film. All die Jahre des Zorns, den er seinen Eltern gegenüber empfunden hatte, seinen Eltern, die nur ihr Vergnügen und erotische Abenteuer im Sinn gehabt hatten, all die miesen kleinen Lügen, die Betrügereien, das ekelhafte Herumschäkern... Kein Wunder, daß er so verbittert wurde. Was war denn überhaupt Liebe? Und was Vertrauen? Ehrlichkeit, Zuverlässigkeit... Pah, alles nur leere Worte. Eine Ahnung von der Existenz solcher Werte hatte er jetzt erst bekommen. Durch Jocelyn. Durch sie hatte er gelernt, wieder an etwas zu glauben. Ihr Lachen hatte sein Herz erwärmt. Ihre unschuldigen Augen hatten ihn von wahrer Liebe träumen lassen.

Und so war mit ihm auch ein kleines Wunder geschehen. Für Jocelyn hatte er das Spielen aufgegeben. Auch die zahllosen Affären. Und – was keiner, der ihn kannte, je für möglich gehalten hatte –

er hatte diese junge Frau auf Knien um ihre Hand gebeten. Denn er wußte, ihr konnte er wirklich trauen.

»Fünf«, hallte es durch das Morgengrauen.

Nick wirbelte herum und schoß.

Plötzlich tauchte sie auf. Woher war sie gekommen? – Mit einem verzweifelten Aufschrei lief sie zu der dahingestreckt liegenden Gestalt von Price. Und wie eine Wahnsinnige versuchte sie, das Blut, das unaufhaltsam aus seiner Brust strömte, mit der Hand aufzufangen.

Nick ging langsam auf sie zu. Das alles war wie ein böser Traum. Seine Geliebte weinte um den anderen und blickte ihn, Nick, voller Haß an? –

»Du Mörder«, schrie sie. »Du hst ihn umgebracht. Du hast den einzigen Mann getötet, der mir je etwas bedeutet hat. Komm her, warum bringst du mich nicht auch um? – Na los, mach schon, erschieß mich doch.«

Nick schien ihre Worte nicht wahrzunehmen.

»Ich erwarte ein Kind«, weinte sie. »Du hast den Vater meines Babys ermordet.«

Jocelyn sprang auf. Mit ihren blutigen Fäusten trommelte sie auf Nicks Brust ein. Das Parfüm, das er ihr am Abend zuvor noch geschenkt hatte, betäubte ihn. Er war wie erstarrt und wehrte sich nicht, als sie ihn kratzte und wie eine Wilde auf ihn einschlug.

»Wie konntest du nur glauben, daß ich dich liebe? Dich, der sich mit leichten Mädchen herumtreibt und das Geld seines Vaters verschwendet, der spielt –« Sie spuckte diese Worte förmlich vor Nick aus.

»Nicht einmal deine Mutter hat dich geliebt. Sonst hätte sie dich nicht verlassen. Selbst sie mochte dich nicht und flüchtete deshalb in die Arme eines anderen Mannes. Sie konnte es nicht länger ertragen, dich um sich zu haben.«

Nick starrte auf den leblosen Körper vor sich und spannte seine Waffe zum zweiten Mal.

Ihre Stimme verstummte. Nick blickte von der Leiche auf und wandte sich mit ausdruckslosen Augen den Schaulustigen zu, die wie erstarrt und entsetzt Zeugen des Dramas geworden waren.

»Nick.«

Er hob seine Pistole.

»Nick, mein Gott, Nick... tu's nicht!«

»Mörder, ich hasse dich. Ich hasse dich so sehr. Wie kannst du nur denken, daß es irgendwo auf der Welt auch nur einen einzigen Menschen gibt, der dich liebt?«

Er setzte den Lauf der Pistole an seine Schläfe.

Da warf sich jemand mit Gewalt auf ihn. Langsam, ganz langsam fiel Nick zu Boden. Er stöhnte auf vor Schmerz, so hart war der Aufprall. Der Schuß löste sich direkt an seinem Kopf. Die Kugel zerfetzte sein Ohr. Halb bewußtlos lag er da. Daß ihm sein Bruder die Waffe aus der Hand riß und in die Büsche warf, nahm Nick kaum mehr wahr. Die verzweifelte Stimme seines Bruders, man solle ihn von dem hysterischen Weib befreien, ehe er selbst noch zum Mörder würde.

»Polizei!« schrie da einer. »Die Polizei kommt.«

Benommen hörte Nick mit seinem gesunden Ohr, das auf den feuchten Boden gepreßt war, wie sich die Schritte seiner Gefährten schnell entfernten. Dann Kommandos der Polizei. Schrilles Pfeifen, und er hörte, wie sein Bruder aufschluchzte: »Verdammt, o verdammt, verdammt.«

Lyttleton, Neuseeland
Februar 1866

Dichte Tabakschwaden hingen in der Luft. Die Kneipe war düster, unerträglich heiß, und es roch nach verschüttetem Bier und Schweiß. Würde hier eine Zigarre auf den Boden fallen, der ganze Laden ginge hoch, als hätte einer Dynamit gelegt.

Jamie Mac Farland, Kapitän und Teilhaber des großen Segelschiffes »Tasmanischer Teufel«, hob seinen zinnernen Bierkrug.

»Auf alle gesunden und tapferen Männer von Canterbury.«

»Prost, Prost«, riefen die Leute.

»Und auf unsere neuen Frauen – Gott schütze sie. Wo immer und wer auch immer sie sein mögen.«

Langsam kam Stimmung auf. Die Männer stürzten ein Bier nach dem anderen herunter. Man sah ihnen förmlich an, wie sehr der Gedanke an Frauen sie in Fahrt brachte. Sie waren einsam auf dieser Insel, Tausende von Kilometern von ihrer Heimat entfernt. Alle träumten sie von einem besseren, sinnerfüllteren Leben mit einer Gefährtin an der Seite.

»Gute Reise, Jamie. Und komm gesund wieder.«

»Und viel Erfolg«, rief einer mit anzüglicher Stimme.

»Ja, ja«, hallte es durch den Raum.

»Und eine süße Fracht an Bord, mit dicken Titten und scharfen Weibern«, grölte ein anderer ausgelassen.

Alles sprach durcheinander. Man konnte kaum sein eigenes Wort verstehen, als nun auch noch Beifall getrampelt wurde. Einer klopfte dem anderen voller Übermut auf die Schultern. Bier schwappte über, lief auf den Boden, in die Stiefelschäfte der Männer.

Jamie schmunzelte. Das waren hier kräftige Burschen, die ihren Lohn durch harte Arbeit verdienten. Sie waren Farmarbeiter, Zimmerleute, Seemänner, Schäfer, Pflanzer...

Reihenweise hatten sie sich voller Illusionen nach Neuseeland aufgemacht, ermutigt durch die Worte ihrer Königin Victoria:

Die wunderschöne Landschaft, einmalig viel Sonne. Nahrungsmittel in schier unerschöpflichen Mengen, einfach alles gab es hier, was ein Mann sich nur wünschen konnte – und noch viel mehr.

Ja, und sie hatte nicht zuviel versprochen. Hier in Neuseeland hatten sie wirklich die sauberste Luft, den süßesten Honig, den blausten Himmel und das saftigste Gras, das er je gesehen hatte. Nur eins schien Gott vergessen zu haben, was ein Mann nun mal zum Leben brauchte: Die Frauen.

Jede wäre ihnen willkommen gewesen. Sei sie nun fett oder zu dürre oder gar häßlich. Jede wäre etwas ganz Besonderes, solange sie nur sprach – es mußte ja nicht einmal englisch sein – und solange sie nicht zimperlich war.

Natürlich gab es ein paar Frauen auf der Insel. Aber die wenigen waren verheiratet. Und wenn sie nicht schon als brave Ehefrauen angekommen waren, waren sie's garantiert, kurz nachdem sie ihre Füße auf neuseeländischen Boden gesetzt hatten. Nun, es war schon ein Ding, daß die Männer hier nicht einmal die Möglichkeit hatten, nach einem oder zwei Bier ein Mädchen mit nach Hause zu nehmen.

Eine echte Schande!

Aber das alles sollte sich nun ändern. Jamie Mac Farland wollte für Abhilfe sorgen. Gleichzeitig wollte er so viel an der Sache verdienen, daß er sich endlich das heißersehnte Stück Land in der Canterbury-Ebene kaufen konnte, um sich dort mit Schafzucht ein für allemal niederzulassen.

In wenigen Monaten wollte er seine letzte Reise nach England machen. Bis dahin würde er den Männern einen ganz besonderen Service bieten, und zwar Bräute auf Bestellung – für alle Anwesenden und auch für sich selbst würde er Frauen mitbringen. Und wenn das gelaufen war, würde er den »Tasmanischen Teufel« mit Kußhand an seinen Partner verkaufen.

Jamie stellte das Bier ab. Er hob seinen roten Haarschopf und blickte genüßlich in die Runde. Da entdeckte er im hinteren Teil der Kneipe eine dunkle Gestalt.

»Ich fress' einen Besen«, murmelte er, »wenn das nicht der Lord mit dem Teufelsblick ist.«

Der Lord mit dem Teufelsblick, wie Nicholas Sabre von den Leuten in Christchurch und Lyttleton genannt wurde, hing in dem einzigen Stuhl der ganzen Schenke. Der dunkle, ungekämmte Kopf ruhte auf dem Tisch. Jamie fragte sich, wie es ihm entgangen sein konnte, daß der Lord den ganzen Abend über offensichtlich hier gewesen war, ohne daß ihn einer bemerkt hätte. Allerdings hatte Sabre auch so eine unheimliche Art zu kommen und zu gehen, ohne daß ihn jemand sah. Er mied die Gesellschaft seiner Kumpel, als hätten sie die Pest. Andererseits konnte man natürlich die ausgelassenen Kerle hier im Raum kaum als Sabres Kumpel bezeichnen. Nicht ein einziger unter ihnen konnte mit einem

Herzog als Vater oder einem Stammbaum aufwarten, der in direkter Folge zu König Wilhelm von Oranien führte.

Nicht, daß Sabre je viel Gehabe um sich gemacht hätte. Seit seiner Ankunft in Neuseeland vor fünf Jahren hatte Nick nur mit zwei Männern Freundschaft geschlossen. Einer war Frank Wells, ein einfacher alter Schäfer, der andere Ben Beaconsfield, der Schafzüchter, bei dem Sabre direkt nach seiner Ankunft in Christchurch Arbeit gefunden hatte.

Es war immerhin Jamies »Tasmanischer Teufel« gewesen, der Sabre hierher gebracht hatte. Jamie war es auch gewesen, der die Papiere von Sabre kontrolliert hatte. Sabre war damals in Handschellen aufs Schiff gebracht und direkt in seine Kabine geführt worden. Erst als sie in See gestochen waren, war der dunkelhaarige, auffallend blasse und abweisende junge Mann an Deck aufgetaucht.

Auch an diesem Abend fragte Jamie sich wieder, ob Sabre wohl noch einmal diese Art der Bestrafung wählen würde, nämlich so weit fort von der Heimat im Exil leben zu müssen. Vielleicht würde er heute eher seine zehn Jahre Gefängnis in Newgate absitzen wollen? –

Nicht nur Jamie, sondern alle hier im Ort fragten sich auch, was Sabre wohl verbrochen haben mochte, daß man ihn außer Landes gewiesen hatte. Das konnte im Grunde nur eins heißen: Mord! – Ja, es mußte Mord gewesen sein. Und daß er dem Galgen entgangen wear, hatte er gewiß nur seiner gesellschaftlichen Stellung zu verdanken.

Das mußte man schon sagen, grübelte Jamie weiter. Sabre war ein höchst unangenehmer Zeitgenosse. Er war überheblich, arrogant und galt als verschlossen. Er war eingebildet, trotz der üblen Umstände, die ihn hierher gebracht hatten. Und er sah verdammt gut aus. Obwohl er etwas Teuflisches an sich hatte. Seine fast schwarzen Augen konnten einem das Blut in den Adern gefrieren lassen. Eiseskälte strahlte er aus, schon damals an Deck des Schiffes hatte Jamie das sehr stark empfunden. Und die stolze Haltung der Schultern, der bittere Zug um den Mund. Aber ganz besonders die Augen, die all sein Leid ausdrückten, gleichzeitig aber so unnahbar wirkten. Diese Augen hatten Jamie fasziniert. Sie waren voller Intelligenz und hellwach. Aber auch Scheu, fast Schüchternheit lag darin. Ja, und Zorn!

Dieser Lord war schon ein höchst merkwürdiger Mann. Und irgendwie hatte er Jamie wider Willen sehr beeindruckt. Wie kann es nur geschehen, dachte er, daß die Seele eines Menschen wie abgestorben wirkte, der Körper aber überlebt, geht, redet – alles wie bei einem richtigen menschlichen Wesen, während aber im Innern tiefer Haß brennt.

Die Männer und Frauen der Südinsel machten einen großen Bogen um Sabre. Das war aber auch gar kein Problem. Seitdem er vor zwei Jahren eigenes Land in Malvern Hills erworben hatte, ließ Sabre sich nur noch selten in der Stadt sehen. Er hatte keine öffentlichen Ämter übernommen, mied jede Veranstaltung und schickte in der Regel seinen alten Schäfer Frank, wenn Einkäufe zu machen waren.

Sabres einziger ständiger Gefährte war der Hund, ein schwarzweißer Mischling namens Betsy, der nicht von seiner Seite wich.

Jamie blickte angestrengt hinüber. Ganz klar. Da lag der Köter, die gesprenkelte Schnauze auf dem Knie seines Herren, den er ergeben anstarrte.

Jamie stieß seinen Nachbarn an und machte ihn auf den seltenen Gast aufmerksam. Allmählich hatten ihn alle bemerkt. Und die Gespräche verstummten für einen Augenblick.

Schon allein von der Kleidung her unterschied sich Sabre von den anderen. Die trugen Krimhemden und die hier üblichen braunen Hosen. Während der adlige Schafzüchter nur im maßgeschneiderten Rock, weißem Hemd und Halstuch auftrat, was seinen gesellschaftlichen Hintergrund äußerst betonte.

»Herrgott noch mal«, murmelte Jamie. »Man könnte meinen, der ist bei Hofe eingeladen, um mit der Königin den Tee zu nehmen, wie der aussieht.«

Johnnie Goddard, genannt »Der Weka«, weil er fast so schön trillern konnte wie der große Weka Vogel, der auf der Insel zu Hause war, warf mit seinem einen gesunden Auge einen Blick hinüber.

»Paßt ja wie die Faust aufs Auge«, spottete er. »Nie gewußt, daß so ein vornehmer Herr überhaupt 'nen Bierkrug halten kann.«

»Heimweh hat er«, grinste Tucker Brommbaker. »Wenn du schon Frauen mitbringst, Jamie, solltest du in jedem Fall auch unsere Lordschaft bedenken.«

»Bitte?« Der Weka brach in schallendes Gelächter aus. Er lachte so, daß sein Glasauge nach hinten rutschte und nur noch die weiße Farbe sehen ließ. Resolut wischte er den Rest Bier vom Kinn weg.

»Die Frau, die blöd oder verzweifelt genug ist, so einen zu heiraten, muß erst noch geboren werden. Der würde sie doch schon in den ersten vierzehn Tagen erwürgen.«

Er schüttelte sich angewidert und spuckte aus.

Jamie bemerkte, daß Sabre jetzt allmählich wieder zu sich kam und seinen dunklen Schopf langsam hob. Er nahm seinen Bierkrug und führte ihn mit unsicherer Hand an den Mund. Offensichtlich kümmerte es ihn nicht im mindesten, daß die Männer ihn wie einen Aussätzigen anstarrten. Vielleicht bemerkte er es nicht einmal.

Jamie gab sich einen Ruck und schlenderte entschlossen zu Sabre hinüber. Ohne allerdings auch nur eine Sekunde den Hund aus den Augen zu lassen. Schließlich kannte jeder hier die Geschichte mit Sean O'Connel, der es gewagt hatte, einem Schaf einen Fußtritt zu versetzen, weil es sich auf die Nachbarfarm verirrt hatte. Sabre, der gekommen war, um sein Tier zurückzuholen, hatte das mitbekommen. Tatsächlich hetzte er voller Jähzorn seinen Köter auf Sean. Aber der Hund machte Jamie in diesem Moment gar keine so großen Sorgen. Vielmehr war es die Art, wie Sabre ihn anstierte, ohne ihn eigentlich zu sehen. Und dann diese Hände. Ganz friedlich lagen sie noch vor ihm auf dem Tisch. Jamie sträubten sich buchstäblich die Haare. Irgendwas lag in der Luft. Diese Hände, vornehme, große Hände, mit den Pranken der anderen gar nicht zu vergleichen.

Man sah den Händen schon an, daß sie hart gearbeitet hatten. In den letzten fünf Jahren waren sie von der Sonne verbrannt und wetterfest geworden. Alles hinterließ hier seine Spuren. Narben zeugten von kleineren und größeren Unfällen. Schwielen vom Scheren der Schafe... Auch das widersprach auf eigentümliche Art der Kleidung, der vornehmen Haltung Sabres und seiner Herkunft. Jamie erinnerte sich noch ganz genau, als er Sabre zum ersten Mal gesehen hatte, hatte er viel schmaler gewirkt. Seine Kleider schienen fast zu weit. Heute ließen die kräftigen Muskeln an den Armen fast die Nähte krachen, der fein gestärkte Kragen des Hemdes ließ sich kaum mehr schließen.

Überhaupt sah Sabre mit seinen langen, zottigen Haaren eher wie ein Eingeborener aus. Und mit seinem tief gebräunten Gesicht ganz sicher nicht wie ein Adliger.

Man hätte eine Stecknadel fallen hören können, so still war es in dem Raum geworden, als Jamie an den Tisch von Sabre trat.

Jamie sprach so laut, daß jeder ihn hören konnte: »Mr. Sabre.«

Der Hund hob seinen Kopf und knurrte. Er blieb aber liegen und beruhigte sich gleich wieder, weil sein Herr ihn liebevoll zu streicheln begann und hinter den Ohren kraulte. Sein Gesicht wirkte aber vollkommen ausdruckslos, als er jetzt seinen Blick auf Jamie richtete.

»Wir möchten Sie gern auf ein Bier einladen, Sir«, meinte Jamie, während er, ohne eine Reaktion abzuwarten, dem Besitzer des Lokals ein Zeichen gab. Im Nu wurde das Bier an den Tisch gebracht.

Sabre gab keine Antwort. Er trank seinen Krug leer und griff nach dem anderen. Die Leute wagten kaum zu atmen, so gespannt waren sie, was als nächstes passieren würde. Aber es geschah nichts.

Jamie lehnte sich über den Tisch.

»Wir sind alle der Meinung, was Ihnen fehlt, ist eine Frau.«

Sabre schloß die Augen und trank.

Johnnie, der sich durch die Menge geboxt hatte, stieß Jamie in die Rippen.

»Mensch, laß den doch in Ruh', der ist zu. Der versteht doch kein Wort mehr.«

»Immer dasselbe, wenn er mal herkommt, läßt er sich vollaufen«, erklärte ein anderer.

»Aber dafür kommt er selten«, erwiderte ein Mann mit wulstigen Lippen und hervorstehenden Augen.

Stirnrunzelnd blickte Jamie den Betrunkenen an. Er wedelte mit der Hand vor Sabres Augen. Keine Reaktion. Sabre nahm noch einen Schluck.

»Wie dem auch sei«, Jamie zog sein letztes Vertragsexemplar aus der Tasche. »Wir sind alle der Meinung, daß Sie viel zu einsam sind, da oben in den Bergen.« Er legte den Vertrag auf den Tisch. Von hinten wurde ihm ein Stift gereicht. Jamie nahm ihn und legte ihn neben das Blatt. Dann beugte er sich noch näher zu Sabre herunter.

»Sie brauchen nur hier zu unterschreiben, Sir, und all Ihre Sorgen haben ein Ende. Stellen Sie sich doch mal vor... Da sitzt so eine süße kleine Frau. Sie wartet auf Sie, wenn Sie abends nach getaner Arbeit heimkommen...«

Sabre stierte vor sich hin. Jamie war sich nicht klar darüber, ob der Mann überhaupt etwas verstanden hatte. Aber doch, da war was, in den Augen sah man so etwas wie eine Gefühlsregung. Aber diesmal war es kein Ärger, keine Wut –.

Jamie deutete mit seinem wulstigen Finger auf das Blatt Papier. »Hier, Gouverneur. Kostet Sie keinen müden Pfennig. Verspricht Ihnen nur ein lebenslanges Glück. Ja, Sir, und das geht ganz und gar auf meine Rechnung. Ist mir ein Vergnügen.«

Keine Reaktion. Doch dann blickte Sabre auf. Als Jamie diese dunklen Augen auf sich gerichtet sah, zuckte er unwillkürlich schuldbewußt zusammen. Was tat er denn da? In seinem Innern regte sich plötzlich so etwas wie ein schlechtes Gewissen. Aber er beruhigte sich gleich wieder. Er tat Sabre doch nur einen großen Gefallen. Der bekam gratis das, wofür alle anderen einen hohen Preis zahlen mußten – eine Frau zum Schmusen.

Zuviel Einsamkeit für einen Mann so allein. Letzten Monat hatte sich ein Lehrer aus Kutarere umgebracht, weil er so verflixt allein gewesen war. Und genauso einsam waren doch alle. Und wie sie darauf warteten, daß er endlich in See stach, um mit dieser so wertvollen Fracht so schnell wie irgend möglich wieder heimzukehren. Jede würden sie nehmen, und zu welchen Bedingungen auch immer.

»Mr. Sabre«, begann Jamie von neuem. »Sie brauchen nur hier zu unterschreiben, und ich lasse Sie und Ihren Hund in Ruhe.«

Sabre verzog seinen Mund. »Versprochen?« lallte er.

Kaum einer hatte Sabre je sprechen hören. Erschrocken wichen die Leute zurück. Wer wußte schon, was nun kommen würde.

»Versprochen«, nickte Jamie.

Ungeschickt griff Sabre nach dem Stift. Er verfehlte ihn und versuchte es noch einmal, diesmal etwas vorsichtiger. Voller Verachtung blickte er auf das Schreibgerät, dann kritzelte er mit Schwung seinen Namen unter den Vertrag. Er schob das Blatt weg und nahm sein Bier. In der Runde wurde Beifall gemurmelt. Damit hatte wirklich keiner gerechnet.

Jamie nahm den Vertrag und lächelte zufrieden in sich hinein.

Er las die Unterschrift: »Nicholas Winston Sabre, hochwohlgeboren«. Grinsend faltete er das Blatt wieder zusammen und steckte es in seine Tasche.

1

Kenilworth, England
März 1866

»Und ich sage Ihnen«, meinte die Fremde, eine etwas behäbige Frau mit kleinen runden Augen, unverblümt, »schließlich muß ich es ja wissen. Hab' für die Radcliffes gearbeitet, und die war'n wiederum Freunde von seiner Lordschaft, ehm, diesem Pimbersham. Und was ich weiß, das weiß ich. Diese Hure, die seit Jahren mit dem Lord lebt, die is' nicht seine Frau. Wär' ja auch noch schöner. Seine Geliebte ist sie. Nix weiter.« Wichtigtuerisch stolzierte sie durch den Laden, dann fuhr sie naserümpfend fort:

»Als ob so ein feiner Mann wie Lord Pimbersham je so eine wie Glorvina zur Frau nehmen würde. Die ist doch stadtbekannt, und ganz London nennt sie nur das ›irische Flittchen‹.«

Summer O'Neile war auf der Türschwelle stehengeblieben. Ihre Zähne schlugen hart aufeinander. Sie zitterte am ganzen Leibe, so sehr fror sie in der lausigen Kälte, aber auch wegen der Worte der fremden Frau, die sie mitbekommen hatte.

»Arme kleine Summer«, sagte nun die Frau, die an die Kasse getreten war, unbekümmert fort. »Einfach verlassen von der eigenen Mutter.«

»Ein so liebes, gutes Kind ist unsere Summer«, meinte nun die Frau des Lebensmittelhändlers von Kenilworth.

»Mit einer Geduld hat sie all die Jahre auf ihre Mutter gewartet und diese miese Martha Haggard ertragen, die lieblos und schlecht mit ihr umging. Die Kleine glaubt natürlich, daß ihre Mutter mit Lord Pimbersham verheiratet ist. Diese Hure Glorvina O'Neile hat eine so süße Tochter gar nicht verdient.«

Summer tat einen Schritt zurück und stolperte hinaus in die Dunkelheit. Trotz der Kälte war ihr nun siedend heiß. Ihr Herz schlug heftig und tat weh. Die schreckliche Wahrheit, die sie soeben gegen ihren Willen hatte anhören müssen, nachdem sie sie jahrelang geahnt, aber erfolgreich verdrängt hatte, schmerzte furchtbar.

Hure!

So nannte man ihre Mutter. Zitternd stand sie auf der Straße. Es schnürte ihr regelrecht die Kehle zu. Empörung, aber auch Ärger erfüllten sie. Und sie wußte, die Klatschtanten hatten die Wahrheit gesagt. Natürlich konnte sie sich und allen anderen auch weiterhin etwas vormachen. Aber die Wirklichkeit sah eben ganz anders aus. Nur war sie, Summer, einfach zu stolz und auch zu dumm, ja, zu naiv gewesen, um das zuzugeben.

Summer hatte vollkommen vergessen, daß Martha, ihre Ziehmutter, sie losgeschickt hatte, um noch schnell vor Ladenschluß einen Weißkohl zu kaufen. Sie floh in die Nacht hinaus, die schrecklichen Worte noch im Ohr.

Als kleines Kind hatte sie zusammen mit ihrer Mutter in Irland gelebt. Glorvina hatte ihr von Anfang an nicht verschwiegen, daß ihr Vater zwar ein einmalig gutaussehender Soldat gewesen war, allerdings ohne jede Ambition, sich an eine Frau zu binden. Die damals gerade siebzehnjährige Glorvina gefiel ihm zwar ausnehmend gut, aber auch sie konnte ihn nicht in Dublin halten. Immerhin nannte Glorvina ihre Tochter ein »Kind der Liebe« und gab ihr stets das Gefühl, etwas ganz Besonderes und über alles geliebt zu sein. Als Summer acht Jahre alt war, brachte ihre Mutter sie nach Kenilworth und ging allein nach London.

Jetzt erst erkannte Summer, daß Glorvina sie damals schon verlassen hatte. All die fadenscheinigen Entschuldigungen ihrer so wunderschönen irischen Mutter klangen angesichts der trostlosen Wirklichkeit wie faule, gemeine Ausreden. Glorvina hatte geschrieben, sie habe einen sehr traditionsbewußten Adligen geheiratet, dem sie nicht gleich würde beichten können, ein uneheliches Kind zu haben. Sie müsse einfach den rechten Moment abwarten, ehe sie ihm erklären könne, daß sie ihre Tochter bisher auf dem Lande versteckt gehalten habe.

Summer erschienen die Tage, Wochen, Monate des Wartens einfach endlos. Am Anfang hatte Glorvina noch ausführlich von ihrem Leben mit dem wohlangesehenen Lord Pimbersham berichtet. Sie hatte über ihre Reisen ins Ausland geschrieben, und über Tee-Einladungen bei Angehörigen des Königshauses. Summer hatte immer voller sehnsüchtiger Träume still vorm Fenster gesessen, wenn Martha ihr die Briefe vorlas. Dabei stellte sie sich ihre Mutter mit den kastanienbraunen Haaren und den veilchenblauen Augen vor. Sie war mit Sicherheit die feinste und in jedem Fall die allerschönste Dame der Londoner Gesellschaft.

Gelegentlich tauchte Glorvina in Kenilworth auf, aber nicht sehr oft. Der Abschied tat einfach zu weh. Und irgendwann kam sie gar nicht mehr. Schließlich wurden selbst die Briefe seltener. Aus Wochen wurden Monate, aus Monaten Jahre. Und doch, immer noch klammerte sich Summer an das Versprechen ihrer Mutter. Und immer hatte das fantasiebegabte Mädchen eine Entschuldigung parat, wenn sie nach ihrer Mutter gefragt wurde. Sie war ein Meister darin, lange Geschichten über Glorvina zu erfinden, erzählte, daß sie bald kommen würde und sie in ihrer großen, eleganten Kutsche mit nach London nehmen werde. Oh, wie diese Leute sie bemitleidet haben mußten!

Summer kämpfte sich durch den Schnee. In der Dunkelheit und mit Tränen in den Augen konnte sie kaum etwas sehen. Die Straße fiel nach unten hin ab und war überdacht durch einen weit hervorragenden Kalkfelsen. So hörte man das Tosen und Zischen des Sturms kaum und nahm nur das Summen des Windes in den entfernter gelegenen Bäumen wahr.

Sie hatte den Reiter nicht bemerkt. Plötzlich stand das Pferd vor ihr, und ihr blieb nichts anderes übrig, als sich zur Seite in den Schlamm zu werfen. Sonst wäre sie von dem großen Tier erschlagen worden. Das Pferd wieherte und bäumte sich auf. Fast hätte es seinen Reiter abgeworfen. Der Mann mit einem Umhang tat sein Bestes, das aufgeregte Tier zu halten und wieder zu beruhigen. Wütend starrte er Summer an. Dann hob er seine Reitpeitsche und schlug ihr kräftig ins Gesicht.

»Idiotin!« brüllte er. »Was machst du denn da? Willst du mich umbringen?«

Summer stand auf, die halb erfrorenen Finger zu Fäusten geballt, blickte sie den Fremden an. Plötzlich fiel ihr das Wappen mit Krone am Sattel auf. Sie zuckte zusammen. Er war ein Kurier aus London. Es konnte nur einen einzigen Grund geben, warum er diesen einsamen Weg hier heraus genommen hatte. Er kam von Martha Haggards Haus und hatte dort einen Brief von ihrer Mutter für sie abgegeben. Summer rannte so schnell ihre Füße sie trugen.

Von weitem schon sah man die Lichter durch die Fenster von Marthas Haus brennen. Ulmen säumten das verwilderte Grundstück am Ende einer langen Allee. Durch das Wohnzimmerfenster konnte Summer sehen, daß Martha nervös hin- und herlief. Zwischendurch blieb die Frau immer wieder am Fenster stehen und blickte hinaus, wohl in Erwartung von Summer.

Wie immer überfiel Summer ein leises Grauen bei dem Gedanken, Martha gegenübertreten zu müssen. Plötzlich wurde dem jungen Mädchen alles klar. Martha hatte die Wahrheit schon die ganze Zeit über gewußt. Die Frau hatte ja nicht einmal versucht, ihre Geringschätzung gegenüber Glorvina und Summer zu vertuschen. Sie war eigentlich immer voller abfälliger, spöttischer Bemerkungen und strafender Blicke gewesen. Aber offensichtlich kam ihr das Geld, das Glorvina zahlte, nicht schlecht gelegen. Es war weit mehr als der Hungerlohn, den sie für ihre Arbeit als Hebamme bekam. Bei dieser Tätigkeit wurde sie von Summer unterstützt. Seit ihrem zwölften Lebensjahr hatte das Kind ihr dabei geholfen. Summer fiel ein, daß in den letzten zwölf Monaten das Haus neu gestrichen worden und die Speisekammer stets aufs beste gefüllt war. Erst kürzlich hatte Martha sich eine neue Milchkuh gekauft. Alles von dem Geld ihrer Mutter. Guter Gott, wieviel hatte Glorvina für das Schweigen Marthas zahlen müssen? –

Ärger und auch Mitleid für ihre Mutter kämpften in Summer. Sie stieß das Gartentor auf und ging aufs Haus zu. All die Enttäuschung, der Ärger – nein, die Wut, die sie die vergangenen Jahre über verdrängt hatte, kochten in ihr, als sie jetzt die Haustür öffnete und vor Martha stand.

»Da bist du ja endlich«, murrte Martha. »Was, in Gottes Namen, hast du denn die ganze Zeit gemacht?«

»Ist 'n langer Weg ins Dorf, Ma'am, und falls Sie's noch nicht bemerkt haben sollten, es schneit und ist glatt draußen.«

»Sei ja nicht vorlaut«, unterbrach Martha sie scharf und drohte feindselig mit dem Finger. »Und mach gefälligst zu, bevor wir erfrieren.«

Summer gab der Tür einen Tritt und stieß sie zu, was ihr einen wütenden Blick von Martha einbrachte.

»Ich weiß Bescheid über Mutter!« Summer schob erbittert ihr Kinn vor. Da sie genau wußte, wie sehr sie Martha damit aufbringen konnte, fiel sie auch noch in den typischen irischen Singsang. Martha hatte nie ein Geheimnis daraus gemacht, was sie von den Iren hielt. Sie seien ein Volk von Heiden und Barbaren, meinte sie, und sie erlaubte Summer auch nicht, die fünf Meilen zur nächstgelegenen katholischen Kirche zu gehen.

Martha begann nervös hin- und herzulaufen. Ihre Absätze hämmerten auf der guten persischen Brücke – noch einer neuen Errungenschaft. Sie begann, den Brief, den sie in der Hand hielt, nochmals zu studieren. Von Zeit zu Zeit warf sie einen kurzen Blick auf Summer, ohne sich auch nur im mindesten darum zu kümmern, daß Schlamm von Summers

Kleidung auf den tadellosen neuen Teppich tropfte. Das allein hätte schon genügen müssen, um das junge Mädchen vorzuwarnen.

»Also, wir haben einen Brief aus London bekommen«, meinte endlich Martha.

»Und, hat Mutter Ihnen mehr Geld geschickt?« fragte Summer. »Oder vielleicht hat sie gar zu wenig geschickt? Sind Sie deshalb so gereizt?«

Martha blieb stehen und blickte Summer offenkundig mit all der Verachtung an, die sie bisher wenigstens halbherzig getarnt hatte. Sie hielt Summer den Brief hin, obwohl sie ganz genau wußte, daß das Mädchen nicht lesen konnte, nicht ein einziges Wort. Martha hatte ihr keinerlei Unterricht zuteil werden lassen. Und endlich verstand Summer auch, warum. Welche Macht Martha damit über sie gewonnen hatte. Was für eine vorzügliche Einnahmequelle sie immer gewesen war! Und Martha war es immer gewesen, die bestimmte, ob und wieviel Einblick Summer in die Situation ihrer Mutter bekam.

Summer schnappte sich den Brief, wischte sich damit erstmal die Tropfen Wasser vom Gesicht, die von ihren Haaren rannen, und blickte mit denselben veilchenblauen Augen, wie ihre Mutter sie hatte, auf den Brief. Dann hob sie den Kopf.

»Was hat sie geschrieben?« fragte sie wütend. »Sagen Sie mir nicht, daß der großartige Lord Pimbersham sie nun doch noch geheiratet hat.«

Überrascht weiteten sich die dunklen Augen Marthas. Summer bemerkte das gehässige Aufblitzen darin.

»So, du weißt es also«, grinste die Alte. Sie wandte sich um und ging an den Kamin. Dann stand sie davor, den Blick wieder Summer zugewandt. Sekunden vorher noch war er voller gemeiner Genugtuung gewesen. Nun durchbohrte er das Mädchen förmlich mit offen gezeigter Feindseligkeit.

»Ich hatte meinen Lohn für deine Verpflegung und Betreuung über zwei Monate lang nicht mehr bekommen. Deshalb mußte ich an deine Mutter schreiben, um ihr noch einmal darzulegen, wie wichtig für mich die pünktliche und regelmäßige Bezahlung ist. Schließlich bin ich keine wohlhabende Frau, wie du weißt. Mein Einkommen als Hebamme ernährt kaum einen, geschweige denn zwei.«

»Und?« fragte Summer.

»Sie ist tot.«

Summer hielt den Atem an. Ihr Herz klopfte wie wild.

»Sie ist tot«, wiederholte Martha mit durchdringender Stimme.

»Selbstmord. Offensichtlich war ihr Geliebter, Lord Pimbersham, ihrer müde geworden und hat sie verstoßen. Hm. Hat sie auf die Straße gesetzt, wo sie hingehört. Eine Hure bleibt schließlich eine Hure, ob sie nun auf der Straße steht oder gehalten wird wie eine Königin.«

Summer drehte sich um. Sie konnte keinen klaren Gedanken fassen. Draußen trommelte der Eisregen gegen die Fensterscheiben.

Ihre Mutter war tot.

Sie sah Glorvina vor sich. Der letzte Besuch. Es war Summers fünfzehnter Geburtstag gewesen. Wie wunderschön, wenn auch traurig hatte Glorvina ausgesehen. Sie hatte ein so klares Gesicht, das volle rote Haar, das Summer von ihr geerbt hatte, war in natürlichen Locken zu einem weichen Knoten gebunden. Viele kleine Perlennadeln steckten darin.

Dagegen hatte Summer ihre Locken immer offen, bis zu den Hüften, getragen. Später hörte sie, wie ihre Mutter Martha deswegen tadelte. »Summer ist schließlich jetzt eine junge Dame«, meinte sie. »Sie kann ihr Haar nicht mehr offen tragen.«

»Da ist aber auch nichts von einer Dame in ihr«, widersprach Martha. »Sie ist wild und quirlig wie der Wind ist sie. Außerdem, wenn Sie so besorgt sind, ihretwegen, meine ich, nehmen Sie sie doch gleich mit nach London. Und gute Fahrt dann auch.«

Summer hatte gebetet – und wie sie gebetet hatte – damit ihre Mutter das tun würde. Aber sie tat es natürlich nicht. Glorvina hatte ihrer Tochter einen Abschiedskuß gegeben, die elegante Kutsche ihres Geliebten bestiegen und war nach London heimgekehrt, ohne Summer.

Und nun war die Mutter tot. Und all ihre Hoffnungen waren dahin.

Summer verstand, wie ihre Mutter gefühlt haben mußte. Sie hatte sich an die Hoffnung geklammert, Pimbersham würde sie heiraten. Kein Zweifel, dieser miese Kerl hatte sie hingehalten, hatte ihr falsche Versprechungen gemacht, im Grunde von vorneherein ohne die Absicht, diese Frau zu heiraten. Er hatte ihre Mutter gedemütigt. Er hatte sie zerbrochen und hinausgeworfen wie eine lästige kleine Magd. Verdammter Aristokrat!

Summer ging wortlos in ihr Zimmer, legte sich aufs Bett und starrte an die Decke. Nur mit halbem Ohr nahm sie wahr, daß Martha an ihre Tür kam und mit grausamer Härte rief: »Waise... Tochter einer Hure... Kannst wohl kaum von mir erwarten, daß ich dich jetzt noch hier durchfüttere, ohne jedes Geld.«

Tränen flossen über Summers Gesicht.

Erst als die Lichter im Haus ausgegangen waren und Stille eingekehrt war, stand Summer auf. Sie beugte sich vor dem Spiegel über ihre Kommode und berührte sacht die häßliche Wunde auf ihrer Wange, die der Kurier ihr geschlagen hatte. Dann fuhr sie sich mit dem Finger über ihren vollen roten Mund, der leicht zitterte und heute ganz und gar nicht wie sonst den verschmitzten, frechen Zug hatte. Irgendwann in den vergangenen Monaten war sie zur Frau geworden. Ihr Jungmädchengesicht war voller Liebreiz. Auf der Nase saßen ein paar lustige Sommersprossen. Oh, wie hatte sie diese Sommersprossen einmal gehaßt! Doch ihre Mutter hatte nur gelacht, als sie Summer bei dem Versuch ertappte, diese scheußlichen Flecken wegzureiben.

»Das sind doch Elfenküsse«, hatte sie geflüstert. »Mein süßer Schatz, darüber muß man sehr, sehr glücklich sein. Ich liebe jede einzelne deiner Sommersprossen.«

Summer hatte bei dieser Vorstellung lachen müssen. »Ach, die Elfen waren das?« –

»Natürlich«, meinte ihre Mutter und drückte Summer ganz fest an sich. Sie waren gerade an einem Beet stehengeblieben, das voller bunter Fingerhutblumen war. Glorvina tat so, als suche sie die einzelnen Blüten ab.

»Die Elfen sind ja so klein und haben luftige, durchsichtige Körper. Und sie sind leicht, so leicht, daß sie sogar auf einem Tautropfen tanzen können, ohne ihn zu zerstören«, erklärte sie.

»Ihre Flügel sind weiß und scheinen im Sonnenlicht silbrig. Und ihre Hüte suchen sie sich jeden Morgen neu aus, wenn die jüngsten Blüten des

Fingerhuts sich gerade geöffnet haben.«

Auf allen vieren steckte Summer ihren Kopf in die bunten Blumen. Sie war ja ganz sicher, daß sie eine der kleinen, zauberhaften Elfen gesehen hatte, daß sie ihr sogar zugewinkt hatte von ihrem seidigen Blütenblatt aus. Summers Nase war voller Blütenstaub, als sie ihr Gesicht wieder hob und die lachende Mutter anblickte. Glorvina blies den goldenen Pollen von der Nase ihrer kleinen Tochter.

»Heilige Mutter Maria«, hatte sie ausgerufen. »Sie haben es wieder getan. Sie haben dich auf die Nase geküßt.«

»Noch eine Sommersprosse?« schrie Summer nun vor Freude laut auf. Denn auf einmal liebte sie ihre Sommersprossen über alles.

»Zwei«, nickte Glorvina. »Stell dir vor, zwei Elfenküsse an einem Tag. Das ist unglaublich, mein Schatz. Und sie werden an deinem Bett wachen, tanzen, dir wunderbare Geschichten erzählen. Denn sie müssen dich wohl ganz besonders lieben. Oh, wäre ich nur so unerhört glücklich wie du...«

Nein, der Schmerz war einfach zu überwältigend. Ihre Mutter war fort. Für immer und ewig und... Ohne Abschied war sie gegangen, hatte Summer verlassen. Und es gab nun keine Hoffnung mehr, daß sie je zurückkehren könnte. Es war vorbei. Keine Streifzüge mehr durch Blumengärten auf der Suche nach märchenhaften Elfen. Niemand mehr, der sie festhielt und glauben machte, daß Sommersprossen wunderbare Küsse dieser lieblichen Fabelwesen seien. Ihre Kehle schnürte sich zu. Die Augen füllten sich mit Tränen. Dann schluchzte sie laut auf und weinte, die Hände vor den Mund gepreßt, damit keiner sie hören konnte.

Summer nahm ihren Koffer aus dem Kleiderschrank. Es gab nicht besonders viel zu packen. Ein Kleid, ein paar geflickte Strümpfe, Kamm, Bürste, ein kleines Portrait ihrer Mutter in einem ovalen Silberrahmen. Zärtlich fuhr Summer mit dem Finger über das Bild. Dann packte sie es mit einem tiefen Seufzer in ihren Koffer. Sie nahm ihren Mantel.

Martha schien zu schlafen. Im Haus war es dunkel und still. Summer schlich durch den Flur und schloß die Haustür hinter sich, ohne einen letzten Blick. Zitternd, den Mantel so fest um sich geschlungen, wie es nur ging, drehte sie sich doch noch einmal um, um das Haus zu sehen. All die vertanen Jahre, die sie hier gelebt hatte! Sie schickte ein Stoßgebet zum Himmel, er möge sie erlösen von ihrem Unglück, von dieser unerträglichen Einsamkeit. Aber es war vorbei. Alles vorbei –

Richmond, England
August 1866

Summer nahm zwei Stufen auf einmal, um so schnell wie möglich den zweiten Stock des Herrenhauses zu erreichen. Panik ergriff sie, weil die Uhr gerade lautstark viermal schlug. Pimbersham erwartete schon seinen Tee.

Dieses Versteckspiel konnte nicht mehr länger andauern. Um in seine Nähe zu kommen, hatte sie sich als Küchenmagd im Herrenhaus verdungen.

Pimbershams Aufmerksamkeit zu erlangen, war außerordentlich leicht gewesen. Er hatte sie fast augenblicklich bemerkt. Gegen Ende der ersten Woche bereits begann er sie zu umlagern. Er machte

Andeutungen, tätschelte oder zwickte sie. Sie lächelte nur dazu und spielte ansonsten auf schüchterne Art das leichtfertige Dummchen. Im Grunde ihres Herzens fühlte sie sich aber von seinen Berührungen beschmutzt. Die Vorstellung, daß ihre Mutter das und viel mehr zugelassen hatte, ekelte sie.

Warum nur hatte Glorvina sich dafür hergegeben? Keine Reichtümer der Welt waren solch einen hohen Preis wert. Aber das war eben die Art dieser widerlichen Adligen. Sie kauften Menschen, als seien sie wertloser Plunder. Und wenn ihnen etwas Besseres geboten wurde, warfen sie sie einfach wieder fort. In den vergangenen sechs Monaten, die Summer nun schon hier war, hatte sie genau beobachten können, wie leichtfertig Pimbersham und seine Freunde lebten und handelten.

Rachegedanken hatten Summer nicht mehr losgelassen, seit sie in Pimbsbury Hall angekommen war. Schon gar nicht, seit sie gesehen hatte, daß ihre Mutter in einem Armengrab ohne Stein bestattet worden war.

Summer war auf dem letzten Treppenabsatz angekommen und strich ihre Schürze glatt. Dann steckte sie eine vorwitzige Haarsträhne wieder unter ihre Haube. Es war still hier.

Sie hatte gelernt, darauf zu achten. Gab es Geräusche, welcher Art auch immer, so waren Menschen in der Nähe. Anderes Personal. Einige davon waren Freunde. Und die kannten Pimbersham und seine Vorliebe. Und sie hatten sehr schnell gemerkt, daß der Alte ein Auge auf Summer geworfen hatte. Man hatte sie davor gewarnt, allein mit ihm zusammenzutreffen. Es sei denn, sie hätte nichts gegen seine Avancen einzuwenden. Aber sie hatte –.

Zum Glück hatte sie eine gute Freundin gefunden, Sophie Fairburn, ausgerechnet die frühere Zofe von Glorvina. Sophie war eine dralle Blondine mit einem riesengroßen Herzen. Sie hatte eine Schwäche für das gute Leben und hätte wer weiß was getan, um ihren Teil davon abzukriegen. Das bedeutete auch, mit Pimbersham ins Bett zu gehen, wenn er Lust auf sie hatte, so etwa drei- oder viermal die Woche. Er war »ein geiler alter Sack«, wie Sophie zu sagen pflegte.

»Aber wie kannst du nur?« fragte Summer immer wieder. Sie hoffte, Sophies Antwort würde ihr auch erklären, warum ihre Mutter es so lange hier ausgehalten hatte, trotz allen Unglücks.

»Nichts kann es doch geben, was die Würde eines Menschen wert ist. Weder Geld, noch ein Dach über dem Kopf könnten mich je dazu bewegen, meinen Körper und meine Seele zu verkaufen. Ich würde eher verhungern und erfrieren, als auch nur einen einzigen Zentimeter meiner Haut so einem... Adligen zu geben!« Summer spuckte diese Worte förmlich aus, so aufgebracht war sie. »Sophie, wie kannst du das nur zulassen?«

»Warum nicht«, gab Sophie zur Antwort, die Lippen fest zusammengepreßt. »Was hab' ich sonst schon zu bieten? Außerdem ist es so immer noch besser, als auf die Straße zu gehen. Wenn du mir nicht glaubst, Schätzchen, laß dich mal zum East End von London fahren. Ich will damit nicht sagen, du solltest dich mit dem alten Hurenbock einlassen. Wirklich nicht. Tatsache ist, du sollst dich von ihm fernhalten. Bist ein gutes Mädchen, wirklich. Und du bleibst wie du bist, wenn ich ein Wörtchen mitzureden habe.«

Die Worte der Freundin hatten Summer berührt. Und ehe sie es sich versah, hatte sie Sophie gebeichtet, daß sie Glorvinas Tochter sei.

Sophie hatte nur gutmütig gelacht. Das hatte sie doch schon von Anfang an gewußt, auch wenn Summer sich als Cynthia Riley vorgestellt hatte. Aber Summers Neugier, was Glorvina betraf, hatte sie verraten. Sie erfuhr von Sophie, daß Glorvina von Pimbershams Freunden geschnitten worden war, daß sie nichts mit ihr zu tun haben wollten. Dennoch sei ihre Herrin immer gütig und rücksichtsvoll mit jedermann umgegangen, auch mit dem Personal. Und sie habe sich für jede Art von Wohltätigkeitszwecken sehr engagiert. »Sie war die beste Herrin, die ich je hatte«, versicherte Sophie und legte tröstend einen Arm um die Freundin.

Aber nun wollte Sophie sie verlassen. Sie hatte es Summer vor etwa drei Wochen mitgeteilt, war fröhlich die Treppenstufen heraufgesprungen, ein Papier in der Hand.

»Ich geh'«, hatte Sophie glücklich ausgerufen und war in schallendes Gelächter ausgebrochen.

Ihr Blick war an Sophies erregtem Gesicht hängengeblieben, und atemlos hatte Summer sie gefragt: »Was sagst du da? Wohin gehst du denn? Und mit wem?«

»Ich bin verheiratet«, hatte Sophie ihr ins Ohr geflüstert, damit die anderen es nicht hören konnten. »Kannst du dir das vorstellen?«

»Mit wem denn?« hatte Summer noch einmal gefragt, Panik in der Stimme.

»Wann?«

»Vor einer Stunde.« Sophie hob das Blatt Papier

und deutete auf eine imposant wirkende Unterschrift am unteren Seitenrand.

»Du siehst vor dir die Frau eines Schaffarmers. Hab' einen Farmer geheiratet, ungesehen. Eine Ferntrauung. Noch gute zwei Wochen, und ich bin unterwegs nach Neuseeland.«

»Ich seh' eine Verrückte vor mir!« japste Summer. »Du kannst doch nicht einfach dahergehen und irgendeinen Mann heiraten, den du noch nicht einmal gesehen hast. Neuseeland! Wo zum Teufel –«

»Nimm dich in acht!« schimpfte Sophie.

»Kann doch irgend so ein Perverser sein«, fuhr Summer fort.

»Ein Perverser?« Sophie zwinkerte mit den Augen und warf ihrer Freundin ein verruchtes Lächeln zu.

»Dann weiß ich ja, wie ich mit ihm umzugehen habe, stimmt's, mein Schatz?« hänselte sie.

»Schlimmer als ein Perverser.« Summer folgte ihrer Freundin in das nächstgelegene Zimmer. »Irgendwas kann mit so einem doch nicht stimmen. Warum sonst würde ein Farmer aus Neu...«

»Seeland. Irgendwo in der Nähe von Australien, glaub' ich.«

»Warum hat der denn keine Frau gefunden?«

»Da sind Frauen Mangelware«, lächelte Sophie und tätschelte Summers Wange.

»Ist schon alles in Ordnung, Süße. Und wenn er ein Perverser ist.«

»Irgendwie kommt es mir nicht richtig vor«, ließ Summer nicht locker. »Einen Mann zu heiraten, und du kennst nicht mal seinen Namen.«

»Klar kenne ich den.« Summer hielt den Vertrag hoch. »Hier steht's doch. Ich bin Mrs....« Sie guckte noch einmal, um ganz sicher zu sein. »Nicholas Winston Sabre, hochwohlgeboren. Verdammt, aber der Name kommt mir irgendwie bekannt vor. Na ja, is' auch egal. Pervers oder nicht. Ich hab 'nen Mann. Und ein richtiges Zuhause. Endlich. Was mehr könnte sich ein Mädchen wünschen, frag' ich dich?«

»Verheiratet!«

»Pst! Ich hab's dem alten Lustmolch noch nicht erzählt. Verplapper dich bloß nicht, bevor ich weg bin. Wenn ich nich' aufpasse, behält der sonst noch meinen Lohn ein.«

»Sie geht«, murmelte Summer leise vor sich hin und folgte Sophie hinunter in die Küche und hinaus auf den Hof. Sie schwiegen eine Weile, während in Summer der Gedanke an eine trostlose Zukunft ohne ihre Freundin nagte. Dann blickte sie auf, geradewegs in Sophies lächelnde Augen.

»Und wenn ich dir einen Rat geben kann, Herzchen, machst du dich aus dem Staub, bevor ich gehe. Keine Ahnung, ob es noch eine außer mir gibt, die meinen Platz im Bett des Alten einnehmen würde. Denk an meine Worte, wenn ich erst weg bin, wird dir der geile Kerl hinterhersteigen, daß du dich nicht mehr retten kannst.«

»Ich – ich kann nicht gehen.« Summer schüttelte ihren Kopf. Sophie blickte sie fest an, streng wie eine Mutter. Und Summer fühlte sich wirklich fast so, als sei sie gerade erst zehn Jahre alt.

»Sieh mal«, begann Sophie. »Keine Ahnung, warum du hergekommen bist. Vielleicht will ich's lieber gar nicht so genau wissen. Aber eins weiß ich ganz genau.« Sie griff nach Summers Kinn und hob ihr Gesicht. »Es gibt nichts, was das Geschehene ungeschehen machen kann. Rein gar nichts.«

Nun, wo Summer gerade dabei war, mit dem Teetablett in Pimbershams Salon einzutreten – glücklicherweise war er mit einem Besucher voll und ganz beschäftigt –, mußte sie wieder an ihre arme Mutter denken. Summer blickte finster drein. Langsam ging sie zurück zu den Räumen der Bediensteten. Sie war wirklich in einer verzwickten Lage. Wenn sie sich an Pimbersham rächen wollte, mußte sie es sehr bald tun. Aber als sie gerade die Türschwelle zu Sophies Zimmer betreten wollte, ging ihr durch den Kopf, daß sie überhaupt nicht töten konnte. Auch wenn sie es noch so sehr wollte.

Wie hatte sie nur auf diese Idee kommen können? Solche Vorstellungen waren doch nichts als Kinderphantasien, gesponnen aufgrund von Enttäuschung und Verzweiflung! Sophie hatte recht. Sie konnte ihre Mutter nicht zurückholen. Und sie hatte auch nicht das Recht, über die Gemeinheiten, die Pimbersham ihrer Mutter zugefügt haben mochte, zu richten. Glorvina hatte es mit sich geschehen lassen. Sie hatte Reichtum und Ansehen, das Leben unter Adligen der Sehnsucht nach ihrem eigenen Kind vorgezogen.

Summer fand Sophie über den schon größtenteils gepackten Koffer gebeugt vor. Die Freundin weinte leise in sich hinein und trocknete ihre Tränen mit einem Taschentuch. Summer lief zu dem Mädchen, zog es aufs Bett und suchte in ihrem Gesicht nach einem Grund für den Kummer.

»Oh, mein Gott«, weinte Sophie und schüttelte verzweifelt den Kopf. »Ich hab' alles kaputtgemacht. Summer, ich hab' einen richtigen Schlamassel aus meinem Leben gemacht.«

»Was ist denn passiert?« fragte Summer verständnislos. »Ist was mit Pimbersham? Ist er böse, weil du gehst?«

»Ich hab's ihm noch nicht gesagt.« Sophie schnaubte ins Taschentuch.

»Na, was ist es denn?«

»Ich bin schwanger.« Sophie stand auf. Mit dem Rücken zu Summer sagte sie: »Ich hab's gerade erst herausgefunden. Ich bin zwei Monate überfällig. Oh, mein Gott! Zwei Monate, und ich hab' noch nicht mal meinen Mann kennengelernt.«

»Und was machst du nun?« fragte Summer.

Sophie schnaubte wieder. »Dafür wird dieser Hurensohn zahlen. Das schwöre ich vor Gott. Ich werd's ihm zeigen. Der wird noch bedauern, daß er geboren ist.«

An jenem Nachmittag war Summer gerade auf dem Weg nach oben, als sie plötzlich Stimmen hörte. Es mußten Sophie und Pimbersham sein, die sich lautstark stritten. Summers Herz begann heftig zu schlagen. Die beiden waren offensichtlich im Zimmer am Ende des Flurs.

»Natürlich ist es deins«, schrie Sophie. »Bin keine Schlampe, wie du weißt, die mit jedem ins Bett geht.«

»Und was erwartest du von mir?« kam die wütende, drohende Stimme von Pimbersham.

»Geld will ich. Wenn du denkst, ich erziehe dieses Kind in irgendeinem Armenviertel –«

»Lächerlich! Ich habe nicht die Absicht, ein uneheliches –«

Summer schloß die Augen. Diese knallharte Stimme von Pimbersham, seine brutale, eiskalte Art, trieben ihr die Tränen in die Augen. Sie war nicht imstande, weiter zuzuhören. Plötzlich stand vor ihr das Bild ihrer Mutter, wie sie dem wütenden Gutsherrn erklärte, daß sie ein uneheliches Kind in einem einsamen Dorf versteckt hielte, weit genug entfernt, um ihm keine Unannehmlichkeiten zu machen.

»Du wirst uns ernähren«, behauptete Sophie. »Oder du wirst es bereuen. Wir werden ja sehen, was deine großartigen Freunde dazu sagen, was du mit jungen Mädchen so treibst –«

Der Streit trieb seinem Höhepunkt zu. Da, ein Schrei –

Wie toll schlug Summers Herz. Sie rannte den Korridor hinunter, gerade schnell genug, um dem Blick Pimbershams zu entgehen, der aus dem Raum lief und an der Treppe kurz stehenblieb, um seine blutigen Hände mit einem Taschentuch zu säubern. Er konnte sie nicht sehen. Gott sei Dank! Nicht daran zu denken, was er ihr hätte antun können.

Dann war er unten. Summer lief so schnell sie konnte mit zugeschnürter Kehle los, um ihre Freundin zu suchen. Warum war es nur so still? Wo waren die anderen? –

»Oh«, schluchzte sie. »Oh, Sophie...«

Sophie lag mit ihrem Kopf dicht am Kamin, der blutige Schürhaken neben ihr. Summer fiel auf die Knie und nahm das Mädchen in die Arme. Ihr Gesicht war blaß. Aber sie lebte. Sie öffnete ihre Augen und versuchte ein Lächeln.

»Der Kerl hat mich umgebracht«, sagte sie.

»Ich hol' einen Arzt –«

»Mach dir keine Mühe, Kleines. Es ist zu spät. Das beste, du verschwindest so schnell du kannst. Wenn dir dein Leben lieb ist. Vergiß, was hier geschehen ist. Was er mit deiner armen Mutter und mit mir gemacht hat.«

»Nein, stirb nicht«, bettelte Summer und zog ihre Freundin ganz dicht an sich heran. Sie versuchte ruhig zu bleiben und ganz normal zu reden. »Bitte stirb nicht. Du bist alles, was ich auf der Welt hab'. Meine einzige Freundin.«

»Arme Summer«, flüsterte Sophie mit schwacher Stimme. »Deine Mutter hat dich so lieb gehabt. Wirklich, weißt du, sie sprach jeden Tag von dir.« Mit letzter Anstrengung nahm sie das Papier und drückte es Summer in die Hand.

»Nimm das. Es ist die einzige Möglichkeit, die dir bleibt, Mädchen. Renn so schnell du kannst – so weit fort du kannst. Wenn's sein muß bis ans Ende der Welt. Vielleicht findest du da, was du suchst.«

Die Worte schwirrten in Summers Kopf. Kummer und Verwirrung machten sich breit. Leise schluchzte sie vor sich hin. Sophies Augen waren geschlossen, ihr Gesicht kalt. Summer legte den Kopf ihrer Freundin sanft auf den Boden. Dann blickte sie auf.

Pimbersham stand in der Tür. Sein schwammiger Körper in einem goldenen Seidenmorgenrock, den er über seine schwarze Hose und das weiße Hemd geworfen hatte. Summer schoß es durch den Kopf, daß er früher einmal gutaussehend gewesen sein mochte. Aber das genußsüchtige Leben voller Überfluß und Ausschweifungen hatte seine Spuren hinterlassen.

»Sie haben sie getötet«, sagte Summer mit falscher Ruhe. Sie wollte weglaufen, aber ihre Beine waren wie gelähmt. Langsam erhob sie sich. Sie ließ seinen Blick nicht los. Er lächelte. Tatsächlich, er lächelte. Es war so ein wissendes

Lächeln, das ihr das Blut in den Adern gefrieren ließ.

»Dachtest du wirklich, ich würde dich nicht erkennen?« fragte er mit heiserer Stimme. »Mein Gott, du ähnelst deiner Mutter so. Im ersten Augenblick wußte ich es schon. Dieses traumhafte Haar. Die weichen roten Lippen, wie gemacht für Liebe und Leidenschaft. Gemacht, um einen Mann zu liebkosen. Und dieser Körper. Mein Gott. So jung. So biegsam. Ja, du siehst aus wie Glorvina, als ich mich in sie verliebte. Sie war unschuldig und naiv wie du. Sie hat mir nichts von dir erzählt. Aber ich habe es sehr schnell herausgefunden. Sie war dumm genug zu glauben, daß ich ihr nicht folgen würde, als sie einmal nach Kenilsworth fuhr. Dort konnte ich mich selbst überzeugen. Ich sah dich im Garten spielen.«

Sein breiter Mund verzog sich zu einem unangenehmen Grinsen. Summer erkannte, daß es ihm nicht das geringste ausmachte, soeben eine Frau umgebracht zu haben. »Ich mag junge Dinger wie dich«, rasselte seine Stimme.

Summer trat einen Schritt zurück. Blutflecken klebten auf seinem Hemd. Sophies Blut.

»Deine Mutter war einmal sehr schön. Bis ihre Figur auseinanderging und aus ihr ein zänkisches, weinerliches altes Weib wurde. Bis sie anfing, Forderungen zu stellen, die einfach nicht angemessen waren.«

Summer blickte zur Tür. Wo waren die anderen? –

»Du hattest vor, dich an mir zu rächen. Stimmt's?« fuhr er fort und trat einen Schritt näher auf sie zu. »Du verachtest mich und gibst mir die

Schuld am Tod deiner Mutter. Sie hat einfach nicht verstanden, daß eine Frau wie sie nicht in die feine Gesellschaft gehört. Sie wäre doch Zielscheibe des Spotts geworden als meine Frau. Ich habe ihr direkt einen Gefallen getan, sie nicht zu heiraten, liebe kleine Summer.«

Er kam so schnell, daß sie kaum mehr reagieren konnte. Sie drehte sich um und wollte wegspringen, stolperte aber über Sophies Fuß. Bevor sie sich wieder aufrichten konnte, schoß Pimbersham wieder auf sie zu. Sie duckte sich und lief zur Tür.

Aber er war schneller. Er packte ihren Arm. Mit einem Schrei versuchte sie sich loszuwinden. Ihre Haube löste sich. Das Haar fiel wie Feuer über ihre Schultern.

Er atmete den süßen Duft des Mädchens ein. Schweiß tropfte von seiner Stirn, floß übers Gesicht, über die Lippen.

»Lassen Sie mich«, schrie sie und zerrte an seinen Händen.

»Aber das kann ich doch nicht, Summer. Stimmt's? Halt jetzt still. Mein Gott, bist du temperamentvoll. Ich mag das. Ja, oh... ja...«

Sie rang mit ihm. All ihr kindlichen Vorstellungen von Rache kamen ihr wieder in den Sinn. Nun fühlte sie nichts als nackte Angst. Mit einem Satz rückwärts machte sie sich frei und rannte so schnell sie konnte zur Treppe. Seine Schritte hallten hinter ihr und sein Keuchen –

Da hatte er sie schon am Haar gepackt. Er zog sie mit Gewalt zurück.

»Hilfe, helft mir doch!« schrie Summer. Sie wußte, daß die anderen in der Nähe waren, daß sie ihre Ohren an die Türen preßten, wie ohnmächtig jeder einzelne von ihnen vor Angst. Mit ihren Händen schlug sie verzweifelt gegen seine Brust.

»Widerling!« zischte sie. »Schwein! Nimm deine schmutzigen Hände weg.«

Das Blut hämmerte wie wild in ihren Ohren. Sie hörte den warnenden Schrei nicht mehr. Sie warf sich mit voller Wucht gegen Pimbersham. Sein schwammiges Gesicht wurde augenblicklich kreideweiß vor Furcht. Seine Arme schlugen unbeholfen um sich, um die Balance zu halten. Er sah aus wie ein Vogel, der vergessen hatte, wie man fliegt. Dann war er weg. Er fiel die große geschwungene Treppe hinunter. Unbeholfen krachten seine Gliedmaßen gegen die Wände und schlugen hart gegen das elegant geformte Geländer, das ihn auch nicht halten konnte.

Er landete unten in einem Wäschehaufen. Eine Magd wagte sich aus ihrem Versteck hervor und untersuchte den zerschmetterten Leib ihres Herrn. Dann blickte sie hinauf, wo Summer mit den Händen vor den Mund gepreßt stand.

»Du hast ihn getötet«, sagte die Frau.

»Es... es war ein Unfall«, stotterte Summer.

»Das ändert doch nichts, Mädchen. Du hast ihn getötet, so klar ist das, als hättest du persönlich mit der Pistole auf ihn gezielt...«

»Aber er hat Sophie ermordet. Überzeug dich selbst.«

»Denkst du, die Richter kümmern sich auch nur einen Deut darum?« warf da ein anderer ein.

»Die hängen dich, das steht jedenfalls fest«, meinte einer.

Summer ging langsam die Treppe hinunter. Unten sah sie den Leichnam von Pimbersham liegen. Ja, er hatte den Tod verdient, für alles, was er Sophie und Glorvina angetan hatte, und wer weiß, wie vielen anderen noch. Summer erschrak selbst bei ihren kalten, harten Gedanken. Sie versuchte, sie zu unterdrücken. Wenn bloß keiner in ihrem Gesicht lesen konnte, was sie im Grunde fühlte! Unten zögerte sie einen Moment. Niemand, der ihr helfen konnte. Langsam ging sie zur Tür.

Sie nahm die Treppenstufen vor dem Haus, so schnell sie konnte, und lief bis ans Ende der Straße. Nur fort von hier. Weg, von all diesem entsetzlichen Wahnsinn.

Der feine Nieselregen mischte sich auf ihrem Gesicht mit den Tränen. Mama, oh, Mama! schrie es in ihr. Was soll ich nur tun? Wohin soll ich jetzt gehen?

Aber ihre Mutter lebte nicht mehr. Sie konnte ihr auch nicht helfen...

In diesem Augenblick tauchte eine Kutsche mit lautem Rumpeln aus dem Nebel auf. Sechs schwere Tiere kamen direkt auf sie zu. Summer stand zitternd und wie erstarrt auf der Straße. Vielleicht würden sie einfach über sie hinweglaufen und all dem Elend ein Ende machen. Dieses entsetzliche Leben. Diese Einsamkeit! – Nein, sie hatte nie auf die Welt kommen wollen. Keinen hatte sie darum gebeten. Warum sollte sie es noch weiter aushalten? –

Der Fahrer zog mit einem kräftigen Ruck am Zügel, um den Schatten auf der Straße nicht zu überfahren. Er brachte die Kutsche zum Halten, gerade noch rechtzeitig.

Es war die Postkutsche auf ihrem Weg nach London.

»Fahren Sie nach London?« fragte Summer.

Der Mann nickte, nahm seinen Hut und schüttete den Regen aus der breiten Krempe.

Summer ging auf die Kutschentüre zu. Von innen öffnete ihr ein stattlicher Mann mittleren Alters, der sie neugierig musterte. Als die Kutsche losfuhr, lächelte er ihr freundlich zu und bot ihr einen Umhang zum Aufwärmen.

»Das ist wirklich sehr freundlich«, meinte Summer und hüllte sich ein. »Vielen Dank.«

»Nicht der Rede wert«, lächelte er warm. »Was wollen Sie in London tun, liebes Kind? Sie sehen recht traurig und verloren aus...«

Summer starrte aus dem Fenster und dachte eine Weile über die Antwort nach. Dann blickte sie auf ihren Schoß und auf das Blatt, das sie in der Hand hielt – es war Sophies Hoffnung auf ein bißchen Glück.

Summer betrachtete das Siegel, dann die zwei Unterschriften. Eine mit Schwung und energischen Strichen. Die andere nichts als ein Gekritzel: S. Fairburn. Beruf: Hausangestellte.

Sollte sie es wagen, vor den Fehlern ihrer Mutter und den eigenen zu fliehen? Eigentlich hatte sie keine andere Wahl. Sie hatte einen Adligen umgebracht. Und wenn sie auch unschuldig an Pimbershams Tod war, ihresgleichen würden sie in jedem Fall verurteilen. Sie würde hängen. Oder ins Gefängnis kommen.

Summer zwang sich, den freundlichen Mann ihr gegenüber anzusehen. »Ich geh' nach Neuseeland«, sagte sie mit leiser Stimme. »Zu meinem Mann.«

»Tatsächlich. Und wer sollte das sein, mein liebes Kind? Sie sehen noch so schrecklich jung aus.«

»Sabre«, flüsterte Summer den Namen, wie zu

sich selbst. Ein Schauder der Erregung, aber auch der Furcht lief ihr über den Rücken.

»Ich bin Mrs. Nicholas... Winston... Sabre. Hochwohlgeboren«, fügte sie kühn hinzu. Dann blickte sie wieder aus dem Fenster. In ihrem Innern klang es nach, wieder und wieder.

»Nicholas Winston Sabre, hochwohlgeboren.«

Wer er auch sein mag. –

2

Lyttleton, Neuseeland
Januar 1867

Summer saß auf einem Tau, das nach Algen und Fisch roch. Sie fluchte im stillen über ihre Dummheit. Die Kleidung, die sie in Melbourne gekauft hatte, war viel zu warm und auch zu unbequem. Sie schlug nach Sandfliegen, die um ihren Kopf schwirrten und beobachtete von ihrem Plätzchen aus die anderen »Bräute«, die von ihren neuen Ehemännern nach und nach abgeholt wurden. Überall Freudengeschrei und schüchternes Gegacker von jungen Frauen. Irgendwann waren sie schließlich alle fort. Auch die Besatzung des Schiffes. Nur sie saß noch da, allein, und suchte mit ihren Blicken die Pier nach einem Mann ab, der sich Sabre nannte.

Qualvolle dreieinhalb Monate lagen hinter ihr. Immer wenn sie sich erneut über einen Eimer beugte, um sich zu übergeben, versuchte sie, sich auszumalen, wie Sabre wohl aussehen mochte. Sie flehte alle Heiligen im Himmel an, daß sich die zahlreichen Entbehrungen und Strapazen während der vielen langen Wochen lohnen würden. Einmal sah sie den Schaffarmer als großen blonden Mann, ein andermal gaukelte die Phantasie ihr einen untersetzten Glatzkopf vor. Zweifellos würde er nach Schafen stinken.

Summer seufzte. Sie erhob sich und ging ein wenig umher. Es war ein komisches Gefühl, als letzte noch immer hier zu warten. Die Umgebung Lyttletons war schön. Aber der Ort selbst bot offensichtlich nicht gerade viel. In der Ferne lagen die Berge, Schnee auf den Spitzen, das Weiß gegen das herrliche Blau des Himmels. Die Ebene war saftig grün.

Auf ihrer Reise hatte Summer erfahren, daß Kilometer von hier entfernt der Ort Christchurch lag. Und daß die ersten Einwanderer erst vor ungefähr dreißig Jahren hierher gekommen waren.

Hier hatten bis dahin nur Wilde gelebt, die Maoris. Es hatte Kämpfe zwischen ihnen und den Einwanderern gegeben. Viele Menschenleben hatte das gekostet. Allerdings, so hatten die Leute von der Schiffsmannschaft erklärt, waren die Maori inzwischen wieder friedlich und hatten sich längst mit den Siedlern arrangiert.

Aber Summer konnte sich nicht recht mit der Idee abfinden, daß es irgendwo dort draußen inmitten dieser Berge und Täler Menschen gab, die sich gegen die Schändung ihrer eingeborenen Landrechte mit Lanzen gewehrt und getötet hatten.

Am Ende des Piers blieb Summer stehen und blickte die Bucht suchend ab. »Wo zum Himmel bleibst du, Sabre?« fragte sie ärgerlich.

Als Antwort kam nichts außer dem Kreischen einer Möwe, die auf das Wasser zusegelte, die weißen

Schaumkronen leicht berührte und schnell wieder hoch aufstieg. Im Schnabel hielt sie einen silbrig schimmernden Fisch.

In der Ferne erschienen ein paar Kinder. Sie liefen mit Körben in ihren Händen am Strand entlang, gerade da, wo die Wellen sich brachen. Schaum blieb an ihren Beinen kleben. Ihre Fußabdrücke im Sand wurden von der Brandung wegradiert. Ab und an blieben sie stehen und sammelten Muscheln aus der Gischt. Dann – die Köpfe zusammen, Sonnentanz im seidigen Kinderhaar – machten sie sich einen Spaß daraus, ihre Schätze zu begutachten. Plötzlich waren sie wieder fort. Man hörte nur noch fernes Kinderlachen.

Summer hatte ihnen voller Freude zugeschaut, auch etwas neidisch. Sie liebte Kinder. Sie liebte ihre Unschuld, ihre Naivität. Sie selbst hatte beides schon früh verloren, bald nachdem ihre Mutter sie bei Martha Haggard gelassen hatte.

Summer wandte sich ab. Da entdeckte sie einen Mann, der geradewegs auf sie zukam. Er hatte einen breitkrempeligen Hut in seiner Hand. Das Haar war dunkel. Er ging mit weitausholenden Schritten. Ein Schauder lief Summer den Rücken herunter. Und sie fragte sich, ob wohl je ein Mensch, so blutjung wie sie, an Herzversagen gestorben war. Sie war sich nämlich keineswegs sicher, ob sie nicht gleich so etwas erleiden würde.

Er war kein wirklich gutaussehender Mann. Aber häßlich war er auch nicht. Weit davon entfernt. Je näher er kam, desto besser gefiel er ihr. Und er lächelte. Summer war nun doch sehr glücklich, daß sie das Geld angenommen hatte, das der Kapitän Jamie Mac Farland für Sophie in der Kabine gelassen hatte, damit sie sich ein paar neue Kleider kaufen konnte.

Summer hatte den Mann nie kennengelernt. Er war vom Hauptmast gestürzt und hatte sich beide Beine gebrochen, noch bevor sie aufs Schiff gekommen war. Nun lag er im Krankenhaus in London. Und der »Tasmanische Teufel« war ohne ihn in See gestochen.

Sie hoffte inständig, sie würde nicht zu jung aussehen. Schließlich hatte sie alles getan, um so zu wirken, als sei sie eine Frau, die genau weiß, was sie tut. Was allerdings nicht im mindesten der Fall war. Sie hatte sich einen grauen Rock und eine weiße Bluse in Melbourne zugelegt. Außerdem ein paar Lederschuhe mit Absatz, mit denen sie sich reifer und viel älter fühlte. Und der runde Filzhut, den sie auf ihrem Haar trug, gab ihr etwas Blasiertes, wie der Ladenbesitzer ihr höchstpersönlich versichert hatte.

»Hallo«, rief der Mann und winkte ihr zu.

Ihr Magen zog sich zusammen. Sie hob ihre Hand, leicht zitternd vor Nervosität. »Hallo!«

»Mrs. Fairburn-Sabre?«

Summer verschluckte sich fast vor Aufregung und verfluchte die Röte, die ihr ins Gesicht stieg. Ganz genau konnte sie das fühlen. Ihr Herz klopfte wie wild vor Erwartung und zugleich auch vor Schuldgefühlen.

»J-ja«, antwortete sie und war sich ganz sicher, daß man ohne weiteres auf ihrer Stirn das Wort ›Lügnerin‹ fest eingebrannt lesen konnte.

Dann stand er vor ihr und streckte ihr herzlich seine Hand entgegen. Das Lachen in seinen Augen wuchs noch, nachdem er sie mit seinen Blicken einer ersten Prüfung unterzogen hatte.

»Donnerwetter noch mal, ’s is ’ne reine Freude, Ihre Bekanntschaft zu machen.«

»Sie sind Ire«, platzte Summer heraus. Ehe noch der verblüffte Mann ihr gegenüber etwas dazu sagen konnte, schrie sie schon:

»Stellen Sie sich vor! Ich bin um die halbe Welt gereist, in der Vorstellung, einen schrecklichen Kerl geheiratet zu haben, aber statt eines Ungeheuers von Mann, dick und mit Glatzkopf, ist mein Mann Ire. Ire! Dem Himmel sei Dank –«

»Mädchen, Mädchen!« unterbrach er Summer, die zurückgetreten war, um ihn genauer betrachten zu können. Ungläubig vor Freude schüttelte sie den Kopf.

»Is wirklich ein wahres Wunder, Mr. Sabre. Wirklich wahr! Ein echter Volltreffer –«

»Ich bin nicht Sabre«, sagte er mit lauter Stimme, um sicherzugehen, daß sie ihn auch bestimmt verstand.

Summer zuckte zusammen. Wie dumm kam sie sich auf einmal vor! Das Herz rutschte ihr in die Magengrube. »N-nicht Sabre?« stotterte sie mit heiserer Stimme.

Er schüttelte den Kopf, verlegen und mit Verdruß.

»Oh.«

»Mein Name ist O’Connell. Sean O’Connell. Hab’ von den anderen Passagieren gehört, daß Sie hier immer noch warten.«

Summer straffte ihr Rückgrat, den Blick auf O’Connell gerichtet.

»Rechne nicht damit, daß Sabre noch kommt«, fügte er hinzu.

»Warum nicht?«

Er blickte sie bestürzt an, suchte händeringend nach einer Antwort. Endlich setzte er seinen Hut wieder auf.

»Ist er auch nicht tot...?« fragte Summer. Aber was würde es ihr im Grunde ausmachen? Eine Witwe? Nicht einmal das wäre sie, schließlich war sie ja nicht einmal verheiratet, rief sie sich in dem Moment ins Gedächtnis zurück. Nicht wirklich.

»Das wäre zu schön...« entfuhr es Sean. Schließlich meinte er: »Er lebt in den Bergen.« Sean deutete mit dem Daumen über seine Schulter. »Er wird nichts von Ihnen wissen. Ich meine... er wird nicht gehört haben, daß der ›Teufel‹ angelegt hat. Sabre, wissen Sie, kommt nicht oft hierher. Und keiner wagt sich öfter als unbedingt nötig zu ihm rauf... Ich wär' ja auch nicht hier. Aber ich hatte zufällig Besorgungen zu machen und sah das Schiff.«

Entmutigt blickte Summer zu den Hügeln hinüber und fragte sich, wie sie zu Nicholas Sabres Schaffarm kommen sollte. Als ob Sean ihre Gedanken lesen konnte, sagte er mit einem eigenartigen Schimmer in den Augen: »Ich wäre mehr als glücklich, Sie mitzunehmen, wenn es Ihnen nichts ausmacht, daß mein Wagen voller Lebensmittel ist.«

Lächelnd nickte Summer. »Ich wäre Ihnen sehr dankbar, Mr. O'Connell.«

»Sean«, verbesserte er und nahm ihren Koffer.

Die Reise nach Christchurch war mühsam. Wenn die noch längere Fahrt nach Malvern Hills, wo Sabre wohnte, so ähnlich wäre, ging es Summer durch den Kopf, würde sie sicher nicht sehr oft in die Stadt kommen.

Die Straße war in einem äußerst schlechten Zustand, steil und holperig. Und mehr als einmal dachte Summer in Todesangst, die Pferde würden mitsamt dem Wagen die steilen Klippen hinunterstürzen. Dabei taten die Tiere ihr Bestes. Und Sean fiel nichts Besseres ein, als ihr auch noch von den zahlreichen tragischen Unfällen, die sich hier in der Vergangenheit ereignet hatten, zu berichten.

Christchurch war erstaunlich zivilisiert, ein hübsches Städtchen. Sehr englisch, wenn man auch auf den ersten Blick erkennen konnte, daß die Kolonie noch sehr jung und weit von der Heimat entfernt war.

Während Sean seine Einkäufe machte, schlenderte Summer durch den Ort. Endlich hatte sie wieder festen Boden unter den Füßen. Sie ergötzte sich an dem Anblick der Leute, die auf den gut gepflasterten Straßen umherliefen. Alle wirkten so gesund und abgehärtet. Gaslampen an jeder Straßenecke, ein reizendes Postgebäude von Säulen umgeben und inmitten von parkähnlichen Anlagen mit herrlich blühenden Beeten. Es gab Geschäfte jeder Art, mit einem reichhaltigen Angebot. Summer stand eine ganze Weile vor einem Auslagenfenster und bewunderte ein traumhaft schönes Kleid.

Als sie noch glaubte, daß ihre Mutter mit Pimbersham verheiratet sei, hatte sie sich in ihren Tagträumen manchmal vorgestellt, sie hätte ein so wunderhübsches Kleid. Heute betrachtete sie es voller Bewunderung und malte sich aus, wie sie es bei ihrer ersten Begegnung mit Nicholas Sabre tragen würde. Mit Sicherheit wäre er sehr beeindruckt gewesen. Und er würde bedauern, sie nicht am Schiff abgeholt zu haben, die Arme voller Blumen und Geschenke, genau wie alle anderen Männer, die ihre neuen Frauen auf diese Weise empfingen.

Im Fenster spiegelten sich einige Männer, die hinter ihr standen und sie ansahen. Summer drehte sich langsam zu ihnen um. Besonders einer fiel ihr auf. Leicht bucklig und dürr war er. Und er starrte sie mit einem gesunden Auge an, das andere rutschte ihm immerzu weg. Sie lächelte. Das leise Getuschel der Männer verstummte wie auf Kommando. Sie starrten Summer mit offenem Mund an. Sie waren alle uniformartig gleich angezogen. Blaue Hemden, braune Hosen und dicke Sohlen unter den Stiefeln. Als Summer den Mund öffnete, um etwas zu sagen, verstreuten sie sich wie furchtsame Hühner in alle Richtungen.

Mit einem Mal fiel Summer auf, daß zwar viele Menschen auf den Straßen zu sehen waren, allerdings fast nur Männer. Es gab jedoch viele Kinder, die umhertollten und spielten. Wie braungebrannt und gesund sie aussahen! Genau wie die Erwachsenen auch. Niemand hier schien arm oder gar ein Bettler zu sein. Alle wirkten sie so kräftig und zufrieden.

Summers Gedanken schweiften ab und kehrten zurück zu den Träumen, die sie während der Schiffsreise in langen Stunden auf dem Bett ihrer Kabine gesponnen hatte. Mit aller Mühe hatte sie versucht, nicht an ihre Übelkeit zu denken. Sie hatte sich ausgemalt, daß Nicholas Sabre der netteste und großzügigste Mann von ganz Neuseeland war. Er würde sie vom allerersten Moment an lieben. Er würde ihr das Zuhause geben, von dem sie immer geträumt hatte. Mit den Jahren würden sie Kinder haben, viele glückliche Kinder, die ohne die leiseste Spur eines

Zweifels wußten, daß ihre Eltern sie über alles liebten.

Aber hier stand sie. Wieder allein.

Sie starrte auf die Taft- und Reifrock-Kreation im Schaufenster. Die Enttäuschung ließ Borten, Rüschen und Krausen des lavendelfarbenen Kleides verblassen. Summer fühlte sich furchtbar allein. Ihre Kehle schnürte sich zusammen, und ihre Augen brannten von ungeweinten Tränen.

Wer war sie denn schon, um solche Träume zu träumen? Welches Recht hatte sie denn, solch heftige Enttäuschung zu empfinden, nur weil Sabre hochwohlgeboren nicht gekommen war, um sie abzuholen und in sein Haus zu bringen? Schließlich waren sie doch nicht einmal verheiratet. Genaugenommen jedenfalls nicht. Jamie Mac Farland hatte Sabre mit der gutherzigen S. Fairburn verheiratet, nicht mit Summer O'Neile, einer Mörderin und Tochter einer Hure. Wie hatte sie nur zulassen können, daß ihre Fantasie ihr solche Dinge vorgaukelte?

»Na gut, das hat man eben davon, wenn man so eine dumme Träumerin ist«, flüsterte sie. Sie putzte sich die Nase, warf einen letzten Blick auf das Kleid im Schaufenster und ging weiter, auf der Suche nach Sean.

Sean erzählte Summer, daß Sabres Farm ungefähr vierzig Meilen von Christchurch entfernt war. Sie kamen bis Leathfield, wo sie sich ein Zimmer nahmen. Denn es war mittlerweile Abend geworden. Nach einem guten Abendessen in dem gemütlichen kleinen Hotel des Ortes gingen sie schlafen.

Es schien Summer, als habe sie gerade erst die Augen geschlossen, als Sean schon wieder an ihrer

Tür klopfte, um sie aufzuwecken. Die Sonne war noch nicht aufgegangen, und sie fand, daß es noch ziemlich kalt war.

»Daran werden Sie sich gewöhnen«, versicherte ihr Sean, als Summer zähneklappernd zum Frühstück erschien und sich vor Kälte die Arme rieb. »Das Klima hier ist im allgemeinen sehr mild«, fuhr er fort. »Nachts kalt und am Tage sehr schön.«

Das stimmte. Als die Sonne über dem Meer aufging, erwärmte sich auch die Luft schnell. Wie versteinert saß Summer die nächsten Stunden über auf dem Wagen und betrachtete die Landschaft der baumlosen Canterbury Plains. Sean zeigte Summer die großen dornigen Büsche, die, wie er ihr lächelnd sagte, als »Wilde Iren« bekannt waren.

»Frage mich nur, warum«, murmelte Summer mit einem spitzbübischen Lächeln.

Er lachte aus vollem Halse. Und Summer kicherte vergnügt. Dann schüttelte er den Kopf und betrachtete sie wieder mit diesem eigenartigen Schimmer in den Augen. »Is' wirklich ein Jammer, daß ein prima Mädchen wie Sie an einen Mann wie Sabre verschwendet wird.«

Diese Bemerkung brachte Summer wieder die ganze ungewisse Situation, in der sie sich befand, vor Augen. Sie hatte ganz bewußt vermieden, mit Sean über Sabre zu reden. Denn sie hatte auch die Befürchtung, daß dieses Thema Fragen aufbringen könnte, die sie selbst betrafen, und die Gründe, weshalb sie nach Neuseeland gekommen war. Aber der bedauernde Ton in seiner Stimme reichte schon aus, um ihre Neugier zu wecken.

»Was genau wollen Sie damit sagen?« fragte sie.

»Warum soll ich Ihnen was vormachen; Sabres

Charakter ist wohl der finsterste auf der ganzen Südinsel.«

»Was meinen Sie damit?«

Sean blickte sie unter seiner Hutkrempe hervor an. »Ich meine das ganz einfach so. Kein einziger von der Südinsel kommt mit ihm zurecht.«

»Oh.« Summer ließ ihre Schultern sinken. Eine Weile hing sie still ihren Gedanken nach und betrachtete versunken die Landschaft. »Ich wußte ja, es war eine schlechte Idee«, sagte sie schließlich resigniert. »Wirklich schlecht.« Sie schlug sich vor die Stirn, die Augenbrauen ärgerlich zusammengezogen. »Sie können mir ruhig alles sagen, Mr. O'Connell. Immerhin bin ich dann wenigstens auf das Schlimmste vorbereitet.«

Seine grünen Augen waren ganz dunkel geworden, die Lippen zusammengepreßt, meinte er: »Vielleicht sollte ich besser nicht. Warum soll ich Sie verrückt machen, ehe Sie den Mann überhaupt gesehen haben.«

Summer sackte noch ein bißchen mehr in sich zusammen. Still wartete sie auf seine Antwort.

»Also gut...« Er blickte sie nicht an. »Es gibt zwei Arten von Siedlern in Neuseeland. Zuerst mal gibt's die Farmer wie mich. Wir haben von der Regierung eine bestimmte Größe Land zugeteilt bekommen. Und das ist o.k. Aber wenn man Schafe oder Rinder züchtet, muß man sie immer dahin treiben, wo das Gras am grünsten ist. Dann sind da noch die Weiden, die jeweils um unseren Besitz herum liegen. Die gehören der Regierung. Für eine bestimmte Summe können wir unser Vieh dort auch grasen lassen... Bis einer daherkommt und dieses Land kauft. Das sind die ›Kakadus‹, eine Horde verdammter

Schafzüchter, die genug Erspartes haben, um sich ein Stück Land zu kaufen.

Im allgemeinen sind sie viel kleiner als die Parzellen der Farmer. Da bauen sie sich dann eine Hütte, lassen ihre Tiere laufen, und bevor du dich versiehst, ist die Weide abgegrast. Dann ziehen sie um zu einer anderen Regierungsweide, dann wieder zu einer anderen. Sabre ist so ein ›Kakadu‹. Er hat sich genau da niedergelassen, wo ich sonst von der Regierung zusätzliches Weideland bekommen habe. Einige meiner besten Wiesen ernähren nun seine verdammten Schafe. Ich hab' Vieh, müssen Sie wissen, und wenn schließlich seine haarigen Biester alles abgegrast haben, ist nix mehr für uns übrig. Nicht, daß ihm das was ausmachte. Nicht, daß es irgendeinem von diesen widerlichen ›Kakadus‹ was ausmachte, was sie den anständigen Landbesitzern dieser schönen Insel antun.

Sabres Vergangenheit ist düster. Es geht das Gerüchtum, daß er von England wegen eines schlimmen Verbrechens verbannt worden ist – möglicherweise Mord…«

Sean warf einen Blick auf das Mädchen, um zu sehen, wie sie reagierte. Summer starrte nur ausdruckslos vor sich hin und sagte nichts.

»Er ist ein Einsiedler und hat im Grunde mit niemandem etwas zu tun. So, Schätzchen, ich an Ihrer Stelle würde auf der Hut sein, wenn Sie wissen, was gut für Sie ist. Wenn Sie mich brauchen, bin ich für Sie da… und das werden Sie, garantiert. Er ist ein Scheusal. Das ist mal sicher.«

Wenn das alles noch nicht ausreichte, um sie dazu zu bewegen, allen Ernstes zu erwägen, wieder umzukehren und auf dem schnellsten Wege nach

Christchurch zurückzukehren, so tat es in jedem Fall der nächste Leckerbissen, den er für sie bereithielt. Sean berichtete ihr, daß Nicholas Winston Sabre, Esquire, ein Adliger war.

Ein *Adliger!* Einer dieser verhaßten Kreaturen, die ihr so viel angetan hatten. Kein Zweifel, sie würde bestimmt genauso mißhandelt und vernachlässigt werden wie ihre arme Mutter.

Sie waren jetzt in den Bergen. Die grünen Wiesen waren übersät von Schafen, die ihre erst kürzlich geschorenen Köpfe hoben und sie mit ihren traurigen braunen Augen anstarrten. »Das sind Sabres Schafe«, erklärte Sean. Und aus einem unerklärlichen Grund tat Summers Herz vor freudiger Erwartung einen Satz.

Warum nur? Sie konnte es sich kaum erklären. Ihr war gerade brühwarm mitgeteilt worden, daß ihr Zukünftiger zur schlimmsten Sorte Mann gehörte. Mehr als das, er war ein Aristokrat, vielleicht sogar ein Mörder.

Aber schließlich – das war sie auch. Also war es keineswegs so, daß sie etwas Besseres verdient hatte. Sie hatte allerdings, fand sie, keinen Adligen verdient.

Sie erwog, Sean zu fragen, wie ihr Nicholas Sabre aussah. Darauf auch vorbereitet zu sein, wäre sicher nicht übel gewesen. Aber sie konnte sich nicht überwinden. Die Neuigkeiten, die sie gerade erfahren hatte, reichten aus, um ihr schwindlig vor Angst werden zu lassen. Wenn sie nun auch noch erfahren würde, daß er wie ein Ungeheuer aussah, würde sie Sean garantiert darum bitten, sie sofort wieder nach Christchurch zu bringen.

Aber nicht zum ersten Mal in ihrem Leben, sondern eigentlich schon seit dem Moment, als ihre Mutter sie vor so vielen Jahren bei Martha Haggard abgesetzt hatte, war sie erfüllt von einer tiefen Sehnsucht. Sie wollte ein eigenes Zuhause und eine Familie. Und so traurig es auch war – eine Frau ihrer Art konnte sich nicht leisten, wählerisch zu sein.

Deshalb sagte sie auch nichts. Sie saß einfach nur auf der Kutschbank und klammerte sich verbissen an den Seiten fest. Als sie einen flachen Stromlauf überquerten, geriet der Wagen bedenklich ins Wanken. Ab und an ertappte Summer sich dabei, wie sie die Augen schloß und die noch fremden Gerüche einatmete. Den Geruch heißen Staubes, der hinter den Rädern heraufwirbelte. Den Duft von Pinien, Flachs und Geißblatt. Hier war die Natur wieder viel üppiger.

Vögel flatterten um ihre Schultern: Der Kakadu, grüngefederte Papageien und der Glockenvogel, dessen Lieder sich anhörten wie das Läuten silberner Glöckchen. Summer konnte sich an der Schönheit der Natur gar nicht sattsehen. Schließlich kamen sie auf eine Anhöhe. Weit unten im Tal stand ein verfallenes Haus, aus einfachstem Bauholz. Es war nicht einmal gestrichen. Einige metallene Schornsteine ragten aus dem schiefen Dach. Dünne Fäden dunkelblauen Rauches stiegen aus zweien von ihnen auf.

»Also«, sagte Sean, »das ist es!«

Summer schloß entsetzt die Augen. Mit aller Mühe versuchte sie ihr Entsetzen zu unterdrücken. Sean trieb die störrischen Pferde an. Und sie machten sich auf den steilen Abstieg ins Tal. Manchmal mußte Sean die Bremse benutzen, wenn das Gefälle allzu steil wurde. Summer brachte es nicht fertig, die

Augen zu öffnen. Erst als der Wagen endgültig zum Stehen kam, zwang sie sich dazu. Langsam öffnete sie erst ein Auge, dann das andere. Was sie sah, war einfach zu enttäuschend: Einen armseligen Schuppen.

»Mein Gott«, stieß sie atemlos hervor.

Sean sprang aus dem Wagen, eilte zum hinteren Teil und zog ihren Koffer herunter. Dann lief er zu Summer, um ihr beim Aussteigen behilflich zu sein. Er bermerkte ihre Nervosität, und daß sie immer noch entsetzt ihr neues Zuhause betrachtete. Voller Sympathie und Mitgefühl lächelte er ihr zu.

»'s ist nicht viel dran, aber er hat selbst Schuld. Die meisten helfen sonst immer, wenn ein Freund ein Haus baut, aber Sabre hat eben keine Freunde.« Er nahm Summers Arm und schob sie auf die Veranda zu, die aussah, als würde sie jeden Moment vom Haus abbrechen. Dabei ließ er kein Auge von der Tür. Schließlich stellte er ihren Koffer auf die Stufen, schüttelte flüchtig ihre Hand und wandte sich wieder seinem Wagen zu.

Summer wirbelte so schnell zu ihm herum, daß ihr Hut vom Kopf rutschte. Sie fing ihn wieder auf und blickte zu Sean hinüber, der gerade aufsteigen wollte. »Sie bleiben nicht?« rief sie.

»Tut mir leid, Schätzchen! Bin heute auf eine Konfrontation nicht eingestellt«, antwortete er. »Und es gäbe in jedem Fall eine, wenn er mich hier auf seinem Land sieht. Habe Sie nur mitgenommen, weil Sie viel zu hübsch sind, um am Hafen noch stundenlang zu schmachten.«

Irgendwo im Haus bellte ein Hund.

»Aber was soll ich denn jetzt tun?« fragte Summer.

Er betrachtete sie nachdenklich, dann zuckte er die Schultern. »Klopfen, schätze ich.«

Sean zuckte noch einmal die Schultern, dann nahm er die Zügel.

Wieder blickte er Summer mit einer seltsamen Melancholie in den Augen an. Fast widerwillig fügte er hinzu: »Wenn Sie diese Straße etwa fünf Meilen weit laufen, kommen Sie zu meinem Haus. Sind mir immer willkommen, Mädchen.«

Dann nahm er die Zügel, die Pferde setzten sich in Bewegung. Summer, ihren straußenbefederten Hut fest an die Brust gedrückt, wartete, bis Sean in seiner Kutsche hinter dem nächsten Hügel verschwunden war. Da stand sie nun, allein, auf einem Weg, voller Schmutzpfützen und ausgefahrener, matschiger Räderspuren. Sie ließ ihren Blick über die Hütte wandern, die sich zur einen Seite hin bedenklich neigte.

Zu Hause! Summer schloß ihre Augen. Sie war noch nie in Ohnmacht gefallen, schoß es ihr durch den Kopf. Aber genau das würde jetzt gleich geschehen.

Ein rostiger Pflug lehnte gegen einen Baum. Den geplatzten Emailletopf hatte jemand achtlos in etwas geschmissen, das aussah wie eine lahme Entschuldigung für den Gemüsegarten. Die Treppenstufen hatten sich merklich gesenkt. Und unter ihnen gackerte ein Huhn. Summer spürte den bösen Blick des Tieres, das in seinem Grasnest im Schatten saß und sie keine Sekunde aus den Augen ließ.

Die Schindeln auf dem Dach waren wellig und offensichtlich von einem üblen Sturm halb herausgerissen worden. Statt Vorhängen hingen zerfetzte Decken in den Fenstern.

Summer nahm einen tiefen Atemzug. Sie griff nach ihrem Koffer und zwang sich, die Treppe hinaufzugehen. Sehr vorsichtig, tastete sie eine Stufe nach der anderen ab, ehe sie sie mit vollem Gewicht betrat. Wer wußte denn, ob sie auch halten würden? –

Schließlich stand sie vor der Tür. Das Herz schlug ihr bis zum Hals. Sie hätte weinen mögen. Sie hätte ihre Finger um Sophie Fairburns Kehle legen und sie noch mal umbringen können. Was wohl Sophie beim Anblick von all diesem hier gedacht hätte? –

Sie klopfte fest an die Tür und war überrascht, daß sie sich so stabil unter ihren Fäusten anfühlte. – Was hatte sie denn erwartet? Daß sie bei der ersten Berührung aus den Angeln fallen würde?

Der Hund bellte wieder. Und Summer konnte Schritte hören, die sich der Tür näherten.

Lauf! schrie es in ihrem Innern.

Aber wohin? kam die stille Antwort.

Irgendwohin. Weg von hier. Weg von einem Ehemann, der gar nicht wirklich ihr Ehemann war und der obendrein auch noch ein Mörder war. Weg von einem Adligen, der in einem Loch von einem Haus residierte, wo noch der ärmste Bettler Londons seine Nase gerümpft hätte.

Die Tür öffnete sich langsam, und Summer trat zwei Schritte zurück. Sie blieb wie festgefroren stehen und balancierte auf einem Fuß wie ein Akrobat auf dem Seil. Bei dem armseligen Zustand der Veranda mußte man schließlich vorsichtig sein und genau wissen, wo man hintrat.

Ihr Blick blieb an einem krausköpfigen, weißhaarigen alten Mann hängen, der die Türöffnung füllte. Das Herz sank ihr zu Boden.

»Was ist?« kam seine Stimme, und sie blickte ihm wieder ins Gesicht. Er starrte sie durch den dichten Nebel seines Pfeifenrauchs an. Sein blaues Hemd und die braunen Hosen sahen aus wie die, die die Männer in der Stadt getragen hatten. *Oh, Heilige,* dachte sie, *der wird an Altersschwäche sterben, bevor unser erstes Kind geboren wird.*

»M-mister Sabre?«

»Wer fragt?«

»Summer.« Ein Flüstern. »Summer...«

»Wer ist da, Frank?«

Die Frage war weiter aus dem Innern des Hauses gekommen. Frank betrachtete sie durch die Rauchschwaden. Hoffnung erwachte von neuem in Summer, sprang sie regelrecht an und klatschte ihr ins Gesicht. Sie hielt ihren Hut fest in beiden Händen und wollte gerade zu sprechen beginnen, als Frank zur Seite trat und ihr den ungehinderten Blick auf seinen Gefährten freiließ.

Langsam kam er vom hinteren Teil des Flures auf sie zu. Er war breitschultrig genug, um ihr die Sicht auf alles andere zu versperren. Aus der Dunkelheit kam er, wie die gerade aufgehende Sonne die erwachende Erde beleuchtet. Die langen Beine, die schmalen Hüften, der herrliche Körper.

Summer stockte der Atem. Ihr Körper war so angespannt, so voller wachsender Vorfreude, daß sie zerborsten wäre, hätte jemand sie berührt.

Dann tauchte sein Gesicht aus der Dunkelheit auf.

Dem Himmel sei Preis und Dank! Er war der wundervollste, der attraktivste Mann, den sie je gesehen hatte! Summer wußte, daß sie unfähig sein würde, auch nur ein Wort zu sagen.

Er sagte nichts. Lächelte auch nicht. Er stand einfach nur da mit einem Blick von derartiger Intensität, daß Summer ganz schwindlig wurde. Seine Augen waren umrandet von den längsten, dichtesten Wimpern, die sie überhaupt je an einem Mann gesehen hatte. Ins Schweigen hinein winselte der Hund. Und ihre Augen richteten sich auf den Bastard, der schwanzwedelnd an Sabres Knie lehnte.

»Wer sind Sie?« fragte Sabre endlich. »Was machen Sie hier?« Seine Stimme war tief und sehr leise, aber... ohne jedes Gefühl.

Summer nahm all ihren Mut zusammen. Sie trat näher an ihn heran, um allerdings auch sehr schnell wieder stehenzubleiben, als der Hund knurrte und sich mit einer bedrohlichen Haltung vor seinen Herrn stellte. Summer krallte ihre Finger noch ein wenig fester in den Hut.

»Mein Name ist Summer, Sir. Summer... Fairburn.« Sie warf ihm einen lächelnden Blick zu, streckte ihm die Hand entgegen und fügte mutig hinzu: »Ich bin Ihre Frau.«

3

Das Mädchen, das so verzweifelt versuchte, wie eine Frau auszusehen, was mit diesen winzigen Absätzen, dem übergroßen Hemd und dem häßlichen Hut vollkommen mißlang, fuhr fort, ihn anzulächeln. Ihre Hand hielt sie noch immer ausgestreckt, obwohl er sie vollkommen ignorierte.

Er hatte sich nicht von der Stelle gerührt. Und er hatte auch keinen Ton gesagt. Er war immer noch damit beschäftigt, überhaupt erstmal zu verstehen, was ihre Anwesenheit hier auf seiner Türschwelle eigentlich zu bedeuten hatte. Keiner – außer ihm selbst, Frank und Ben und Clara Beaconsfield, hatte je einen Fuß auf seine Veranda gesetzt. Hätte irgend jemand den Damen der Gesellschaft von Christchurch vorgeschlagen, mit ihm in Verbindung zu treten, wären sie garantiert vor lauter Schreck in Ohnmacht gefallen und hätten danach ein Dutzend Gründe heruntergerasselt, warum es sich nicht ziemte, den Lord mit dem Teufelsblick aufzusuchen.

Aber hier stand eine, die kühn genug war, oder vielleicht einfach zu naiv, um auf ihren guten Ruf zu achten. Darauf legte sie wohl keinen Wert. Und sie schien fest damit zu rechnen, daß er voller Freude für sie die Tür aufreißen und sie einladen würde, in seinem baufälligen Palast mit ihm Tee zu trinken. Wer, zum Teufel, war sie überhaupt? Und was war das, was sie über... gesagt hatte? – »Bitte?«

Sie starrte ihn mit einem Eulenblick an, ihr Lächeln schon eine Kleinigkeit weniger ernst. »Ihre Frau«, wiederholte sie.

Er zog die Augenbrauen hoch und runzelte die Stirn. Dann schüttelte er langsam, aber entschieden seinen Kopf. »Sie müssen sich im Haus geirrt haben!«

Summers Hand sank herunter, ballte sich zu einer Faust. »Sie sind Sabre, Esquire. Oder?«

»Richtig.«

»Dann bin ich Ihre Frau.«

»Ich habe keine Frau.«

»Doch, Sir, haben Sie.« Summer schluckte und fügte hinzu: »Mich.«

Er warf einen Blick zu Frank, der das veilchenäugige Mädchen mit der blassen Haut und dem feuerroten Haar vom Zimmer aus betrachtete. Seine Zähne fest um den Pfeifenstiel geklemmt, konnte er sich ein Lächeln kaum verkneifen.

»Mein Name ist Summer«, fuhr sie fort. Diesmal entdeckte er ihren Akzent. »Summer... Fairburn... Sabre. Ihre *Frau.*« Sie betonte das »Frau«, schob eigensinnig ihr Kinn hervor und zog ärgerlich ihre Augenbrauen zusammen. Ihre Hände krallten sich in die Vogelfeder ihres Hutes.

»Wo genau kommen Sie her?« fragte er.

»Aus London.«

»Wie sind Sie hergekommen?«

»Mit dem Schiff.«

Sie verdrehte ihre Augen und murmelte: »Glauben Sie, ich bin geflogen?«

»Was ich meine ist, wie Sie *hierher* gekommen sind.«

»Oh«, sie warf einen argwöhnischen Blick auf den Hund. »Mr. Sean O'Connell hat mich gebracht. Er hat mitbekommen, daß Sie nicht am Hafen waren, so... wie die *anderen* Ehemänner«, fügte sie gekränkt hinzu.

»O'Connell.«

»Genau.« Summer blickte ihn an. »Er ist Ihr Nachbar, glaube ich.«

»Ich weiß, wer dieser Hundesohn ist.« Er sah, daß sich bei diesem Wutausbruch ihre Augen vor Überraschung weiteten, und ging einen Schritt näher an sie heran. Sie trat erschrocken von der Tür zurück auf die Veranda. Ohne allerdings den Blick über die Schulter zu vergessen. An der letzten Stufe blieb sie stehen. Sie mußte blinzeln, weil die Sonne so blendete. »Jetzt verstehe ich ganz genau.« Er war so nahe an sie herangetreten und überragte sie derart, daß sie ihren Kopf heben mußte, um ihn anzusehen. Ihre Wangen färbten sich vor Aufregung rot.

Wie viele Sommersprossen das Mädchen auf der Nase hatte! Ihre Lippen waren sehr rot und leicht geöffnet. Kleine Atemstöße drangen hindurch und brachten die Vogelfeder an ihrem entsetzlichen Hut zum Beben. »Das ist eine Verschwörung zwischen Ihnen und O'Connell, um mich von meinem Land zu vertreiben.«

»Verschwörung?« Summers Lippen formten dieses Wort, als würde sie nicht richtig verstehen.

»Verschwörung«, wiederholte er mit mechanischer Stimme. Seine Augen ließen ihre weiten, runden und veilchenfarbenen nicht los... Sie leuchteten mehr und mehr. »Sie können O'Connell sagen, daß dieses Land gekauft und fast abgezahlt ist. Und alle hinterlistigen Tricks, die er sich von jetzt an, bis die Hölle zugefroren ist, ausdenkt, werden mich nicht dazu bringen, von hier fortzugehen. Und außerdem können Sie ihm sagen, daß ich das nächste Mal seine Kühe erschieße, wenn sie wieder auf meinen Weiden sind. Zwischen die Augen.«

»Ich werde ihm das nicht sagen. Er hat gesagt, daß Sie abscheulich sind, aber er hat nicht erwähnt, daß Sie taub und verrückt sind und offensichtlich an Gehirnverkalkung leiden.« Summer bückte sich und öffnete ihren Koffer. Sie durchwühlte ihre paar Sachen, wenig genug schienen es zu sein. Hauchdünne Kleidungsstücke lagen nun verstreut auf der schmutzigen Veranda, Strümpfe, eine Bluse, ein baumwollenes Nachthemd. Nick ertappte sich dabei, daß er diese Dinge anstarrte. Sein Körper reagierte darauf, als schlängelte sich eine Schlange um seinen Stiefel. Und nicht eine pinkfarbene Satinborte.

»Hier. Vielleicht hilft Ihnen das auf die Sprünge.«

Er riß sich von dem Band und den Strümpfen los und warf einen Blick auf das aufgefaltete Papier, das ihm direkt vor die Nase gehalten wurde. Wie benommen nahm er wahr, daß ihre Hände zitterten. Ihr Gesichtsausdruck schwankte zwischen Höllenqualen und Ärger. Er blickte genauer auf das Papier, las die einzelnen Zeilen des Vertrages... *bevollmächtige hiermit James Mac Farland in meinem Namen... die Wahl einer Ehefrau... und garantiere hiermit sein Recht, die unterzeichnende Frau als meine Gemahlin in Vertretung für mich anzunehmen...*

»Richtig?« Sie betrachtete ihn über den Blattrand hinweg. »Kommt Ihnen das irgendwie bekannt vor oder was?«

Beglaubigt von Ihrer Majestät höchst gnädigem und erhabenem Diener: Georg M. Billings, Hauptstandesbeamter, Christchurch, Neuseeland. Unterzeichnet vor den Zeugen dieses Tages, dreiundzwanzigster Februar, im Jahre unseres Herrn, Achtzehn und Sechsundsechzig... Nicholas Winston Sabre, Esquire.

»Offensichtlich!« sagte er und nahm seinen Fuß von ihrem Nachthemd. »Es ist eine Fälschung.«

»Eine Fälschung.«

»Eindeutig.«

»Stehen Sie da und erzählen Sie mir, daß Sie das nicht unterschrieben haben?«

»Genau das tue ich.«

Sie starrten sich an. Summers Augen hatten sich argwöhnisch zusammengekniffen, seine waren voller offen gezeigter Feindseligkeit.

»Ich sage, Sie lügen.«

»Und ich sage, Sie und O'Connell sollten sich das nächste Mal etwas Besseres ausdenken, wenn Sie mir mein Land rauben wollen.« Mit diesen Worten grub er seine Hände in ihre Kleider und packte eins nach dem anderen in den Koffer. Dann ließ er den Deckel zuschnappen, erhob sich und schob ihn zu ihr. Summer weigerte sich, ihn zu nehmen. Sie fixierte ihn mit dem verwundertsten, wildesten und eigensinnigsten Blick, dem er je begegnet war. Er warf die Tasche einfach in den Hof. Überrascht schrie sie auf. Er senkte seinen Blick zu ihr nieder und sagte: »Das Letzte, was ich gebrauchen kann oder will, ist eine Frau.«

»Dann hätten Sie eben diesen Vertrag nicht unterzeichnen dürfen.«

»Das hab' ich auch gar nicht.«

Summer streckte ihm noch mal das Papier hin. »Sie haben.«

»Wozu, zum Teufel, brauche oder will ich eine Frau?« fragte er wütend.

Ihr kleiner Mund verzog sich zu einem halben Lächeln. »Wenn ich Ihnen das erklären muß, Mr. Sabre, dann waren Sie allerdings zu lange ohne Frau.«

»Verschwinden Sie von meiner Veranda«, rief er mit gefährlicher Stimme. »Ich könnte mir eine Frau gar nicht leisten, selbst wenn ich wollte. Und ich will gar nicht. Ich habe genug zu tun, mir meinen Lebensunterhalt zu verdienen und die Farm zum Laufen zu bringen. Ich will nicht! Ich wiederhole, ich wünsche nicht irgendein geldgieriges Weibstück, das mich ruinieren würde mit ihrem Appetit auf Leichtsinn und Tand.«

»Tand!«

»Tand.« Er schnappte sich ihren Hut und warf ihn dem Koffer hinterher. Er flog auf den Boden und rollte ein Stück, sah aus wie ein Vogel ohne Flügel, braun, der durchs Unkraut torkelte.

»Oh!« schrie Summer und wirbelte herum, ungläubig und wütend. Sabre drückte sich direkt an ihr gutgeformtes Hinterteil und schob sie mir nichts, dir nichts die Stufen herunter, wo sie stolperte und mit einem Plumps auf demselben landete. Der Rock war ihr durch den Fall bis zu den Schienenbeinen hochgerutscht. Ihr Gesicht rot vor Scham und Wut.

»Meine besten Grüße an Sean«, sagte er. »Und sagen Sie ihm, wenn er meinen Arsch auf einer Servierplatte haben will, soll er selbst kommen. und Sie sollten ihn daran erinnern, daß ich mich nicht so leicht verführen lasse von anderer Männer Frauen, Verlobten oder Huren, die er für seine schmutzige Arbeit angeheuert hat. Ganz ungeachtet dessen, was er über mich denkt.« Mit einem dreckigen Lächeln schloß er: »Guten Tag noch, Miss Fairburn, oder wer immer, zum Teufel, Sie sind.« Dann bot er ihr nur noch den Rücken.

In dem Augenblick segelte ein Ei über seine rechte Schulter und traf den Türrahmen. Sabre knallte die Tür hinter sich zu, gerade noch im rechten Augenblick, weil nämlich schon das nächste Ei mit dumpfem Aufprall an der Tür landete.

Frank hatte einen Vorhang zurückgezogen und beobachtete alles durchs Fenster. »Ganz schön mutig ist sie, stimmt's?« murmelte er.

Nick stellte sich dazu und blickte hinaus. Das Mädchen staubte gerade ihren Rock ab. Und säuberte notdürftig ihre Bluse vom Gras. Wütend schob sie ihre Ärmel bis zu den Ellenbogen, ohne dabei zu vergessen, unflätige Beschimpfungen zum Hause hin auszustoßen.

»Frage mich nur, wo sie den Ehevertrag her hat?« grübelte Frank und zog versonnen an seiner Pfeife. Er beobachtete Summer, wie sie ihren Hut aufhob und wieder auf den Kopf setzte.

»O'Connell«, antwortete Nick. »Ganz offensichtlich.«

»Aber klar wie Kloßbrühe, daß der Vertrag vollkommen korrekt ist.« Franks Augen, die mit seinen schweren Lidern immer etwas verschlafen wirkten, blickten Nick gebannt an. Mit einem lasziven Grinsen im Gesicht wartete er geduldig auf eine Antwort.

Nick war viel zu sehr damit beschäftigt, dem Mädchen zuzuschauen, um zu antworten. Summer hob ihren Koffer auf und schüttelte ihn so wütend, daß ihr lächerlicher Hut vom Kopf flog. Aber sie fing ihn wieder und setzte ihn schief auf. Das lockige Haar, in dem sich die Sonnenstrahlen spiegelten, fiel ihr wie Flammen den schmalen Rücken herunter.

Sie war so jung. Ihr Gesicht hatte noch etwas Kindliches, ihre Brüste, oder zumindest, das, was man davon sehen konnte in Anbetracht der übergroßen Bluse, waren klein und rund, und ihre Hüften sehr schmal. Während das Mädchen ihnen den Rücken kehrte und sich voller Ärger der Straße zuwandte, war Nick geplagt von der Idee, daß Frank recht hatte; diese Unterschrift sah beunruhigend echt aus.

Als Summer den Weg erreicht hatte, blickte sie zunächst in die eine Richtung, dann in die andere. Sie war inzwischen eher verwirrt, als wütend. Ein Windstoß riß wieder einmal ihren lächerlichen Hut vom Kopf und wirbelte so viel Sand auf, daß sie einen Moment lang wie in einer dunstigen Wolke eingehüllt war. Als sie sich aufzulösen begann, stand Summer immer noch wie verloren mitten auf dem Weg. – Mit hängenden Schultern, den Hut gegen die Brust gepreßt. Und sie schrie immer noch etwas in Richtung Haus.

Nick ging zur Tür und öffnete sie vorsichtig.

»...und was soll ich jetzt machen, verdammter Kerl?« rief sie.

Mit einem gleichgültigen Gesichtsausdruck lehnte Nick in der Tür. Die Arme über der Brust verschränkt, den Mund zu einem kalten Lachen verzogen, schrie er: »Laufen!«

»Den ganzen Weg, bis Christchurch?«

Sie weinte. Er konnte es nicht hören, aber er konnte sehen, daß ihre Schultern zuckten. Stirnrunzelnd stand er da und schob seine Hände in die Hosentaschen. »O'Connell hat Sie hergebracht«, rief er wütend, weil sich nun doch Gewissensbisse meldeten. Aber warum sollte er sich eigentlich schuldig fühlen? Was hatte er denn damit zu tun? »O'Connell kann Sie doch zurück nach Christchurch bringen«, schrie er. Und schlug die Tür vor dem blassen Gesicht und den dunklen, erschrockenen Augen einfach zu.

Dann stand er wieder neben Frank am Fenster. Summer stolperte den Hügel hinauf, schleppte den Koffer in der einen und hielt den Hut in der anderen Hand. Einmal blickte sie sich um. Und da tauchte eine vage Erinnerung vor seinem geistigen Auge auf. Er saß in der Kneipe, drückende Hitze, eine Reihe von Männern um ihn herum versammelt, die ihm noch die letzte Luft zum Atmen zu nehmen schienen. Er war betrunken. So betrunken. Der lange, einsame Ritt von den Bergen nach Lyttleton hatte ihm zuviel Raum zum Grübeln gelassen, zum Grübeln über all die Fehler, die er gemacht hatte. Dann waren da diese Leute, die ihn anstarrten, wo auch immer er hinging, mit einem Flüstern, mit Tuscheln hinter vorgehaltener Hand. Mit ihren Vorurteilen. Und da saß er nun in dieser Kneipe, vollgepumpt mit Bier, und er hätte alles getan, nur um alleingelassen zu werden. *Einfach alles.*

Aber einer Ferntrauung zuzustimmen, sich eine Braut aufzuhalsen, die er noch nie gesehen hatte? Vor allen Dingen eine, die noch feucht hinter den Ohren war und die so lächerlich große Kleider anhatte, daß sie ihr wie Mehlsäcke über dem jungen Leib hingen?

Eher würde es doch in der Hölle schneien!

Fünf Tage später, es war schon finstere Nacht, lag Nick in seinem Bett. Die Arme über den Kopf verschränkt, starrte er an die Decke. Bald würde die Morgendämmerung durchs Fenster hereinkriechen. Sein Hund Betsy schlief auf einem Kissen dicht an seinen Füßen und schnarchte.

Jeder einzelne Muskel seines Körpers schmerzte, jedes Gelenk, jeder Knochen. Es war immer das gleiche während der Schafschur. Man war total erschöpft in diesen strapaziösen Wochen. Er versuchte auszurechnen, wie viele Schafe er und Frank schon geschoren hatten. Es mußten Hunderte gewesen sein. Und es waren Hunderte, die noch drankamen. Mit ihrem durchdringenden Blöken füllten sie seine Tage und Nächte. Der Gestank des Desinfektionsbades, eine Mixtur aus heißem Wasser, Tabak und

Schwefel schien schon in sein Haus eingedrungen zu sein. Und er konnte sich auch noch so oft mit Seifenlauge waschen, er wurde den Geruch einfach nicht mehr los. Die Vorstellung, nie mehr in seinem Leben etwas anderes zu riechen als Schafe und Desinfektionsmittel, ließ ihn leise fluchen.

Nick schlug die Decke zurück und warf seine Beine über den Bettrand. Mit den Ellenbogen auf den Knien blickte er nach draußen ins Nichts, er tat sein Bestes, nur an das zu denken, was den heutigen Tag bestimmen würde – und nicht an ein junges Ding mit rotem Haar, Veilchenaugen und einem weißen Nachthemd mit rosafarbenen Seidenbändern.

Die Erinnerung, wie sich all diese zarten Dinge anfühlten in seinen schwieligen Händen, ließ ihn frösteln. Was, zum Teufel, bildete sie sich ein, so mir nichts dir nichts herzukommen und mit ihrer lächerlichen Vogelfeder am Hut vor seinem Haus zu stehen und tatsächlich anzunehmen, er würde auf dieses Komplott zwischen ihr und Sean hereinfallen und sich seines Landes berauben lassen? –

Wie hatten sie sich überhaupt vorgestellt, das auszuführen.

Kein Zweifel, dieses Weibstück dachte, sie könnte sich in sein Leben einschmeicheln und ihn davon überzeugen, von hier fortzugehen. Oder vielleicht hatten sie noch etwas viel Schlimmeres vor. Vielleicht hatten sie vor, ihn umzubringen. Das Mädchen würde dann alles erben und es schließlich O'Connell überschreiben. Und Sean würde endlich bekommen, was er schon die ganzen letzten drei Jahre über haben wollte: Nicks Land – und Rache. Diese Vorstellung brachte Nick fast zum Lachen.

Er sprang aus dem Bett, zog seine Hosen über

und zündete eine Lampe an. Dann ging er in die »Bibliothek«, wie er den winzigen Raum direkt neben der Küche nannte. Es war eigentlich mehr eine Nische, gerade groß genug für einen einfachen Schreibtisch aus rohem Pinienholz. An den Wänden über dem Schreibtisch hatte er Regalbretter angebracht, die über und über mit Büchern gefüllt waren. Hier fand man alles Wissenswerte über Schafzucht. Hier befanden sich auch seine Hauptbücher, Papiere und Unterlagen. In einer grauen Metallbox war sein Gewehr. Es gab ein paar verzierte Silberrahmen mit Bildern seines Vaters, dem ehrenwerten Byron Sabre, Earl of Chesterfield, und seinem älteren Bruder, Christopher.

Der Schreibtisch war ausgesprochen ordentlich. Nicholas Sabre mochte noch so viele Fehler haben. Aber in diesem Punkt war er sehr eigen.

Nick setzte sich in seinen Stuhl, stellte die Lampe auf den Tisch und rieb sich die Augen. Er hatte Kopfschmerzen. Seine Augen fühlten sich an wie Schmirgelpapier, genauso sein ganzes Gesicht. Die letzten zwei Tage war er so intensiv mit Scheren beschäftigt gewesen, daß er sogar vergessen hatte, sich zu rasieren. Frank hatte sich nicht besonders wohl gefühlt, und das hatte die Arbeit beeinträchtigt. Die meisten Schaffarmer, die eine so große Herde wie Nick hatten, beschäftigten ein Dutzend oder mehr Männer. Und die schufteten auch ihre vierzehn Stunden am Tag, damit die Wolle noch vor der Konkurrenz in Lyttleton war. Die ersten erzielten immer die besten Preise für ihre Ballen. Die, die danach kamen, mußten nehmen, was sie für die Wolle bekamen... und das war unglaublich wenig. In jedem Fall konnte er es sich nicht leisten, auf den Spitzenpreis zu verzichten. Nicht, wenn er seine Farm halten wollte.

Verdammte Schafe. Oh, verdammte Viecher! Mit ihrer stinkenden Wolle und ihrem ewigen Blöken und ihren messerscharfen Hufen, die man oft genug zu spüren bekam. Verdammter Ort, verdammtes Land, in dem man nicht mal einen Diener oder Koch bekam, weil jeder mickrige Angestellte sich für feiner hielt als seinen Arbeitgeber.

Genau wie du selbst herabgesehen hast auf Ben Beaconsfield, als du bei ihm Arbeit gefunden hattest, schalt ihn sein schlechtes Gewissen.

Nick stützte seine Ellenbogen auf den Tisch und legte seinen Kopf in die Hände, während er an seine ersten aufregenden Monate in Neuseeland zurückdachte. Ärger und Demütigung hatten ihn regelrecht aufgefressen. Er war gezwungen gewesen, Anweisungen von jemandem entgegenzunehmen, der nicht viel mehr als der letzte Dreck eines englischen Farmers war. Und für einen Mann von seinem Stand war das wahrhaftig eine schlimme Prüfung gewesen.

Aber wie die Monate so voranschritten, hatte er auch begonnen, diese Lebensumstände zu akzeptieren. Er konnte sich heute noch immer gut an den Moment erinnern, als ihm aufging, daß die Wut weg war, die vorher in ihm gelodert hatte. Das war der Augenblick, als er sich beim Scheren fast die Hand abgeschnitten hätte. Er hatte eine Menge Blut verloren, und Bens Frau, Clara, hatte bei seinem Anblick aufgeschrien und war in Ohnmacht gefallen. Aber Nick selbst hatte überhaupt nichts gefühlt. Nicht Angst und auch keinen Schmerz. Er hatte einfach dagestanden und auf die roten Rinnsale von Blut gestarrt, die auf den Boden strömten. Und alles, was er in dem Moment gedacht hatte, war: *Vielleicht wird es mich töten.*

Seit dieser Zeit war er wie abgestumpft. Es gab keine Freude über Erfolge, auch keine Verzweiflung über einen Mißerfolg. Es gab nichts als... vegetieren. Tag für Tag. Monat für Monat. Eingefangen in diese selbstgewählte Isolation, fühlte er sich wie ein Verurteilter im Gefängnis von Newgate. Urteil: Lebenslänglich. Dann...

Vor fünf Tagen war ein Mädchen auf seiner Türschwelle erschienen, das aussah, als sei sie soeben einem Modejournal entstiegen... allerdings in den Kleidern einer anderen. Eine kleine rothaarige Kindfrau mit Sommersprossen, die sagte, sie sei seine Ehefrau. Irgend etwas hatte sie in ihm aufgewühlt. Er hatte in ihre ungewöhnlichen Augen geblickt und hatte sich gefühlt wie ein Mann kurz vor der Verurteilung – Jesus, er kannte *dieses* Gefühl – und die tiefen Wunden, die es hinterlassen hatte.

»Morgen«, kam Franks aufgeräumte Stimme hinter ihm. »Kaffee is' fertig. Schätze, wir fangen heute zeitig an.«

Nick stand auf und blickte seinen Schäfer an. Ein Winzling von einem Mann war Frank, der ihn von der Tür aus mit der ihm eigenen Ruhe beobachtete. Er hatte ein blaues Hemd und die typischen braunen Hosen an. Der Pfeifenkopf lugte aus der Brusttasche. Und Nick wußte, sobald er die erste Tasse Kaffee eingegossen hatte, würde Franks Tabakqualm mit seinem stechend süßlichen Geruch das ganze Haus erfüllen.

Frank Wells, mit seinem langsamen O-beinigen schlurfenden Gang und der typisch gedehnten Mundart des Texaners, war zufrieden mit seiner Rolle als

Schäfer auf Nicks kleiner Farm. Er stellte Nick keine Fragen. Und genau wie Nick gab auch er keine Erklärungen über seine Vergangenheit ab, abgesehen von gelegentlichen bunten Schilderungen irgendeines Ereignisses, das er durch reinen Zufall überlebt hatte... wovon es anscheinend zahlreiche gab.

Frank war auch ein Außenseiter gewesen, als Nick ihn in Christchurch aufgegabelt hatte. Die gute Gesellschaft der Stadt hatte den Mann mit den Hosen aus Maulwurfsfell und dem zerbeulten Hut abgestempelt. Faulenzer, Rumlungerer, Buschratte, so nannte man ihn. Alles Bezeichnungen für Vagabunden, die weder einen festen Wohnsitz noch einen Arbeitsplatz hatten.

Nick vermutete, daß Frank aus einem australischen Gefängnis entflohen war. Aber er hatte dieses Thema niemals angeschnitten, weil es ihn im Grunde nicht interessierte. Ebenso hatte Frank nie ein Interesse an Nicks Vergangenheit gezeigt, was diesem sehr gelegen kam. Aber Frank war ein guter Beobachter, und er hatte die Gabe, Menschen und ihre Motive zu durchschauen. Und er machte kein Hehl aus seiner Meinung. Nick hatte schon mehrfach damit gedroht, ihn wegen seines losen Mundwerks zu feuern, aber soweit war es doch nie gekommen. Und so fuhr Frank damit fort, seinen meist treffenden Kommentar abzugeben, ob Nick es nun paßte oder nicht.

Nick verließ die Bibliothek und ging zurück ins Schlafzimmer. Sonnenlicht fiel schon durchs Fenster. Er riß den Kleiderschrank auf und griff nach einem sauberen weißen Hemd, seinem Anzug und einem Seidentuch.

»Hast du was Bestimmtes vor?« fragte Frank aus dem Flur.

»Ich fahre nach Christchurch.«

Schweigen. Nach einer Weile sagte Frank: »Also, schätze, wir scheren heute nicht.«

»Nein. Nimm dir den Tag frei, wenn du willst. Du siehst aus, als könntest du etwas Ruhe brauchen.«

»Ich *habe* mich ein bißchen krank gefühlt. Dieser verdammte Hexenschuß! Quäle mich damit herum, seit ich in San Antone, Texas, gelebt habe. Erinnert mich übrigens an den Tag im Jahre 36, als die friedlichen Bürger von San Antone von einer Horde verdammter Comanchen überfallen wurden.«

Nick zog sein Hemd und den Rock an, ließ das Tuch einfach ungebunden um seinen Hals hängen. Dann ging er zurück in die Küche und goß sich eine Tasse Kaffee ein. Vom Fenster aus blickte er über die Berge, während er trank. Er spürte, daß Frank hinter ihn getreten war.

»Verglichen mit den Comanchen sind die Maori eine Horde von schlaffen Gelbbäuchen. Kein Comanche, der was auf sich hält, hätte es zugelassen, daß die Bleichgesichter ihm auf diese Weise das Land nehmen... Irgendein bestimmter Grund, weshalb du nach Christchurch willst?«

»Vorräte.«

»Hab' vor zwei Wochen Vorräte gekauft. Hab' ich was Bestimmtes vergessen?«

Nick stelle seine Tasse ab und band sein Tuch. Immer noch starrte er aus dem Fenster.

»Wenn ich so drüber nachdenke, hab' ich doch was vergessen, nämlich Kupfervitriol, Zinksulfat und Schrotmehl. Wir haben ein Pferd mit Strahlfäule, weißt du.«

Nick würdigte seinen Schäfer keines Blickes und ging wortlos aus der Küche.

»Monate her, seit du nach Christchurch geritten bist. Denke, du mußt einen guten Grund dafür haben«, nagte Frank weiter.

Nick war am Spiegel neben der Haustür stehengeblieben, um sein Tuch wieder aufzubinden. Er achtete nicht auf den quengeligen Ausdruck von Franks Spiegelbild.

»Wenn du nach Christchurch reitest, um das Mädchen zu suchen...«

Nicks Hände verharrten bewegungslos. Er starrte sein eigenes Spiegelbild an, merkte, wie sein Gesicht unter der Bräune errötete. In der Eile, mit der er sich für die Stadt zurechtgemacht hatte, hatte er vollkommen vergessen, sich zu rasieren.

»Sie ist nicht in Christchurch«, fuhr Frank fort. Er zog seine Pfeife aus der Tasche und steckte das zerbissene Ende in den Mund.

»Das Mädchen?« fragte Nick.

»Die mit diesem Haar, die sagte, sie is deine Frau.«

»Ah«, antwortete Nick mit einem mißglückten Lachen. »Die hatte ich ganz vergessen.«

Frank lächelte wissend. »Sie is nicht in Christchurch.«

»Wie kommst du darauf, daß ich mir Gedanken darüber mache, wo sie ist? Und außerdem ist sie nicht meine Frau.« Nick machte ein grimmiges Gesicht. Als der komplizierte Knoten endlich gemacht war, sagte er mit einem bedrohlichen Schimmer in den Augen: »Ich kann mir nicht vorstellen, wie O'Connell auf die Idee kommt, daß ich auf seine dumme Intrige reinfalle. Man stelle sich mal vor,

Nicholas Sabre läßt sich eine Braut per Ferntrauung nach Neuseeland bringen. Und dann auch noch eine Irin. Heirat ist was für Verrückte, Frank. Wie die Liebe. Außerdem – Monogamie ist unnatürlich. Ich habe in meinem Leben nicht *ein* treues Ehepaar kennengelernt... meine Eltern eingeschlossen. Das Mädchen ist nicht meine Frau.«

Frank zuckte die Schultern. »Die andern behaupten es aber.«

»Die andern? Welche andern?«

»Die, die sagen, sie können beschwören, daß du diesen Vertrag unterzeichnet hast. Hast ganz groß deinen Namen druntergeschrieben. So groß wie ganz Christchurch. Das schwören sie. Also. Genau da, am Hafen in der Kneipe an dem Tisch in der Ecke. Jamie Mac Farland hat dir 'n Bier spendiert und –«

Ja, er erinnerte sich: Die Stunden in dieser kleinen ekelhaften Kneipe, in der er gesessen und ein Bier nach dem anderen heruntergeschüttet hatte. Es war schon Monate her.

Dann tauchte vor seinem Auge das Bild des Mädchens auf – Summer – jede überwältigende Einzelheit, und sogar manches, was er in dem Moment gar nicht zur Kenntnis genommen hatte. Und das, obwohl ihr Bild auch während der vergangenen fünf Tage immer wieder vor ihm aufgetaucht war, während er sich ein Schaf nach dem anderen vornahm – und auch im Schlaf.

Sie war die erste Frau seit fast sechs Jahren, die ihn ohne Argwohn angesehen hatte. Natürlich kannte sie ihn nicht. Aber inzwischen würde sie natürlich alles über ihn gehört haben. Oder wenigstens das, was die Klatschtanten wußten, mit ihren vielen Mutmaßungen, dem ewigen Rätselraten.

»Sie ist nicht in Christchurch«, brachte Franks Stimme ihn wieder in die Wirklichkeit zurück.

»Nicht?« fragte Nick mit der üblichen Gleichgültigkeit.

Frank nahm die Pfeife aus dem Mund und betrachtete sie. »Nee«, sagte er schließlich.

»Und wo ist sie dann?«

»Bei O'Connell.«

Nick erstarrte förmlich.

»Arbeitet bei ihm, soviel ich weiß.«

»*Arbeitet* bei O'Connell?«

»Als Dienstmädchen.«

»Als –«

»Dienstmädchen.« Frank schüttelte seinen Kopf und kratzte sich am weißhaarigen Schopf, während er zusah, wie aus Nicks Gesicht alle Farbe wich. »Nein, Sir. Hab' ich nich für möglich gehalten, daß ich sowas je erleben würde. Die Frau von Nick Sabre schrubbt für diesen O'Connell die Böden.«

Summer erblickte durch den schwarzen Tunnel weit oben den blauen Himmel. Man konnte ein Zwitschern und Flattern irgendwo oben am Rauchfang hören; dann den Chor des piepsenden Vogelnachwuchses. Als Ruß herunterwehte und sich eine dikke Schicht auf ihr Gesicht legte, kroch sie aus dem Loch wieder ans Licht.

»Wenn ich so ein verdammter Schornsteinfeger sein wollte, dann wär ich wenigstens in London geblieben!« fluchte sie. Sie warf den öligen, schwarzen Lappen in einen Eimer Wasser und schaute sich im Zimmer um. Sean lebte eigentlich ganz ansehnlich. Alles Notwendige war da, aber Summer hatte Schweine gesehen, die es in ihrem Stall sauberer hatten. Nicht zum ersten Mal, seit sie hier war, fragte sie sich, wann dieses Haus wohl zuletzt saubergemacht worden war. In den vergangenen fünf Tagen hatte sie stundenlang auf dem Boden gelegen und geschrubbt und gewischt, bis ihre Fingerknöchel bluteten, Staub gewischt und den feinen Sand eingeatmet, bis ihre Lungen weh taten. Und als ob das noch nicht genug gewesen wäre, hatte der geile Kerl ihr auch noch sehr deutlich zu verstehen gegeben, daß er ihre »Gesellschaft« mehr als schätzte. Nein, nein, nicht auf diese offenkundige Art wie bei Pimbersham. Es gab keinerlei Anzüglichkeiten oder Kneifen in den Po, keine Tätscheleien. Aber immer wieder ertappte sie Sean dabei, wie er sie anschaute, wenn sie am wenigsten damit rechnete. Und seine Augen sprachen Bände.

Als sie bei Sean angekommen war, war sie mehr als nur ein bißchen verzweifelt gewesen. Und wütend war sie. Sehr klar hatte Sabre ihr zu Verstehen gegeben, daß er sie nicht mochte. Warum sonst lehnte er sie ab?

Seufzend griff Summer nach einem Tuch und begann die Kamineinfassung abzustauben. »Typisch Adliger«, murmelte sie in sich hinein, als Sabre wieder vor ihrem Auge auftauchte. Beim näheren Nachdenken schüttelte sie aber den Kopf. Es gab überhaupt nichts »Typisches« an Nicholas Sabre. Weder seine äußere Erscheinung, noch sein Benehmen. Wie er da im Schatten gestanden hatte, seine breiten Schultern, seine langen schlanken Beine. All das hatte so erschreckend neue Gefühle in ihr aufkeimen lassen. Dann hatte das Licht auch sein Gesicht erhellt. Und sie war sprachlos gewesen vor so viel Männlichkeit. Und sie hatte plötzlich den

Wunsch gehabt, hübscher zu sein, oder älter, oder erfahrener. Dann dieser Ausdruck in seinem sonnenverbrannten Gesicht: Böse und wunderbar, düster und… erwartungsvoll. Für einen kurzen Moment hatte er schockiert ausgesehen, sogar erfreut. Aber das war, bevor diese Mauer von Mißtrauen und Wut jede Verbindlichkeit zwischen ihnen zerstört hatte. Wahrscheinlich hätte sie dankbar sein sollen, daß er nichts von ihr wissen wollte. Sein Haus erinnerte an die Armenviertel von London. Sein Ruf war schlimmer, als sie es sich in ihren schrecklichsten Alpträumen ausgemalt hatte. Zweifellos würde er sie schlagen. Oder noch schlimmer…

Sie hatte sich solche Mühe gegeben. Vielleicht hätte sie ihr Temperament besser im Zaum halten sollen. Aber was sollte man denn machen, wenn einem so deutlich gezeigt wurde, wie wenig man dem eigenen Ehemann gefiel? Sie war nie sanft und schüchtern gewesen, und mit solchem Unsinn würde sie jetzt bestimmt nicht mehr anfangen. Mit diesem Scheusal in seiner runtergekommenen Hütte leben? Wer, zum Teufel, brauchte oder wollte ihn überhaupt? War ja vollkommen egal, daß er der attraktivste Mann war, den sie je gesehen hatte!

Schließlich war er nur ein Mann. Ein verbitterter, wütender, mißtrauischer, unflätiger *Adliger*. Neuseeland war voller Männer, denen sie gefallen würde. Aber plötzlich erinnerte Summer sich, daß sie ja nicht einfach diese angebliche Heirat fallenlassen konnte. Zuzugeben, daß sie gar nicht S. Fairburn war, würde zu Fragen über ihre wirkliche Identität Anlaß geben. Aber nicht nur das, es wäre dann auch klar, daß sie versucht hatte, mit einem Betrug durchzukommen. Und dann würde man sie zweifellos nach England zurückschicken... und zwar ins Gefängnis.

Sie starrte gedankenverloren auf den Lappen in ihrer Hand, und der Magen drehte sich ihr um. Außerdem, wer war sie schon? Sie war ein einfaches Dienstmädchen und dazu noch eine ganz und gar unmögliche Köchin. Ein einziges Mal hatte sie für Sean gekocht. Danach hatte er sie aus der Küche geholt, und sie mußte hoch und heilig geloben, nie wieder dorthin zurückzukehren. Sie war nicht einmal eine gewandte Unterhalterin. Sie wußte ja nichts vom Leben, nichts von der Welt.

»Summer, meine Liebe«, hatte Sean mit einem amüsierten Lächeln gesagt. »Was haben Sie denn in Ihrem ganzen Leben getan?«

Tja, was eigentlich? Außer daß sie wie eingesperrt in dem Haus dieser alten Hexe gelebt hatte, und zwar zehn Jahre lang. Außer durch Blumengärten wandern, auf der Suche nach Elfen, außer noch an Märchen zu glauben. Sogar ihre Reise nach Neuseeland war doch nur eine Folge ihrer lächerlichen Fantasie gewesen! Sie hatte ehrlich geglaubt, daß sie den großen Topf voller Gold am Ende des Regenbogens finden würde. Was sie dabei erkannt hatte, war, daß sie nicht einmal gut genug für einen völlig mittellosen Sträfling war – diesen arroganten Mistkerl.

Sie straffte ihre Schultern. Wieder kam Wut in ihr hoch, und ihr Selbstbewußtsein kehrte zurück. *Du bist so gut wie jeder andere auch, Summer O'Neile,* flüsterte eine Stimme in ihrem Kopf. Dieselbe, die ihr auch während der langen Jahre des Wartens immer wieder zugeflüstert hatte, daß ihre Mutter sie holen würde... immer wenn sie die mitleidigen Gesichter der Leute gesehen hatte. Es hatte ihr Kraft gegeben, das Flüstern der Mütter von Jungs einfach zu überhören: *Sie ist ein liebes Mädchen, aber verlier nicht dein Herz an sie, Junge. Summer ist unehelich, weißt du. Mit einem solchen Mädchen zu tun zu haben, führt doch nur zu Ärger.*

Summer versuchte, nicht mehr daran zu denken. Sie fuhr fort, Staub zu wischen, und schaute sich eines der vielen gerahmten Bilder an, die im ganzen Haus verstreut standen. Das hübsche, aber traurige Gesicht hinter dem Glas gehörte Seans Frau, Colleen, die vor drei Jahren gestorben war. Summer war voller Mitleid gewesen, als sie merkte, wie sehr er offensichtlich noch litt, wenn er von Colleen sprach... was nicht häufig vorkam. Viel hatte er ihr nicht von dem irischen Mädchen erzählt, das ihm hierher gefolgt war. Sie war in Neuseeland angekommen, bevor er das Haus fertiggebaut hatte und seine Farm in Gang war. Deshalb hatte sie bei Ben und Clara Beaconsfield gelebt, bis alle Arbeiten beendet waren. Dann waren die beiden auf ihrer neuen Veranda von einem Geistlichen getraut worden, mit Ben und Clara als Trauzeugen. Sechs Monate später war Colleen gestorben. Jeden Abend ging Sean den kleinen Pfad hinauf auf den Hügel, wo ihr Grab war, und legte eine Blume darauf.

Wahrscheinlich hätte Summer die ganze Geschichte sehr romantisch, wenn auch natürlich sehr traurig gefunden, wenn da nicht dieser leise Unterton von unterdrückter Wut in Seans Stimme gewesen wäre, sobald er Colleens Namen nur aussprach. Summer spürte ganz deutlich, daß seine Bitterkeit von etwas anderem herrühren mußte als nur von der

Tatsache, daß sie so jung hatte sterben müssen, und das so bald nach ihrer Hochzeit. Als sie ihn danach fragte, verschloß sich sein sonst so freundliches Gesicht. Und sein Blick wurde so kalt und bedrohlich, daß ihr fröstelte. »Die Liebe hat sie umgebracht, Mädchen... genau wie ihre grenzenlose Abneigung gegen Neuseeland.«

Summer fuhr mit dem Tuch sachte über den Silberrahmen und stellte das Bild zurück auf den Tisch. Vom hinteren Teil des Hauses drangen Stimmen zu ihr herüber. Aber sie achtete nicht darauf. Die Schaffarmer aus der näheren Umgebung kamen und gingen hier ein und aus. Manchmal noch spät in der Nacht. Ein einziges Mal hatte Summer versucht, bei einem dieser Treffen zu lauschen. Sean hatte vor ihr die Tür zugeworfen und mit einem warnenden, finsteren Blick gesagt, sie solle sich gefälligst um ihre eigenen Angelegenheiten kümmern. Aber immer noch fragte sie sich, welche Art von Geschäften das wohl sein konnte, wo die Männer doch so geheimnisvoll taten.

Das Geräusch eines herannahenden Wagens riß Summer aus ihren Gedanken. Wer immer da angefahren kam, er hatte es sehr eilig. Sie ging zur Tür und öffnete sie, gerade als der Fahrer vom Wagen sprang und die Vorderstufen der Veranda mit einem einzigen riesigen Schritt nahm. Es dauerte einen Moment, bis Summer realisierte, wer da eigentlich vor ihr stand. Es war Nicholas Sabre.

Er sah aus wie ein Wilder. Sein dunkles Haar war vom Wind zerzaust. Aber er mußte wohl der zivilisierteste Wilde von ganz Neuseeland sein.

»Sabre?« flüsterte sie, und ihr schossen alle möglichen Gründe durch den Kopf, warum er wohl gekommen sein könnte. Keiner dieser Gründe hatte allerdings etwas mit ihr zu tun.

Als dieser riesige Kerl bedrohlich nahe vor ihr zum Stehen kam, tat Summer einen Satz zurück ins Haus und versuchte, die Tür einfach zuzuwerfen. Sie stemmte sich mit aller Kraft dagegen und tat ihr Bestes, ihre Absätze fest an den Boden zu heften, um ihn am Eintreten zu hindern.

»Öffnen Sie die Tür.«

»Nein.«

»Ich sagte, öffnen Sie die Tür.«

»Sie haben kein Recht, hier einfach reinzuplatzen. –«

»Zur Hölle noch mal«, knurrte er. Und Summers Herz tat unerwartet einen Satz.

»Sie wollen zu Sean –«

»Sean O'Connell kann von mir aus zum Teufel gehen.«

»Aber was in Himmels Namen wollen Sie denn dann hier?«

Er war einen Moment lang still. Dann sagte er: »Sie.«

Summer warf einen schnellen Blick auf ihr rußbedecktes Spiegelbild an der Wand und bekam vor Entsetzen große Augen. »Mich?« schrie sie.

»Sie sind meine Frau... oder jedenfalls behaupten Sie das. Und eine Frau von mir arbeitet nicht für Sean O'Connell.«

»Aber Sie bestreiten –«

»Das tue ich immer noch.« Er lehnte sich gegen die Tür, und Summers Fuß rutschte weg. »Aber solange nicht bewiesen ist, daß ich diesen verdammten, idiotischen Vertrag nicht unterschrieben habe, lasse ich keinesfalls zu, daß Sie unter einem Dach mit O'Connell wohnen.«

»O'Connell hat mich nicht rausgeschmissen und meinem Schicksal überlassen wie Sie! Wenigstens hat *er* mir eine Arbeit gegeben und ein Dach über dem Kopf.«

»Und ein Bett, das er mit Ihnen teilt?«

»Sie arrogantes Schwein!« Summer trat zur Seite und die Tür schlug weit auf. Sie starrte Sabre wütend an. Er lehnte im Eingang, bedachte sie mit dem finsteren Blick, den sie nun schon kannte. Seine schwarzen Augen bohrten sich in ihre, seine braungebrannten Hände hatte er zu Fäusten geballt und in seine Seiten gestemmt. »Arrogantes Schwein«, wiederholte sie, die Hände in den Hüften. »Ich sage Ihnen, Sean O'Connell ist hundertmal mehr ein Gentleman als Sie.«

»Sean O'Connell ist ein schafemordender, landstehlender Ire. Jetzt packen Sie Ihre Sachen. Ich bringe Sie nach Hause.«

»Wirklich«, gab er sie mit über der Brust verschränkten Armen zurück. »Und wer, zum Teufel, gibt Ihnen das Recht?«

»Sie selbst, offensichtlich«, schnitt er ihr das Wort ab. Mit einem unfreundlichen Grinsen betrachtete er sie von oben bis unten. Und erinnerte sie daran, wie furchterregend sie aussah, mit dem zum Knoten aufgetürmten Haar, ihr Gesicht voller Staub und Ruß. Ihre Wangen begannen vor Scham und Wut zu glühen. Und in dem Moment war sie richtig dankbar, daß er das unter all dem Schmutz nicht so genau erkennen konnte.

»Sie sind diejenige, die auf meiner Veranda aufgekreuzt ist und mit dieser verfluchten Heiratsurkunde in der Hand gewedelt hat«, fuhr Sabre fort. »Falls ich nicht doch recht habe mit meiner Vermutung und sie nichts als eine Fälschung ist.«

»Das ist sie nicht«, antwortete sie so ruhig wie möglich und fügte mit einem sarkastischen Lächeln hinzu: »Glauben Sie mir, Sabre, nachdem ich Sie kennengelernt habe, wünschte ich, sie wäre eine Fälschung. Keine Frau, die noch bei Trost ist, würde sich wünschen, mit so einem unverschämten Kerl, wie Sie einer sind, zu leben.«

Nicks Mund wurde schmal. »Ein kleiner Fratz wie Sie, der verzweifelt genug ist, einen Mann zu heiraten, den er noch nicht einmal gesehen hat, kann nicht allzu wählerisch sein, meine Liebe. Oder?«

Das Lächeln aus ihrem Gesicht verschwand. Bevor ihr noch eine ähnlich beißende Bemerkung eingefallen war, hatte er sie schon am Arm genommen und aus dem Haus gezogen, die Verandastufen hinunter und zur Kutsche hin.

Keinem von beiden war aufgefallen, daß Sean, der längst auf den Tumult aufmerksam geworden war, nach ihnen aus dem Haus getreten war. Als Nick gerade das Mädchen auf den Wagen heben wollte, trat Sean zwischen die beiden. Die erschrokkene Summer wurde heftig beiseite geschubst. Während sie versuchte, das Gleichgewicht wiederzufinden, standen sich Sean und Nick drohend gegenüber.

»Ich erinnere mich nicht, Sie eingeladen zu haben, Sabre.« Seans Stimme war voller Haß.

Sabre starrte ihn finster an. »Geh'n Sie mir aus dem Weg«, war seine scharfe Antwort.

»Versuchen Sie's nur. Na los, Eure Lordschaft. Mr. Sabre, hochwohlgeboren.« Sean schlug Nick fest auf die Schulter. Summer stockte der Atem. Nick jedoch rührte sich nicht von der Stelle. Seine Augen wurden noch etwas schmaler, und seine Hände ballten sich zu Fäusten. »Ist es nötig, Sie daran zu erinnern, daß ich gesagt habe, ich bringe Sie um, wenn ich Sie je auf meinem Besitz erwische?« fragte Sean.

Summer blickte sich um und sah, daß etwa ein Dutzend Männer Sean auf die Treppenstufen gefolgt waren, einige davon waren Seans Angestellte, andere hatte sie schon auf den früheren Treffen gesehen, Farmer aus der Gegend. Sie erkannte Virgil McIlhenny und Howard Goetz. Und der Fettwanst mit dem Tabak im Mund war Roel Ormsbee. Sie war dicht davor, um Hilfe zu bitten. Dann erkannte sie, daß ein paar der Männer Waffen trugen: Knüppel, Messer, ein Gewehr.

»Steigen Sie auf, Summer«, befahl Sabre, aber als sie vorsichtig aufsteigen wollte, schoß Seans Hand vor und griff nach ihr.

»Das Mädchen geht nirgendwohin, es sei denn, freiwillig«, sagte Sean.

Nicks Blick wandte sich Seans Hand zu, die auf Summers Taille lag. Sein Gesicht verdunkelte sich noch mehr.

»Macht dieser Bastard Schwierigkeiten, Mr. O'Connell?« fragte Seans Vormann, Hank Morley, während er mit dem Knüppel provozierend gegen die Handflächen schlug. Um seinen Mund spielte ein fieses Lächeln. »Soll ich ihm seine überhebliche Fresse polieren?«

»Das werden Sie nicht tun!« schrie Summer außer sich.

»Halten Sie den Mund«, schnappte Nick. »Und

halten Sie sich da raus. Das hat nichts mit Ihnen zu tun.«

Sean grinste und trat näher an Nick heran. »Wenn ich was sage, machen diese Männer Sie fertig.«

»So, und was hält Sie noch?«

»Na ja, es wäre doch wirklich eine Schande, dieses Mädchen so bald schon zur Witwe zu machen, stimmt's? Außerdem habe ich etwas ganz Besonderes für Sie auf Lager, Sabre. Demnächst werde ich dafür sorgen, daß Sie bedauern, geboren zu sein. Wenn Sie das nicht schon tun. Ich werde Sie ruinieren, Nick. Ich werde Ihnen das Herz rausschneiden, wie Colleen es mit meinem gemacht hat, und dann werde ich zusehen, wie Sie langsam ausbluten.«

Er trat zurück und richtete seine Aufmerksamkeit wieder Summer zu. Während sein Blick auf ihr ruhte, wurden seine Gesichtszüge wieder weicher. Und auch seine Stimme war wieder viel freundlicher, als er sie fragte: »Möchten Sie mit ihm fahren, Mädchen?«

Zitternd richtete sie ihren Blick auf Sabre, der unerschüttert von Seans Wutanfall schien. Und es kam ihr in den Sinn, daß er wortlos gehen würde, falls sie in ihrer Verwirrung und dem verletzten Stolz doch hierbliebe. Und eigenartigerweise wollte sie das nicht.

»Ich werde mit ihm gehen«, sagte sie leise. Sabre blickte sie überrascht an.

»Sind Sie ganz sicher?« fragte Sean.

Sie nickte und richtete den Blick auf Nicholas. Wie stolz er aussah! Die feinen Linien um die Augen verrieten die Jahre, die er unter der heißen Sonne Neuseelands gelebt hatte. Seine Backenknochen unterstrichen noch die Tatsache, daß er ein Aristokrat unter gewöhnlichen Leuten war.

Sein langes Haar fiel weich auf die Schultern. Seine Adlernase und die hohe weite Stirn verlieh seinem Profil Vornehmheit. Trotz der Skrupellosigkeit und Kälte in seinem Gesicht verfügte er über eine unheimliche, eigenartige Anziehungskraft.

Summer stieg auf den Wagen. Schließlich trat Sean zurück und ließ es zu, daß auch Nick aufsteigen konnte. Wortlos nahm Nick die Zügel und wandte die Kutsche heimwärts.

4

Den ersten Teil der Fahrt verbrachten sie schweigend. Summer hatte sich so weit wie nur irgend möglich von Sabre entfernt hingesetzt. Ab und an spähte sie aus dem Augenwinkel zu ihm hinüber. Hin und wieder ertappte sie ihn dabei, wie auch er sie musterte, ihr Haar, ihr Gesicht, aber eher kritisch, fand sie. Wie sah sie auch aus? – Ihr häßlicher Haarknoten hatte sich teilweise aufgelöst, einzelne Locken fielen auf ihre Schultern. Schweißtropfen standen ihr auf der Stirn. Und jedesmal, wenn sie sie fortwischen wollte, hatte sie schwarze Schmiere an den Händen. Sie schauderte bei dem Gedanken, wie sie aussehen mußte.

Sie blickte über das weite, sattgrüne Grasland, und sie versuchte, sich über ihre Situation klarzuwerden. Er hatte sie mit einem Fußtritt aus seinem Haus vertrieben, nun zerrte er sie wieder zurück. Natürlich nicht aus Reue wegen seines Verhaltens ihr gegenüber, nur wegen seiner Fehde mit Sean.

Sabre räusperte sich. Was würde jetzt kommen?

»Also, wo in Irland sind Sie aufgewachsen?« fragte er.

»Warum?« wollte sie wissen. »Damit Sie mich aufs nächste Schiff nach Hause setzen können?«

»Ein verführerischer Gedanke, finde ich. Aber darauf bin ich noch gar nicht gekommen.«

Sie hob ihr Kinn und blickte angestrengt nach draußen.

»Ich bin neugierig«, beharrte er.

»Ich kann mir gar nicht vorstellen, warum.«

»Ein Mann sollte etwas über *seine Frau* wissen.«

»Aber ich bin nicht Ihre Frau. Erinnern Sie sich nicht?« Sie warf ihm einen selbstgefälligen Blick zu. Lächeln.

Er sah sie so scharf an, daß ihr Magen einen Purzelbaum machte. »Das bleibt herauszufinden«, antwortete er schließlich. »Ich gebe zu, es gibt eine gewisse Möglichkeit, daß ich den Vertrag unterzeichnet habe.«

Sie warf ihren Kopf herum. Ihr Herz hüpfte doppelt so schnell wie sonst. Und sie wartete darauf, daß er weitersprach.

»Was ich damit sagen will...« Offensichtlich war er sehr bemüht, die richtigen Worte zu finden. »Falls ich ihn unterzeichnet habe... wußte ich jedenfalls nicht, was ich tat. Ich war betrunken, und dieser Mistkerl Jamie Mac Farland hat die Situation ausgenutzt. Es war ein Streich, ganz einfach.«

»Mit anderen Worten, Sie wollten *wirklich* keine Frau.«

Ein Windstoß ließ sein schwarzes Haar flattern. »Ich glaube, diese Tatsache habe ich schon sehr deutlich zum Ausdruck gebracht.«

»Oder vielleicht bin ich einfach nicht gut genug,

um Ihren aristokratischen Vorstellungen gerecht zu werden. Sie wollen mich nur abschieben und zurück nach London schicken.«

»Das habe ich nicht gesagt.«

»Aber das haben Sie gedacht.« Verdammter eingebildeter Adliger. »Ich kenne Ihre Sorte. Denken, Sie sind zu gut für Frauen wie mich.« Die Kutsche stolperte über einen Stein, und sie klammerte sich fest, zwang sich, den Blick von Sabre abzuwenden, auf dessen Gesicht keine Gefühlsregung zu erkennen war. Sie starrte auf einen Schafstall, der an der Seite eines Hügels klebte. »Ein Mann mit Ihrem Ruf kann wohl kaum wählerisch sein«, fügte sie gehässig hinzu.

Seine braunen Hände griffen die Zügel fester. »Außerdem«, fuhr sie fort, »woher wollen Sie denn eigentlich wissen, daß ich keine passende Partie für einen Aristokraten bin?«

Er blieb schweigsam und anscheinend ungerührt, konzentrierte sich nur auf die vorbeirollende Landschaft. Hatte er sie überhaupt gehört? »Tatsache ist... früher waren meine Eltern sehr wohlhabend«, begann sie. »Es sind nur sehr unglückliche Zustände, die mich nach Neuseeland gebracht haben.«

Sabre starrte sie nun an. Sie brauchte nicht hinzuschauen, sie wußte es auch so; sie konnte es fühlen, während sie so tat, als sei sie in den Anblick der Lämmer vertieft, die übermütig auf der kleeübersäten Wiese herumtollten.

»Erzählen Sie«, sagte er.

Angestrengt überlegte sie. Sie hatte von früher her ja einige Übung im Ersinnen von Lügengeschichten. Und sie erinnerte sich an eine Geschichte, die Martha ihr einmal aus der Zeitung vorgelesen hatte und die Schlagzeilen gemacht hatte.

»Meine Mutter reiste von Irland nach England, als sie etwa so alt war wie ich. Sie nahm die Stellung einer Erzieherin bei dem hochwohlgeborenen Lord Rochester an, der mein Vater wurde.«

»Rochester? Ich dachte, Ihr Name sei Fairburn.«

»Oh. Also, das war er. Sein Name war Rochester Fairburn, müssen Sie wissen.« *Denke nach!* Erinnerte sie sich auch richtig? Macht auch nichts. Sabre würde in jedem Fall beeindruckt sein. »Er stellte meine Mutter als Erzieherin für seine Kinder ein – seine Frau war bereits verstorben, müssen Sie wissen.« Sie blickte ihn von der Seite schief an und bemerkte, daß er die Stirn runzelte. »Wie dem auch sei, sie verliebten sich und waren sich bald einig, zu heiraten. Aber eigenartige Dinge geschahen in dem Haus. Mama hörte nachts Schreie, die vom Dachgeschoß kamen!« Summer unterstrich das Wort »Dachgeschoß« mit einem energischen Kopfnicken, woraufhin sich das Haar vollends löste und ihr weich ins Gesicht fiel.

Sabre zog an den Zügeln und brachte den Wagen zum Stehen. Dann wandte er sich ihr zu. Mit den Ellenbogen auf seinen Knien betrachtete er sie gespannt und fasziniert. »Fahren Sie fort«, ermutigte er sie.

Fortfahren. Aber wie sollte sie das tun, wenn er da so saß, so vornehm in seinem schwarzen Rock und dem weißen Seidentuch? –

Sie holte tief Luft und nahm all ihren Mut zusammen. »Am Tag, als meine Mutter und Rochester heiraten sollten, tauchte ein Fremder auf und verkündete, daß Rochester schon verheiratet war, und daß... seine verrückte Frau versteckt gehalten wurde – im Dachgeschoß!«

»Nein!«

»Jawohl!« rief sie mit Nachdruck. »Meiner Mutter brach's das Herz, und sie lief fort. Dann, Wochen später, hörte sie, daß das Schloß vom Lord abgebrannt war – seine verrückte Frau hatte das Feuer gelegt! Sie kehrte zu ihm zurück. Mein Vater war erblindet und seine Frau im Feuer umgekommen. Sie heirateten, obwohl sie nun vollkommen mittellos waren. Schließlich wurde ich geboren. Bald danach starb mein Vater, und meine Mutter starb schließlich auch... an gebrochenem Herzen, natürlich.«

»Natürlich.«

Summer seufzte und blickte trübselig zum Horizont. »Ach, ich war ein armes Waisenkind und gezwungen, die Stellung eines Dienstmädchens anzunehmen. Dann stieß ich auf Jamie Mac Farland. Den Rest kennen Sie.«

»Faszinierend.«

»Das dachte ich mir.« Sie rutschte unsicher auf dem Sitz hin und her. Affektiert strich sie ihren Rock und die Schürze glatt. Sie neigte ihren Kopf gerade genug, um Sabre einen Blick zuwerfen zu können. »So sehen Sie, Mr. Sabre, ich bin so gut wie jeder andere auf dieser Insel. Eingeschlossen Sie selbst.«

»Tja, so sieht es aus.«

Er betrachtete sie amüsiert. Er zwinkerte nicht, und er lächelte auch nicht. Und doch, da war etwas in der Art, wie er sie ansah, das ihr die Röte ins Gesicht trieb, das sie ängstigte und gleichzeitig erheiterte. Plötzlich wünschte sie, sie könnte von der Kutsche springen und den ganzen weiten Weg zu O'Connell zurücklaufen, aber sie konnte nicht. Unfähig, überhaupt etwas zu tun, saß sie da mit ihren

Händen im Schoß, während er sie mit seinen Augen in kleine Stücke zu schneiden schien.

Endlich brachte sie es fertig, wieder etwas zu sagen: »Sie mögen mich nich', stimmt's, Mr. Sabre?«

»Nein«, antwortete er. »Nein.«

Sie blinzelte ihn sprachlos an. Sie versuchte zu schlucken, aber stellte fest, sie konnte es nicht. Sie merkte gar nicht, daß ihre Augen sich mit Tränen gefüllt hatten, bis Sabre sehr langsam ein Taschentuch aus seiner Tasche zog und es ihr in die Hand legte.

»Aber«, fuhr er mit gleichgültiger Stimme fort, »ich mag niemanden... Mrs. Sabre. Deshalb sollten Sie das nicht persönlich nehmen. Ich bin sicher, wenn Sie mich erst besser kennengelernt haben, werden Sie mich auch nicht mögen.«

Er nahm die Zügel wieder auf, und der Wagen rollte vorwärts.

Den Rest der Reise überlegte Nick, ob er dem Mädchen erzählen sollte, auf was sie sich da eigentlich einließ – das heißt im Fall – und das war mehr als unwahrscheinlich –, daß er ihr *erlaubte* zu bleiben. Offensichtlich war sie schon über seine Fehde mit Sean informiert. Er zweifelte allerdings, daß Sean ihr auch Einzelheiten mitgeteilt hatte, und vor allem den *wahren* Grund seines Zorns gegenüber Nick... so idiotisch dieser auch war.

Auf der ganzen Insel kannte man ihn als Außenseiter. Als einen unfreundlichen dazu, der die Gesellschaft seines Hundes, seiner Schafe und seines Schäfers derjenigen aller anderen vorzog. Aber obwohl sie ihm allerhand unterstellten, wußten sie doch nicht, daß er ein für schuldig erklärter Mörder war. Also war es sicher, daß keiner Summer darüber informiert hatte. In dem Fall wäre sie wahrscheinlich gar nicht erst zu ihm nach Malvern Hills gekommen. Wenn er es ihr jetzt sagen würde, wäre das ganze Dilemma gelöst. Also, warum tat er es nicht?

Betsy sprang von ihrem Platz auf der Veranda auf, als die Kutsche auf der Anhöhe erschien. Wie ein schwarz-weißer Schatten raste sie den Weg hinauf bis zu ihnen, sprang in den Wagen und landete direkt auf Nicks Schoß. Er ließ die Zügel fallen, schlang seine Arme um die sich vor Freude windende Hündin und balgte verspielt mit ihr, während sie sein Gesicht, den Hals, die Hände ableckte. Dann trat Frank aus dem Haus und sah ihnen entgegen, die Arme über der Brust verschränkt.

Nick sprang von seinem Sitz und lief die Verandastufen hinauf, Betsy an den Fersen. »Hast du nicht was vergessen?« fragte Frank.

Ohne einen Blick zurückzuwerfen, rief Nick »Nein!« und verschwand im Haus.

Drinnen jedoch hielt er inne. Betsy winselte leise, weil er ihr keine Aufmerksamkeit widmete. Er lauschte angestrengt nach draußen, und er hörte, wie Frank sagte: »Lassen Sie mich Ihnen von dem verfluchten Wagen helfen. Warten Sie, nur eine Minute.«

»Ich kann das schon allein, vielen Dank –«

»Frank Wells. Würde mich sehr freuen, wenn Sie mich Frank nennen. Da sind wir. Wo haben Sie Ihre Sachen?«

»Bei Sean«, hörte er Summers Stimme. Nick blickte nach links, ins Schlafzimmer, zu seinem Bett. Frank hatte es gemacht, wie immer. Die Sonne drang durchs Fenster und warf Farbtupfer auf die weiße Baumwollüberdecke. Sie sah aus wie die pastellbunte Palette eines Malers.

»Er hat mich so schnell von dort weggeholt. Ich hatte gar keine Zeit –«

»Ist ja nicht weiter schlimm. Ich reite nachher selbst rüber und hol' sie.«

Die Veranda wankte unter ihren Schritten. Dann schob Frank sie zur Tür herein. Langsam drehte sich Nick zu ihnen um. Sein Blick glitt über Summer zu Frank, der ihn erwartungsvoll ansah.

»Also?« sagte der Alte, als das Schweigen sich in die Länge zog. »Wo soll sie hin, Boß?«

Summer stand, mit einer Stinkwut im Bauch, immer noch auf der Türschwelle. Mit ihrem rußverschmierten Gesicht und ihrem zerzausten Haar sah sie eher wie eine Vogelscheuche aus als wie eine Frau. Sie hatte ein Männerhemd an – zweifellos eins von Sean – und es hing ihr von den schmalen Schultern. Es war natürlich mehrere Nummern zu groß für sie. Ihre Hände hatte sie zu Fäusten geballt und die Veilchenaugen zusammengezogen. Sie bohrten sich förmlich in Nicks dunkle, unergründliche Augen.

Schließlich trat sie weiter ins Haus hinein, schaute erst zu ihrer Rechten, in den winzigen Raum, in dem ein ausgefranstes, verblichenes Sofa vor einem ungeschmückten Kamin stand. Nichts weiter, nicht ein kleiner Teppich oder ein Bild an der Wand. Nichts, was etwas von dieser Kälte und Steifheit genommen hätte. Sie blickte in die Küche, die sich an der Rückseite des Hauses befand. Hier gab es nicht viel mehr als einen Herd, ein Spülbecken und einen Tisch aus einfachstem Bauholz getischlert. Dann wanderte ihr Blick wieder zu Nick. Schließlich drehte sie sich zu Frank um. »Ein Schloß ist es gerade nicht, oder?«

»Es gefällt Ihnen nicht?« fragte Nick.

Schalk schimmerte kurz in ihren Augen auf, und sie schüttelte den Kopf. »Nein«, antwortete sie mit einem ernsten Lächeln auf den Lippen. »Es gefällt mir nicht. Ich habe schon größere Hühnerställe gesehen. Und die waren auch besser eingerichtet.«

»Na ja, das ist auch gut«, sagte er mit wütender Stimme. »In der Tat ist das sogar verdammt gut, weil Sie sowieso nicht lange hier bleiben, wenn es nach mir geht. Meine Unterschrift unter diesem verdammten, idiotischen Vertrag war ein Fehler, ein unglücklicher Irrtum, der mir unterlief, als ich betrunken war, und die Dinge nicht mehr ganz klar im Kopf. Deshalb sollten Sie besser nichts von mir erwarten. Sie können vorläufig bleiben... bis ich entschieden habe, wie ich unsere unhaltbare Situation geraderücken kann.«

»Fein«, konterte sie, ihre Augen blitzten vor Ärger, und sie bewegte sich über den Gang zu ihm hin, bis sie direkt vor ihm stand. »Schicken Sie mich nach Hause, und Sie werden sehen, ob es mir was ausmacht. Die Wahrheit ist, ich – ich wäre lieber mit ihm verheiratet« – sie machte mit dem Kopf ein Zeichen zu Frank, woraufhin Franks buschige Augenbrauen vor Überraschung hochschnellten – »als mit einem kaltherzigen Eigenbrötler mit dem Wesen und Benehmen eines Toten.«

»Was Sie nicht sagen.«

»Und außerdem, wenn Sie denken, ich teile dieses Bett mit Ihnen –«

»Gütiger Herr im Himmel, Sie überschätzen sich sehr, junge Frau.«

Das traf sie. Für einen Augenblick sah sie aus, als hätte es ihr die Sprache verschlagen, und sogar durch die dicke Rußschicht auf ihrem Gesicht konnte man sehen, daß sie dunkelrot wurde. Sie war nicht einfach nur wütend. Sie raste vor Zorn.

Sie stand da, steif wie ein Brett, als Nick um sie herum zur Tür ging. Frank rührte sich nicht von der Stelle. Mit seinem Blick folgte er Nick zur Tür. Nick wandte sich noch einmal um. »Reite rüber und hol ihre Sachen bei O'Connell.«

»Gut«, antwortete Frank, dann fragte er: »Wo wirst du sie lassen, wenn ich sie geholt habe?«

»So weit weg von mir wie möglich.«

»Oooh!« kam da Summers wütende Antwort. »Sie, Sie sind ja nicht ganz bei Trost.«

»Wie immer du meinst, Boß«, unterbrach sie Frank. »Wo gehst du jetzt hin?«

»Besuche Ben und Clara.«

»Und was ist mit mir?« schrie Summer.

Nick drehte sich um.

»Was ist mit Ihnen?«

»Sie, Sie machen sich einen schönen Tag und lassen mich hier?«

»Genau.« Er lief zu dem Wagen.

»Wann kommen Sie zurück?«

»Das geht Sie nichts an.«

»Also, vielleicht würde ich ja gern mitkommen!«

»Sie machen mir Spaß.« Nick sprang auf den Wagen und nahm die Zügel auf. Das nächste was er sah, war Summer, die sich vor den Pferden aufgebaut hatte. Ihre veilchenfarbenen Augen sprühten Funken.

»Wenn Sie mich nicht haben wollen, Sabre, verdammt noch mal, warum haben Sie mich dann nicht einfach bei Sean gelassen?«

»Zum Teufel mit Ihnen, aus dem Weg.«

»Ich bin nicht ein Stück Fleisch, müssen Sie wissen. Ich bin nicht irgendein Sack Kartoffeln, den Sie sich einfach über die Schultern werfen und von einem Platz zum nächsten zerren können, dann einfach beiseite werfen und ihn vergessen. Sie haben mich hergebracht, verdammt noch mal. Sie haben mich auf diese Insel kommen lassen, und nun wollen Sie mich gar nicht. Also, ich hab' Leute ziemlich satt, die mich einfach beiseite werfen, Mr. Sabre, hochwohlgeboren. Wenn Sie mich nicht als Ihre Frau haben wollen, dann lassen Sie uns auf dem schnellsten Wege, und zwar sofort, nach Christchurch fahren und ein für allemal Schluß damit machen!«

Nick zog leicht an den Zügeln. Die Pferde hoben ihre Köpfe und setzten sich in Bewegung. Summer war gezwungen, aus dem Weg zu springen, sonst wäre sie unter ihre Hufe gekommen. Ihre Stimme war durch das Rattern der Räder kaum noch zu hören. Er zwang sich, nicht zurückzublicken, richtete sich auf, straffte seine Schultern.

»...letzter Mann auf dieser Erde, und ich würde mit Ihnen nicht verheiratet sein wollen! Ich habe Esel kennengelernt, die nicht so stur waren wie Sie... Sie sind ein elender Mistkerl, Sabre! Sie – Sie sind die Eiterbeule am Hintern der Menschheit, und ich hoffe, jeder Maori-Indianer in Neuseeland richtet seine Pfeile...«

Clara Beaconsfield unterbrach sich im Vorlesen und senkte leise ihr Buch. »Nicky, hörst du überhaupt zu?« fragte sie.

»Ja.«

»Was habe ich denn gerade gelesen?«

»Ich glaube, Miß Anville ist gerade von Lord Orville umlagert worden, der zweifellos dieses kleine rothaarige Luder irgendwie attraktiv findet, wenn auch ziemlich dickköpfig.« Er rutschte unruhig in seinem Armlehnstuhl hin und her und streckte seine langen Beine aus. »Dummer Junge.«

Clara schüttelte den Kopf, und ihre feinen blonden Löckchen, die ihr pikantes Gesicht umrahmten, hoben und senkten sich. Sie schloß das Buch, legte es sorgfältig auf ihren Schoß und seufzte. »Das ist schon vor zwei Seiten passiert. Lord Orville hat gerade Miß Anville gegenüber seine unsterbliche Ergebenheit ausgedrückt und sie angefleht, nicht Mrs. Selwyn auf ihrer Reise zu begleiten. Und es wurde irgendwo erwähnt, daß Miß Anville rote Haare hat.«

»Nein?« Nick setzte sich noch ein wenig aufrechter und blickte zu Ben hinüber, der eine schon etwas verblichene Ausgabe der ›London Times‹ über den Rand seiner Brille hinweg studierte.

»Sieht so aus, daß sich die Lords Gladstone und Disraeli mal wieder in den Haaren liegen«, bemerkte Ben, der ein wenig älter als Nick war. Er nahm seine Brille ab, faltete die ›Times‹ und hielt sie Nick hin. »Es wird auch über den Earl of Chesterfield berichtet, falls es dich interessiert.«

Nick erhob sich von seinem Stuhl, ohne auf das ihm hingehaltene Blatt zu reagieren. Er ging zum Kamin und blickte versonnen ins Feuer.

»Also bist du offensichtlich nicht«, sagte Ben, und er öffnete die Zeitung wieder. »Man spricht darüber, daß er Gladstones Platz als Kanzler des Finanzministeriums einnehmen wird, wenn dieser in Ruhestand geht.«

Nick schob seine Hände in die Taschen, bevor er sein Gesicht den Gastgebern zuwandte. Für gewöhnlich fanden Nachrichten über seinen Vater sein Interesse, oder zumindest reizten sie ihn zu einer angeregten Debatte über politische Fragen. An diesem Abend jedoch blieben seine Gedanken konzentriert auf eine Ehefrau, die er gar nicht wollte, und deren eigener Hintergrund zweifellos ebenso fragwürdig und ungehörig war wie sein eigener.

Ben setzte sich in seinem Stuhl zurück und schlug die Beine übereinander, während seine Frau Clara ihre schmalen Hände sittsam im Schoß faltete und auf Nicks Antwort wartete. Ihre Gesichter waren seltsam erwartungsvoll. Und Nick wurde plötzlich bewußt, daß sie ihn schon den ganzen Abend über sehr interessiert angeschaut hatten.

»Möchtest du uns etwas Bestimmtes sagen?« wollte Clara wissen.

Er lehnte sich gegen den Kaminsims. »Ich könnte einen Drink brauchen.«

Ben goß ihnen allen einen Sherry ein. Nick stürzte seinen hinunter. »Ich bin verheiratet.«

»Das wissen wir«, antwortete Clara.

»Wir fragten uns schon, wie lange du wohl brauchen würdest, um es zuzugeben«, fügte Ben hinzu. »Soviel ich weiß, arbeitet sie seit fünf Tagen bei Sean.«

Nick stellte das Glas auf den Kaminsims und fluchte leise in sich hinein.

Ben blickte zu Clara. »Ich muß zugeben, daß ich schockiert war, als ich es hörte.«

»Entsetzt!« rief Clara aus.

»Es war ein übler Scherz, Nick, und diesen Kerlen müßte man die Leviten lesen.«

»Wie lange wißt ihr es schon?« fragte Nick.

»Seit gestern. Sean hat ganz offensichtlich mit dieser Sache nichts zu tun. Er hörte nur, wie die anderen sich am Tag ihrer Ankunft darüber unterhielten. Was hast du jetzt vor?«

»Er wird die Ehe natürlich annullieren.« Clara erhob sich von ihrem Stuhl, ihr leuchtend blauer Reifrock raschelte. Stirnrunzelnd stand sie vor Nick. »Soviel ich gehört habe, arbeitete sie in London als Hausmädchen.«

»Ich habe gehört, sie ist sehr hübsch«, entgegnete Ben.

»Oh, puh«, Clara zog ihre zierliche Nase kraus. »Ist das alles, woran ihr Männer denken könnt? Die Frage ist doch, ist sie eine anständige Frau?«

»Du, mein liebes Weib, hast Vorurteile, sobald es um Nick geht.«

»Vielleicht, aber ich möchte ihn nicht noch unglücklicher sehen, als er schon ist.«

Nick lächelte, nur ganz kurz. Clara hatte ihn immer an die vornehmen Ladies von London erinnert, so blaß und zart war ihre Haut. Wie leicht hätten sie und Ben zu den Adligen zu Hause gepaßt. Es gab Momente, so wie diesen, da erinnerte Nick sich wieder daran, wie er anfangs auf die beiden herabgeschaut hatte, hochnäsig, nur weil sie ein Produkt der »niedrigeren« Klasse waren. Das machte ihn heute noch krank.

»Also?« fragte Clara. »Wie ist sie?«

»Blutjung und dürre und abscheulich... und offensichtlich eine gute Bekannte von Charlotte Brontë.« Er fuhr fort zu erklären, daß Summers illustre Familiengeschichte der von Jane Eyre so bemerkenswert ähnelte. Als er mit der Schilderung von

Summers Geschichte fertig war, lachten Clara und Ben schallend, während Nick, der sich noch einen Drink eingegossen hatte, verdrossen in sein Glas starrte und sich an Summers Gesicht erinnerte, als sie ihre absurde Geschichte berichtete.

Clara tupfte ihre Augen mit einem Taschentuch ab. »Oh je, das ist köstlich, aber es macht ihren Hintergrund noch zweifelhafter und fragwürdiger. Was wirst du tun, Nicky? Bestimmt wird man den Vertrag annullieren, wenn man die Umstände bedenkt. Ich meine... wenn die Ehe nicht... wie soll ich sagen –«

»Vollzogen wird.« Ben lächelte zu seiner Frau hinüber. Und Clara wurde etwas rot. Er ging zu der geöffneten Tür und blickte hinaus in die Nacht, eine Hand in der hinteren Hosentasche seiner Reithosen. »Das ist ganz gewiß ein Gedanke, der nicht zu unterschätzen ist«, sagte er schließlich zu Nick. »Ich kann mir nicht vorstellen, daß du da in etwas hereinschlittern willst, bevor du nicht sehr genau überlegt hast, was das Richtige für dich ist.«

Nick stellte sein Sherry-Glas hin. »Diese Art von hitzigem Benehmen ist das, was mir meine jetzige Misere eingebracht hat... das und eine Frau.« Er runzelte bei der Erinnerung die Stirn. »Ich erwarte nicht, daß ich so schnell meine früheren Fehler wiederhole.« Er ging zur Tür. »Es ist spät geworden«, sagte er. »Und es ist weit bis nach Hause.«

»Du bist herzlich eingeladen, über Nacht bei uns zu bleiben«, erwiderte Ben.

»Natürlich wird er bleiben!« stimmte Clara ihm zu. »Ich werde Renée sagen, sie soll das Bett –«

»Ich kann nicht«, unterbrach sie Nick. »Ich muß morgen früh da sein. Wir haben heute nicht geschoren, also müssen wir das morgen wieder aufholen.«

»Nick, du weißt, ich wäre mehr als glücklich, ein paar von meinen Leuten zu dir rüber zu schicken –« meinte Ben.

»Nein, danke.«

»Aber –«

»Nein.« Nick schüttelte den Kopf. »Nein.«

Nick drückte einen kurzen Kuß auf Claras Hand, dann folgte er Ben aus dem Haus. Sie schlenderten schweigend den Pfad hinunter, bis Ben schließlich sagte: »Ich würde lügen, wenn ich behaupten würde, daß ich nicht ziemlich bestürzt wäre wegen dieser Ehe. Ich schlage vor, du wirst das Mädchen los – Annullierung –, bevor etwas geschieht, das diese Alternative unmöglich macht.«

»Mit anderen Worten, bevor ich mit ihr schlafe.«

»So eine Art von Engagement –«

»Würde die letzte Schlinge um meinen Hals bedeuten.« Nick lachte kurz auf. »Keine Sorge. Das Mädchen zieht mich nicht im mindesten an.«

»Muß ich dich daran erinnern, daß es schon lange her ist, seit –«

»Nein«, antwortete Nick trocken. »Daran mußt du mich nicht erinnern. Um ehrlich zu sein, es ist so lange her, daß ich zum letzten Mal zwischen den Beinen einer Frau gelegen oder es auch nur gewollt habe – ich frage mich, ob ich überhaupt könnte.«

Ben lachte. Nick stieg auf den Wagen, dann blickte er herunter auf seinen Freund, der mit einer Hand über den Hals eines der Pferde strich, und sagte: »Ich habe gezögert, über dieses Thema vor Clara zu sprechen, aber ich frage mich, ob du über Jake Madison gehört hast?«

Nick sah das Gesicht des alten Mannes in Gedanken vor sich. Einer der ersten Schafzüchter, die sich in dieser Gegend niedergelassen hatten. Jake hatte erfolgreich eine Farm nahe des Mount Torlesse und dem Kowar-Wald vor bereits über einem Jahrzehnt aufgebaut. »Was ist passiert?«

»Die Bande hat letzte Nacht zugeschlagen.«

»Wie schlimm?«

»Er hat alles verloren. Sie brannten sein Haus und die Nebengebäude nieder und haben die ganze Nacht über damit zugebracht, ein Tier nach dem anderen abzuschlachten. Mit Jake selbst sind sie auch ziemlich schlimm umgegangen. Verdammt noch mal, Nick, diese Überfälle müssen aufhören.«

»Hast du wirklich angenommen, es würde nicht auch zu Mord kommen, Ben?«

»Bisher noch nicht.«

»Aber es wird passieren. Jeder Überfall ist schlimmer als der vorherige. Du und ich, wir wissen, daß die Züchter hilflos diesem Pack von Banditen ausgeliefert sind. – Bis du und die paar anderen Farmer auf der Südinsel, die hinter ihnen stehen, bereit sind, gegen diese Kerle etwas zu unternehmen, wird die Gewalt immer schlimmer werden.«

»Und dann werden auch unsere Farmen niedergebrannt werden.« Ben schob seine Hände in die Taschen und blickte hinüber zu seinem Haus.

»Roy Tennyson würde nicht wagen, dich anzugreifen«, widersprach Nick. »Ihr seid zu gut angesehen bei den anderen Farmern. Vielleicht, wenn du versuchst und noch mal mit Sean sprichst...«

Ben blickte ihn ärgerlich an. »Ich bin immer noch nicht davon überzeugt, daß Sean damit zu tun hat. Wir alle wissen, daß es Roy Tennyson ist und immer war. Er war der Unruhestifter von Anfang an.«

»Ich habe die ganze Bande heute mit eigenen Augen bei Sean gesehen: Roel Ormsbee, Virgil McIlhenny, Howard Goetz und Ralph Gilstrap. Da war nicht einer unter ihnen, der nicht ein Messer an meine Kehle oder ein Gewehr an meinen Kopf gesetzt hätte, wenn O'Connell ihnen ein Zeichen dazu gegeben hätte.« Nick sah, daß Clara zur Tür gekommen war und zu ihnen hinüberblickte. Ihr Haar schien blaß im Zwielicht. Und plötzlich fiel ihm ein, daß da ein Mädchen auf seiner Farm wartete, daß er nach Hause kam.

Mein Gott, wie oft hatte er Ben und Clara gute Nacht gesagt und gewünscht, daß da noch jemand außer einem alten Schäfer und einem Hund zu Hause auf ihn warten würde? Nun war da jemand. – Ob sie wartete?

»Ich werde mit Sean reden...« drang Bens Stimme in seine Gedanken, und als er sich wieder seinem Freund zuwandte, hielt Ben ihm die London Times ordentlich zusammengerollt hin. »Zur Verteidigung von O'Connell muß ich sagen – wenn er wirklich in diesen erbärmlichen Aufruhr verwickelt ist, dann nur, weil er bis über beide Ohren bei Tennyson verschuldet ist. Ich habe zufällig mitbekommen, daß Roy ihm das Geld geliehen hat, um seine Scheune wieder aufzubauen, nachdem sie abgebrannt war.«

»Bist du schon mal auf die Idee gekommen, daß es Roy gewesen sein könnte, der sie in Brand gesetzt hat, um auf diese Weise Sean unter Druck setzen zu können?«

Ben schüttelte den Kopf. »Ich werde mit Sean sprechen. Du weißt selbst, wie schwierig es ist, vernünftig mit ihm zu reden. Er ist so stur und eigensinnig wie du in manchen Dingen... wenn es um Frauen geht, zum Beispiel. Keiner von euch beiden hört auf vernünftige Ratschläge.«

»Man sollte nicht so naiv sein und Vernunft und Frauen in einem Atemzug nennen.«

Ben lachte. »Ich komme demnächst vorbei. Viele Grüße an Frank.«

Nick stopfte die Zeitung in seine Manteltasche und schaute zu, wie Ben die Stufen zu seinem hübschen Fachwerkhaus hinaufging, mit seinem schönen Verandageländer und den Fenster mit den blaßgelben Läden. Er dachte daran, Ben zurückzurufen und ihm zu sagen, sich nicht in den Streit mit den Schafzüchtern einzumischen. Er hatte schließlich viel zu verlieren. Neben der Farm von Tennyson war Bens die größte und erfolgreichste auf der ganzen Südinsel. Sein Haus, sein halbes Dutzend Schuppen und Pferche zum Scheren und seine weiten Wiesen, nicht zu erwähnen die fünfzigtausend erstklassigen Schafe. Das alles waren Dinge, von denen Nick nur träumen konnte. Eines Tages...

»Ben!« rief er.

Ben blieb auf der Türschwelle stehen und blickte zurück.

»Vergiß es«, rief Nick. »Ich werde meine eigenen Schlachten schlagen.«

»Bist du sicher?«

Er nickte, dann sah er, wie Ben ins Haus trat und die Tür hinter sich schloß.

5

Summer saß auf der Kante des Spülsteins, ließ ihre Füße baumeln und schaute Frank zu, wie er vor dem Herd stand, Kaffee trank und aus dem dicken Teig Bälle formte, die er dann zu Fladen preßte und auf das Backblech legte. »Was sind das für Dinger?« fragte sie.

»Maiskuchen.« Er drehte sich zu ihr um. »Das, was unserem Brot noch am nächsten kommt. Es schmeckt auch gut. Und es hält sich. Ich wickel' sie einfach in ein Tuch ein und lege sie dort drüben in den Korb. Die sind morgen mittag mächtig gut, wenn wir mit knurrendem Magen vom Scheren reinkommen. Hier. Nehmen Sie einen und schmieren Sie Marmelade drauf. Schwöre, das ist fantastisch.«

Summer ließ es sich nicht zweimal sagen und probierte: »Hmm.«

»Ja, verdammt noch mal, hab' ich's nicht gesagt, daß die gut sind?« Frank lachte in sich hinein. »Wurde aber auch Zeit, daß mal jemand hier ist, der meine Kochkünste zu schätzen weiß. Seit fast zwei Jahren koche ich und rackere mich in der Küche ab. Bin inzwischen gewitzt im Kochen – für nichts und wieder nichts. Keiner da, der's einem dankt.«

Summer runzelte die Stirn. Sie konnte sich richtig vorstellen, wie Sabre gelangweilt am Tisch saß, statt dankbar für das Essen zu sein, Frank genau auseinanderzusetzen, was daran falsch war. Oder – und das war noch schlimmer – er sagte gar nichts. »Warum sind Sie geblieben? Ich kann mir überhaupt nicht vorstellen, wie Sie so lange seine Launen ertragen konnten.«

Frank fischte die Kuchen aus der Pfanne und füllte sie erneut mit den Teigfladen. »Oh, er hat eigentlich nicht viele Launen. Manchmal wünschte ich, er hätte welche. Würde 'n bißchen Leben in die Bude bringen. Ne, meistens starrt er nur wütend vor sich hin, oder er geht irgendwohin, wo er denkt, keiner kann ihn sehen. Und dann schlägt er auf etwas ein, was nicht zurückschlagen kann... auf einen Baum oder die Hauswand.«

»Sean vermutet, er hat einen Mann umgebracht. Was glauben Sie?«

»Ich? Ach, verdammt, Nick bezahlt mich nich fürs Denken. Vielleicht hat er«, fügte er ein bißchen ernster hinzu. »Hat nie darüber gesprochen, und ich hab' nie gefragt. Tatsache ist, die meisten von uns rennen vor irgendwas weg, vor einer Erinnerung oder einem Fehler. Vielleicht sogar vorm Gefängnis.«

Frank schüttelte seinen Kopf. »Man kann Gitter und Ketten sprengen, aber es gibt keine Flucht vor dem Gefängnis in deinem Kopf. Diese verdammten Erinnerungen können einen viel erbarmungsloser und qualvoller einsperren als irgendein Zuchthaus.« Frank goß sich noch mal Kaffee nach und warf einen Blick aus dem Fenster, sein faltiges Gesicht verfinsterte sich, als er die hochroten und orangenfarbenen Wolkenmassen am Horizont aufkommen sah.

»Was hat dieser Streit zwischen Sean und Sabre auf sich?«

»Diese Jungs haben eine Riesenwut aufeinander, und das kann mächtig gefährlich werden. Laß einen Topf lang genug sieden, und tatsächlich brennt er entweder selbst durch oder kocht über. Problem ist, Sean und Nick gleichen sich wie ein Ei dem andern. Stolz, stur und wütend aufs Leben. Einziger Unterschied ist, Nick ist total verschlossen, während Sean rumgeht und Feuer spuckt, als sei er von einer Tarantel gestochen. Immer kurz vorm Explodieren. Frag' mich oft, was schlimmer ist... Schätze, er wird bald hier sein«, fügte er in Gedanken versunken hinzu. Dann drehte er sich wieder um zu Summer. »Erinnert mich daran, daß ich Ihnen bei Gelegenheit die Geschichte erzählen muß, als ich mal für meinen Bruder und seine Compadres, seine Freunde, gekocht habe, und –«

Frank drehte sich abrupt zur Tür um. Sein Gesicht angespannt, die Augenbrauen zusammengezogen, während er horchte. Summer rüstete sich innerlich für eine Begegnung mit Sabre. Doch Frank warf ihr den Spachtel zu und sagte: »Drehen Sie die Fladen um, wenn sie braun genug sind. Dann nehmen Sie sie raus.«

»Was ist?«

Seine blauen Augen zogen sich zusammen. »Die Schafe sehn komisch aus, bißchen verdächtig, würde ich sagen.«

Summer begleitete Frank zur Tür. Sie blickte auf die entfernter liegenden Gebäude, eine Scheune, einen Hühnerverschlag, einen Schuppen, den Stall, wo die Schafe schon darauf warteten, am nächsten Morgen als erstes geschoren zu werden. »Was ist los?« fragte sie noch mal nervös.

Sie spürte es jetzt selbst. Etwas war nicht in Ordnung. Die Schafe waren auffallend ruhig, und alle blickten sie nach Nordwest. Die Luft war ruhig, das Schweigen fast unheimlich.

Frank trat vors Haus und blickte auf die entfernter gelegenen Berge. Nach und nach nahm das trübe Zwielicht eine gelblich-grüne Tönung an, und die

Berge verschwanden hinter einem dichten Nebel, der sie an England erinnerte. Frank wölbte seine Hände um den Mund und pfiff. Dann wartete er. »Guter Hund«, murmelte er. »Er hat sie nach unten getrieben.«

»Frank«, flüsterte Summer. »Werden Sie mir sagen, was los ist?«

»Sturm«, antwortete er leise. »Dieser dichte Staub hier kommt von starkem Wind und Regen. Ich schätze, wir haben fünf Minuten, bevor die Hölle losgeht.« Er rannte zum Haus zurück, plötzlich so leichtfüßig wie ein junger Mann. Summer lief hinter ihm her.

»Die Maiskuchen«, brüllte er über seine Schulter. »Die brennen an.«

»Wohin gehen Sie?«

»Nick wird gleich zurück sein. Wenn er nicht da reinkommt...«

Summer starrte zuerst zur Tür, dann auf das Kuchenblech, von dem bereits schwarzer Rauch aufstieg. Sie kratzte sie ab, dann warf sie sie ungeduldig neben Betsys Napf. Und schon raste sie Frank hinterher. Er hatte sich einen Regenmantel von einem Haken an der Wand gegriffen und stieg gerade auf sein Pferd, als sie nach draußen auf die Veranda gelaufen kam. In diesem Augenblick knallte die Haustür zu und traf sie an den Schultern wie eine Faust. Sie schrie laut auf und griff nach ihrem Haar und ihrem Rock, als die Bö alles mit einem Mal emporriß.

»Geh'n Sie rein, und bleiben Sie da!« schrie Frank. »Es wird ein schlimmer Sturm!«

»Wohin gehen Sie?« rief sie zurück.

»Die Flüsse steigen rapide bei diesen Regengüssen! Wenn nicht einer darin ertrinkt...« Das Heulen des Windes übertönte seine Stimme. Der Staub knallte wie Hagelkörner gegen ihre Haut, sie konnte nichts mehr sehen. Als sie endlich wieder die Augen aufmachen konnte, war Frank weg.

Summer stolperte zurück ins Haus und hatte gerade im rechten Augenblick die Tür zubekommen, als die ersten Regentropfen gegen die Fenster und aufs Dach trommelten. Der Boden zitterte. Die Wände wackelten. Etwas auf dem Dach hatte sich losgerissen und klatschte und knallte von der einen Seite zur anderen. Summer rannte ins Wohnzimmer, wo sie sich mit verschränkten Armen über dem Kopf hinkauerte, aus Angst, die Decke würde jeden Moment auf sie herunterstürzen. Dann ging sie in die Küche und streute Asche aufs Feuer. Sonst hätte sie gefürchtet, der Schuppen aus Holz und Stein würde wie ein Scheiterhaufen herunterbrennen. Da sie keinen anderen Ort wußte, um sich zu verstecken, eilte sie ins Schlafzimmer, wo Frank, nach einer langen hitzigen Debatte schließlich ihre paar Sachen untergebracht hatte.

Sie saß mit gekreuzten Beinen mitten auf dem Bett, lauschte auf das Ächzen des Windes und das Stürmen des Regens. Nicht zum ersten Mal an diesem Tag fragte sie sich, was, in Himmels Namen, sie auf einer Schaffarm verloren hatte, die anscheinend Millionen Meilen von der nächsten zivilisierten Menschenseele entfernt lag... verheiratet mit einem Mann, der nichts mit ihr zu tun haben wollte... dessen Ablehnung so stark war, daß er sie aus dem Haus geworfen hatte.

Na ja... sie sollte den Heiligen im Himmel dafür danken, daß sie nicht gezwungen war, mit ihm all diese ekelhaften Verpflichtungen, die eine Ehe mit sich brachte, zu vollziehen. Die Idee allein ließ sie schaudern. Dieses Scheusal hatte offensichtlich ein Herz aus Eis und einen Ruf, der viel schlechter war als alles, was sie sich auf dieser schrecklichen Seereise von England hierher ausgemalt hatte.

Summer boxte auf sein Kissen ein. Einmal. Zweimal. Sie rollte es zusammen, steckte es zwischen ihre Knie und bearbeitete es mit ihren Fäusten, bis ihre Arme vor Anstrengung zitterten. »Das ist fürs Rausschmeißen.« Peng. »Das, weil du mich nicht magst.« Klatsch. »Und das, weil du nicht klein und glatzköpfig und alt bist wie Frank.« Peng – Klatsch – Ratsch! Sie schleuderte das Kissen ins Bett und vergrub ihr Gesicht darin.

Es roch nicht nach Schafen. Es roch nach... Meeresbucht, nach Rum und Seife. Und plötzlich fühlte sie ein komisches kleines Flattern in ihrer Magengrube. Stirnrunzelnd rollte sie sich auf den Rücken und starrte die Decke an, während der Regen und der Wind überm Haus tobten, und das Ofenrohr stöhnte.

Sogar dieses verdammte Haus war eine Enttäuschung. Die Wände waren aus Rohholz – nicht gestrichen, noch viel weniger tapeziert. Das Gebälk war offen, nicht ein Bild hing an den Wänden. Noch gab es irgendeine Art von Plunder, irgend etwas, was von Nicks Vergangenheit erzählt hätte. Seans Schnickschnack, verstreut in jedem Winkel und jeder Ritze, war grauenhaft, aber...

Wenn man sie nur ließe, würde sie Teppiche für Sabres Böden kaufen – vielleicht Perser, wie Pimbersham sie gehabt hatte – und sie würde die Fenster mit Spitzenvorhängen verkleiden, mit viel Stoff, der sich bis über den Teppich ausbreiten würde. Sie hatte nämlich einmal gehört, daß Mengen von Stoff ein Zeichen für Reichtum und Vornehmheit waren. Ein paar mehr Möbelstücke hätten auch nicht geschadet – besonders im Wohnzimmer. Wenn sie erst einmal angefangen hätten, Gäste einzuladen, würden sie auch mehr Stühle brauchen. Vielleicht einen Schaukelstuhl oder zwei. Und bestimmt würde sie nicht nein sagen zu einem neuen Sofa. Dieses hier war ganz offensichtlich gebraucht gekauft. Und welches Wohnzimmer war komplett ohne Kaminböcke aus Messing? Sie konnte sich genau vorstellen, wie sie im Licht des Kaminfeuers glitzerten. Oh, und nicht zu vergessen der Kanarienvogel. Jede Londoner Familie, die etwas auf sich gab, hatte einen!

Ach, sie hatte solche Träume gehabt, bevor sie hierhergekommen war.

Sie schlenderte durchs Wohnzimmer, dann zurück in die Küche, entdeckte einen Vorhang, der über einer Türöffnung hing, und spähte hinein – wahrscheinlich die Speisekammer. Statt dessen war es ein winzig kleiner Raum mit einem einfachen selbstgebauten Schreibtisch und mit Regalbrettern an den Wänden. Ihr Blick glitt über Bücher, Stifte, Tinte, ein Diplom an der Wand, Papiere auf dem Schreibtisch, eine Lampe, verschiedene ledergebundene Bücher und eine graue Metallbox. Zwei Bilder fielen ihr ins Auge, eines von einem sehr vornehm aussehenden Herrn – zweifellos seinem Vater –, das andere stellte einen jungen Mann dar, dessen Ähnlichkeit mit Sabre aufffallend war. Es war, als blicke man in Nicholas Augen. Die gerade Nase war identisch, die Wangenknochen genauso hervorstehend, der Mund genauso herrisch. Nur daß dieser

Mann lächelte, eine warme Freundlichkeit ausstrahlte.

Da kamen Stimmen aus einiger Entfernung, zuerst Franks – dann die von Sabre. Summer wurde es mulmig zumute.

»Der Fluß wird übertreten«, stellte Frank fest. »Beim ersten Licht werde ich runter reiten und nachschauen. Kann sein, Johnson hat wieder Schlamm im Haus. Würde ihm gern helfen, wenn du nichts dagegen hast.«

»Wir haben viel zu tun«, erinnerte Sabre ihn.

»Bin mittags zurück. Ich kümmer mich um die Pferde, damit du gleich aus deinen Kleidern rauskommst.«

Summer stellte das Bild zurück ins Regal und rannte ins Schlafzimmer.

Die Hintertür öffnete sich, das Geräusch von Regen füllte einen Moment lang das Schweigen, dann schloß sie sich wieder. Ihr Herz schlug wie verrückt.

Das Klirren von Steingut, dann das Scharren eines Stuhles. Sie schloß kurz ihre Augen, versuchte, jedes Geräusch zu hören. Auf Zehenspitzen ging sie zur Tür und spähte in Richtung Küche, innerlich schimpfte sie mit sich selbst, so feige herumzuschleichen. Eigentlich war sie sonst nicht so leicht einzuschüchtern. Sie hatte es Martha immer gegeben, genauso wie diese alte Hexe ihr... aber schließlich... Martha war kein schwarzäugiges, wütend knurrendes, großspurig auftretendes Scheusal. Na ja, sie wollte klare Verhältnisse mit ihm, ein für allemal. Entweder sie blieb, oder sie ging. Es hing ganz von ihm ab.

Sie straffte ihre Schultern, hob ihr Kinn und trat auf die Türschwelle. Sabre saß am Tisch, sein Kopf ruhte auf den Armen, sein schwarzes Haar war tropfnaß. Seine Augen hatte er geschlossen. Regen tropfte von den durchnäßten Kleidern und hinterließen Pfützen auf dem Boden. Seine Finger umfaßten einen dampfenden Becher Kaffee. Er blickte auf.

Er faltete seinen großen Körper auseinander und setzte sich zurück. Erschöpfung überschattete sein Gesicht. Er streckte seine Beine aus. Langsam hob er den Becher mit Kaffee an seinen Mund, während sein prüfender Blick sie vom Scheitel bis zur Sohle abschätzte, ganz langsam und ganz genau. Sie glaubte, sie würde unter diesem Blick ersticken.

Sabre stellte seinen Becher auf den Tisch und stieß ihn in ihre Richtung. Sie füllte ihm neuen Kaffee ein und stellte ihn zurück auf den Tisch. Er trank, ohne ein Wort zu sagen.

Schließlich sagte sie: »Bitte schön. Wo ich schon mal dabei bin – kann ich noch etwas für Sie tun?« Keine Antwort. Sie nahm den Teller mit kalten Maiskuchen und stellte ihn auf den Tisch. *Erstick an ihnen,* hätte sie am liebsten gesagt, aber sie ließ es doch besser.

Er griff nach einem und brach ihn in der Mitte. Wie gebannt starrte sie auf seine Hände. Sehr zu ihrer Überraschung bot er ihr die andere Hälfte an. Und zu ihrem noch größeren Erstaunen nahm sie sie an.

»Setzen Sie sich«, sagte er Seine Stimme war leise, nicht viel mehr als ein Flüstern. Nach einem kurzen Zögern zog sie einen Stuhl zurück und tat, wie er geheißen hatte.

»So«, sagte er. »Da haben wir's ja. Erzählen Sie mir, was Sie von meinem bescheidenen Wohnsitz halten... Ich meine, außer, daß es nicht gerade ein Schloß ist.«

Sie senkte ihren Blick. »Es ist nicht so schlecht«, antwortete sie und meinte es auch.

»Nein?« Er warf einen prüfenden Blick auf die kahlen Wände vor ihm, bevor seine dunklen Augen sich wieder auf sie richteten. »Ich muß zugeben, ich bin überrascht, daß Sie immer noch hier sind.«

»Wo sonst könnte ich hin?«

»Zurück zu Sean.«

»Meinen Sie damit, Sie glauben immer noch, daß ich mit Sean so eine Art Intrige geplant habe, um Sie zu ruinieren?«

»Also, wenn dieser Vertrag legal ist, dann sind Sie es auch.«

Sie betrachtete ihn hoffnungsvoll. »Dann geben Sie also zu, daß ich Ihre Frau bin?«

Er musterte sie über den Rand der Kaffeetasse. »Die Flüsse steigen über ihre Ufer«, sagte er schließlich. Er brach sich ein Stück Kuchen ab und schob es in seinen Mund. »Was ich meine ist, eine Fahrt nach Christchurch kommt nicht in Frage, solange das Wasser nicht sinkt.«

»Christchurch?«

Er schluckte sein Stück Maiskuchen herunter und trank seinen Kaffee.

»Oh«, sagte sie, als ihr klar wurde, was er meinte. »Sie schicken mich zurück.«

»Es würde Ihnen hier wirklich nicht gefallen. Es ist einsam. Zu warm im Sommer und zu kalt im Winter.«

»Ihnen scheint es hier gut zu gehen«, konterte sie, bevor sie sich fangen konnte. Erst dann wurde ihr bewußt, daß sie ihren eigenen Kuchen in lauter kleine Krumen zerlegt hatte.

Nick sah, wie Summer über und über rot wurde.

Ihre zarten Finger schoben die Krümel von einem Punkt des Tisches zum anderen, während sich das Schweigen zwischen ihnen hinzog. Schließlich sagte er: »Es ist wirklich nicht das richtige Leben hier für eine junge Frau. Wie alt sind Sie eigentlich?«

»Achtzehn.«

»Eine junge Frau Ihres Alters sollte Freunde haben. Nebenbei gesagt, wie Sie sehen können, führe ich ein einfaches Leben. Ich bin praktisch mittellos.«

»Das macht ni –«

»Es gibt kein Geld für die Dinge, die Frauen anscheinend brauchen, um glücklich zu sein. Zweifellos haben Sie bereits davon geträumt, wie Sie dieses Haus mit Deckchen und Vorhängen und eleganten Möbeln aus England schmücken können.«

Summer senkte ihre Augen. Er stellte seine Tasse hin. »Ich könnte mir höchstwahrscheinlich nicht einmal die Kleider leisten, die Sie trugen, als Sie hier ankamen, Irin. Zumindest nicht, ohne Geld dafür zu opfern, das wir eigentlich für Nahrungsmittel oder anderes dringend brauchen. Ich –«

Sie stand plötzlich auf. Ihre Hände hatte sie in die Seiten gestemmt, und sie blickte irgendwohin über seinen Kopf. »Sie haben mir Ihren Standpunkt deutlich gemacht, Mr. Sabre. Es ist nicht nötig, daß Sie mir eine lange Liste von Gründen aufzählen, warum ich hier nicht willkommen bin. Sie haben Ihre Schafe und Ihren Hund und Ihren Freund Frank, um Ihnen Gesellschaft zu leisten. Deshalb haben Sie in Ihrem Leben keinen Platz für mich. Na gut, das kommt mir ganz gelegen. Ich – ich brauche Sie auch nicht. Es war sowieso eine blöde Idee, nach Neuseeland zu kommen. Ich habe eine Menge guter Freunde in England zurückgelassen und...« Sie schluckte schwer, dann noch mal, machte auf dem Absatz kehrt und lief aus dem Raum.

Er sprang so schnell von seinem Stuhl auf, daß dieser umfiel. Mit zwei großen Schritten hatte er sie eingeholt und zu sich herumgedreht. Er hörte den schnellen, überraschten Atemzug, den sie ausstieß. Sie starrte ihn an, wütend und verletzt. In ihren Augen schimmerten Tränen. Einen Augenblick lang dachte er, er müßte seinen Mund auf ihren pressen.

»Was, zum Teufel, wollen Sie von mir?« fragte er und schüttelte sie dabei. »Bindung? Hingabe? Sicherheit? Tut mir leid, meine Liebe, aber diese Dinge habe ich nicht zu vergeben. Ich kämpfe viel zu hart, um zu überleben. Wenn Frank und ich unsere Gürtel nicht gerade fester schnallen, laufen wir nachts schlaflos durch das Haus vor lauter Sorgen, daß irgendwelche Verräter mit Hauben über dem Kopf über uns herfallen und alles zerstören, was wir in den letzten drei Jahren aufgebaut haben.«

Summer versuchte, sich von ihm loszumachen. Er riß sie unsanft zurück. »Ich war betrunken, als ich diesen Vertrag unterschrieben habe.«

»Das ist mir schon klar.«

»Es war nie auch nur die leiseste Absicht, daß man mir eine Ehefrau aussucht.«

»Das haben Sie wiederholt gesagt.«

Seine Augen wanderten über ihr Gesicht. Sein Körper versteifte sich. Er faßte sie fester und sagte: »Ich will keine Frau, verdammt noch mal, so sehen Sie mich nicht an wie ein herumgestoßener junger Hund.«

»Sie tun mir weh.«

Er lockerte seinen Griff; sie machte sich los und rannte aus der Küche.

Nick lehnte am Spülbecken, verschränkte seine Arme über der nassen Brust und versuchte, sein klopfendes Herz zu beruhigen. Es war unmöglich. Ihr Bild hatte sich in ihm festgesetzt, diese Nase mit den neun kleinen Sommersprossen, diese Augen –.

Franks Schritte waren vor dem Haus zu hören. Er stampfte den Schlamm von seinen Stiefeln, dann stieß er die Tür auf. »Schlimm«, sagte er. »Das ist ein böser Nordweststurm. Denk an meine Worte. Schafe werden auf den Flüssen rumschwimmen, aufgedunsen wie goldene Knödel in einem Dampfpott.« Er wischte sich das Wasser aus den Augen, zog sich mit einem Ruck die Schuhe aus und stellte sie zum Trocknen an den Herd. »So.« Er holte sich eine Kaffeetasse. »Was für eine Laus ist dir über die Leber gelaufen? Ah, brauchst mir gar nichts zu erzählen. Du und das kleine Fräuleinchen wart wieder beim alten Thema. Na ja, reg dich nicht auf. Ihr werdet euch noch bald genug aneinander gewöhnen.« Er blickte über seine Schulter zu Nick. »Noch etwas Kaffee?«

»Nein.«

Frank leerte die Kanne und schob sie beiseite.

»Ich schick' sie zurück.«

Der alte Mann setzte seine Tasse an den Mund und zuckte zusammen. »Mensch, der ist heiß und dick genug, um einem Haare auf der Zunge wachsen zu lassen.«

Nick blickte finster drein. »Ich sagte –«

»Bin nicht taub. Zum Teufel. Geh und schick sie zurück. Keiner wird sie vermissen, wenn sie weg ist. Besonders du nicht. Kannst weiter mauern an deiner Einsamkeit und die ganze Welt hassen, genau wie alle Welt dich immer weiter hassen wird.« Er lehnte sich zurück gegen das Spülbecken neben Nick und starrte herunter auf seine vor Nässe dampfenden Socken. Das unaufhörliche Trommeln des Regens füllte ihr Schweigen. »Du magst dieses Geräusch?« fragte er schließlich.

»Was? Den Regen?«

»Nee. Das, was dahinter liegt.«

Er lauschte angestrengt. »Ich höre nichts.«

»Das ist richtig. Das ist genau das, was du hören wirst, bis du an Altersschwäche stirbst. Das ist das Letzte, was du hören wirst, wenn du in diesem Bett in diesem Zimmer liegst und dich darauf vorbereitest, deinem Schöpfer zu begegnen. Schweigen.«

Er schüttelte seinen Kopf. »Schweigen kann eine mächtig furchterregende Sache sein, Boß. Denk mal drüber nach.« Er stellte seine Tasse neben sich, schlüpfte mit seinen Füßen wieder in die Stiefel und verließ das Haus.

Der Regen trommelte weiter. Der Wind ächzte. Das Ofenrohr klapperte. Nick wandte sich zum Fenster um und blickte hinaus in die Dunkelheit. Minuten schleppten sich dahin, bis endlich ein winziger Flecken Licht in der Ferne entzündet wurde. Er stellte sich vor, wie Frank in das Einzimmerhäuschen eintrat, das sein Zuhause war, wie er die Laterne anzündete, seine Arbeitskleidung mit einem schienbeinlangen Nachthemd austauschte, dann sich hinsetzte, und sich auf seine Matratze legte, um zu schlafen… ein sechzigjähriger alter Mann, allein.

Ein Regentropfen traf Nick auf die Nase. Er beobachtete, wie der Fleck Wasser an der Decke dunkel und schwer wurde, bevor seine Last auf sein

Hemd fiel. Müde suchte Nick unter dem Spülbecken nach einer Pfanne, groß genug, um das Wasser einer Nacht von der undichten Stelle an der Decke aufzufangen, dann ließ er die Idee wieder fallen. Bis der Kampf zwischen Farmern und den »Kakadus« nicht vorbei war, würde er sowieso immer wieder beim kleinsten verdächtigen Geräusch in der Nacht hochschrecken. Er war noch nicht von Tennysons Plündererpack überfallen worden, aber sein Tag würde kommen.

Er beschloß, daß es die Pfanne tun würde und stellte sie unter die undichte Stelle in der Decke. Er griff nach der Lampe und wollte gerade in Richtung Schlafzimmer gehen, als ihm einfiel, daß dieses ja besetzt war. Er ging also ins Wohnzimmer. Indessen war das Sofa schon besetzt. Summer saß da, die schmalen Schultern sehr gerade, die Hände im Schoß gefaltet, mit dem Blick auf den Kamin. Vor ihren Füßen auf dem Boden stand ihr Koffer, daneben ihr Hut.

»Was machen Sie hier?« fragte er.

»Ich möchte Sie nicht aus Ihrem Bett vertreiben, Mr. Sabre. Ich schlafe hier.«

»Seien Sie nicht blöd.«

»Sie haben Ihren Standpunkt sehr deutlich gemacht. Mein Aufenthalt hier ist nur vorübergehend… und außerdem, wenn man die Umstände genauer betrachtet, wäre es nicht zweckmäßig für uns, zusammen zu schlafen.«

»Ich hatte nicht die Absicht, mit Ihnen zu schlafen.«

Ihr Kinn fuhr herum. »Oh?«

»Ich schlafe hier.«

»Hier drauf?« Sie blickte auf das Sofa.

»Ja.«

Sie schüttelte den Kopf. »Ich bin diejenige, die uneingeladen hier ist. Ich werde nicht mehr Umstände machen, als unbedingt nötig. Vergessen Sie einfach, daß ich hier bin.«

»Das wird ein Tag sein«, murmelte er in sich hinein. Er ging um das Sofa herum und nahm ihren Koffer und den Hut. Bevor sie ihn mit ihren Augen aufspießen konnte, griff er nach ihrem Arm und zog sie aus dem Wohnzimmer ins Schlafzimmer. Dort stellte er den Koffer dicht am Bett ab, knallte Summer den Hut auf den Kopf, drehte sich auf dem Stiefelabsatz um und ging zurück ins Wohnzimmer. Da stand er nun mit seinen Händen in den Hüften und starrte auf den feuerlosen Kamin, lauschte auf das Tropfen des Regenwassers in die Pfanne. Minuten tickten vorbei, dann:

»Mr. Sabre?«

»Was?« Als sie nicht antwortete, blickte er über seine Schulter. Sie stand im Türeingang. Das glänzende Haar fiel ihr weich über das weiße Nachthemd mit den pinkfarbenen Bändern und reizenden kleinen Schleifen über der Brust. Das Hemd war ihr viel zu lang. Sie hielt eine Decke und sein Kissen an sich gepreßt. »Was?« wiederholte er.

»Ich dachte, Sie könnten diese Sachen vielleicht brauchen.« Sie hielt ihm das Kissen hin.

Nick drehte sich um und blickte wieder auf den Kamin.

Das Kissen, dann die Decke, landeten mit einem dumpfen Aufschlag auf dem Sofa hinter ihm. Dann schloß sich die Schlafzimmertür mit einem Ächzen in den Angeln.

Er machte sich nicht die Mühe, seine Kleider auszuziehen. Er löschte die Lampe, dann rückte er sich das Kissen auf der Armlehne zurecht und legte sich hin. Er starrte an die Decke.

Pling... pling...

Die Schlafzimmertür quietschte. Der Boden knackte irgendwo nahe der Küche.

»Was, zum Teufel, machen Sie jetzt?« brüllte er.

»Ich kann nicht schlafen, wenn das Wasser so tropft. Ich werde ein Tuch in die Pfanne legen, dann kann ich es nicht mehr hören. Ist Ihnen das recht?« Die Frage war voller Sarkasmus.

»Fein.« Er boxte gegen sein Kissen.

Einen Moment darauf quietschte die Tür wieder. Er schloß seine Augen.

Der Wind ließ nach. Es hatte sich eingeregnet, ein konstantes Dröhnen auf dem Dach, das ihn auf der Schwelle zum Schlaf einlullte. Aber irgend etwas hielt ihn zurück, irgendeine unsichtbare Kraft, die seinen Kopf immer weiter routieren ließ am Rande des Vergessens. Das Knarren und Stöhnen von arbeitendem Holz hatte endlich aufgehört. Die Gerüche von starkem Kaffee und Franks Maiskuchen vermischten sich mit etwas anderem, Delikaten, etwas Süßes und Fremdes, doch auch Altbekanntes. Er atmete es vorsichtig ein und spürte, wie es durch seinen Blutkreislauf tanzte, wie der feinste alte Brandy. Es brachte seinen lethargischen Körper in Wallungen. In seinen Träumen tauchten flüchtige Visionen von herumwirbelnden Figuren in Pariser Kostümen auf. Flatternde Fächer. Fröhliches Gelächter, scheues Flirten. Bilder von ihm, wie er seine Lippen auf den gebogenen Hals einer Frau drückt, während sein Körper wie ein Fluß in ihren überströmte. Er drehte sein Gesicht in das Kissen und atmete den Duft einer Frau ein.

Stöhnend stand er auf, harkte sich mit den Händen durchs Haar und massierte seine klopfenden Schläfen. Er lief unruhig durchs Zimmer. Die Ereignisse des Tages stürmten auf ihn ein. Seine Konfrontation mit Sean, Summer, Ben. Fluchend schritt er in sein Büro, hob den Deckel der grauen Metallbox und zog die Pistole heraus. Er rollte sie in seiner Hand, fühlte ihre Kühle. Sie war schwer. Viel schwerer als die, die er vor sechs Jahren gehalten hatte...

Er wischte sich über die Stirn, als wolle er die Erinnerung ausradieren. Dann ging er aus dem Haus, setzte sich auf die obere Stufe des Hinterausgangs, zog seine Schultern hoch und sah dem Nieselregen zu und blickte in die Dunkelheit.

»Laß mich allein«, sagte er zum Regen. »Laß mich doch verdammt noch mal allein.«

6

Summer schleuderte die letzte Schaufel Schmutz zur Tür heraus und warf den Spaten hin. Hinter ihr sagte Dora Johnson: »Dem Herrn sei Dank, wir sind fertig. Ich weiß ja nicht, wie Sie, meine Damen, das sehen, aber mir ist jetzt nach Tee und Gebäck.«

Summer drehte sich zur Hausfrau um und lächelte. »Mir geht's genauso.«

»Ich auch«, antwortete Nan Sharkey. Sie schüttete einen Eimer Wasser auf den Boden und hielt sich den Rücken. Sie watschelte auf einen Stuhl zu und zog ihn ein Stück vom Tisch weg, bevor sie es sich mit ihrem sehr schwangeren Bauch gemütlich machte. Nan konnte nicht über fünfunddreißig sein. Ihr Haar war kaffeebraun und in Haarflechten wie eine Krone um den Kopf geschlungen. Ihr Gesicht war hager, aber nicht unattraktiv. Ihr Mann Arnold dagegen war robust und breitschultrig. Sein lustiges eckiges Gesicht war braungebrannt von der ständigen Sonne und dem Wind. Er hinkte, das Resultat des Zusammenstoßes mit einem Wildschwein auf einem Jagdausflug vor zwei Jahren.

Summer ließ ihren Blick durch den schmutzigen Raum wandern und fragte sich, wie Dora mit so einer Leichtigkeit die Tatsache hinnehmen konnte, daß ihr schönes Haus nach dem Sturm praktisch von den Fluten des über die Ufer getretenen Flusses zerstört worden war.

»Noch einen Tag schrubben, und es wird so gut sein wie neu«, fuhr Dora fort, klapperte mit Porzellan und einer Büchse voller Kekse mit dicker Kruste. Sie verteilte das Gebäck auf einer Platte und stellte sie auf den Tisch vor Summer und Nan. »Bitte bedienen Sie sich«, ermutigte Dora Summer. »Seien Sie nicht schüchtern. Ich bin nicht sicher, was es mit Neuseeland auf sich hat, aber wir sind alle fortwährend hungrig.«

Summer zögerte nicht. Genau wie sie es erwartet hatte, schmolz das Gebäck auf der Zunge.

Dora lachte und wischte sich ihre Hände an der Schürze ab. Sie war eine hübsche Frau Mitte Zwanzig. Summer fand sie sehr schön. Ihr Haar war honigblond, und sie war vollbusig und mit einem Lächeln, das den schüchternsten Fremden aufgetaut hätte. In ihrer Gegenwart mußte man sich einfach wohl fühlen und wie zu Hause.

»Ohne eure Hilfe wäre ich morgen um diese Zeit noch nicht fertig gewesen«, meinte Dora. »Es war sehr nett und aufmerksam von Ihnen, mit Frank hierherzukommen und uns zu helfen.«

»Passieren solche Dinge öfter?« fragte Summer, während sie ihren Blick durch das Zimmer und die anschließenden Räume schweifen ließ. An besseren Tagen hätte die Küche gestrahlt von heiterer Wärme. Es gab rot-weiß karierte Vorhänge an den großen Fenstern. Ein goldenes Eichenregal herrschte an der Wand vor, seine Bretter gefüllt mit Einmachgläsern von eingelegten Zwiebeln, Pfirsichen und Kohl.

»Einmal im Jahr höchstens«, antwortete Dora.

Summer betrachtete die immer noch schmutzigen Böden und Wände und schüttelte ihren Kopf. »Warum haben Sie gerade in dieser hochwassergefährdeten Ebene gebaut?«

»Haben wir eigentlich gar nicht. Vor acht Jahren verlief der Fluß ungefähr eine halbe Meile nördlich von dem Haus. Vier Jahre ist es jetzt her, daß Roy Tennyson – ihm gehört die Farm nördlich von uns, wo der Fluß entspringt – beschloß, daß er nicht besonders viel für die paar Schafzüchter übrig hatte, die sich nach und nach um ihn herum niederließen. Daher holte er sich ein par Landmesser und Ingenieure von Wellington und stellte fest, daß man nur wenig an seiner Quelle ändern müsse, dann würde der Lauf des Wassers sich entsprechend ändern. Er hatte geplant, daß der Fluß genau durch unser Haus gehen solle, davon bin ich überzeugt. Zum Glück hat dieser Plan nicht ganz geklappt. Obwohl er ihm sehr nahe gekommen ist. Nun, werden wir eben einmal im Jahr überschwemmt. Aber Dan und die Jungs arbeiten daran. Sobald sie diesen Deich fertiggebaut haben, werden auch die Überschwemmungen aufhören.«

Dora stellte Tassen, Untertassen und eine Teekanne auf den Tisch, dann nahm sie einen Stuhl und ließ sich darauf fallen. »Essen Sie noch einen Keks«, sagte sie. Und ihr Lächeln wurde breiter, als Summer sehr glücklich gehorchte und in eine Scheibe zuckerbesprenkelten Pfirsich biß. »Ich werde Ihnen das Rezept geben«, sagte Dora. »Frank liebt sie.«

Summer griff nach der Teekanne und goß Dora und Nan etwas in die Tassen, dann sich selbst. »Es wird mehr als ein Rezept nötig sein, damit ich so etwas fertigbringe«, sagte sie. »Ich kann nicht kochen.«

»Das lernen Sie. Wir alle haben einmal angefangen.«

»Ich konnte nicht einmal Wasser kochen, als Arnie und ich frisch verheiratet waren«, gab Nan zu und streichelte ihren Bauch. »Nun erwarte ich unser zehntes Kind und kann es kaum abwarten.«

In diesem Moment erschienen drei kleine Jungs, alle mit Doras honigblondem Haar und den grünen Augen, in der offenen Tür. Sie schlitterten über den schmierigen Boden, als hätten sie Schlittschuhe an. Dem einen Jungen rutschte der Fuß weg, und er landete hart auf seinem kleinen Popo, während die anderen sich gegen ihre Mutter lümmelten und mit ihren dreckverschmierten kleinen Händchen Doras Arme und das Kleid schmutzig machten. Sie lachte nur und umarmte sie fest.

»O je! Nun wartet mal eine Minute. Ihr Jungs geht jetzt schön wieder nach draußen und wischt eure Schuhe ab, bevor ihr hereinkommt.«

Drei Paar Augen blickten sie voller Überraschung

an, bevor der kleinste, Wayne, zu kichern begann. »Du machst nur Paaß, stimmt's?« fragte er sie.

»Ganz sicher nicht.« Sie zwickte in seine kleine Stupsnase. »Könnt ihr nicht sehen, daß wir geschuftet haben, um diesen Boden wieder sauber zu bekommen?«

»Sie macht nur Spaß«, sagte der älteste aus dem Trio, Jason, mit einem frechen Lachen in seinen Augen und blickte hungrig auf das Gebäck.

»Kann ich einen haben?« fragte er.

»Könnte ich einen haben?« berichtigte sie.

»Schieß los, mir doch egal.« Er blickte zu Summer und zuckte mit den Augenbrauen, was sie zum Lachen brachte.

Wayne, der zu klein war, um an die Platte mit Gebäck heranzureichen, versuchte auf Summers Schoß zu kriechen. Sie zog ihn auf ihre Knie und bot ihm die Platte. Als er sich mit beiden Händen auf die Süßigkeiten stürzte, mußte sie schallend lachen. Dann versuchte er, zwei auf einmal in seinen winzigen Mund zu stopfen.

»Wayne, wo sind deine Manieren?« schalt Dora.

»Hab' keine. Das sagt jedenfalls Papa.«

»Papa hat recht«, sagte Allen, der mittlere, altklug. Er hielt seine Arme vor der Brust verschränkt und betrachtete Summer aufmerksam. »Sie sieht nicht geisteskrank aus, oder – Mama?«

»Dora stockte der Atem, und Nan verschluckte sich am Tee. Summer bedeckte ihren Mund mit beiden Händen, um ihr Lächeln zu verbergen. »Also, ich bin wirklich froh, das zu hören.«

Wie eine aufgeregte Henne sprang Dora von ihrem Stuhl auf, umrundete ihre Kinder und drängte sie, Unverständliches murmelnd, zur Tür.

»Aber Mama«, schrie Allen. »Du hast doch selbst gesagt, eine, die diesen verrückten Lord mit dem Teufelsblick heiratet, muß geisteskrank sein.«

Die Tür wurde zugeworfen. Dora hielt ihre Hände vors Gesicht, um ihre Verlegenheit zu verbergen. »Ist schon gut«, sagte Summer zu ihr.

»Nein. Nein, ist es nicht. Ich dachte, ich hätte diesen Jungs ein besseres Benehmen beigebracht.«

»Sie können nicht zu viel erwarten, es sind Kinder.«

»Wahrscheinlich nicht.« Dora schüttelte ihren Kopf. »Es tut mir so schrecklich leid, Summer. Kinder und ihre großen Ohren und Münder...«

Summer nickte verständnisvoll.

Dora setzte sich zurück in ihren Stuhl, ihre abgearbeiteten Finger zeichneten müßig die Blumenmuster auf der Porzellantasse nach. »Ich muß zugeben, wir waren alle sehr neugierig. Mr. Sabre ist uns allen schon seit so langer Zeit ein Rätsel. Als wir hörten, daß er eine Frau aus England per Ferntrauung haben wollte, waren wir alle schockiert.«

»Dann, als Sie ankamen und alle in der Stadt sahen Sie«, sagte Nan, »da gab es keinen einzigen Mann, der Sabre nicht beneidet hätte. Wir alle dachten, wenn Sie ihm erst einmal begegnet sind, würden Sie Ihre Meinung schon ändern, was das Bleiben betrifft.«

»Oh? Warum?«

»Er ist so... wissen Sie, unfreundlich. Dann gibt es da dieses große Geheimnis um seine Vergangenheit. Macht er Ihnen keine Angst?«

Summer dachte darüber nach und schüttelte den Kopf. »Nicht wirklich, obwohl er schon sehr einschüchternd wirken kann.«

»Dann mögen Sie ihn also?« fragte Dora.

Summer erkannte, daß, was immer sie auch sagte, zweifellos innerhalb weniger Tage auf der ganzen Südinsel die Runde machen würde. Was genau empfand sie gegenüber diesem unsympathischen, verachtenswerten Scheusal... außer ständiger Wut?

»Soviel ich gehört habe, haben sich einige der anderen Frauen, die auf dem ›Tasmanischen Teufel‹ hergekommen sind, schon wieder entschlossen, nach Hause, nach England zurückzukehren. Sie annullieren ihre Ehen«, sagte Nan.

Summer starrte noch tiefer in ihre Tasse Tee.

»Sie mochten ihre neuen Ehemänner nicht, oder es war die Tatsache, daß sie so einsam lebten.«

Dora schüttelte ihren Kopf. »Ich weiß wirklich nicht, was sie hier erwartet haben. Wenn es große Städte gäbe und viel Gemeinschaft mit anderen, dann hätten es die Männer nicht nötig, sich per Ferntrauung an ihnen unbekannte Frauen zu binden. Oder? Mehr Tee?«

Summer nickte.

»Ich garantiere Ihnen, es braucht eine Weile, sich daran zu gewöhnen. Manchmal kann die Einsamkeit einen verrückt machen. Für manche ist das einfach zuviel. Oh, sie haben am Anfang wirklich die besten Vorsätze und große Illusionen. Aber wenn man hier draußen lebt, nichts hört, außer dem Blasen des Windes – manchmal wochenlang – kann man wirklich verrückt werden. Du bleibst und verlierst deinen Verstand, oder du packst deine Sachen und gehst.«

Dora seufzte. »Die Sache ist die... es ist so ein wunderbares Land, so voll von Versprechen und Möglichkeiten. Aber Menschen brauchen einfach Gemeinschaft mit anderen. Darum halten wir hier auch so fest zusammen – die ›Kakadus‹, meine ich.« Sie lächelte zu Nan hinüber. »Wir sind wie eine Familie. Das müssen wir auch sein. Und trotzdem, es ist schwierig, tiefe, dauerhafte Freundschaften aufzubauen. Häufig kommt es auch vor, daß du gerade jemanden kennengelernt hast, und dann gehen sie und ziehen weg oder sie sterben. Und dann gibt es da noch das Stadtvolk und die Besitzer von den großen Farmen. Sie mögen uns nicht. Sie wollen uns nicht einmal in der Stadt haben, obwohl sie garantiert nichts dagegen haben, unser Geld zu nehmen. Sie erlauben unseren Kindern nicht, in ihre Schulen zu gehen. Und sie sperren uns von ihren Kirchen aus.«

»Und das Problem ist eher noch größer geworden, seitdem sie diesen scheußlichen Clan gebildet haben«, fügte Nan hinzu. Als sie Summers Betroffenheit bemerkte, fragte sie: »Haben Sie das noch nicht gehört?« Ein furchtsamer Blickwechsel zwischen ihr und Dora fand statt. Dann erklärte Dora:

»Es gibt eine Gruppe von zehn oder zwölf Männern – Farmer –, die sich vorgenommen haben, die Schafzüchter aus Neuseeland zu vertreiben. Sie reiten auf ihre Farmen, wenn es Nacht ist und tragen schreckliche schwarze Hauben auf ihren Köpfen. Zuerst haben sie nur versucht, uns zu erschrecken, wedelten Fackeln hin und her und machten großes Geschrei. Sie haben im Grunde nichts zerstört und keinem etwas getan. Seit kurzem jedoch sind ihre Besuche gefährlicher geworden.«

»Sie haben erkannt, daß wir nicht so einfach mir nichts dir nichts weglaufen«, fügte Nan hinzu.

»Jetzt haben sie zu drastischeren Maßnahmen gegriffen. Sie haben Häuser und Nebengebäude in

Brand gesetzt, Schafe getötet. Vor zwei Nächten haben sie Jake Madison ernsthaft verletzt.«

»Das ist ja schrecklich«, antwortete Summer. »Ist denn niemand nach Christchurch gefahren, um das zu melden?«

»Natürlich. Aber was können die schon machen? Wir sind fünfzig Meilen von der Stadt entfernt, und unsere Farmen sind Meilen auseinander gelegen. Es gibt einfach keinen effektiven Weg, um der Situation Herr zu werden.«

»Also, ich weiß ja nicht, wie ihr darüber denkt«, sagte Nan, »aber Arnie hat gelobt, wenn sie's noch mal versuchen, werden wir schießen. Sie haben unsere Kinder beim letzten Mal sehr erschreckt. Jimmy hat immer noch Alpträume.«

»Steht denn jemand Bestimmtes hinter den Überfällen?« fragte Summer.

»Roy Tennyson«, sagte Dora. »Keiner kann es natürlich beweisen, weil er nicht persönlich an den Überfällen teilnimmt. Und keiner kann ganz sicher sein, welche Farmer darin verwickelt sind, weil sie ja diese gräßlichen Hauben tragen.«

Doras Schultern sackten herab. Das trübe Morgenlicht fiel auf ihre Gesichtszüge, hob noch ihre plötzliche Müdigkeit hervor. »Wir hatten vor, einen Lehrer einzustellen, um unsere Kleinen zu unterrichten. Wir gingen sogar soweit, ein Schulhaus zu bauen. Wir hatten den Traum, das Schulgebäude als Kirche zu benutzen, wenn wir einen Prediger gefunden hätten, der bereit gewesen wäre, hierher zu ziehen. Die Männer arbeiteten über zwei Monate sehr hart an der Schule, jeden Morgen vor der Arbeit mit den Schafen und jeden Abend vorm Zubettgehen. Und es war großartig. Ganz weiß gestrichen mit einem Glockenturm, den man von weitem schon sehen konnte. Jeff Mead – er ist Tischler und einfach genial mit seinen Händen – hat die Schreibtische und Stühle für die Kinder gemacht und einen ganz besonders schönen für den Lehrer. Wir legten alle einen Teil von unseren Ersparnissen zusammen und bestellten eine Glocke in Melbourne. Sie kam einen Tag, nachdem irgend jemand das Schulgebäude in Brand gesetzt hat, an.«

Sie schüttelte den Kopf. »Die Männer – mit ihrem verdammten Stolz – beschlossen, daß unsere Kinder sowieso keine Schulbildung bräuchten. Alles was sie bräuchten, wäre zu wissen, wie man in dieser Welt überlebt, mit Schafen. Und Schafen wäre es schließlich gleich, ob man lesen oder schreiben kann.«

Summer mußte an ihre eigene Lage denken, und wie Martha verhindert hatte, daß sie wenigstens ein Minimum an Schulbildung bekommen würde. Und sie sagte: »Aber Kinder brauchen diese Möglichkeiten. Vielleicht entscheiden sie eines Tages, daß sie keine Schafe züchten wollen.«

»Versuchen Sie mal, das einer Horde von Schafzüchtern klarzumachen«, sagte Nan.

»Sie sind die Mütter von Kindern. Bestimmt haben Sie ein Wörtchen mitzureden, was aus ihnen wird.«

Dora zuckte die Schultern. »Auch wenn wir die Männer überzeugen könnten, daß sie noch einen Versuch machen, sie wären niemals damit einverstanden, das Schulhaus wieder aufzubauen. Zu viel von ihren Herzen und Seelen gingen beim letzten Mal mit in Flammen auf.«

Dora sammelte die Tassen und Untertassen ein und brachte sie zum Spülbecken. Sie blickte aus dem Fenster, stemmte sich auf ihre abgearbeiteten Hände und schaute ihren Kindern zu, die im Wasser wateten und eine Schachtel und zahlreiche Holzbretter einsammelten, die auf dem trüben See schwammen. Doras Mann Dan, Nans Mann Arnold und Frank standen an einer anderen Stelle, die Hände in den Hüften, und sahen dem Treiben zu.

»Manchmal«, begann Dora mit leiser Stimme, »kann ich verstehen, warum Mr. Sabre so zurückgezogen und abgeschlossen in seiner Hütte quasi im Nichts lebt. Er läßt die Welt allein; und die Welt läßt ihn allein. Er geht Ärger aus dem Wege, indem er ihn gar nicht erst zuläßt.« Sie drehte sich zu Summer um und betrachtete sie gedankenverloren. »Vielleicht ist er im Grunde gar nicht so verrückt.«

Es war fast Mittagszeit, als Summer und Frank soweit waren und die Johnson-Farm verließen. Obwohl der Regen am Morgen aufgehört hatte, sah der Himmel immer noch sehr dunkel und bedrohlich aus.

Dora und Dan und Nan und Arnie begleiteten Summer zu dem Wagen. Dan lud eine Kiste mit eingekochten Früchten und Gemüsen auf den Wagen, als Zeichen des Dankes für Summers und Franks Unterstützung. Dann half er Summer aufzusteigen. Nan reichte ihr ein Paket mit noch warmen Keksen, die Summer auf ihren Schoß legte.

Dora ergriff Summers Hand mit einem aufrichtigen Lächeln auf dem Mund und in ihren Augen. »Es war uns eine große Freude«, sagte sie. »Neue Freunde sind uns hier immer willkommen, Summer. Wir sind glücklich, Sie hierzuhaben. Stimmt's, Frank?«

Er zwinkerte ihnen zu und nickte, während er nach den Zügeln griff.

»Werden wir euch bald wiedersehen?« fragte Dan. Der Wind hob sein lockiges blondes Haar, während er schlacksig seine Frau um die Taille griff und sie nah zu sich heranzog, eine einfache, zärtliche Geste. Dora schmiegte sich an ihn und ließ ihren Kopf an seiner Schulter ruhen.

Die plötzliche Erkenntnis, daß sie wahrscheinlich die neuen Freunde nicht wiedersehen würde, schnürte Summer die Kehle zu. Sie versuchte mit aller Macht, die aufkommenden Tränen zurückzuhalten. »Ich würde mich ganz bestimmt freuen.«

»Wundervoll!« Dora schlug sich vor Vergnügen in die Hände. »Einmal im Monat treffen wir uns in Rockwood und machen ein Picknick. Es ist ein wunderschönes Gelände nahe dem Gebiet, das der Regierung gehört. Mit Wäldern auf einer Seite und Koppeln voller saftiger smaragdgrüner Wiesen auf der anderen. Es ist unsere einzige Gelegenheit, uns einmal schön anzuziehen und, oh, das machen wir auch immer so!«

Nan sagte: »Unsere Kavaliere führen uns aus auf verschlungenen Pfaden durch kleine Waldwege mit wilden Rosen und Geißblatt. Wir essen an elegant gedeckten Tischen mit Leinentüchtern und trinken Wein, bis wir beschwipst sind. Dann holt immer Vicesimus Sellers seine Violine heraus, und wir tanzen mitten im Gras zu einem Chor von singenden Vögeln und der romantischsten Musik, die Sie je gehört haben. Sie müssen einfach kommen!«

»Das hört sich wundervoll an!« Mitgerissen von der Begeisterung der Frauen, lachte Summer.

»Also...« Doras Blick streifte Frank. Ihre Augen waren voller Fragen, aber sie war zu höflich, um Summer so direkt zu bedrängen.

»Vielleicht kommen Dora und die Kinder einmal vorbei und sagen Hallo«, bot Dan an.

»Das wäre sehr nett«, stimmte Summer zu.

»Das machen wir«, fügte Nan hinzu. »Wenn das Baby da ist natürlich erst.«

Frank schrie »Hüa!« Und die Kutsche rollte den ausgefahrenen Weg entlang.

Summer klammerte sich am Wagen fest und blickte über ihre Schulter zurück. Da standen die Johnsons und die Sharkeys und winkten und lachten. Hinter ihnen spielten die drei Jungs in den Pfützen. Das schöne weiße Haus hinter ihnen. Das Bild einer Familie und eines Heims, umgeben von Bergen und Wiesen, das genaue Abbild von dem, was sie sich selbst immer als Himmel auf Erden ausgemalt hatte.

Während Frank sie nach Hause fuhr, wurde der Regen immer stärker. Summer nahm kaum das Wasser wahr, das in Rinnsalen von dem Regenmantel, den Frank ihr geliehen hatte, herunterfloß. Sie war viel zu sehr damit beschäftigt, die Ereignisse dieses Tages noch einmal aufleben zu lassen, mit allem, was sie gesehen und den Freunden, die sie gefunden hatte. Nie in ihrem Leben hatte sie richtige Freunde gehabt. Sie hatten sie behandelt wie eine Person, nicht wie ein Objekt, das nur da war, um ihre Neugier zu befriedigen, nicht als Glorvinas uneheliche Tochter. Sie hatten ihr das Gefühl gegeben, willkommen zu sein.

Und aus Nans und Doras Stimmen hatte sie herausgehört, daß auch sie einsam waren. Wie viele Male während dieser langen Jahre mit Martha hatte Summer sich nach der Gesellschaft eines anderen Mädchens in ihrem Alter gesehnt!

Aber Nicholas Sabre hatte vor, sie auf dieses grauenhafte Schiff zurückzubringen und sie wegzuschikken.

Als sie vor Sabres Haus ankamen, hatte sich der Regenguß gelegt, es war nur noch trübe und neblig draußen. Frank ließ Summer vor dem Haus aussteigen. Sie stand unter dem tropfenden Dachvorsprung und sah dem alten Mann nach, wie er langsam hinter der Scheune verschwand.

Im Haus spürte sie nun die Einfachheit, ja Kahlheit doppelt. Welcher Gegensatz zu dem gemütlich eingerichteten Heim von den Johnsons! Jedes Zimmer hatte etwas von Doras häuslichem Geschick widergespiegelt. Summer stand an der Türschwelle; das Wasser tropfte von ihrem Regenmantel. Sie versuchte, nicht an ihre naiven, mädchenhaften Träume zu denken, die sie in der letzten Nacht gesponnen hatte, als sie sich vorgestellt hatte, sie würde in Neuseeland bleiben und bis zu ihrem Tode mit Sabre leben. Aber allein der Gedanke an ihn, wie er ihr kaltherzig mitteilte, er würde sie zurücksenden – einfach so, ohne jedes Bedauern, ließ sie vor Enttäuschung erschaudern. Dann hörte sie den Hund bellen.

Summer trat auf die hintere Veranda und blickte zu den entfernter gelegenen Schafverschlägen. Die Tiere standen Schulter an Schulter und rempelten sich an, um etwas mehr Platz für sich zu ergattern. Sabres Hund sprang über ihre Hachsen und jaulte jedesmal auf, wenn ein aufgeregter Bock mit seinen scharfen Hufen nach ihm trat.

Und dann entdeckte sie Sabre.

Zuerst erkannte sie ihn gar nicht. Weg war das weiße Hemd mit dem gestärkten Kragen, das Seidentuch, der schwarze Rock. Statt dessen hatte er das traditionelle Gewand des Schäfers an, das blaue Baumwollhemd, das er an den Ärmeln hochgekrempelt trug, die braunen Hosen und die schmutzigen Stiefel, die bis zu den Knien reichten. Sein Haar trug er im Nacken zurückgebunden. Um seine Stirn hatte er ein breites Band gebunden, um den Schweiß aufzufangen.

Er wischte mit den Ärmeln über sein Gesicht, während er die blökenden Schafe betrachtete. Dann, mit einem einfachen Handzeichen, wies er Betsy an, ein anderes Tier zum Scheren heranzutreiben. Das blökende Mutterschaf schlug hinter ihm aus und entkam in den Stall. Als er sich umwandte, um ihm zu folgen, warf er einen Blick zum Haus.

Sogar aus der Entfernung konnte Summer sich genau sein Gesicht mit den pechschwarzen Augen, die so kalt und geheimnisvoll wirkten, vorstellen. Heute war sie mit Menschen zusammengekommen, die genauso verzweifelt wie sie die Gemeinschaft mit anderen suchten. Was für ein Mensch war das, der nicht das leiseste Bedürfnis nach Gesellschaft hatte? Stirnrunzelnd sah sie zu, wie er sich umwandte und zurück in den Stall ging.

Verschrobener, streitsüchtiger, verrufener Aristokrat! Dachte, er wäre was Besseres. Darüber hatte er wahrscheinlich vergessen, wie man lächelt.

»Sei nur weiter so«, murmelte Summer laut vor sich hin. Sie ballte ihre Hände zu Fäusten. »Ich bin genau die Richtige, die dir ins Gesicht sagen kann, was ich über deine Überheblichkeit und deine Übellaunigkeit denke.« Sie stieß gegen einen Eimer am Rand der Veranda. »Vielleicht werde ich genau das tun, Mr. Hoch und Mächtig Sabre. Wenn ich das schon mal tue, werde ich dich auch gleich wissen lassen, daß ich nicht in deinem blöden Bett schlafen will – es riecht wie du! – und daß deine Bruchbude mit dieser häßlichen Veranda kaum mehr ist als ein Hühnerverschlag. Das ist genau das, was ich tun werde«, sagte sie laut. »Ich werde ihm sagen, daß er mir einen sehr großen Gefallen tut, wenn er mich zurück aufs Schiff bringt und nach Hause schickt...« Sie schritt die Veranda auf und ab und versuchte, ihre Wut loszuwerden. Aber sie konnte sich nicht beherrschen. Sie blickte ständig zum Schafstall, weil sie befürchtete, er könnte herauskommen und sie überraschen. Schutzlos. Sie ging hinüber.

Das Blöken der Schafe ließ sie einen Moment lang zögern, als sie vor dem Stall angekommen war. Aus dem grüngestrichenen Gebäude drang übler Gestank von den vielen Tieren, von Dung und Wolle nach draußen. Die Tür öffnete sich mit einem Quietschen der Angeln. Der blasse Schimmer einer Laterne fiel auf ihr Gesicht. Plötzlich überkam sie Ekel, und sie war atemlos, wütend und gleichzeitig erheitert. Ihr Herz pochte wie wild.

Sie stieß die Tür weiter auf und trat in den Raum. Es dauerte eine Weile, bis sich ihre Augen an die Dunkelheit gewöhnt hatten. Durch eine Reihe von Fenstern dicht an der rohen Balkendecke drang nur wenig Tageslicht. Der Boden war gerade und ordentlich geharkt. Dicht am hinteren Teil des Gebäudes war ein langer Tisch, auf dem sich Berge von Vlies stapelten, Daneben standen mehrere Behälter, unterteilt in kleinere Kästen.

Wie ruhig und still es hier war. Nichts im Vergleich zu dem Chaos von schreienden Tieren vor dem Gebäude. Nur das Klicken vom Scheren unterbrach die Stille, dann das Scharren von Füßen, ein Ächzen, ein Stöhnen, ein leise gemurmelter Fluch. Vorsichtig blickte sie an einem kräftigen Balken vorbei und bekam eine Teilansicht von Sabre, wo er in der Mitte von einem Verschlag hockte, der kaum groß genug war, für ihn und das Schaf, das er schor. Sein blaues Hemd spannte über seinen breiten, muskulösen Schultern.

Er kämpfte regelrecht mit dem sich windenden Mutterschaf, bis es endlich zwischen seinen Knien eingeklemmt war. Als Summer näher herantrat, um besser zuschauen zu können, war sie überwältigt von dem festen und doch fast zärtlichen Zwang seiner Hände. Das verängstigte Schaf ließ noch ein einziges qualvolles »Mäh« verlauten, bevor es sich in sein Schicksal fügte. Während er die Schere über die Haut des Tieres gleiten ließ und das Vlies abschälte und die rosafarbene Haut des Schafes freilegte, beobachtete Summer das Spiel der Muskeln auf seinen Armen und den Schultern unter seinem naßverschwitzten Hemd. Schweiß lief in Rinnsalen unter seinem Haar hervor und tropfte auf seine Augenbrauen, die Nase und das Kinn, so daß er gezwungen war, über seine Augen zu wischen. Tiefe Müdigkeit zeigte sich auf seinem Gesicht, und er schloß erschöpft die Augen. Er blickte herunter auf die große Schere in seiner rechten Hand, öffnete und schloß sie, wechselte sein Gewicht, um das Tier besser halten zu können, bevor er sich wieder darüber beugte.

Summer starrte ihn an. Bei seinem Anblick zerstreute sich ihre Wut, und ihr Herz zug sich zusammen. Er war so einsam, so allein. Ihr Herz machte einen kleinen Satz. Geduldig kämpfte er mit einem Tier, das offensichtlich keinerlei Wunsch hatte, kahlgeschoren zu werden und seinen wollenen Mantel zu verlieren.

Sabre versuchte, das Schaf gerade auf ihre Hinterhachsen zu setzen. Da gab es ihm einen Kick gegen das Schienbein. Und sein Gesicht verzog sich vor Schmerz. Er griff sich ans Bein. Das Schaf nutzte die Gelegenheit, vorwärtszuspringen und zu flüchten. Summer sprang aus ihrem Versteck hervor und warf ihre Arme um den Hals des Tieres, während Sabre nach den strampelnden Hinterbeinen des Schafes griff. Sie schlugen auf dem Boden auf, ein Haufen von verhedderten Gliedern. Das Blöken und Summers Gelächter waren der Anlaß, daß Betsy draußen in ein lautes Bellen verfiel, und das wiederum führte dazu, daß die Schafe allesamt in lautes Blöken ausbrachen.

Lachen. Es erfüllte den Verschlag wie helles Glokkenläuten. Nicholas betrachtete Summer, wie sie da neben ihm über dem überwältigten Schaf lag, ihre weißen Arme, die aus den Ärmeln von Franks Regennmatel hervorguckten, um das arme Tier geschlungen. Ihr Haar wirkte wie flüssiges Feuer, und er verlangte plötzlich heftig danach, darüber zu streicheln. Er hatte an sie gedacht, während er hier stand. Sein Rücken schmerzte von der Anstrengung, die es kostete, so lange über widerspenstige Schafe gebeugt zu stehen, und mit einemmal war Summer aus dem Dunklen hervorgesprungen und über ihn hereingeströmt wie Sonnenlicht mitten im finstersten Sturm.

»Haben Sie es?« hörte er da ihre Stimme dicht an seinem Ohr. Seine Frau. Er brauchte keine, wollte auch keine Frau. Was war nur in ihn gefahren, an diesem Tag in der Schänke von Lyttleton, außer zu viel Bier und zu vielen düsteren Erinnerungen? Und nun, weil er nicht ganz bei Sinnen gewesen war, blickte er auf diese Kindfrau mit dem Gesicht eines schelmischen Engels. Und ihre Nähe ließ sein Herz schneller schlagen.

Sie blickte zurück, mit ihren großen Augen, so voller Gefühle. Sie duftete nach Pfirsich und Regen. Und er wollte seinen Mund auf ihren pressen, von ihr kosten, sich an ihr wärmen. Er wollte ihre kleinen, festen Brüste in seine Hände nehmen und sich an ihren Rundungen erfreuen, er wollte sie modulieren, wollte ihr Vergnügen bereiten, sie erregen.

Küß mich! Küß mich! schienen ihre leicht geöffneten Lippen zu bitten.

Berühr mich! bettelten ihre Augen.

Mit aufreizender Langsamkeit legte sie ihre Hand an sein Gesicht und sagte: »Hallo.«

»Hallo«; hörte er sich selbst antworten.

»Lächeln Sie eigentlich nie, Mr. Sabre?«

»Nein.«

»Warum nicht?«

»Ich habe nichts, worüber ich lächeln könnte.«

»Dann tun Sie mir leid.«

Sie merkten nicht, daß das Schaf sich von neuem losriß und in eine Stallecke huschte. Sie lagen nur da und blickten sich an, während Staubkörnchen im Lampenlicht träge um ihre Schultern tanzten.

Summer schloß ihre Augen, und er senkte seinen Kopf über ihren...

In dem Moment quietschte die Stalltür, und Frank rief: »Bist du hier drin, Boß?«

Summer riß ihre Augen auf. Nick versteifte sich. Die Wirklichkeit holte sie ein. Mit einem Stöhnen rollte er sich weg und schmiß die Schere, die er noch in der Hand hielt, so fest wie er konnte auf die Erde. »Mach, daß du rauskommst«, preßte er durch seine Zähne hervor.

Er hörte, wie Summer auf die Füße sprang. Dann war nichts mehr zu hören, außer dem Regen, der vom

Dach tropfte. Frank stand immer noch verlegen in der Tür.

»Schätze, ich muß von jetzt an lernen anzuklopfen, bevor ich hier irgendwo reinkomme«, murmelte er.

Nick schloß kurz die Augen und atmete den Duft von Summer ein, der noch in der Luft hing. Er schlug mit seiner Faust auf den Boden, wieder... und wieder.

7

Der Mann war groß und schmal mit allmählich dünner werdendem braunem Haar und warmen Augen hinter den dicken Brillengläsern. Er starrte Summer voller Überraschung an, als sie auf sein Klopfen hin die Tür öffnete. Eine halbe Minute mindestens dauerte es, ehe er sich seiner guten Manieren entsann und seinen Hut abnahm. Sein Lächeln, anfangs noch etwas zögernd, wurde breiter, als Summer ihn hereinbat.

»Ich bin Ben Beaconsfield«, sagte er.

»Ich bin Summer Sabre.« Sie streckte ihm die Hand entgegen, überglücklich, daß ihre Anstrengungen nicht umsonst gewesen waren. Sie hatte ein Bad genommen, ihr Haar gewaschen und ihre besten Kleider angezogen.

Ben nahm ihre Hand und hielt sie etwas länger als nötig, während er Summers Gesicht eingehend betrachtete. »Ich muß zugeben, Sie sind ganz anders als ich mir vorgestellt habe«, meinte er schließlich.

»Oh? Und was genau hatten Sie erwartet, Mr. Beaconsfield?«

Leichte Röte überzog seine Wangen, als er mit den Schultern zuckte. Er blickte sie von oben bis unten an, so unauffällig wie möglich. »Dünner vielleicht«, antwortete er nachdenklich. »Vielleicht ein bißchen älter und mehr... irdisch. Wie alt sind Sie?«

Stirnrunzelnd nahm Summer ihm den Hut ab. »Es gibt offensichtlich ein großes Interesse an meinem Alter. Ich kann mir nicht denken, was für einen Unterschied das machen soll. Ich bin achtzehn.«

»Aber vielleicht gerade mal, würde ich sagen. Sie sehen eher wie vierzehn aus.«

»Ich bin mir nicht ganz sicher, ob ich das nun als Kompliment nehmen soll oder nicht, Mr. Beaconsfield.«

»Also, es sollte keine Beleidigung sein, das versichere ich Ihnen.«

»Gut.« Sie strahlte ihn an. »Ich denke, Sie wollten meinen Mann sehen.«

»Wen?«

»Sabre.«

»Oh.« Er blickte betroffen. »Entschuldigen Sie. Ich bin noch nicht daran gewöhnt... äh...«

»Ich auch nicht, um ehrlich zu sein, Sir. Ich muß mich selbst immer wieder daran erinnern, was ich eigentlich hier mache.« Sie bemerkte den amüsierten Blick ihres Gegenüber und fügte hinzu: »Ich bin sicher, ihm geht es genauso.«

Ihre Offenheit war einfach umwerfend, fand er. Sie redete schnell weiter. »Er ist drüben im Schafstall, mit Frank. Wenn Sie warten wollen, die beiden kommen bald zum Abendessen rein. Selbstverständlich würde ich mich sehr glücklich schätzen, wenn Sie bleiben und mit uns essen. Das ist das wenigste, was wir tun können, wo doch Sabre gestern abend bei Ihnen war.«

»Also, ich wollte nicht –«

»zur Last fallen? Aber nein. Ich habe so viel gekocht. Um ehrlich zu sein, ist das Essen eine Überraschung. Ich hatte nichts anderes zu tun, als ich heute nachmittag allein war. Und da habe ich mich entschlossen, mich mal mit dem Kochen zu versuchen. Ich meine, wozu ist eine Ehefrau denn da? Und wo ich gerade vom Essen spreche...« Sie machte auf dem Absatz kehrt und rannte in die Küche. Ben blieb im Wohnzimmer stehen. Er konnte seine Augen nicht von ihr lassen, von Sabres... *Frau?* –

Er hatte ja schon von O'Connell gehört, daß sie ziemlich gut aussah. Aber das wußte man ja, daß Sean immer untertrieb. In wenigen Jahren, wenn die Reife sie etwas rundlicher gemacht haben würde und ihr feingeschnittenes Gesicht hervorhob, dann würde das Mädchen eine atemberaubende Schönheit sein. Er hatte noch nie zuvor Haar von dieser Farbe gesehen. Sie trug es mit einem rosafarbenen Band im Nacken zusammengebunden. Aber eine vorwitzige Strähne ringelte sich über ihre weiße Stirn hin zu einer perfekten Nase mit diesen lustigen bunt verstreuten Sommersprossen.

Offensichtlich hatte sie sich mit ihrem Aussehen einige Mühe gegeben. Obwohl ihre Kleider mindestens eine Nummer zu groß für sie waren und die Schuhe so riesig, daß die Absätze beim Gehen klapperten; sie trug sie mit Stolz.

»Machen Sie es sich gemütlich«, kam ihre Stimme aus der Küche. »Möchten Sie vielleicht einen Kaffee?«

»Ja, vielen Dank.«

Irgend etwas im Wohnzimmer war verändert, merkte Ben mit einem Mal. Die eine Seite der Gardinen war zurückgezogen, diffuses Licht drang durch die frisch geputzten Fensterscheiben. Vor dem Sofa stand ein etwas merkwürdiges Ding. – Es war eine Kiste, versteckt unter einem feinen Stoff, der vorher sowas wie ein Petticoat gewesen sein mußte. In der Mitte des Tisches stand ein angeschlagener Emailletopf, über und über mit grünem Farn gefüllt, der sich in alle Richtungen streckte.

»Hier ist Ihr Kaffee«, hörte er hinter sich ihre Stimme. Er sprang auf und drehte sich zu ihr herum. »Stimmt etwas nicht?«

»Ich habe gerade Ihren Einfallsreichtum bewundert. Ihr Tisch und die Pflanze machen das Zimmer so viel freundlicher.«

»Danke. Ich fand, das Haus könnte einen Hauch von Firlefanz und Farben brauchen.«

Ben nippte an seinem Kaffee, und sein Lächeln verzerrte sich zu einer Grimasse, als das dicke, schwarze, bittere Gebräu im Mund seine Wirkung tat. Im ersten Moment wollte er es, ohne sich weiter zu besinnen, wieder in die Tasse zurückspucken. Aber als er Summers große veilchenblaue Augen sah, die aufmerksam und erwartungsvoll jede seiner Regungen verfolgten und offensichtlich auf ein Zeichen der Anerkennung warteten, schluckte er den Kaffee höflich herunter und nahm sich zusammen.

»Ist er gut?« fragte sie.

Er nickte und starrte angestrengt in die Tasse.

»Das ist nämlich mein erster Versuch, Kaffee zu machen. Ist er auch nicht zu dünn?«

»Nein! Ich meine, er... ist ziemlich stark. Und sehr gut.« Er trank wieder, um seine Worte zu unterstreichen. Dabei schloß er kurz die Augen, während das bittere Getränk die Kehle herunterrann.

Die Anstrengung hatte sich gelohnt. Summers Gesicht erhellte sich vor Freude.

»Ich hoffe, Nicholas findet das auch.« Sie deutete zum Sofa und war schon wieder auf dem Weg zur Küche. »Fühlen Sie sich wie zu Hause. Das Essen ist auch gleich fertig.«

Ben blickte ihr nach, wie sie gleich darauf ins Schlafzimmer stürmte, wo sie einen Moment vor dem Spiegel im Kleiderschrank innehielt, um sich eingehend zu betrachten. Sie strich ihren Rock glatt und versicherte sich, daß ihre einfache weiße Bluse ordentlich in dem Taillenbund des Rockes saß. Sie rückte mit leichter Hand das Band in ihrem Haar zurecht, kniff sich in die Wangen und befeuchtete ihre Lippen. Dann atmete sie tief ein und streckte ihre kleinen Brüste raus. Und schon rannte sie wieder in die Küche.

Ben betrachtete die Grünpflanze auf der petticoatbekleideten Kiste und grinste in sich hinein.

Summer hatte unten in Sabres Kleiderschrank ein Bettuch gefunden. Das würde eine gute Tischdecke abgeben. Ein alter Buttertopf, den sie irgendwo aufgetan hatte, wurde zu einem weiteren Blumentopf aufgewertet. Dieser wurde in die Mitte des Tisches plaziert, scharlachrote Myrten dufteten darin. In Eile deckte sie noch einen Teller für Ben ein, bevor Sabre und Frank ins Haus eintraten.

»Na, ist das nicht eine mächtig gute Überraschung«, sagte Frank gutgelaunt und blickte auf das Essen, das Summer vor ihnen aufgetischt hatte. »Und ich hab' gedacht, ich müsse jetzt die nächste Stunde damit zubringen, zu kochen – und das heute, wo ich totmüde bin – und dabei haben Sie schon alles fertig.«

Summer warf Nick einen nervösen Blick zu. Er hatte sein Gesicht und seine Hände gewaschen, bevor er in die Küche kam. Sein Haar war immer noch etwas feucht. Er würdigte sie keines Blickes und nahm ihr jede Hoffnung, daß das, was zwischen ihnen in dem Stall vorgefallen war, ihm irgend etwas bedeutete... im Gegensatz zu ihr. Er begrüßte Ben mit nicht vielmehr als einem flüchtigen Kopfnicken und warf sich in seinen Stuhl.

»Das sieht aber ganz besonders lecker aus«, sagte Ben zu ihr.

»Also, bitte fangt an«, sagte Summer. »Bedient euch.«

Frank griff nach einer Schale. »Was ist das?« fragte er.

»Ein Omelette.«

Kurzes Schweigen, dann knallte sich Frank die undefinierbare Masse auf seinen Teller und reichte die Schüssel weiter an Ben, der sich auch nahm und sie an Nick weitergab. Als nächstes bot sie jedem der Männer einen Maiskuchen an. Sie drehten und wendeten sie in ihren Händen, betrachteten sie voller Neugier. Frank ließ seinen aus Versehen fallen, und er prallte am Tellerrand ab, so hart war er.

Als nächstes beeilte sie sich, eine Schale voller gekochter Kartoffeln herbeizuholen und jedem eine anzubieten. Allerdings war es den Männern unmöglich, sie aufzuspießen, geschweige denn zu zerteilen. Als Frank sich mit der Gabel an seine heranmachte, öffnete sie sich, und hervor kam das rohe Innere, das noch vollkommen kalt geblieben war. Er schnitt sich trotzdem ein Stück ab und steckte es in den Mund. Es knackte laut beim Kauen. Er nahm seine Kaffeetasse, um es herunterzuspülen. Seine Augenbrauen schossen hoch, und Ben hustete in seine Serviette.

»Stimmt etwas nicht?« fragte Summer und blickte einen nach dem anderen an.

»Es ist nichts!« antwortete Frank.

»Nichts.« Ben schüttelte den Kopf.

Sie betrachtete Sabre, der fortwährend auf seinen Teller starrte und mit der Gabel in seiner Kartoffel herumstocherte. »Es gibt auch Suppe«, erzählte sie ihnen, immer noch Sabre zugewandt, der, als er einmal aufblickte, schnell wieder wegguckte.

Bens und Franks Gesichter hellten sich auf. »Suppe?« fragte Frank gierig.

»Ich habe das Räucherhaus gefunden und habe mir einen Strang Hammelfleisch genommen, wenn Sie nichts dagegen haben«, teilte sie ihnen mit.

»Ich mag Suppe«, schwärmte Frank. »Mögt ihr Jungs nicht auch Suppe?«

Ben und Nick nickten zustimmend und legten ihre Gabeln mit mehr als nur ein bißchen Erleichterung nieder, argwöhnte Summer. Sie schöpfte die reichhaltige Brühe mit Zwiebeln in Suppentassen und stellte sie vor die Männer, die ihr gespannt zusahen. Sie griffen nach ihren Löffeln und tauchten sie in die duftende Flüssigkeit. Sie steckten die Löffel in ihren Mund. Fast gleichzeitig spuckten sie die Suppe wieder in ihre Teller und sprangen wie auf Kommando von ihren Stühlen auf.

»Heiliger Bimbam, was, zum Teufel, haben Sie denn da reingetan, Schätzchen?« stotterte Frank.

»Wasser«, keuchte Ben. »Ich brauche Wasser!«

Summer rannte bestürzt zum Wassereimer und goß drei Gläser ein. Und sie weinte fast, als die Männer es hinunterstürzten und keuchend nach mehr verlangten. »Ich kann mir gar nicht vorstellen, was ich falsch gemacht habe«, rief sie und rang verzweifelt die Hände. »Ich habe nur Hammelfleisch reingetan und Zwiebeln und ein wenig Salz, das ich in der Speisekammer gefunden habe.«

Franks Augen wurden plötzlich rund. »Salz? Zeigen Sie's mir.«

Sie eilten zu der winzigen Speisekammer und deutete auf ein kleines Faß in der hintersten Ecke.

»Allmächtiger Gott«, rief er aus. »Schätzchen, das ist nicht gewöhnliches Salz, das ist Natrium-Salz zum Bleichen.«

Nick und Ben eilten zur Tür, während Frank in lautes Gelächter ausbrach.

»Also, ich weiß wirklich nicht, was Sie daran so komisch finden!« schluchzte Summer. »Ich habe über diesem Ofen gehangen den ganzen Nachmittag, und das alles für nichts und wieder nichts! Und nicht mal die verdammten Kartoffeln haben Sie gegessen!«

»Also, sie hätten eine Stunde oder so länger kochen können –«, begann Frank.

»Oooh! Ihr seid alle eine Horde von undankbaren Scheusalen!« Sie rannte ins Schlafzimmer und warf sich über das Bett und weinte ins Kissen.

Verdammt, verdammt, verdammt! Sie schlug mit den Fäusten aufs Bett ein. Nicht nur, daß Sabre nicht einmal bemerkt hatte, daß sie sich extra für ihn gut angezogen und hübsch zurechtgemacht hatte. Sie hatte die Männer praktisch vergiftet mit ihrem bemitleidenswerten, völlig mißglückten Versuch zu kochen. Und sie hatte sich vor dem besten Freund von Sabre – seinem einzigen Freund – blamiert. Und dabei war doch alles, was sie wollte, diesem sturen, arroganten, abscheulichen Aristokraten eine Ehefrau zu sein, die er anziehend fand.

Aber was immer sie tat – er würde sie wegschikken. Das momentane Aufschimmern von Interesse, das sie heute in seinen Augen gesehen hatte, war nichts weiter als Wollust gewesen. Wie hatte sie nur so dumm sein können, anzunehmen, daß sie auch nur im entferntesten akzeptabel für ihn sei. Wie hatte sie sich einbilden können, daß sie ihn mit ihren lächerlichen Kleidern und ihren armseligen Kochkünsten beeindrucken könnte. Natrium-Salz. Oh, Heilige, sie hätte sie alle beinahe umgebracht!

»Summer?«

Ihr stockte der Atem, als sie Sabres Stimme hörte. Sie drückte ihre Augen fest zu und vergrub ihr Gesicht noch etwas tiefer im Kissen. Vielleicht würde sie ja ersticken, bevor sie gezwungen sein würde, ihn wieder anzusehen. »Gehen Sie weg!«

Schweigen. Sie mußte nach Luft schnappen und spähte durch ihre Finger hindurch, ob er noch da war. Er stand im Türeingang, ohne ein Lächeln, unnachgiebig und unberührt von ihrem Schmerz wie immer. »Gehen Sie«, versuchte sie es noch einmal. »Sie müssen nicht auch noch sticheln. Sie mit Ihrem verdammten Hochmut. Ich hab' mich lächerlich gemacht, sind Sie nun zufrieden? Sie können mich mit einem guten Gewissen zurückschicken. Kein Mann mit klarem Verstand will eine Frau, die nicht mal kochen kann.« Sie sprang vom Bett auf und pirschte auf ihn zu. »Aber wer will überhaupt Ihre Frau sein? Wer will denn schon dasitzen und einen Mann anstarren, der nicht mal lächeln kann? Ich habe Vogelscheuchen gesehen, die mehr Charme haben als Sie, Mr. Sabre. Jede Frau, die sich damit einverstanden erklären würde, Sie zu heiraten, könnte sich auch gleich im Irrenhaus einschreiben, weil Sie sie innerhalb von zwei Wochen mit Ihrem mürrischen Benehmen verrückt machen würden.«

»Bist du jetzt fertig?« stieß er wütend hervor.

»Noch eins. Vielleicht bin ich nicht so schön wie andere, oder so gut erzogen, aber ich verdiene mindestens so viel Respekt wie Ihr dämlicher Hund. Deshalb erwarte ich von Ihnen wenigstens so viel Anstand, daß Sie mich wie ein menschliches Wesen behandeln, statt auf mich herabzuschauen, als wäre ich Schafskot, den Sie sich vom Stiefel kratzen.« Sie blinzelte mit den tränenvollen Augen, warf ihr Kinn hoch und fügte hinzu: »Jetzt bin ich fertig.«

»Gut. Als ich reinkam, wollte ich mich eigentlich entschuldigen. Nun, wenn ich so darüber nachdenke, schulde ich dir keine Entschuldigung, nach alldem. Ich habe dich nicht in meine Küche, mein Haus oder mein Leben gebeten. Und wenn du dich nur halb so gut wie mein Hund benehmen würdest, würdest du auch mit etwas Respekt behandelt werden!«

Sie keuchte. »Vergleichen Sie mich jetzt auch noch mit einem Tier?«

»Süße«, sagte er gedehnt, »dich kann man gar nicht mit meinem Hund vergleichen.«

Sie schlug ihm mit solcher Wucht ins Gesicht, daß hinterher ihr Arm schmerzte. Sabre rührte sich nicht von der Stelle. Die eine Seite seines Gesichtes wurde rot. Sie starrten einander nur feindselig an. Und es schien eine Ewigkeit zu dauern. Seine Gesichtszüge verhärteten sich, er ballte die Hände zu Fäusten.

Schließlich straffte Summer ihre Schultern und sagte mit erstickter, aber entschlossener Stimme:

»Ich bin froh, wenn diese verdammten Flüsse bald wieder zu überqueren sind.«

»Ich auch.«

Ein Herzschlag verging, bevor er auf dem Absatz kehrt machte und den Raum verließ. Summer warf sich wieder aufs Bett.

Am nächsten Abend saß Nick an seinem Schreibtisch und blickte müde auf sein Hauptbuch. Die Schulden und Kredite sagten ihm nichts Neues. Er bewegte sich am Rande des Ruins. Er hatte bereits zwei Nachrichten von der Bank in Christchurch bekommen, daß seine Zahlungen überfällig waren, die letzte war sogar noch gekrönt durch eine Drohung. Falls seine Zahlung nicht bald käme, wäre man gezwungen, »Maßnahmen« zu ergreifen. Er hatte ihnen nach der ersten Mahnung geschrieben und erklärt, daß er seine Schulden begleichen würde, sobald er die Wolle verkauft habe. Aber offensichtlich waren sie an solchen Erklärungen nicht interessiert, denn sie hatten unverzüglich zurückgeschrieben und wiederholt darauf hingewiesen, daß seine Zahlungen überfällig seien und sie diese innerhalb von vierzehn Tagen erwarteten. Das folgende Schreiben war genauso feundlich.

Wenn er und Frank sparsam lebten innerhalb dieses folgenden Jahres, und viele Lämmer geboren wurden, würden sie ihre Einnahmen durch die Wolle verdoppeln können... wenn es keine Seuche gab und alle Tiere sterben würden... wenn er nicht überfallen würde von Sean und seinen Kumpanen... wenn man ihn nicht fertigmachen würde, wie man es mit Jake Madison getan hatte.

»Gott«, flüsterte er laut, mit vor Erschöpfung geschlossenen Augen. »Laß mich nur bis zum nächsten Jahr überleben.«

Um auf andere Gedanken zu kommen, holte er Nadel und Faden, nahm sich sein weißes Hemd, an dem ein Knopf fehlte, und machte sich daran, ihn anzunähen. Es war kaum zu glauben, daß es einmal ganz andere Zeiten in seinem Leben gegeben hatte, daß Diener nur darauf gewartet hatten, um ihm solche Dinge abzunehmen. Er konzentrierte sich darauf, die Nadel einzufädeln, und fluchte leise in sich hinein. Seine Finger hatten allergrößte Schwierigkeiten, mit der winzigen Nadel umzugehen.

Der Bretterfußboden knarrte.

Er blickte auf – und sah Summer, die hinter ihm stand und ihre Augen rieb, die verschlafen blinzelte und deren Haar zerzaust bis auf die Hüften herunterhing. Stirnrunzelnd wandte er seinen Blick ab und wieder dem Nähen zu.

Sie trat einen Schritt näher auf ihn zu. »Kann ich Ihnen dabei helfen?« kam ihre leise Stimme, noch heiser vom Schlaf.

Er schüttelte stumm den Kopf und blickte wieder angestrengt auf seine Arbeit.

Mit ihrer Hand reichte sie über seine Schulter. Ihr Körper war dem seinen so nahe, daß er förmlich erstarrte. Ihre zarten Finger griffen nach dem Hemd und nahmen es ihm weg. Als nächstes schlüpfte ihr kleiner Hintern auf seinen Schreibtisch, und ihre nackten Füße baumelten und schauten aus ihrem Nachthemd heraus. Sie beugte sich unter die Lampe und konzentrierte sich auf ihre Arbeit.

»Schlafen Sie eigentlich nie, Mr. Sabre?« fragte sie ohne aufzusehen.

»Nein.«

»Geister?«

»Geister?« Er rieb sich sein Genick.

»Bedauern«, fügte sie hinzu.

»Zu viel, um es aufzuzählen«, antwortete er.

»Na ja, ich denke, Sie wären kein Mensch, wenn es nicht so wäre.«

Wie unglaublich schön sie war, dachte er, mit ihrer makellosen Haut und ihrem dichten Haar, das ihr über die Schultern fiel. Ihre dunklen, langen Wimpern umrahmten die ausdrucksvollen veilchenfarbenen Augen.

»Wir haben alle schon mal Dinge getan, auf die wir nicht gerade stolz sind«, sagte sie. »Der Trick an der Sache ist, daß wir weitergehen, daß wir nicht ständig in der Vergangenheit wühlen, uns aber bemühen, die Fehler, die wir gemacht haben, nicht zu wiederholen.«

Sein Mund verzog sich zu einem freundlosen Lächeln. »Das hängt wohl vom Fehler ab. Manche kann man eben nicht so leicht vergessen.«

»Das ist wahr. Und wir bilden uns ein, wenn wir nur die Chance dazu hätten, die Dinge anders zu machen, sie richtig zu machen.« Sabre schaute wie gebannt auf ihren weichen Mund. »Ich denke jedoch, daß wir möglicherweise das meiste doch immer wieder genauso machen würden. Die Menschen tun Dinge oft eher gefühlsmäßig als mit Vernunft. Und die wirklichen Gefühle, die man hier empfindet«, sie legte ihre Hand aufs Herz – »kann man eben nicht immer mit Vernunft ändern.«

Es verstrichen einige Minuten, während er ihr schweigsam zuschaute, wie sie die Nadel in das Hemd und wieder hinausführte. Und nicht zum erstenmal an diesem Abend fragte er sich, was wohl geschehen wäre, wenn Frank sie nicht gestern im Stall gestört hätte. »Ist das der Grund, weshalb du hier bist? Hast du einen Fehler gemacht?«

Summer stach sich in den Finger und blickte angestrengt auf den kleinen Einstich, aus dem ein winziges Rinnsal von Blut die Fingerspitze hinunterlief. Sie steckte ihn in den Mund. Bevor er überhaupt realisieren konnte, was er tat, griff er nach ihrem Kinn und hob es und blickte ihr tief in die Augen.

»Läufst du vor einem Fehler davon, Irin? Vielleicht gab es da einen Mann, der dich verletzt hat? Hast du ihn geliebt? Hat er dir Böses angetan, so daß du gezwungen warst, eine ganze Welt zwischen euch zu legen? Dachtest du wirklich, Entfernung könnte Schmerz und Trauer heilen?«

»Was kümmert Sie das, Mr. Sabre?«

Er ließ seine Hand fallen und wandte sein Gesicht ab. Mit ganzer Macht versuchte er, seine verwirrten Gefühle abzuschütteln. »Gar nichts«, antwortete er vorsichtig. »Ich bin nur neugierig, was wohl eine junge Frau wie dich nach Neuseeland geführt haben mag.«

»Was glauben Sie denn?«

Er schloß kurz seine Augen und blickte sie dann wieder an. »Ich stelle mir vor, du warst entweder in einem Bordell und bist deines Gewerbes irgendwann überdrüssig geworden... oder du hattest eine Affäre mit einem Lord des Landsitzes, in dem du als Mädchen gearbeitet hast. Vielleicht wollte er Schluß machen. Vielleicht warst du sehr in ihn verliebt. In jedem Fall dachtest du, du könntest die Erinnerungen hinter dir lassen, wenn du hier herkommst.«

»Das ist es, was Sie glauben? Daß ich eine Hure bin?«

»Ja.«

Ein ironischer Ausdruck lag auf ihrem Gesicht, als sie sagte: »Ich glaube, Mr. Sabre, daß Ihrer Meinung nach jede Frau eine Hure ist.« Sie beendete ihre Näharbeit, biß den Faden ab und reichte ihm das Hemd mit einem Lächeln. Aber sie bot keinen weiteren Kommentar oder eine Erklärung, was ihre Vergangenheit betraf.

Er blickte auf das Hemd in seinen Händen. Der Knopf war fest angenäht. Es gab nur ein Problem. Sie hatte die Vorderseite des Hemdes mit der Rückseite zusammengenäht.

»Na ja«, sagte er, als er ihr niedergeschlagenes Gesicht sah, »eine Sache ist jedenfalls sicher. Du warst weder Köchin noch eine Näherin, bevor du nach Neuseeland kamst, stimmt's, Irin?«

Sie rutschte vom Tisch herunter und lief auf Zehenspitzen zur Tür, wo er sie jedoch aufhielt. »Wir sind morgen bei Ben und Clara zum Abendessen eingeladen.«

Sie drehte sich um. »Wir?« fragte sie atemlos und sonderbar schüchtern.

»Wir. Das heißt, du und ich.«

»Sie nehmen mich zum Abendessen zu den Beaconsfields mit?«

Er mühte sich damit ab, den Baumwollfaden vom Hemd zu zerren.

Sie baute sich vor ihm auf. Dann legte sie eine Hand auf seine Schulter.

»Also?« fragte sie.

»Darum ist Ben gestern vorbeigekommen, um uns zum Abendessen einzuladen... das und ein paar andere Dinge, die wir zu besprechen hatten.«

»Und sind Sie absolut sicher, daß sie wirklich

meinten, ich sollte auch kommen?«

Er blickte sie an. Sie stand da und lächelte ihm hoffnungsvoll zu. Ihre Augen leuchteten wie Amethysten.

»Also?« wiederholte sie.

»Ja. Clara hat extra betont, daß dieses Abendessen zu deinen Ehren stattfinden soll.«

Mit einem entzückten Aufschrei warf sie ihre Arme um seinen Hals. Er legte seine Hand um ihre Taille und hielt sie fest.

»Stellen Sie sich vor, sie laden mich zum Abendessen ein!« rief sie aus und hüpfte vor lauter Begeisterung. Ihre Haare strichen über sein Gesicht. Genauso schnell sprang sie auch wieder weg und ließ ihn in Aufruhr und mit seinen neu aufkeimenden Erinnerungen allein. »Stellen Sie sich vor. Wir sind eingeladen als Mann und Frau. Ich kann es einfach nicht glauben!« Dann sprang sie wieder auf ihn zu und küßte ihn herzhaft auf die Backe und schoß zur Tür hinaus.

Nick schloß seine Augen und fuhr sich mit der Hand übers Gesicht, über die Wange, die sie gerade mit ihren Lippen berührt hatte.

»Ich habe aber nichts anzuziehen«, kam ihre Stimme aus dem anderen Zimmer. Die Schranktür wurde geöffnet, dann wieder zugeworfen. Summer zeigte sich kurz an der Tür. Stirnrunzelnd erhob sich Nick von seinem Stuhl. Aber sie war schon zur Hintertür gelaufen.

»Was machst du?« brüllte er ihr nach.

»Ich muß meine einzigen guten Sachen waschen...«

»Es ist ein Uhr, mitten in der Nacht.«

»Sie werden nicht mehr trocken, wenn ich warte.«

Er trat zur Seite, als sie mit zwei Eimern Wasser in den Händen an ihm vorbeikam.

Innerhalb weniger Minuten wurde das Wasser heiß gemacht, und Summer stand über das Waschbecken gebeugt und rieb ihre Bluse gegen das Wellblech. Nick fragte sich, wie er ihr beibringen konnte, daß Claras und Bens Einladung in keinster Weise etwas an den Umständen änderte. Und nur weil er gestern schwach geworden war und beinahe einen unverzeihlichen, nicht wieder gutzumachenden Fehler begangen hätte, hieß das noch lange nicht, daß er seine Meinung über sie geändert hatte. Er wollte keine Frau, und er wollte *sie* nicht.

Die gebratene Keule zerging einem förmlich auf der Zunge, das Gemüse war delikat und die Pfirsichcreme einfach traumhaft. Summer putzte alles begeistert weg und nahm dankbar ein zweites Mal, als es ihr von einem drallen Hausmädchen mit Namen Renée angeboten wurde, die fortwährend vor sich hinsummte und ziemlich eindeutige Blicke zu Sabre warf. Und wer konnte es ihr verdenken? Summer war fast ein bißchen stolz auf ihren Mann, der so vornehm aussah in seinem eleganten, maßgeschneiderten Anzug und der Rubinnadel, die in seinem Tuch steckte. Seine Manieren waren selbstverständlich tadellos und sein Gesicht einfach atemberaubend gut geschnitten, trotz des sardonischen Zuges um seine Lippen.

»Noch etwas Wein, Mrs. Sabre?« fragte Renée.

Summer nickte und schaute zu ihrer Gastgeberin, die dem gegenübersitzenden Nicholas einen fragenden Blick zuwarf. Nick betrachtete Summers Weinglas nachdenklich, als Renée es zum dritten Mal füllte. Aber als das Mädchen anbot, ihm noch einmal einzuschenken, schüttelte er dankend den Kopf.

Zurückgelehnt in seinen Stuhl, sagte Ben: »Vielleicht würde Summer gern nach dem Essen unsere Farm ansehen.«

Clara runzelte die Stirn. »Oh, wirklich, Ben, warum denn?«

»Damit sie mal sieht, wie eine richtige Schaffarm zu sein hat.« Er warf Sabre ein Lächeln zu, und als er als Antwort nicht viel mehr als eine hochgezogene Augenbraue bekam, verzog er sein Gesicht. »Nicht auf ein Wortgefecht aus, heute, wie ich sehe.«

»Ich würde sie sehr gern sehen«, sagte Summer und griff nach ihrem Weinglas.

»Es ist laut und stinkt«, erklärte Clara. »Ich könnte weinen, wenn ich diese bedauernswerten kleinen Schafe sehe, wie sie in diesen gräßlichen Verschlägen zusammengepfercht sind.«

»Diese bedauernswerten kleinen Schafe sind das, was uns ermöglicht, in diesem weniger als bedauernswerten kleinen Haus zu leben, meine Liebe. Außerdem würde ich Nick gern unsere neue Anlage zeigen.«

»Vielleicht hätte Summer gern, daß ihr wartet –«

»Nein«, unterbrach Summer die Hausfrau und trank ihr Glas mit einem Zug aus. »Ich bin fertig, wenn Sie es sind.«

Nick schob seinen Stuhl zurück. »Ich denke, Summer könnte etwas frische Luft brauchen«, sagte er und kam um den Tisch herum. Als sie nochmals nach ihrem Glas griff und den allerletzten Tropfen erhaschen wollte, nahm er es ihr sachte aus der Hand mit einem Anflug von Belustigung in den Augen. Er nahm ihren Arm, half ihr aus dem Stuhl. »Wie fühlst du dich, Irin?« fragte er leise.

»Ich weiß nicht, wie's Ihnen geht, aber mir geht's sehr gut.«

»Ein bißchen beschwipst, vielleicht?«

Sie senkte ihre Stimme zu einem Flüstern und fragte: »Woher wissen Sie das?«

»Ich kann nur unterstellen, daß du nicht daran gewöhnt bist, Wein zu trinken.«

»Noch nie einen Tropfen bis heute abend.« Sie lehnte sich gegen seinen Arm und blickte zu ihm auf. »Es tut mir so leid, daß ich Sie gestern geschlagen habe.«

»Der Vorfall ist vergessen. Hier. Paß auf. Wir gehen jetzt die Stufen hinunter.«

»Ich bin wirklich mit einem schrecklichen Temperament gestraft«, gab sie zu. »Aber ich denke, das haben Sie selbst schon festgestellt.«

»So ganz nebenbei, ja.«

»Aber Ihre Launen sind auch nicht besser.«

»Ganz richtig«, antwortete er amüsiert.

Summer warf einen Blick auf Ben und Clara, die vor ihnen auf dem gepflasterten Weg herliefen. Vor ihnen erstreckte sich eine Reihe von beeindruckenden Gebäuden. Summer schmiegte ihren Kopf an Nicks Arm und seufzte: »Ihre Freunde sind sehr nett. Glauben Sie, sie mögen mich auch? Habe ich beim Essen irgendwas getan, was für Sie peinlich war?«

»Ja, sie mögen dich. Und ich glaube wirklich nicht, daß du irgend etwas tun kannst, was für mich peinlich ist, Irin.«

Summer richtete ihren Blick auf sein unglaublich attraktives Gesicht, allerdings ohne jedes Lächeln, und fühlte einen brennenden Stich in ihrer Herzgegend, der ihr nun schon fast bekannt vorkam. Das Sprechen wurde ihr immer schwerer. Aber schließlich bekam sie es doch hin: »Mögen Sie mich immer noch nicht, Mr. Sabre?«

Die Hände in seinen Hosentaschen, blickte er sie mit jetzt überraschend warmen Augen an. »Wie kommst du nur auf die Idee, daß ich dich nicht mag?«

»Sie – Sie haben es selbst gesagt. Als Sie mich von Sean wegholten.«

»Ach so. Ich gebe zu, daß ich an diesem Morgen wirklich nicht sehr freundich war.« Sein amüsierter Blick glitt über ihr Gesicht. »Ich bitte um Entschuldigung.«

»Akzeptiert.« Ihr strahlendes Lächeln machte ihn plötzlich wieder ernst.

Beete, über und über mit Blumen in den unterschiedlichsten Farben bepflanzt, verströmten einen süßlichen Geruch und grenzten beiderseits an den Weg. Vor ihnen erstreckte sich ein riesiger Woll-Stall, der nicht im entferntesten etwas mit dem winzigen Verschlag zu tun hatte, den Nick auf seiner Farm errichtet hatte. Hier schufteten zwanzig Mann, jeder in seinem eigenen geräumigen Abteil, und schoren die blökenden Schafe. Sobald sie mit einem Tier fertig waren, schoben die Männer sie durch Klapptüren, die in einen Verschlag führten. Hier wurden sie vom Manager genauestens inspiziert. Junge Männer schleppten aufgerolltes Vlies zu den Holztischen, wo Sortierer die ausgelegten Felle untersuchten und bestimmten. Die Jungs schichteten sie dann je nach Qualität und Beschaffenheit der Wolle in die dafür vorgesehenen Silos.

Als nächstes bekam Summer die Hütten der Männer zu sehen. Eine volle Schicht von Arbeitern schlief gerade in nebeneinander aufgereihten Betten, oder sie saßen an langen Tischen und ließen es sich schmecken. Hinter der entfernter gelegenen Tür befand sich die Küche, in der ein Koch ständig damit beschäftigt war, daß die kräftigen Burschen genug Essensnachschub und Tee bekamen.

Wie immer sagte Sabre wenig, aber seine Augen, die für gewöhnlich ohne jede Gefühlsregung waren, zeigten seine Gedanken ziemlich deutlich. Neid lag in seinen tiefdunklen Augen, als er sah, welche Neuerungen es bei Ben inzwischen gegeben hatte. Beschämt und mit Bedauern stellte Summer fest, daß er sich nicht annähernd so sehr nach ihr sehnte wie nach Erfolg auf seiner Farm.

Während Ben fortfuhr, Nick die neuen Scheren zu zeigen, die gerade aus Australien eingetroffen waren, zogen sich Summer und Clara zurück und setzten sich auf einen Ast, der vom Wipfel einer Weide herunterhing. Eine leichte Brise ließ die Blätter rascheln und kühlten ihre erhitzten Gesichter.

»Nun erzählen Sie mir mal, wie Ihnen Neuseeland gefällt«, sagte Clara.

Mit ihren Gedanken war Summer immer noch bei Sabre. »Es gefällt mir sehr gut.«

»Was haben Sie in England gemacht?«

Summer lächelte. »Haben Sie mich deshalb hierher eingeladen, Mrs. Beaconsfield? Waren Sie einfach neugierig, was meine Person betraf?«

Clara wurde ein wenig rot. »Ich gestehe, ich *bin* etwas neugierig.«

Summer betrachtete die hübschen Gesichtszüge der Frau und ihre feine Porzellanhaut. Ihr Kleid war ganz entzückend und erinnerte Summer an das wunderschöne lavendelfarbene Kleid, das sie in dem Geschäft in Christchurch kurz nach ihrer Ankunft in diesem Land gesehen hatte.

Clara seufzte und blickte zu ihrem Mann hinüber. »Sie sind einfach besessen von diesen blöden Schafen. Ich habe es manchmal so satt, ständig über Lammen und Scheren und Gewinnen zu reden. Und ich habe solch ein Bedürfnis, auch einmal in Gesellschaft anderer Frauen zu sein.«

»Es gibt doch viele Frauen hier in der Gegend«, antwortete Summer.

Clara wählte ihre Worte vorsichtig. »Wegen der neuerdings häufiger vorkommenden Schwierigkeiten zwischen den Farmern und den ›Kakadus‹ und wegen Bens Wunsch, in diesem Konflikt neutral zu bleiben, wird es für mich immer unmöglicher, mit anderen Frauen zusammenzukommen.«

»Nicholas und ich sind ›Kakadus‹«; stellte Summer klar.

»Nicky und Ben sind schon seit Jahren gute Freunde. Nick hat hier gearbeitet, als er in Neuseeland ankam. Außerdem, Nick ist anders.«

»Wie meinen Sie das?«

»Schon allein durch seinen gesellschaftlichen Hintergrund.«

»Nur weil er ein Aristokrat ist, oder war, ist er noch lange nicht besser als irgendein anderer«, widersprach Summer. »Und kein bißchen besser sind Sie als all die anderen ›Kakadus‹, die hart kämpfen müssen, um hier zu überleben, nur weil Sie eine so große Schaffarm haben.«

Clara betrachtete Summer eine ganze Weile schweigend. »Sie haben ganz recht. Entschuldigen Sie.«

Sie fuhren fort, über England zu sprechen. Clara erzählte mit verträumten Augen, daß sie hatte Lehrerin werden wollen, bevor sie nach Neuseeland gekommen waren. »Ich liebe Kinder«, erklärte sie. »Ich arbeitete einige Zeit als Erzieherin, bevor ich Ben kennenlernte. Und es hat mir einen so großen Spaß gemacht, die Kleinen zu unterrichten. Ich vermisse diese Tätigkeit sehr.«

»Warum unterrichten Sie nicht hier?« fragte Summer.

»Es ist nicht möglich, natürlich nicht. Wir leben viel zu weit von Christchurch entfernt.«

»Es gibt aber Kinder hier in den Bergen, die auch Unterricht brauchen. Ich bin sicher, daß ihre Eltern für Ihre Hilfe äußerst dankbar wären.«

»Ich habe schon einmal ernsthaft darüber nachgedacht, als die ›Kakadus‹ ihre Schule bauten. Und ich habe mit Ben darüber diskutiert, und er... wir... kamen zu dem Schluß, daß es nicht sehr klug sei. Es könnte so aussehen, als ob wir Stellung beziehen.«

»Also müssen die Kinder leiden, nur weil ihre Eltern nicht miteinander auskommen.«

Clara errötete wieder vor schlechtem Gewissen. »Es scheint sehr ungerecht«, seufzte sie. »Ich liebe Kinder wirklich so sehr. Ben und ich wünschten uns nichts sehnlicher, als eigene zu haben. Aber bisher...« Ihre Stimme klang traurig. »Immer noch hoffen wir und beten. Keiner weiß, was uns die Zukunft bringen wird.«

Sie wechselten das Thema und kamen auf Sean O'Connell zu sprechen.

»Zwischen ihm und Sabre herrscht offensichtlich eine ziemlich große Feindschaft«, sagte Summer.

»Sean ist wütend auf Nicholas, weil er sich auf dem

angrenzenden Gebiet niedergelassen hat.«

»Es hat aber noch andere Gründe«, erklärte Clara. »Wenn Nick es Ihnen nicht erzählt hat, sollte ich es vielleicht tun. Sean gibt Nicky die Schuld am Scheitern seiner Ehe und am Tod seiner Frau.«

Summer war wie betäubt. »Sabre war verliebt in Colleen O'Connell?«

»Nein. Aber Colleen war verliebt in Nicky. Sie lernten sich kennen, als Colleen bei uns wohnte. Sean war ja noch damit beschäftigt, das Haus fertigzubauen. Ich fürchte, es war die erste großen und eben unglückliche Liebe für Colleen. Und sie fand ständig einen Grund und eine Gelegenheit, Nick zu umlagern.«

»Und Sie sind sicher, daß er diese Gefühle nicht erwidert hat?«

Clara lächelte. »Sieht Nicky wie ein Mann aus, der um eine junge, mit einem anderen quasi verlobte Frau unterm Sternenhimmel werben würde? Er ließ sie in mehr als eindeutiger Weise wissen, daß er nicht interessiert war. Als ihr klar wurde, daß sie keine Chance bei ihm hatte, ließ sie sich auf die Ehe mit Sean ein, aber anscheinend liebte sie Nicky sehr viel mehr, als wir alle annahmen. Sie verging förmlich vor Gram über Nicky. Dann bekam sie ein Fieber und starb.«

»Wie schrecklich traurig für Sean.«

»Er hat Colleen bis zu ihrem Ende geliebt, obwohl er wußte, daß ihre ganze Sehnsucht Nick galt. Wir haben alle versucht, Sean klarzumachen, daß Nicholas in keinster Weise Colleen zu dieser Liebe ermutigt hatte. Aber wenn ein Mann von einer Frau, die er liebt, abgewiesen wird, zerstört das sein ganzes Selbstwertgefühl. Deshalb verteilt er Schläge an andere – wie Sean an Nick. Und wie Nick an...«

Claras Stimme verstummte. Summer merkte, daß Clara im Begriff gewesen war, ein wichtiges Geheimnis preiszugeben, das seine Vergangenheit betraf. »Wie Nick an...?«

»Er hat mit Ihnen nicht darüber gesprochen?«

Summer schüttelte den Kopf. Vollkommen irritiert griff Clara nach einem Taschentuch, das in ihrem Ärmel steckte. »Dann sollte ich auch nichts sagen.«

»Aber ich habe doch das Recht, etwas über den Mann zu erfahren, mit dem ich verheiratet bin. Ist es wahr, was Sean sagt? Hat Nick einen Mann umgebracht?«

»Nein«, sagte Clara mit fester Stimme. »Er hat ein Duell ausgefochten. Vor Jahren noch hätte das Recht auf seiner Seite gestanden, aber die Gerichte sehen es nicht mehr so. Meiner Meinung nach war Nicks einziger Fehler, zu sehr zu vertrauen und zu lie-«

Ben und Nick traten zu ihnen heran, und Claras Offenbarung fand ein abruptes Ende. Sie kehrten zum Haus zurück, und der Rest des Nachmittags verging besonders angenehm. Allerdings bekam Summer nach zwei Gläsern Sherry – immerhin hatte sie vorher ja schon etwas Wein getrunken – Kopfschmerzen, und ihr wurde übel. Sie fühlte sich plötzlich so müde, was ihr schon ziemlich merkwürdig vorkam, wo es doch erst Nachmittag war. Und ihr war schwindlig. Einmal schlummerte sie sogar kurz ein. Als sie ihre Augen wieder öffnete, stand Nicholas vor ihr. Ihn zu sehen, machte sie noch etwas schwindliger.

Sie versuchte aufzustehen und verschüttete dabei etwas Sherry auf seinen Rock. »Entschuldigung, ich weiß gar nicht, was mit mir los ist. Ich kann überhaupt nicht mehr meine Augen aufhalten.«

»Ich vermute, mitten in der Nacht noch Wäsche zu waschen, hat damit zu tun. Und das hier« – er nahm ihr das Sherryglas ab – »macht die Sache nicht gerade besser.«

»Fahren wir jetzt?«

Er beugte sich ein wenig zu ihr herunter. »Möchtest du jetzt nach Hause?« flüsterte er.

Sie nickte so heftig, daß sich rote kleine Löckchen von ihrer Frisur lösten und ihr über die Stirn fielen.

»Sehr gut. Glaubst du, daß du es bis zum Wagen schaffst, ohne daß ich dich trage?«

Summer schnaubte amüsiert, aber als sie versuchte aufzustehen, schwankte die Welt um sie herum wie verrückt. Mit einem kleinen Schrei plumpste sie direkt in seine Arme. »O je! Ich muß gestolpert sein«, lallte sie. Sie warf ihren Kopf zurück und blickte direkt in seine schwarzen Augen... und bemerkte das leise Lächeln, das um seinen sinnlichen Mund spielte. Und sie lachte. »Heiliger Strohsack! Mr. Sabre, hochwohlstgeboren. Sie lächeln! Sie lächeln tatsächlich! Ich hab' nicht gedacht, daß ich den Tag erlebe...«

Seine großen Hände griffen nach ihrer Taille, und er stellte sie auf ihre Füße. Sie schwankte wieder. »Oh, ich... ich fühle mich ganz plötzlich gar nicht mehr gut.«

»Vielleicht würde Summer sich gern ein paar Minuten ausruhen, bevor ihr geht«, ließ sich Bens Stimme von irgendwo hinter ihnen vernehmen.

»Ich denke, das wäre eine gute Idee«, antwortete Nick.

Summer merkte, daß sie hochgehoben wurde. Dann öffnete sich eine Tür, und angenehme Kühle streifte ihre glühenden Wangen.

Nick legte sie auf ein Bett. »Geht es dir sehr schlecht?« fragte er freundlich.

Sie nickte, erfüllt von hilfloser Scham. Sie versuchte, ihr Gesicht mit beiden Händen zu bedecken, aber er nahm sie beiseite.

»Du wirst dich besser fühlen, wenn du es los wirst.« Er stellte einen Nachttopf auf ihren Schoß. »Möchtest du, daß ich bleibe oder gehe?«

Sie nickte wieder.

»Bleibe?«

»Nein.«

»Gehe?«

»Nein.«

Er warf ihr einen lächelnden Blick zu. »Na schön, ich bleibe drüben am Fenster.«

Sie schaute ihm zu, wie er hinüberging. Und erst jetzt wurde ihr bewußt, in was für einem schönen Schlafzimmer sie war, mit einem hellblauen Teppich, und mit Spitzenvorhängen an den Fenstern.

Dann beugte sich Summer über den Topf und spie... wieder... und wieder, bis ihre Schultern zitterten und ihr ganzer Körper schmerzte. Bis Tränen über ihr Gesicht strömten und sie sich innerlich darauf vorbereitete, gleich sterben zu müssen.

Irgendwo hinter ihr vernahm sie das Geräusch von Wasser, das in ein Becken gelassen wurde. Dann kam Nick zurück, mit einem frisch angefeuchteten Lappen. Und er wusch ihr Gesicht. Er deckte den Topf zu und nahm ihn von ihrem Schoß, stellte ihn beiseite. Dann zog er ihre Schuhe aus und redete ihr gut zu, sich hinzulegen. Als sie dachte, daß er das Zimmer verlassen wollte, schrie sie: »Gehen Sie nicht!«

»Wie du willst«, kam seine Antwort. Auf dem

Bett war noch Platz, und Summer zwang sich, die Augen zu öffnen. Sie kuschelte sich an ihren Mann, legte ihren Kopf an seine Schulter. Und er streichelte ihr sanft übers Haar.

»Es tut mir leid«, sagte sie.

»Das waren der Wein und der Sherry. Von jetzt an trink nicht mehr zwei verschiedene Sachen«, erklärte er streng.

»Sprichst du aus Erfahrung?« Wie von selbst ging sie auf das vertrautere ›Du‹ über.

»Ein Leben lang habe ich alles durcheinander getrunken, muß ich gestehen.«

Lächelnd schmiegte sie sich wieder an seine Schulter. »Ich wollte so gern gut zu deinen Freunden passen. Ich wollte, daß sie mich mögen.«

»Das tun sie ja.«

»Wir werden sie bald zu uns einladen, und ich verspreche, ich werde mir keinen mehr genehmigen.«

Er nahm einen tiefen Atemzug. »Versuch zu schlafen, Liebes. Es ist ein weiter Weg nach Hause.«

8

Summer wachte auf. Sie war allein in dem Raum, der nun schon in dämmriges Nachmittagslicht gehüllt war. Ihr Bauch schien wieder in Ordnung zu sein, aber sie hatte Kopfschmerzen. Sie hatte sich lächerlich gemacht. Gerade bei ihrem ersten Besuch krank zu werden; aber irgendwie machte es ihr nichts aus. Sie hatte eine Seite an Nicholas Sabre kennengelernt, von der sie bisher höchstens geträumt hatte. Er hatte sie liebevoll gehalten, er hatte es ihr bequem gemacht. Er hatte sie sogar angelächelt. War es zuviel, zu hoffen, daß... möglicherweise... er wirklich und ernsthaft begonnen hatte, sie gern zu haben?

Vorsichtig rollte sie sich vom Bett und barg sitzend ihren Kopf in den Händen, bis die Welt unter ihr nicht mehr ganz so schwankte. Dann ging sie zur Tür und öffnete sie leise.

»Mit dem Scheren und Ballenverpacken sind wir bald fertig«, hörte sie Nicks leise Stimme. »Ich werde sie mit zurück nach Christchurch nehmen, wenn ich die Wolle wegbringe.«

»Sie scheint so süß zu sein«, sagte Clara mit trauriger Stimme.

»Ich kann mir die Verantwortung nicht leisten, auch wenn ich es wollte. Ich bin schon zwei Monate im Verzug mit meiner Kreditrückführung und –«

Clara legte ihre Hand auf seinen Arm, und Nick drehte sich um. Summer stand in der Tür. Ihr Gesicht war weiß wie die Wand, und ihre Augen weit aufgerissen, und der ganze offen gezeigte Schmerz war in ihrem jungen Gesicht zu lesen.

Clara stürzte auf sie zu. »Summer, meine Liebe, wie fühlen Sie sich?«

»Gut.«

»Kann ich Ihnen etwas bringen –«

»Nein. Ich möchte jetzt gern nach Hause.«

»Natürlich.« Clara lief fort, um Summers Hut zu holen, während Nicks Blick auf Summer lag, die leicht schwankend in der Türöffnung stand. Sie wandte ihren Kopf ab. »Hier ist Ihr Hut.« Summer setzte ihn auf ihren Kopf, und Ben begleitete sie zur Tür heraus.

»Danke, daß Sie gekommen sind«, sagte er. »Es war eine Riesenfreude, Sie kennenzulernen. Ich bin sicher, ich werde mich immer an Ihre Suppe erinnern.«

Sie versuchte ein Lächeln.

»Wartet!« rief Clara. Sie eilte in die Küche und kehrte schnell mit einem Korb voller Lebensmittel zurück. Der Duft von frischgebackenem Brot wehte ihnen entgegen. Lächelnd flüsterte Clara ihr verschwörerisch zu: »Ich habe das Rezept für das Brot dazugelegt. Nick liebt es besonders. Und, Summer...« Clara nahm ihre Hand und drückte sie fest. »Gottes Segen!«

Nick ging um den Wagen herum und wollte Summer hinaufhelfen. Ohne ihn eines Blickes zu würdigen, stieg sie ohne seine Hilfe auf und setzte sich. Einen Moment später war auch er aufgestiegen und hatte die Zügel genommen. Sie fuhren durch die Dunkelheit nach Hause. Ohne zu sprechen. Schließlich sagte sie mit vor Wut zitternder Stimme:

»Wie kannst du es wagen, mich so zu demütigen?«

»Es tut mir leid. Ich wußte nicht, daß du mich hören konntest.«

»Warum hast du mich denn überhaupt mit zu ihnen genommen? Warum wolltest du denn, daß sie mich kennenlernen, wenn du doch nie die Absicht hattest, mich hierzubehalten?«

»Ich dachte, es würde dir Freude machen.«

»Freude machen!« Sie griff sich an den dröhnenden Kopf und holte tief Luft. »Ich soll Freude daran haben, Menschen kennenzulernen und ihnen in der nächsten Minute schon wieder auf Wiedersehen zu sagen?«

»Ich habe auf diese Weise noch nicht darüber nachgedacht.«

»Aber wann hattest du denn vor, mich gütigerweise darüber zu informieren, daß du mich mit der Wolle zusammen loswerden willst? Alle Heiligen im Himmel!« schrie sie wütend. »Ich bin genauso entbehrlich wie ein verdammter Haufen Schafswolle!«

»Ich hab' dir doch schon erklärt, warum ich keine Frau haben kann.«

»Weil du mich nicht magst.«

Nick knurrte und schloß kurz seine Augen, während neben ihm Summer mit geballten Fäusten in ihrem Schoß saß. Und er rief sich ins Gedächtnis zurück, wie sie ihn strahlend übers ganze Gesicht angelächelt hatte, an diesem Nachmittag, als sie Arm in Arm dahingeschlendert waren. Und er mußte sich eingestehen, wie schon die ganzen letzten Stunden lang etwa alle fünf Minuten, daß er wirklich begonnen hatte, Summer Fairburn-Sabre zu mögen... vielleicht zu sehr. Wenn er klug gewesen wäre, hätte er heute nacht nicht einmal auf der Farm haltgemacht. Er wäre direkt bis nach Christchurch durchgefahren.

Den Rest ihrer Fahrt legten sie vollkommen schweigend zurück. Als sie vor dem Haus ankamen, hielt Nick, um Summer herauszulassen. Sie sprang herunter, lief ins Haus und warf die Tür hinter sich zu. Nick brachte den Wagen in die Scheune. Die Nachtluft war drückend, genau wie seine Stimmung auch. Er spannte das Pferd aus, nahm den Korb mit Lebensmitteln, den Clara für sie gepackt hatte, und bemerkte, daß weder im Schafstall, noch in Franks Hütte Licht brannte. Vielleicht hatte der alte Mann sich entschlossen, heute früher Schluß zu machen.

Zweifellos lagen noch zahlreiche Nächte des Scherens vor ihnen, wenn sie versuchen wollten, die Wolle nächste Woche nach Lyttleton zu bringen.

Nick nahm zwei Stufen der hinteren Veranda auf einmal, schob die Tür auf und trat in die Küche, die von einer einzigen brennenden Lampe auf dem Tisch erhellt war. Summer stand dicht am Herd, ihre Augen weit aufgerissen und ihr Gesicht unglaublich blaß... und plötzlich bemerkte er, daß sie nicht ihn anschaute, sondern etwas...

Er drehte sich um, konnte gerade noch einen flüchtigen Blick auf eine schwarze Haube, die über ein Gesicht gezogen war, erkennen, bevor die Welt vor ihm in einem roten Nebel voller Schmerz explodierte. Der Schlag auf seinen Kiefer schleuderte ihn durch die Tür und auf die Veranda, wo er auf seinem Rücken die Stufen hinunterrutschte und stöhnend auf dem Boden aufschlug. Plötzlich griffen Hände nach ihm, aus allen Richtungen kamen sie, zogen an seinem Haar, seinen Kleidern, zerrten ihn auf die Knie und dann auf seine Füße, drehten ihm die Arme mit solcher Gewalt auf den Rücken, daß er einen Moment dachte, sie wollten ihm die Arme aus den Schulterblättern herausreißen. Er stöhnte wieder, bevor einer seinen Kopf zurückriß und ihn eine Faust in den Mund traf. Seine Beine gaben nach, und er geriet ins Schwanken. Wie durch einen Nebel nahm er die vielen maskierten Männer wahr, die ihn drohend umkreisten.

»Vorsicht, Jungs«, kam eine Stimme. »Wir wollen doch seiner Lordschaft nicht die aristokratische Nase demolieren, oder?«

»Nein, Sir, woll'n wir nicht«, war die Antwort. Dann wurde Nick wieder geschlagen, und zwar so fest, daß seine Füße endgültig unter ihm nachgaben. Er sank gegen einen der Männer, der ihn hielt, und sackte auf die Knie, bevor er mit Gewalt wieder auf die Beine gestellt wurde. Er spürte jetzt keinen Schmerz mehr, sah nur ein dröhnendes weißes Licht hinter seinen Augen.

»...Sabre, hören Sie mir zu?«

Er zwang sich, die Augen zu öffnen. Er atmete mit Anstrengung; seine Nase blutete, genau wie sein Mund.

»...freundliche Warnung, Mr. Sabre. Wir wollten Sie nur höflich auffordern, diese Gegend hier zu verlassen. Woanders gibt es eine Menge Land –«

»Nein«, keuchte er. »Geht zum... Teufel.«

Die Fäuste drangen erneut auf ihn ein, zerschindeten sein Gesicht, seine Rippen, fuhren ihm in den Magen. Er verlor das Bewußtsein. Doch sie schütteten einen Eimer Wasser über ihn, rüttelten ihn wach, nur um ihm erneut eine ganze Ladung Schmerz zuzufügen.

»Ihr Schafzüchter-Kakadus seid doch nur eine Horde von Blutsaugern«, sagte einer, »die sich an unserem Land gierig festsaugen –«

»Ich habe für meine Farm bezahlt!« schrie Nick die verschwommene Gestalt mit den gelbglänzenden Augen an. Dann spuckte er Blut, und die Beine gaben wieder unter ihm nach. Er schlug mit dem Gesicht nach unten auf dem Boden auf. Einen Moment lang lag er so da, auf dem kühlen, festen Erdboden. Und er hoffte, aus diesem Alptraum bald aufzuwachen. Dann hörte er Summer schreien. Er stützte sich auf die Ellenbogen, wischte den Dreck und das Blut aus seinen Augen und sah, daß sie wegrannte in die Dunkelheit, verfolgt von einem der Männer, der sich mit seinem ganzen bulligen Gewicht auf sie warf. Sie stürzten zu Boden.

Nick rappelte sich wieder auf die Füße, um jedoch gleich wieder einen Schlag in den Rücken zu bekommen. Auf Händen und Knien wurde er von zwei Männern erneut überwältigt. Nick schlug wild mit seinen Fäusten und Füßen um sich, angetrieben durch Summers Schreie und den flüchtigen Blick, den er auf den Kerl werfen konnte, der ihr die Bluse zerriß und ihr ins Gesicht schlug.

»Ich bringe dich um!« schrie Nick. »Ich bringe dich um, wenn du –«

Da erschien ein Reiter mit Haube aus dem Schatten der Nacht und preschte direkt auf Summer zu. Er sprang von seinem Tier herunter und versetzte dem Mann einen kräftigen Tritt. »Sei dankbar, daß ich dazwischen kam, mein Freund, sonst hättest du deine Idiotie noch bitter bereut. Ich habe euch immer wieder gesagt, daß unser Krieg sich nicht gegen Frauen und Kinder richtet.« Er warf Summer einen kurzen Blick zu, die mit Mühe ihre Bluse zuhielt und sich langsam aufsetzte. Dann drehte er sich um zu Nick und ging auf die Männer zu, die ihn am Boden festhielten. Er gab ihnen ein Zeichen, Nick loszulassen.

Nick lag auf dem Rücken und kämpfte gegen die Bewußtlosigkeit an. Er hatte unglaublich große Schmerzen. Der Mann mit der Haube blickte auf ihn hinunter, Boshaftigkeit und Amüsiertheit in den Augen.

»O'Connell«, gelang es Nick zu sagen. »Eines Tages werde ich dich dafür umbringen.«

»Wenn ich dich nicht vorher umbringe.« Sean kniete sich neben ihm hin. »Warum gibst du nicht einfach auf, Nick? Ich habe dir angeboten, das Land zurückzukaufen. Du kannst dir mit dem Gewinn woanders Land –«

»Ich gehe nicht.«

Die Augen betrachteten ihn voller Kälte. »Dann sollte ich dich vielleicht jetzt gleich töten. Dann hab' ich's hinter mir.«

Nicks lädierter Mund verzog sich zu einem Grinsen. »Na los, O'Connell. Du tätest mir direkt einen Gefallen.«

Nick schloß kurz seine Augen. Dann sah er Sean wieder an, dessen Blick auf Summer ruhte, die ganz in der Nähe im Schatten ängstlich zusammengekauert saß. Schließlich wandte er sich wieder Nick zu. Er stand auf, blickte in die Runde der Männer und nickte. Mehrere lösten sich aus dem Kreis und rannten auf den Verschlag mit der Wolle zu, auf die Scheune und auf Franks Hütte. Und die Fackeln sprühten Funken. Andere Männer kamen aus der Dunkelheit auf sie zugeritten und führten Pferde mit sich.

Die Erkenntnis, was als nächstes geschehen würde, brachte Nick auf die Knie, und er kämpfte sich auf die Füße – nur um von Sean gleich wieder überwältigt zu werden. »Das ist für Colleen«, flüsterte er. Er fuhr sein Knie in Nicks Leisten. Der unerträgliche Schmerz ließ Nick mit einem gequälten Aufschrei wieder auf den Boden sinken.

Das Licht der in Flammen aufgehenden Gebäude erleuchtete den Himmel. Die maskierten Männer ritten fort. Ihre siegessicheren Schlachtrufe und Schreie hallten noch in die Nacht, als sie von der Dunkelheit schon längst verschluckt waren.

Die eingepferchten Schafe klagten vor Qual; die

Pferde in der nahe gelegenen Koppel wieherten und bäumten sich auf. Und die Hühner liefen aufgeregt aus ihrem Stall, außer sich vor Angst. Nick gelang es, auf die Füße zu kommen, gerade als Summer auf ihn zugelaufen kam. »Frank liegt gefesselt in seiner Baracke!« schrie sie.

Voller Entsetzen sah sie Nick nach, der auf das brennende Gebäude zulief. Doch schnell erwachte sie aus ihrer Erstarrung, griff sich einen Eimer und rannte zum Wassertrog. Dann lief sie auf das Feuer zu und rief nach Nick, der durch die Flammen stolperte, Franks Tür eintrat und im Innern der Hütte verschwand. Fast im gleichen Augenblick kam Betsy herausgesprungen, mit eingeklemmtem Schwanz. Das schwarz-weiße Fell qualmte. Summer leerte den Wassereimer über dem Hund, warf den Eimer beiseite und folgte Nick in den Rauch und das Feuer. Die Hände hielt sie vors Gesicht. Allzu groß war die knisternde Hitze, die ihr entgegenschlug.

Durch die lodernde Feuersbrunst hindurch sah sie Nick, der sich über den bewußtlosen alten Mann beugte. Frank lag ausgestreckt auf seinem Bett, der Mund war geknebelt, und sie hatten ihn um die Brust und an den Füßen gefesselt. Nick schleppte ihn, als wenn Franks Gewicht nichts weiter als das eines Kindes sei. Das Dach über ihnen gab ein Knarren und Ächzen von sich, und als Nick sich zur Tür wandte, regnete schon brennendes Holz auf ihn nieder. Es warf ihn auf die Knie, und er rang darum, daß Frank ihm nicht entglitt.

Summer holte die Tücher vom Bett und warf sie schützend über Nicks Rücken und seine Arme. Sie griff nach seinem Arm, legte ihn sich um die Schulter und half ihm auf die Beine. Gemeinsam stolperten sie aus dem schon zusammenbrechenden Gebäude heraus.

Als sie aus dem Qualm ins Freie gekommen waren, machte sie sich von Nick los, flitzte wieder nach dem Eimer, füllte ihn neu mit Wasser. Nun machte sie sich daran, das Gebäude zu löschen, das mit Wolle gefüllt war. Wieder und wieder schüttete sie Wasser ins Feuer. Nick warf ein wassergetränktes Tuch über das Feuer. »Die Schafe!« brüllte er. »Hol die Schafe raus!«

Sie warf den Eimer fort und rannte so schnell sie konnte zu dem Gatter, in dem die Tiere eingesperrt waren. Sie schob das Tor auf. Die erschrockenen Tiere stürzten auf sie zu. Wie eine große weiße Welle sprangen sie über- und untereinander in ihrem verzweifelten Versuch zu entfliehen, warfen Summer um und rannten über sie hinweg. Sie hatte sich zusammengekrümmt, den Kopf unter ihren Armen verschränkt, während die scharfen Hufe erbarmungslos in ihre Hände, Rippen und Beine schnitten.

Dann war Nick plötzlich da, der sich einen Weg durch die blökenden Tiere gekämpft hatte. Er zog Summer auf die Füße und in seine Arme und hielt sie fest.

Furcht und Schmerz machten sie wie betäubt, und sie krallte sich in sein zerfetztes, blutverschmiertes Hemd. Wenn er sie jetzt losgelassen hätte, wäre sie gewiß gefallen. Aber das tat er nicht. Statt dessen hob er sie in seine Arme und trug sie dahin, wo auch Frank lag, stöhnend im Begriff, aus seiner Bewußtlosigkeit zu erwachen.

Summer schloß ihre Augen und versuchte, frische Luft in ihre rauchgefüllten Lungen einzuatmen. Sie keuchte, hustete und würgte. Sie vernahm wie aus der Ferne Betsys scharfes Bellen, während das Tier zwischen den Schafen geschickt hin- und hersprang, sie zusammentrieb zu einem sicheren Platz, einer offenen Weide in einiger Entfernung brachte.

Sie hatte die Wolle gerettet. Nur Franks Baracke war völlig niedergebrannt. Nick schlug die letzten Flammen aus, die noch von einem heruntergestürzten Balken aufstiegen. Dann kam er auf sie zu wie ein Betrunkener. Er torkelte und hustete, sein schwarz- und grün- und blaugeschlagenes Gesicht zeigte die vollkommene Erschöpfung.

»Hilf mir, ihn ins Haus zu tragen«, keuchte er.

Summer zog sich auf die Füße und half Nick. Dann trugen sie ihn gemeinsam den Pfad entlang zum Haus hin und ins Schlafzimmer. Sie ließen ihn auf das Bett fallen, wo auch Nick zusammenbrach und mit dem Gesicht auf der Matratze reglos liegenblieb.

Summer krabbelte neben ihn aufs Bett. Sie legte ihren Arm um seine breiten Schultern und flüsterte: »Ist ja gut, Mr. Sabre, ist ja gut. Wir haben deine Schafe gerettet. Jetzt ist alles wieder gut.« Sie holte tief Luft. Allmählich entspannte und beruhigte sie sich wieder. Es tat so gut, ihm nahe zu sein. Sie hatte wahnsinnige Angst ausgestanden, daß diese Männer mit Hauben über den Köpfen ihn töten würden.

»Ist ja gut«, murmelte sie und weinte leise in sich hinein. Sie legte ihren Kopf an seine Schulter und schloß ihre brennenden Augen.

Sie schlief nicht. Sie lag auf dem Sofa und hatte eine dampfende Kompresse auf die eine Seite ihres Gesichtes gelegt, auf die der Mann sie geschlagen hatte. Ihr ganzer Körper schmerzte von den Schnitten und blauen Flecken, die die Hufe der Schafe ihr verursacht hatten. Außerdem hatte sie viele schmerzhafte Brandblasen.

Da hörte sie ein Geräusch. Erschreckt fuhr sie hoch und sah Nick vor sich am Fußende des Sofas stehen. »Nicholas, ich dachte, du schläfst.«

»Frank schnarcht. Außerdem tut mir alles weh.«

Sie stand auf und ging zu ihm. »Du kannst bei mir schlafen. Hier. Laß mich dir helfen. Du solltest nicht rumlaufen.« Sie nahm seinen Arm und zog ihn herunter aufs Sofa.

»Ich bin müde«, gab er zu.

»Warum legst du dich nicht hin und –«

»Das meine ich nicht.« Er seufzte und starrte in den leeren Kamin. »In meinem Kopf... ich bin all dieser Gedanken, die in meinem Kopf herumschwirren, so überdrüssig. Am Tage arbeite ich bis zur Erschöpfung und hoffe, daß ich dann zu müde bin, um zu denken oder zu träumen oder... mich zu erinnern, aber sobald ich mich hinlege, stürmen alle Gedanken wieder auf mich ein.« Er sah sie an. »Kennst du dieses Gefühl von tiefer Reue, Summer?«

Sie nickte.

»Ich sage dir, das Gewissen ist eine Strafe von Gott. Schon vor langer Zeit bin ich zu der Überzeugung gekommen, daß das Leben auf der Erde die Hölle ist. Wir müssen verdammt zu hart kämpfen, um zu überleben.«

»Wenn das Leben leicht wäre, könnte der Himmel nicht die Belohnung für uns sein, oder?« Summer lächelte und betrachtete ihn.

»Glaubst du, ich habe eine Chance, in den Himmel zu kommen?«

»Aber ja«, antwortete sie.

Er atmete erleichtert auf, dann legte er seinen schweren Kopf ohne jede Vorwarnung in ihren Schoß, und er schloß seine Augen.

Bewegungslos saß Summer da und betrachtete sein Gesicht – sein wundervolles Gesicht – jetzt verschwollen, zerschnitten, zerschlagen, und ihre Augen füllten sich mit Tränen. Sanft tupfte sie seine Stirn mit dem dampfenden Lappen.

»Was machst du da?« fragte er mit matter Stimme, ohne seine Augen zu öffnen.

»Ich hole die Freude zurück«, antwortete sie.

Nach und nach entspannte er sich. Seine linke Hand kam herauf und umschlang ihre Finger. Eine Minute verging, dann flüsterte er verschlafen: »Es ist sehr lange her, daß jemand meine Hand gehalten hat.«

Zwei Tage nach dem Überfall der Bande waren Summers Schnittwunden und blaue Flecken fast verheilt. Sie stand vor der Haustür auf der Veranda und suchte den Horizont ab nach Lebenszeichen von Frank und Nicholas, die ausgeritten waren, um noch einzelne verirrte Schafe zu suchen. Obwohl sie sich eigentlich selbst nicht genau erklären konnte, warum sie sich darum kümmerte. Seit dem Überfall hatte sich Nick noch mehr denn je in seine Übellaunigkeit zurückgezogen. Er schlief kaum, verweigerte jedes Essen und verbrachte seine wachen Stunden mit Scheren, oder er lief ruhelos hin und her, statt zu schlafen. So, als ob er damit rechnete, daß sie noch einmal zurückkehren und ihm alles, was er besaß, zerstören würden.

Immer wieder mußte sie an die Stunden denken,

in denen er, seinen Kopf auf ihrem Schoß gebettet, geschlafen hatte. Sie war die ganze Nacht über wach geblieben, furchtsam bedacht, ihn ja durch keine Bewegung in seinem Erholungsschlaf zu stören. Sie hatte gesehen, daß im Schlaf seine Gesichtszüge viel weicher, ja wie die eines ganz jungen, verletzlichen Mannes waren. Und plötzlich war ihr bewußt geworden, daß er mit Sicherheit viel jünger war, als sie immer gedacht hatte. Vielleicht nicht mehr als sechsundzwanzig oder siebenundzwanzig. Und wieder fragte sie sich, wie sie wohl waren, seine Familie, seine Freunde und die Geliebten, die er in England zurückgelassen hatte. Was der Verlust der ihm nahestehenden Menschen – ja, seines Erbes – ihn gekostet haben mußte! – Sie erinnerte sich lebhaft an den Trennungsschmerz, den sie erlitten hatte, als ihre Mutter sie verließ. Daß ihr das Herz gebrochen war bei dem Gedanken, daß es keinen Menschen auf der ganzen Welt gab, der sie liebte. Solch eine Qual schmolz nicht einfach mit der Zeit dahin.

Summer wollte gerade wieder ins Haus gehen, als auf dem gegenüberliegenden Hügel ein Wagen sichtbar wurde. Dora Johnson hob ihre Hand und winkte.

Mit einem seligen Aufschrei sprang Summer von der Veranda und rannte den Weg hinunter, wo Dora und Dan und vor ihnen die drei Jungen vom Wagen sprangen. Sie öffnete ihre Arme weit und begrüßte die Jungs mit einer übermütigen Umarmung. »Ihr glaubt ja nicht, wie sehr ich mich freue, eine andere Menschenseele zu sehen!« lachte sie, als Wayne seinen bonbonverklebten Mund auf ihre Wange drückte.

»Wir haben uns gleich auf den Weg gemacht, als

wir von dem Überfall gehört haben. Ist mit dir alles in Ordnung?« Dora nahm Summers Gesicht in ihre Hände und betrachtete es prüfend.

»Mir geht's gut. Aber Nicholas sieht schlimm aus, und Frank hat eine Beule auf dem Kopf, die so groß ist wie ein verdammtes Gänseei.«

»Gott sei Dank, daß es nicht viel schlimmer war.« Arm in Arm gingen sie zum Haus und blieben einen Moment vor den abgesackten Treppenstufen stehen. »Es ist ziemlich armselig, stimmt's?« sagte Dora.

»Ich würde das eine Untertreibung nennen«, antwortete Dan. Er stieß gegen eine Verandastufe, und die Henne darunter gackerte wie wild. »Wäre vielleicht besser gewesen, Sean hätte es niedergebrannt. Ihr hättet dann ganz von vorne anfangen können.«

»Ich glaube nicht, daß er es viel bessermachen könnte«, sagte Summer. »Er war ein Adliger, erinnere dich. Und was wissen die schon vom Bauen?«

»Er könnte tun, was wir auch getan haben.« Dora griff nach Waynes Hosenbeinen und zog ihn unter den Stufen hervor. »Wir haben das Holz für unser Haus nach unseren Vorstellungen in Christchurch zuschneiden lassen. Dauert ungefähr einen Monat oder so.«

»Sechs Wochen«, sagte Dan.

»Die Bretter werden alle in der richtigen Länge von Maschinen zugeschnitten. Dann werden sie auf Wagen geladen zum Bauplatz gebracht. Und man muß sie nur noch zusammennageln.«

»Es würde sechs Mann nicht mehr als eine Woche kosten, um ein solides Haus zu bauen«, sagte Dan.

»Aha«, meinte Summer. »Aber es muß teuer sein.«

»Billig war es nicht«, gab Dan zu, »aber es war die Sache wert.«

Während Dora sich im Haus umsah, holten Dan und die Jungs einen Korb vom Wagen, den sie auf den Küchentisch stellten. Dann ließen sie die Frauen allein und schlenderten hinüber zu dem Stall, in dem geschoren wurde, und zu dem Schutthaufen, der von Franks Hütte übriggeblieben war.

Dora begann, den Korb auszuräumen – Gläser mit eingemachtem Obst und Gemüsen, eine Büchse mit Keksen. – Dann zog sie Dinge hervor, die sie ›Housewarming-Geschenke‹ nannte, Gaben von den »Kakadu«-Frauen aus der Umgebung. Selbstgestrickte Deckchen, Stickereien, eine Topfpflanze und ein Einmachglas mit Lammzunge. Bei jedem dieser liebevollen Geschenke wußte Summer sofort, welchen Platz es in Zukunft schmücken sollte.

Wieder vor dem Haus, kniete Dora über das, was einmal ein Gemüsebeet werden sollte und zupfte das Unkraut heraus und warf es in einen Eimer, der zu ihren Füßen stand. Summer kniete sich neben sie und half mit. Und nach einer halben Stunde war der unkrautübersäte Platz wie verwandelt. Es entstand ein ordentlicher, wenn auch kahler kleiner Garten, der sich später einmal als überaus nützlich erweisen würde, wenn erst die Auswahl von Topfblumen und Gemüsen, die Dora aus ihrem eigenen Garten ausgedünnt und mitgebracht hatte, hier gediehen.

Gegen Spätnachmittag hatten die Jungs das letzte Huhn eingekreist und in den Stall gescheucht. Und nun lehnten sie an den Verandastufen, naschten Kekse und lutschten ihre Finger ab.

»He, Mami!« schrie Jason. »Sag Wayne, er soll aufhören, in der Nase zu bohren! Ich will essen.«

»Ich popel gar nicht«, rief der kleine Kerl, dessen Finger tief in der Nase steckte.

»Die Idee mit den Palmen war einfach zu schön«, sagte Summer und bewunderte wieder und wieder die herrlichen Pflanzen, die zu beiden Seiten der Verandastufen in großen Kübeln standen. »Ich weiß nicht, wie ich dir danken soll.«

»Unsinn.« Dora legte ihren Arm um Summers Schulter und zog sie an sich. »Hat Mr. Sabre darüber nachgedacht, was er jetzt tun will?«

»Er wird nicht fortgehen.«

»Gut«, sagte Dora. »Ich glaube, ich werde es sehr genießen, deine Nachbarin und Freundin zu sein... Summer, was ist los?«

Summer blinzelte unter Tränen und wischte sie verstohlen fort. Sie wandte ihr Gesicht von den Freunden ab und ließ sich neben die Jungs fallen. Dann brach sie in Tränen aus. Wayne wollte sie trösten und tätschelte mit seinem schmutzigen kleinen Händchen ihren Arm. Allen bot ihr ein Stück Pfirsichkeks, und Jason zog seine Kinderstirn kraus.

Sie blickte zu Dora und Dan, die Arm in Arm vor ihr standen und sie ernst anschauten. »Er wird unsere Ehe annullieren lassen und schickt mich zurück. Er sagt, er ist glücklich mit seinen Schafen und seinem Schäfer und seinem Hund. Und daß in seinem Leben kein Platz für mich ist. Er hat gesagt, es war ein Fehler, diesen idiotischen Vertrag zu unterschreiben und daß er... be-«

»Betrunken war?« half Dan weiter.

»Genau.« Sie streichelte Waynes Gesicht. »Ich ziehe meine schönsten Sachen an, und er bemerkt es nicht einmal. Ich koche und bringe ihn damit fast um. Wenn ich nicht mal kochen kann, wozu bin ich dann auch nütze?«

Dora faßte sie am Kinn und zwang Summer, sie anzusehen. »Mein liebes Mädchen, wenn du darauf nicht von alleine kommst, dann ist wirklich Hopfen und Malz verloren...«

»Was meinst du damit?«

Dora warf Dan einen Blick zu. Und er schnappte sich die Jungs und nahm sie auf einen kleinen Spaziergang mit. Als sie allein waren, setzte sich Dora neben Summer und betrachtete versonnen die grüne Landschaft, die vor ihnen lag. »Ich gehe davon aus«, begann sie vorsichtig, »daß diese Ehe noch nicht vollzogen worden ist. Sonst könnte man ja nicht von einer Annullierung sprechen.«

»Ich hab's dir ja gesagt.« Summer schniefte. »Er will gar nichts von mir.«

Mitgefühl schimmerte in Doras Augen. Dann erhellten sie sich plötzlich. »Summer, warst du schon mal... mit einem Mann zusammen?«

Summer schüttelte den Kopf und wurde rot.

»Aha. Dann ist das, was ich dir vorschlagen möchte, vielleicht ein bißchen schockierend für dich. Aber bevor ich das tue, mußt du mir etwas sagen. Bist du vollkommen sicher, ohne den allerleisesten Zweifel, daß du hier bei Mr. Sabre bleiben willst?«

»Ich will das, mehr als alles auf der Welt«, antwortete Summer.

Dora drückte ihre Hand. »Dann ist es wirklich ganz leicht. Du mußt seinen männlichen Appetit anregen –«

»Das habe ich ja versucht!« rief Summer aus. »Ich habe Kartoffeln gekocht –«

»Summer... es gibt noch einen anderen Appetit. Was ich meine, es gibt andere Wege zu dem Herzen eines Mannes, als durch den Magen.« Sie nahm einen tiefen Atemzug. »Du mußt ihn verführen.«

Summer schluckte krampfhaft. »Das kann ich nicht. Das kann ich wirklich... nicht«, flüsterte sie verzweifelt. Sie ging den Pfad hinunter, dann kam sie zurück. »Ich kann mich nicht so... prostituieren. Ich kann nicht meinen Körper dafür hergeben. Und auch dann nicht, wenn ich dafür etwas bekomme, was ich mir so sehr wünsche. Dann wäre ich ja nicht besser als mei–« Sie biß sich auf die Zunge.

»Summer, hast du Mr. Sabre nicht auch ein ganz klein wenig gern?«

»Mehr als nur ein bißchen«, gab sie zu. »Viel, viel mehr.«

»Bist du womöglich in ihn verliebt?«

Summers Kopf schnellte hoch. »Verliebt?« Sie versuchte zu lachen, und es hörte sich weit weniger fröhlich an, als sie wollte. Sie ließ die Schultern hängen. »Ich weiß nicht.«

»Aha.«

Summer sah zu, wie ihre Freundin zum Garten hinüberschlenderte. »Wie weiß man denn überhaupt genau, ob man jemanden liebt?« fragte sie.

»Fühlst du dich atemlos, wenn er in deiner Nähe ist?«

Sie nickte.

»Wie berauscht?«

»Ja.«

»Irgendwie übel im Magen? Schwach auf den Beinen? Als ob deine Füße nicht den Boden berühren – und die Beine wie aus Watte sind und dieses riesige

Beben in der Herzgegend, als ob du gleich in den Himmel abhebst?«

Summer bedeckte ihr Gesicht mit beiden Händen. »Ja!«

»Dann liebst du ihn, du dumme Gans. Oder jedenfalls bist du kurz davor.« Dora lachte und zog Summer mit sich zurück zur Veranda.

»Du prostituierst dich nicht, wenn du mit deinem Mann ins Bett gehst«, sagte Dora. »Außerdem, was hast du denn unter diesen Umständen erwartet? Du hast Nicholas Sabre geheiratet, ohne ihn je vorher gesehen zu haben, weil du ein Zuhause und eine Familie wolltest. Und offensichtlich warst du der Meinung, in England würdest du das nicht bekommen. Offensichtlich hattest du fest vor, deinen Kopf, dein Herz und deine Seele – ganz zu schweigen von deinem Körper – einem Fremden auszuliefern, als Gegenwert für eine helle neue Zukunft.«

»Ich dachte, daß es leichter sein würde. Ich dachte, er würde mich wenigstens mögen. Aber er wollte ja nie eine Frau. Es war ja alles nur ein hinterlistiger Trick.«

»Ach so.« Dora lehnte sich zurück, die Ellenbogen über dem Kopf verschränkt, lehnte sie an der Veranda. »Na, dann sieh zu, daß du ihn los wirst.«

»Was?« keuchte Summer.

»Du hast mich genau verstanden. Mach Schluß. Es gibt Hunderte von anderen Männern in diesem Land, die beide... Arme... verkaufen würden, um eine junge, schöne Frau wie dich zu heiraten.«

»Aber ich könnte das nicht. Es wäre nicht richtig. Dann könnte man mich ja genauso gut auf einem Markt anpreisen und für ein Höchstgebot verscherbeln. Und außerdem... keiner von ihnen wäre Nicholas!«

»Also, du solltest besser irgend etwas tun, weil nächste Woche bereits in drei Tagen ist. Und falls du es nicht weißt, Mitte nächster Woche geht ein Schiff von Lyttleton nach England.«

Bevor Summer antworten konnte, kamen die Jungs angelaufen. Ihr Vater schlenderte hinter ihnen her, geduldig und mit einem Grinsen im Gesicht. Aber offensichtlich auch erpicht darauf, möglichst bald seine Familie auf den Wagen zu verladen und den langen Weg nach Hause anzutreten. Dora schenkte Summer ein letztes flüchtiges Lächeln, bevor sie zu ihrem Mann ging.

»Sehen wir dich kommenden Sonntag beim Picknick?« fragte Dora, als sie auf den Wagen stieg und sich neben Dan setzte.

Summer zuckte die Schultern. »Ich weiß nicht.«

»Frank kommt immer, oder wenigstens tut er es, wenn Sabre ihm freigibt.«

»Ich werd's versuchen.«

»Gut. Und, Summer... denk an das, was ich gesagt habe.«

Summer winkte ihnen noch lange hinterher.

9

Nick hatte die Stunden gezählt bis zum Abendessen, immer wieder auf seine Uhr geschaut und sich gefragt, ob er und Frank einfach früher aufhören und nach Hause reiten sollten. Er konnte sich heute einfach nicht konzentrieren. Außerdem waren die herumstreunenden Schafe schon längst zurückgetrieben worden, und immer, wenn ihm irgendeine kleinere Arbeit einfiel, die sie noch hätten machen können, schüttelte Frank seinen Kopf und sagte: »Hab' ich schon gemacht, Boß.«

Die Sonne war fast untergegangen, als sie zu Hause ankamen. Summer wartete auf der Hintertreppe auf sie. Sie hatte ihr Haar zurückgenommen und mit einem Band zusammengehalten. Ein Geschirrtuch steckte in ihrem Rock, unten schaute ein Petticoat hervor. Nick straffte seine Schultern.

Zum Abendessen gab es Kartoffeln und Hammelsuppe. Diesmal schienen die Kartoffeln weich zu sein, und man konnte nur hoffen, daß die Suppe diesmal kein Waschsoda enthielt. Der Duft, der aus der Küche zu ihm drang, genügte, um Nicks Magen knurren zu lassen. Er konnte sich kaum erinnern, je so hungrig gewesen zu sein. Frank schwafelte etwas von der Auktion. Aber Nick hörte kaum zu. Mit seinen Blicken folgte er Summer, die die Suppentassen füllte und sie auf den Tisch brachte. Der Dampf des Kochtopfes hatte ihr Gesicht leicht gerötet. Und dadurch wurde noch die Farbe ihrer Augen und das Rot ihrer Lippen betont. Jedesmal, wenn sie ihre Augen hob und ihm nervös einen Blick zuwarf, versetzte es ihm einen Stoß in die Magengrube.

Als alles aufgedeckt war, legte Summer ihre Hände auf den Rücken und betrachtete ihr Werk voller Zufriedenheit. »So, es ist fertig«, verkündete sie. »Guten Appetit.«

»Schätze, den hab ich«, stellte Frank fest, ließ sich in seinen Stuhl fallen und griff nach dem Löffel.

Als Summer sich zu Nick umwandte, fiel ihr eine glänzende Haarsträhne ins Gesicht. Er wollte sie ihr am liebsten zurückstreichen, aber ihm war klar, daß das nicht das Klügste gewesen wäre, wo er sowieso schon so durcheinander war. »Na?« fragte sie. »Bist du nicht hungrig?«

Er zog seinen Stuhl zurück. Summers Augen weiteten sich, als sie den winzigen Zinnsoldaten, mit Gewehr und Bajonett bewaffnet, auf dem Sitz erblickte.

»Hui!« kicherte sie und lief hin. Sie nahm das Spielzeug und steckte es in ihre Rocktasche.

Nick setzte sich stirnrunzelnd. »Woher ist das denn?«

»Eins von den Johnson-Kindern muß es vergessen haben.« Sie warf Frank einen kurzen Blick zu, der die beiden hinter seiner Kaffeetasse beobachtete. »Magst du keine Kinder?« fragte sie Nick zögernd.

Nick breitete seine Serviette auf dem Schoß aus. »Ich finde Kinder erträglich... in Maßen.«

»Und wie viele würdest du erträglich finden?« fragte Summer.

Nick griff nach seinem Löffel. »Ich habe mir immer vorgestellt, daß vier nett sein würden.«

»Vier? Warum vier?« Sie sank in ihren Stuhl und betrachtete ihn verträumt.

Er schnitt in seine Kartoffel. »Ein Mann von Adel, wie mein Vater, würde natürlich genügend Erben wollen, um die Linie zu sichern –«

»Welchen Titel hat dein Vater?«

»Er ist Earl.«

»Ein Earl...« Sie seufzte vor Verblüffung auf. »Man stelle sich vor. Dein Vater ist ein Earl. Du mußt sehr stolz darauf sein.«

»Stolz?« Nick verzog seinen Mund und brachte

nur ein kühles Lächeln hervor. »Stolz beschreibt nicht im mindesten, welche Gefühle ich immer gegenüber dem ehrenswerten Earl of Chesterfield hatte.«

»Und deine Mutter...?« Summer blickte wehmütig aus dem Fenster. »Ich wette, sie war wunderschön, wie eine Prinzessin.«

Nick schob seine Suppenschale beiseite und griff nach dem Wasserglas. »Sie war exquisit.«

»Lebt sie noch?«

Seine Augen bekamen einen gefährlichen Glanz. Eine Ader an seiner Schläfe begann zu pulsieren. Leise und ohne jedes erkennbare Gefühl sagte er: »Nein. Sie lebt nicht mehr. Als ich vierzehn war, beschloß sie, daß das Leben mit ihrem gegenwärtigen Liebhaber angenehmer sei als ihre seriöse Stellung als Lady Chesterfield. Also packte sie ihre schönen Kleider und Juwelen zusammen und segelte mit einem Marine-Kommandeur Ihrer Königlichen Majestät nach Indien. Sie ließen sich in Reerut, nördlich von Delhi, nieder. Am 10. Mai 1857 wurden sie beim indischen Aufstand gefangengenommen. Die Rebellen massakrierten jeden Europäer, den sie in ihre Hände bekamen. Meine Mutter wurde von einem moslemischen Schlachter in Stücke gehackt.«

Summer starrte in sein kaltes Gesicht. Die Begeisterung, die sie im Moment erfaßt hatte und die Hoffnung, ein glücklicheres Kapitel seines Lebens aufgeschlagen zu haben, löste sich in nichts auf. Was blieb, war tiefe Erschütterung.

»Soviel ich weiß, war sie schwanger«, fügte er gleichgültig hinzu. »Ich habe mir immer gewünscht, sie fragen zu können, was, zum Teufel, sie mit noch mehr Kindern wollte, wo sie doch offensichtlich so wenig für die empfand, die sie schon hatte. Aber ich denke, das wird wohl eins von den großen Mysterien des Lebens bleiben, nicht wahr, Irin?« Er warf seine Serviette auf den Teller, schob seinen Stuhl zurück und verließ wortlos das Haus.

Der Mond schien blaß durch das Wohnzimmerfenster. Nick saß auf dem Sofa, seine langen Beine übereinandergeschlagen, und trank Sherry. Er trank nicht oft. Früher war der Alkohol eine seiner größten Schwächen gewesen. Aber er hatte nicht gut damit umgehen können. Er machte ihn böse, vernebelte sein Gehirn, und er war wie wund vor Schmerz und Wut. Alkohol zerstörte so viel, nahm noch den letzten Rest von seinem bißchen Würde. Er legte seine Seele bloß.

Aber heute abend brauchte er ihn.

Er schüttete den Sherry hinunter. Dann goß er sich einen zweiten ein und rief sich das Dilemma ins Gedächtnis, mit dem er sich den ganzen Tag lang herumgeschlagen hatte. Er lachte leise in sich hinein. Die Erkenntnis, die hinter seinem lächerlichen Verlangen, zeitig nach Hause zu kommen, verborgen gelegen hatte, traf ihn in dem Augenblick, als er Summer draußen stehen gesehen hatte. Es fiel ihm gar nicht mehr so leicht, ihr gegenüber kalt und abweisend zu sein. Dieses Mädchen war ihm, wenn er ehrlich sich selbst gegenüber war, nicht gleichgültig.

Er stand vom Sofa auf und trat ans Fenster. Die vom Mondlicht beleuchteten Berge, die um die Farm lagen, sah er kaum. Immer noch war da das Bild von Summer, wie sie auf den Hintertreppen stand, um seine Ankunft zu Hause zu erwarten, das ihn verfolgte.

Verdammt noch mal, dieses Mädchen! Wer dachte sie denn, wer sie war, um sich so heimtückisch in sein Leben einzuschleichen, mit ihren gräßlichen Lumpen am Leibe und ihrem Vogelfederhut. Und diese idiotischen Träume von einem richtigen Zuhause und einer Familie in ihm zu schüren? – Sie hatte nicht das Recht, sein Herz aufzumachen und all die alten Zweifel und Unsicherheiten, die er in den letzten Jahren mit so viel Mühe in sich vergraben hatte, zu entfesseln. Wie konnte sie sich überhaupt einbilden, aus ihm je einen Ehemann zu machen? Zum Teufel, er hatte ja überhaupt nicht die leiseste Ahnung, wie man ein Ehemann oder Vater sein konnte. Lord Chesterfield war schließlich ein armseliges Beispiel für beides gewesen.

Nick fuhr sich mit den Händen durchs Haar. Er drückte seine Handflächen gegen die Stirn, während die Stimme in seinem Kopf flüsterte:

Du hast gedacht, daß du all die Gefühle, die du einst hattest, und die dich so sehr verwirrt und verbittert haben, für immer begraben konntest. Aber jetzt ist sie hierher gekommen, und du willst nicht zugeben, daß du so verdammt hungrig darauf bist, wieder zu leben, und daß du dich am liebsten ganz klein machen würdest und dich in ihre wunderschönen zarten Hände schmiegen möchtest.

»Geh zum Teufel«, zischte er in sich hinein. »Ich will sie nicht. Ich brauche sie nicht. Ich – will – nicht – spüren –, daß – ich – am Leben – bin. *Es tut, verdammt noch mal, zu weh!*«

Er lief die ganze Nacht über ruhelos hin und her und litt unter dem tiefen Schweigen, das um ihn her herrschte. *»Du magst dieses Geräusch? Dieses Schweigen. Das ist genau das, was du hören wirst, bis* *du an Altersschwäche stirbst. Das ist das Letzte, was du hören wirst, wenn du in diesem Bett in diesem Raum liegen wirst und dich darauf vorbereitest, daß du deinem Schöpfer gegenübertreten wirst«*, flüsterte es in ihm die Worte, die Frank einmal gesagt hatte.

Was, zum Teufel, sollte er jetzt nur tun? Er war verwirrt von einem Paar blitzender veilchenfarbener Augen, von Sommersprossen und rotem Haar. Er hörte ihren irischen Singsang und ihr Lachen immer und immer wieder in dieser Nacht, in der er vergeblich versuchte zu schlafen.

Nick ging zur Schlafzimmertür.

Geh rein, flüsterte es in ihm. *Du willst sie doch... oder? Du kannst es nicht verleugnen. Oder bist du schon so abgestumpft, daß du nicht einmal mehr zugeben kannst, was sich in deinem Körper abspielt? Und wie du sie willst! Sieh doch, wie hart du bist!*

Er fuhr mit der Hand über sein Gesicht.

Es tut weh, stimmt's? Du hast das Gefühl, du wirst gleich explodieren. Plötzlich erinnerst du dich, wie es sich anfühlte, in einer Frau, die heiß ist und feucht, und die dich fest umschließt. Nun geh schon. Sieh sie dir wenigstens an. Was kann es schon schaden, sie anzuschauen, während sie schläft? Du bist so oft an diese Tür gegangen und hast davor gestanden, aber du warst einfach zu feige, reinzugehen. Jetzt bist du betrunken und bist enthemmt. Du hast es früher doch auch immer als Entschuldigung benutzt...

Nick wischte sich den Schweiß vom Gesicht. Mein Gott, war seine Stirn fieberheiß...!

Geh schon rein. So ist es richtig. Leise. Schleich durchs Zimmer wie ein Dieb. Wer wird es merken? Außerdem, du hast ja das Recht dazu. Sie ist deine Frau. Von Trunkenheit umnebelt hast du deinen Na-

men an dieses mysteriöse kleine Fabelwesen gegeben, das magische Dinge mit dir anstellt. Schon allein diese Augen... Stell dir nur vor, was ihr Körper tun könnte...

Summer lag auf dem Rücken, ihr Gesicht wie verloren in einer Wolke von Haar. Ihr weißes Nachthemd umhüllte ihren Körper. Er betrachtete das Heben und Senken ihrer Brust. Diese kindliche Unschuld in ihren Gesichtszügen. –

Berühr sie.

Er streichtelte sanft mit den Fingern über ihr Haar.

Atme ihren Duft ein.

Er schloß seine Augen und sog ihren zerbrechlichen, weiblichen Moschusgeruch ein. Er durchströmte seinen Körper süßer als Sherry, und er erschauderte bei dem Gedanken, sie zu umarmen.

Nimm sie. Das ist es doch, was du willst. Sie wird dich nicht hindern. Sei nett, und sie wird dich nicht hindern. Denn – ist einmal dieser Akt vollzogen, gibt es kein Zurück mehr. Sie wird für immer dein sein; und das ist es, was sie will. Ob es ihr Glück oder Unglück bringt. Sie wird dich von deinem Elend befreien. Ach, davor hast du ja Angst. Du hast ja Angst, daß du vielleicht, ganz vielleicht, glücklich werden könntest, und du hast eine wahnsinnige Panik davor, glücklich zu sein. Aber mit ihr könnte es anders sein. Das ist es doch, was du denkst. Daher all deine Verwirrung. Du hast Angst, die Chance zu ergreifen. Geh schon, Sabre. Diese Verlockung ließ sich nicht vermeiden. Wie lange willst du dir noch etwas vormachen?

Er machte auf dem Absatz kehrt und ging aus dem Zimmer an seinen Arbeitstisch. Dort setzte er sich hin.

Ob du es nun zugeben willst oder nicht, dieses kleine sommersprossige Fabelwesen hat neue Hoffnung in dir entfacht.

Nick schlug wütend gegen das Bücherregal, und die Bände purzelten einer nach dem anderen wie Dominosteine zu Boden. Er griff nach den Portraits seines Vaters und seines Bruders und schleuderte sie gegen die Wand. Seinen Stuhl stieß er mit dem Fuß fort, daß er mit einem Knall an der Tür landete.

Und dann war mit einem Mal Summer da, tauchte auf aus der Dunkelheit, ihr Haar zerzaust, ihre dunklen Augen weit aufgerissen und verwirrt. »Was ist los?« fragte sie mit schläfriger Stimme. »Was ist geschehen?«

Seine Hände zu Fäusten geballt, stand er vor ihr und blickte zu ihr herunter.

»Nicholas?« Sie war ganz weiß im Gesicht.

Na los! Na los! Nimm sie, du Idiot. Du weißt, daß du sie willst. Dein Körper ist heiß und hart. Worauf, zum Teufel, wartest du denn?

Er streckte seine Hände nach ihr aus und schloß sie um ihre Schultern. Er zog sie an sich. Wie ein vor Furcht betäubtes Vögelchen begann sie zu zittern, ihre Augen weiteten sich, ob aus Verwirrung oder Erregung, das konnte Nicks benebeltes Gehirn nicht mehr fassen. Er war einfach überwältigt von ihrem Duft und ihrer Nähe. Ihr Körper fühlte sich an wie ein Ofen, der sich in ihn einbrannte.

»Summer«, hörte er sich selbst murmeln. Aber seine Stimme klang verletzt, so fremd.

Sechs Jahre. Mein Gott! Es war sechs Jahre her, daß er eine Frau berührt hatte.

Seine Finger gruben sich in ihr Nachthemd. Als sie vor Furcht und Überraschung aufschrie und in dem hilflosen Versuch, sich von ihm loszumachen, nach ihm schlug, zerriß der zarte Stoff und entblößte eine weiße, kleine Brust.

Summer stolperte zurück. Mit einer zitternden Hand hielt sie ihr Nachthemd vorne zu. Sie starrte Nick an, als habe er sich plötzlich in ein abscheuliches Monster gewandelt.

»Oh, mein Gott«, stieß er hervor und zog sich von ihr zurück. Dann, als er den Schmerz, die Verwirrung und die Enttäuschung in ihrem Gesicht sah, fühlte er den alten Strudel wieder in sich aufwallen.

»Also, was zum Teufel, hast du denn erwartet?« schrie er und ging wieder auf sie zu. »Wenn du Umarmungen und Küsse und Liebesgeflüster von einem Mann wie mir erwartet hast, meine Süße, hast du dich leider schwer getäuscht. Ich wüßte nicht einmal, wie ich das anfangen sollte. So, warum, zum Teufel, gehst du nicht einfach fort von hier und läßt mich allein, ehe wir beide es noch bitter bereuen?«

Summer floh zurück in ihr Zimmer und warf die Tür hinter sich zu. Er blieb in der Dunkelheit stehen, allein, und sein Körper brannte vor heißer unerfüllter Sehnsucht.

Es war Franks Pflicht, zweimal die Woche über die Farm zu reiten, um sicherzugehen, daß Betsy ihre Arbeit tat und die Schafe zusammenhielt. Er lud Summer ein mitzukommen, und sie nahm dankbar an. Glücklich, wenigstens einmal etwas anderes als die vier Wände von Nicks beengtem Haus – und Nick selbst zu sehen. Nicht, daß sie ihm begegnet wäre. Seit ihrem letzten Zusammenstoß war er zum Schlafen in die Scheune umgezogen, und seine Mahlzeiten nahm er auf der hinteren Veranda ein.

Da es sonst nichts zu tun gab, hatte sie weiter versucht, sich im Kochen zu üben. Sie war inzwischen ziemlich routiniert geworden, was das Kochen von Kartoffeln betraf. Es gab Kartoffeln zum Frühstück, zum Mittag und zum Abend. Sie hatte sogar Kartoffeln in ein Tuch gewickelt und auf die Fahrt mitgenommen. Jetzt saß sie auf einem Hügel, von dem aus sie über die grüne Ebene blicken konnte, auf der zwei Dutzend Schafe grasten. Sie blickte zu Frank, der mit Genuß in seine Kartoffel biß.

»Ich stelle fest, Liebling, du kochst die tollsten Kartoffeln, die man sich denken kann.«

»Das sagst du nur so, Frank.«

»Nein, tu ich nicht.«

»Ich hab' heute morgen dein Gesicht gesehen, als ich dir zum Frühstück Reibekuchen gegeben habe.«

»Nur, weil ich sonst nie Pfannkuchen aus geriebenen Kartoffeln esse. Aber sie waren gut.«

»Nick hat seinen Betsy gegeben. Und sie mochte ihn nicht.«

»Hunde haben nicht mal den Geschmack, den Gott einer Gans mitgegeben hat. Meistens Nick auch nicht.«

Seufzend schaute Summer zu, wie ein Bock um ein Mutterschaf herumtollte, das das männliche Imponiergehabe gelangweilt zur Kenntnis nahm und währenddessen Gras kaute. »Wenn ich Clara Beaconsfield wäre«, sagte Summer nach einiger Überlegung, »könnte ich Brot backen und Pfirsichpudding machen.«

Der Bock schob ein Vorderbein gegen die Seite des Schafes, hob sein Maul nach oben und gab mit heraushängender Zunge einen kehligen, gurgelnden Laut von sich. Frank hörte auf zu kauen und bekam große Augen. »Verdammt noch mal. So ist's recht, Junge. Umwirb das kleine Mädchen, und du hast sie.«

»Was macht er?« fragte Summer.

»Er poussiert.«

Der Bock bestieg schließlich das Schaf. Summer wurde rot, und sie wandte sich schnell ab, während Frank vor Vergnügen in schallendes Gelächter ausbrach.

»Da wird sich der Boß aber mächtig freuen, wenn ich ihm das erzähle. Es wird dieses Jahr zeitig losgehen mit den Lämmern, und produktiv werden sie sein.«

»Offensichtlich.«

»Denke, mit Nicks Laune wird's besser werden, wenn gelammt wird.«

»Du wirst es erleben. Ich nicht. Ich werde nicht dabeisein.«

Frank verdrückte seine Kartoffel und wischte sich die Hände an seinem Hemd ab. »Ach, Mensch, das kann man nie wissen.«

»Er haßt mich.«

»Hat er das gesagt?«

Summer rief sich ihre letzte stürmische Begegnung vor zwei Tagen ins Gedächtnis zurück. »Das braucht er gar nicht. Nebenbei gesagt, es ist ganz klar, daß er eine Frau wie Clara Beaconsfield vorziehen würde.«

Frank kratzte sich am Kopf. »Ich versuche grad, mir Nick und Clara zusammen vorzustellen...«

Summer neigte ihren Kopf ein wenig zur Seite und betrachtete Frank. Der Wind blies ihr das Haar über die Schulter. »Sie ist sehr hübsch«, sagte sie.

»Vielleicht. Aber schließlich bist du es auch.«

Sie lächelte.

Sein verschmitzter Blick traf sie. »Komische Sache mit den Frauen. Kannst zwei hübsche Frauen nebeneinander stellen und versuchen, sie zu vergleichen. Aber das schaffst du nicht. Nimm dich und Clara. Sie ist wie eine Schneeblume, blaß und zerbrechlich. Ihre Blätter können leicht zerstört werden. Du bist wie...« Franks Augen suchten die umliegenden Berge ab. Schließlich deutete er auf eine Anhöhe, die golden in der Ferne schimmerte. »Du bist wie dieser Stechginster. Wild und frei und voller Sonnenlicht. Es ist, als ob jedes dieser dünnen, festen Blätter die Hitze und intensive Farbe der Sonne aufgesogen hätte und sie zurückstrahlt – auf die Menschen und auf Gott.«

»Das bin ich?« Summer blickte ihn hoffnungsvoll an.

»Das bist du. Und denk nicht eine Minute, daß der Boß das nicht längst erkannt hat. Die Wahrheit ist, daß ihm längst ein Licht aufgegangen ist, potztausend.«

Ihre Schultern sanken. »Aber er schickt mich zurück.«

»Und du willst nicht gehen.«

Ihr Blick strich über die üppigen Täler, den blauen Himmel, der über ihnen lag, die rosig-weißen, frischgeschorenen Schafe. Sie dachte an Dora und Dan Johnson, an Arnold und Nan Sharkey. Sie dachte daran, was sie in London erwartete. Sie rief sich ins Gedächtnis zurück, wie schnell ihr Herz hämmerte, wenn Nick in ihrer Nähe war. Irgendwie mußte sie einfach einen Weg zu ihm finden und die Wand der Wut durchbrechen, die Nick um sich herum aufgebaut hatte... wenn sie es wagte. Wenn sein

Benehmen ihr gegenüber ein Zeichen dafür war, wie er handelte, wenn er an seine Grenzen kam, dann war die Aufgabe, an ihn heranzukommen, viel schwieriger, als sie angenommen hatte... und mit weit größerem Risiko verbunden.

Sie hob ihr Kinn und straffte eigensinnig ihre Schultern. »Nein«, antwortete sie mit fester Stimme. »Ich will nicht fort. Und das werde ich auch nicht, wenn ich in der Sache ein Wörtchen mitzureden habe.«

10

Summer machte Lammkoteletts und Eier zum Abendessen. Seit zwei Tagen behauptete Nick, daß er nicht hungrig sei, und verschwand in der Scheune. Ausgelaugt und erschöpft von der Hitze saß Summer vor ihrem Teller und stocherte lustlos in dem Fleisch herum, während Frank wieder einmal eine seiner um ein Haar katastrophal endenden Geschichten zum besten gab. Als er sich einen Moment lang unterbrach, um Luft zu holen, sagte Summer: »Ich hasse Lamm. Ich hasse schon allein den Anblick. Ich hasse es, Lamm zu essen. Ich hasse sogar den Geruch davon. Hast du es denn niemals satt, es auch noch zu essen?«

»Manchmal.«

Sie seufzte tief und stieß den Teller weg.

»Was nicht in Ordnung?« fragte Frank.

»Gar nichts.«

»Wie wird das Brot?«

»Es backt jetzt schon seit drei Stunden und ist immer noch nicht fertig.«

»Na ja, jedenfalls sind die Koteletts mächtig gut.« Er beugte seinen Kopf über den Teller und schmatzte weiter.

Summer blickte stirnrunzelnd zur offenen Hintertür. »Ich gebe auf, Frank. Ich habe alles versucht, um Nicholas für mich zu gewinnen – ich habe gekocht und ich habe sein Haus saubergemacht, bis mir jeder einzelne Knochen weh tat. Ich habe versucht, einigermaßen gut für ihn auszusehen –«

»Du bist schön wie ein Bild«, stellte Frank mit vollem Mund fest.

Sie wischte den Schweiß von ihrer Stirn und seufzte. »Ich bin glücklich, wenn es vorbei ist. Ich wünschte, er würde mich jetzt gleich zurückbringen. Und wir hätten es hinter uns. Ich hab' gedacht, ich kann ihn von mir überzeugen. Aber ich kann es nicht. Und ich habe es satt, es zu versuchen.«

Summer stand auf und ging zur Tür. Ihr Herz zog sich schmerzhaft zusammen, als sie Nick den Weg hinauf zum Haus kommen sah. Betsy lief neben ihm, sprang ihn zwischendurch immer wieder an, um seine Aufmerksamkeit zu erregen. Nick, mit gesenktem Kopf, schien weit weg zu sein mit seinen Gedanken.

Sie holte tief Luft, um sich zu beruhigen. Dann ging sie ihm entgegen. »Ich habe dich um nichts gebeten, seit ich hier bin. Deshalb hoffe ich, daß du nicht allzu ärgerlich bist, wenn ich mich jetzt doch mit einer ernsthaften Bitte an dich wende.«

Er gab keine Antwort.

Sie warf einen Blick hinüber zum Schafstall und tat ihr Bestes, die Enttäuschung, die in ihrer Kehle wie zu einem dicken Klumpen aufwallte, herunterzuschlucken. »Du hast erwähnt, daß du nächste Woche soweit bist, die Wolle nach Lyttleton zu bringen. Ich bitte dich darum, daß du nicht bis dahin wartest, mich mitzunehmen. Ich bitte dich, mich am Sonntag schon loszuwerden.«

Das Schweigen nach diesen Worten wuchs sich aus und zog sich in die Länge, während Nick das Mädchen nur unentwegt betrachtete. Und Summer blickte in die Ferne zu den Schafen, die Nase an Nase glückselig und stumm dastanden. Zuletzt wagte sie es, ihm in die Augen zu schauen, und sie war mehr als erstaunt, in ihnen eine ungewöhnliche Weichheit zu sehen, und so etwas wie Bestürzung und mehr als nur ein wenig Verwirrung.

»Du bittest mich darum, daß ich dich zurückbringe?« fragte er.

»Genau.«

Da er weiter nichts dazu sagte, drehte Summer sich um und ging die Treppe wieder hinauf.

»Aber ich dachte, du würdest am Sonntag das Rockwood-Picknick mitmachen.«

Bei dem Gedanken an die neuen Freunde, die sie nicht wiedersehen würde, wurden Summers Knie weich, als ob sie gerade einen hohen neuseeländischen Berg bestiegen hätte, und nicht Sabres wacklige Veranda. Sie war so außer Atem, daß sie einen Moment stehenbleiben mußte, um Luft zu holen und um die lächerliche Schwäche, die sie befallen hatte, abzuschütteln. Drinnen sah sie Franks über den Kaffee gebeugte Gestalt sitzen. »Das macht nichts. Ich hätte sowieso nichts Richtiges anzuziehen, weil meine guten Kleider ruiniert sind. Und wahrscheinlich wäre es auch nicht besonders lustig, da so allein rumzusitzen. Es macht wirklich nichts, Mr. Sabre. Es macht wirklich ganz und gar nichts.«

Nick sah zu, wie Summer ins Haus ging und die Tür hinter sich schloß. Er machte auf dem Absatz kehrt und lief direkt zu dem Schafstall. Mit dem Fuß trat er die Tür auf. Dann stand er einen Moment lang im kühlen Schatten und warf einen Blick auf die Wolle auf dem Tisch, die darauf wartete, sortiert und fertiggemacht zu werden. So, sie bat ihn also darum, sie loszuwerden.

Er blickte hinunter auf die Blume, die er in einer Hand hielt. Ihre gelben Blüten hingen schon etwas traurig und welk herab. In einem Moment von Verrücktheit hatte er die langstielige Blume gepflückt und hatte vorgehabt, sie Summer als eine Art Friedensangebot zu schenken. Die letzten Tage hatte sie sich mit der Hausarbeit regelrecht kaputtgemacht, um ihm zu gefallen. Und er hatte sie ignoriert, kaltherziges Scheusal, das er nun einmal war. Gerade letzte Nacht noch hatte er auf dem Sofa wachgelegen und gehört, daß sie in ihrem Bett bitterlich weinte. Fast war er soweit gewesen und wollte zu ihr gehen und sich dafür entschuldigen, daß er sie so unglücklich machte. Aber dann war es still im Schlafzimmer geworden, das leise Schluchzen verstummt. Als er schon an der Tür war, um nach ihr zu sehen, fand er ihr kleines, liebes Gesicht halb vergraben im Kissen. Sie schlief. Und das war auch gut. Er wußte nicht, wie man das sagt: Es tut mir leid.

Die Tür öffnete sich mit einem Quietschen hinter ihm. »Bist du bereit, Boß?« fragte Frank.

Nick warf die Blume auf den Boden und griff nach der Schere. »Was, zum Teufel, hast du so lange gemacht?«

»Schätze, ich werde alt.«

Nick pfiff. Vor dem Stall bellte Betsy. Die Schafe

blökten. Ein Mutterschaf sprang in den Pferch, damit man es scheren konnte. Auf einen zweiten Pfiff kam ein anderes. Nick und Frank standen über die Tiere gebeugt und schoren schweigsam eine ganze Weile. Sie schwitzten, fluchten und kämpften, um die irritierten Tiere festzuhalten. Es war eine Stunde verstrichen, als Frank sagte:

»Das kleine Mädchen ist völlig erledigt.«

»Was willst du damit sagen?« Nick warf einen Wollpelz über den Zaun und pfiff nach einem anderen Schaf.

»Nichts Besonderes. Nur so beobachtet. Sie hat große Fortschritte im Kochen gemacht.«

»Richtig. Sie kann jetzt genaugenommen Kartoffeln kochen. Wir essen sie dreimal am Tag. Mein Gott, ich hasse Kartoffeln.«

»Zumindest versucht sie's. Habe kürzlich mit Clement Cranston gesprochen. Der hat sich auch eine Frau kommen lassen. Sie kocht nicht, und sie macht nicht sauber; sie versucht's nicht mal. Sitzt nur dumm rum und heult und klagt, daß sie Heimweh nach zu Hause hat. Bereut, daß sie überhaupt je nach Neuseeland gekommen ist. Behauptet, sie wär' glücklicher gewesen, Nachttöpfe in London zu leeren.«

»Und warum schickt er sie nicht einfach nach Hause?«

»Weil sie die geilste Frau ist, die er je getroffen hat. Sagt, mit ihr zu schlafen, ist die einzige Möglichkeit, wie er sie mit ihrem Gejammer von wegen Unglücklichsein zum Schweigen bringt. Ich hab' ihm gesagt, sag' ich, Clem, du bist auch nicht gerade das, was man einen jungen Hüpfer nennt. Du bist gerade mal drei Jahre jünger als ich. Wenn du nicht aufpaßt, vögelst du dich noch ins Grab. Und er sagt: ›Frank, wenigstens sterbe ich dann mit einem Lächeln auf meinem häßlichen Gesicht.‹«

Sie fuhren mit dem Scheren fort.

»Summer hat fest mit dem Picknick am Sonntag gerechnet. Kann nicht richtig verstehen, warum sie nicht gehen will. Aber vielleicht versteh' ich's doch.«

Nick wischte sich den Schweiß von der Stirn und blickte gespannt zu seinem Schäfer hinüber, der gekonnt ein blökendes Schaf schor. »Ja?«

»Ja, was?«

»Warum will sie nicht zum Picknick?«

»Leuten auf Wiedersehen sagen, ist für manche schwer. Schätze, es ist besonders schwer für ein kleines Mädchen wie sie, das so viele Träume und Hoffnungen hatte für einen Neuanfang. Soviel ich weiß, hat sie keine Familie zurückgelassen, und nicht viele Freunde. Schätze, sie fühlt sich ein bißchen verloren im Augenblick.« Frank schüttelte den Kopf und wischte mit einem Ärmel über sein verschwitztes, faltiges Gesicht. »Sie wollte aber bestimmt zu dem Picknick.«

Nick kniete sich hin und, beginnend mit der Schwanzspitze des Tieres, schor er sanft über die Hinterhachsen bis zur Brust und bis zum Hals. Die Wolle fiel zu Boden. »Dann sollte sie gehen.«

»Da stimme ich dir zu. Aber sie im Moment zu überzeugen, ist eine andere Sache. Außerdem, sie hat nichts Nettes zum Anziehen. Mann, du kennst doch die Frauen.«

»Nein, kenne ich nicht.«

»Na ja, sie müssen sich irgendwie gut fühlen. Ein Mädchen muß sich fühlen, als sei sie die Schönste auf dem Parkett, und daß alle Männer im Saal sie bewundern und sich wünschen, sie wär' die ihre.«

»Das ist idiotisch. Außerdem, Summer wäre immer die Hübscheste, auch wenn sie einen Sack am Leibe trüge.«

Franks Kopf hob sich, und er hörte mit dem Scheren auf. Er grinste. »So, du hast also gemerkt, daß unser Schätzchen was ganz Besonderes ist.«

»Ich habe nie gesagt, daß sie es nicht ist«, schnauzte Nick zurück.

»Aber auch nie gesagt, daß sie's ist.« Frank schob seinen geschorenen Bock durch die Klapptür in den Pferch für die schon fertigen Tiere. Er streckte und beugte seinen schmerzenden Rücken. Dann watschelte er rüber zu dem Sortiertisch und begann, die Wolle nach Qualität zu sortieren und in die dafür vorgesehenen Kästen zu legen.

»Glaubst du, sie würde gehen, wenn sie etwas Anständiges zum Anziehen hätte?« fragte Nick mit verhaltenem Zorn.

»Vielleicht«, antwortete Frank. »Und vielleicht nicht. Kann man nie sagen, solange sie die Sachen nicht hat. Schätze, ich könnte Dora Johnson fragen, ob sie etwas hat, was sie Summer borgen kann.«

»Was redest du da, zum Teufel noch mal. Meine Frau trägt nicht abgetragene Kleider – mein Vater ist ein Earl, falls du es vergessen haben solltest, was mich im Rang doch etwas höher stellt als einen Bettler.«

»Ach, zum Teufel. Ich vergaß. Meine Entschuldigung, Euer Lordschaft.«

Sie arbeiteten bis tief in die Nacht. Frank, dessen Beine müde geworden waren, zog sich einen dreibeinigen Hocker heran und setzte sich, während er die Wolle sortierte. Nicks Hände bluteten und waren wund. Frank verband ihn, so gut es ging. So arbeiteten sie gemeinsam noch stundenlang weiter, ohne ein Wort zu sagen. »Das ist verdammt gute Wolle, Frank. Das müßte eigentlich einen Spitzenpreis bringen. Nächstes Jahr um diese Zeit wird es uns möglich sein, vielleicht sechs oder sieben Mann anzuheuern, die uns beim Scheren helfen.«

»Das wäre wirklich gut«, kam die erschöpfte Antwort. »Hoffe nur, daß ich dann noch lebe und es mit eigenen Augen sehe.«

Auf Franks Gesicht lagen tiefe Falten vor Müdigkeit. Nick zog seine Uhr aus der Tasche. »Fast Mitternacht. Geh ins Bett«, sagte er. »Ich mach' allein weiter.«

»Sei nicht böse, ich geh' wirklich.« Frank erhob sich von seinem Hocker und streckte sich.

»'ne gute.« Die Tür quietschte beim Öffnen und schloß sich wieder.

Müde und mit Schmerzen in jedem einzelnen Muskel lehnte Nick sich gegen den Tisch und blickte auf seine Hündin. Betsy lag zusammengerollt zu seinen Füßen. Und als ob sie seinen Blick spürte, öffneten sich ihre Augen, und sie wedelte mit dem Schwanz. Nick kniete sich auf ein Bein, und sofort setzte sich die Hündin hin, legte ihre warme Schnauze auf das Knie und schnurrte förmlich vor Vergnügen, als ihr Herrchen begann, ihr dickes weißes Fell zu streicheln und sie hinter den Ohren zu kraulen. »Glaubst du, daß sie im Bett ist, altes Mädchen?« fragte er. Betsy winselte und schob ihre Schnauze noch näher an ihn heran. »Ich würde sagen, ich habe mich lange genug in diesem stinkenden Stall versteckt, um sicherzugehen, daß sie schläft.« Mit einem freundlosen Grinsen im Gesicht erhob er sich, blies das Licht aus und verließ den Stall. Sorgfältig schloß er hinter sich ab. Noch ein letztes kurzes Schmusen mit Betsy, dann brachte er sie zum Schafstall.

Wie immer drang dämmriges Licht durch das Küchenfenster und erleuchtete den Weg zum Haus. An der Treppe blieb Nick kurz stehen, um seine schmutzverkrusteten Stiefel auszuziehen. Er stellte sie beiseite und ging auf Socken weiter zur Hintertür.

Hier empfing ihn ein ekelhafter Gestank. Am Tisch saß Summer und hatte ihr Gesicht in der Beuge ihres Ellenbogens vergraben. Die Schultern bebten. Neben ihr auf dem Tisch standen zwei Backbleche mit etwas Eigenartigem darauf, das aussah wie Lavagestein und wie die Pest stank.

Ihr Kopf hob sich, aber nur gerade so, daß sie ihn voller Wut und Verzweiflung aus ihren verweinten Augen ansehen konnte. Ihr Blick fesselte ihn, nagelte ihn regelrecht fest und brachte all die mühsam unterdrückten Gefühle wieder hervor, die er für sie empfand.

»Also«, stieß sie hervor, »na los, sag es.«

»Was soll ich sagen?«

»Daß ich es wieder verdorben habe. Das verdammte Brot wollte nicht fertig werden! Ich hab' es Stunden und Stunden backen lassen und – und sieh dir das an!« Sie griff nach einem Messer und stieß es in die schwarze Kruste. Es splitterte und krachte, verkohlte Brocken rieselten auf den Boden. Als sie das Messer wieder herauszog, gab es den Blick auf eine vollkommen rohe Masse frei.

Er schaute weg.

Summer schmiß das Messer durch den Raum, zog

ihren Stuhl zurück und wischte sich die Tränen mit dem Handrücken aus den Augen, mit denen sie ihn förmlich zu durchbohren schien. Sie bewegte sich auf ihn zu, die Hände zu Fäusten geballt und in die Taille gestemmt. »Ich habe es versucht, Sabre. Ich wollte alles gut machen für dich. Ich dachte, du bist allein, und ich bin allein. Und es schien einfach zu dumm für zwei Menschen, die niemanden sonst auf der Welt haben, es nicht miteinander zu versuchen. Aber es ist ganz offensichtlich, daß du es gar nicht versuchen willst. Und ich war einfach zu blöd, es zu akzeptieren. Tatsache ist, auch wenn ich dieses schreckliche Brot perfekt hinbekommen hätte, würdest du mich immer noch nicht akzeptabel finden. Du magst mich immer noch nicht, weil du in deinem Innern so verbissen bist und voller Haß dir selbst gegenüber, daß du überhaupt keine Liebe mehr geben kannst!«

Sie holte tief Luft, und erneut strömten Tränen aus ihren Augen. Sie nahm einen der rußüberzogenen Brotklumpen und warf ihn zu seinen Füßen. »Ich hoffe, das nächste Mal, wenn du Claras Brot ißt, erstickst du daran!« schrie sie und floh in das Schlafzimmer.

Nick blieb regungslos in der Tür stehen, die kühle Nachtluft tat seinem erhitzten Körper gut. Wieder und wieder blickte er zum Schlafzimmer. Dann zu dem schwarzverbrannten Brot. Vielleicht, wenn ihm etwas Nettes zu sagen einfiele... Aber die schwarze Kruste war zentimeterdick und der Rest war nichts als eine faulig stinkende rohe Teigmasse.

Summer weinte immer noch bitterlich in ihr Kissen, als Nick sie von der Tür aus betrachtete. *Tröste sie, Sabre, du kaltherziger Unmensch. Bestimmt fällt dir etwas ein, was du ihr zum Trost sagen kannst. Feigling! Du wirst es nicht tun, stimmt's? Einfach, weil du zu schwach dazu bist. Du weißt, wenn du sie jetzt berührst, kannst du nicht mehr aufhören. Wenn sie dir ihre großen wunderschönen Augen zuwendet, wirst du zittern wie Espenlaub. Dann gibt es kein Zurück mehr. Nie mehr.*

Trübsinnig ging er ins Wohnzimmer und setzte sich aufs Sofa. Ihr Weinen füllte das Schweigen, bis er es nicht mehr ertragen konnte und sich die Ohren zuhielt. Gequält schloß er die Augen.

Wer bist du denn überhaupt? Du hast nie auch nur einer einzigen Menschenseele Trost und ein bißchen Freundlichkeit geschenkt. Du würdest ja nicht einmal wissen wie, wenn du es wolltest.

Er stand auf und ging zum Fenster.

Endlich wurde das Weinen leiser... nur ab und an kam noch ein abgehacktes Schluchzen. Sie putzte sich die Nase.

Minuten verstrichen, und endlich fiel Ruhe über das Haus. Erst dann ging Nick wieder zur Tür und guckte hinein. Summer lag zusammengerollt in ihrem Bett.

Erschöpft lehnte er sich an den Türrahmen. Er schloß seine Augen. Ein seltsames Gefühl von Verantwortung regte sich in ihm, das er nicht einfach abschütteln konnte. Es war nicht die Art von Verantwortung, die er gegenüber den Schafen, dem Hund oder sogar gegenüber Frank empfand. Er hatte plötzlich den Wunsch, sich über Summer zu beugen, um ihr die Tränen wegzuküssen und sie zu trösten. Er wollte ihr helles, freies Lachen wieder hören, das sie ihm geschenkt hatte, als sie sich ganz am Anfang als seine Ehefrau vorgestellt hatte. Ihm wurde mit einem Mal klar, daß es schon lange, sehr lange her war, daß sie zuletzt auf diese Art gelacht hatte.

Nick ging in sein kleines Arbeitszimmer, ließ sich in den Schreibtischstuhl fallen und zog eine Schublade auf. Er wühlte in seinen Papieren und zog schließlich eine kleine, mit einem verschnörkelten S gravierte Holzdose hervor. Er ließ den kleinen silbernen Riegel aufschnappen und hob den Deckel. Mehrere Münzen blitzten im Lampenlicht, als er ein paar Geldscheine beiseite legte und sie auf dem Schreibtisch zählte. Es war erbärmlich wenig. Der letzte Rest von den Woll-Profiten des vergangenen Jahres, nicht genug, um für eine Woche Lebensmittel zu kaufen. Offensichtlich gab es von daher keinerlei Möglichkeit... dann fiel sein Blick auf die Rubinnadel in der Ecke.

Er hielt das exquisite Stück ins Licht und studierte die Facetten des Steins. Er rief sich dabei in Erinnerung, daß sein Vater ihm das Schmuckstück zu seinem neunzehnten Geburtstag geschenkt hatte. Es war das erste und einzige Mal gewesen, daß sein Vater, der ehrenwerte Earl of Chesterfield, gezeigt hatte, daß er seinen jüngsten Sohn liebte.

Er schloß seine Finger um den Rubin und starrte gedankenverloren in das Kerzenlicht. Dann ließ er die Nadel in seine Hemdtasche gleiten, legte das Geld zurück in das Kästchen und verstaute es wieder in der Schublade.

Er war schon auf halbem Wege zu der Scheune, als er feststellte, daß er keine Stiefel anhatte, und auf Socken lief. Im Innern des Gebäudes war es dunkel, eine unerträglich feuchte Wärme schlug ihm entgegen. Er schloß die quietschende Tür hinter sich und versuchte, sich im Dunklen zurechtzufinden. »Frank!«

Ein Rascheln von Heu, dann: »Zum Teufel, ist es schon Morgen?«

»Ich wollte gerade schlafengehen, da kam mir ein Gedanke.«

Schweigen.

»Jetzt, wo wir mit dem Scheren fertig sind, können wir dir endlich wieder eine Hütte bauen.«

»Du weckst mich auf, um mir das zu sagen?«

»Ich dachte, du freust dich.«

»Na ja, schätze, das tue ich. Vielen Dank. Aber wovon wollen wir uns das leisten?«

»Wir müssen Opfer bringen.«

»Opfer. So wie Peter ausrauben, um Paul zu bezahlen?«

»Genau.«

Das Heu raschelte wieder.

»Welchen Tag haben wir heute, Frank?«

»Tag? Also, laß mich nachdenken. Wo es schon nach Mitternacht und so ist, ich denke, wir haben Sonnabend.«

»Dann hast du ja genug Zeit, um nach Christchurch zu fahren und bis Sonntag mittag wieder hier zu sein.«

»Wofür fahre ich nach Christchurch?«

»Holz, natürlich, und alles, was wir zum Bauen brauchen. Wir können kein Haus aus nichts bauen.«

»Kann das nicht warten, bis wir nächste Woche die Wolle hinbringen?«

»Nein.«

Schweigen. Endlich: »Du bist einfach ganz wild darauf, es bis Sonntag hier zu haben, genau?«

»Ich denke nur an dich.«

»Also, das ist wirklich überaus erfreulich. Ja, Sir, wirklich. Ich vermute, du willst, daß ich das Mädchen mitnehme?«

»Nein.«

»Nein?«

»Sie bleibt, bis wir die Wolle nach Lyttleton bringen, ob sie nun will oder nicht.«

»Aha.«

»Was soll das heißen?«

»Nichts. Ich habe gar nichts gesagt.«

»Du mußt etwas gedacht haben, oder du hättest nicht so komisch gemurrt.«

»Du bist ziemlich gereizt. Kannst du dir denn gar nicht vorstellen, daß es schon ziemlich spät ist für Diskussionen? Was für eine Laus ist dir denn über die Leber gelaufen?«

»Ich hätte gedacht, daß du dich ein bißchen freust, wenn ich mich darum sorge, wo du schläfst. Dies hier mit den vielen Schafen und Pferden...«

»Ich habe mit Schlechterem geschlafen... da fällt mir ein, dir zu erzählen, daß einmal so eine Hure, die ein Auge auf mich geworfen hatte, das war in Salido, Mexiko –«

»Du fährst in der Morgendämmerung los«, befahl Nick mit scharfer Stimme.

»Morgendämmerung. Was immer du wünschst, Boß.«

Nick wandte sich zur Tür, zögerte einen Moment. Dann blickte er zurück ins Dunkle und fügte hinzu: »Frank.«

»Ja?«

»Da ist noch was...«

11

Summer blickte aus dem Fenster und sah, wie Frank den Wagen vorm Haus zum Stehen brachte. Der Wagen war vollbeladen mit Brettern und verschiedenartigem Bauzubehör. Sie rannte zur Tür und vergaß, wie irritiert sie gewesen war, als sie hörte, daß ihr alter Freund ohne sie nach Christchurch gefahren war.

Er kletterte von dem Wagen herunter, nahm seinen Hut ab und wischte sich mit dem Hemdsärmel über die Stirn. Als er sah, wie Summer ihn von der Veranda aus anlächelte, schüttelte er nur den Kopf. »Ich stelle fest, es tut dem Herzen eines alten Mannes gut, nach einer mühsamen Reise heimzukommen und das schönste Mädchen des ganzen Landes vor sich zu sehen, und es lächelt einen an.«

»Lächle ich?« fragte sie. »Ich sollte die Stirn runzeln.«

»Was hat Sabre nun schon wieder angestellt?«

»Du hättest mich mit nach Christchurchf nehmen müssen«, sagte sie, während er die Verandastufen hinaufkam. »Nun stecke ich hier fest bis Mitte nächster Woche. Und was noch schlimmer ist, ich werde mit ihm fahren müssen.«

»Ein Los, gewiß schlimmer als der Tod.«

Sie folgte ihm ins Haus, sah liebevoll zu, wie er mit dem ihm typischen Gang ihr voranlief, den alten Hut auf dem Kopf.

»So, und wo ist unser grantiger Nick?«

»Wer weiß? Wer macht sich schon Gedanken darum? Ich habe ihn seit gestern nicht gesehen.«

Frank schöpfte sich einen Becher voller Wasser aus dem Eimer. Er nahm einen großen Zug, dann einen zweiten, bevor er den Becher mit einem zufriedenen Seufzer hinstellte. »Wahrscheinlich preßt er das Vlies in Ballen. Schätze, ich lade jetzt besser den Wagen ab. Er wird die Ballen so bald wie möglich auf den Wagen stapeln wollen. Würde es dir was ausmachen, rüberzurennen und ihm zu sagen, daß ich noch lebe und meckere? Ich werde die Bretter da hinlegen, wo wir neu bauen wollen. Wir treffen uns dann da in ein paar Minuten.«

Frank stapfte über den Boden, dann verschwand er pfeifend durch die Tür hinaus in die kristallklare Luft. Summer sträubten sich die Haare bei dem Gedanken, Nick gegenübertreten zu müssen. Es machte die Sache auch nicht gerade besser, als sie sich ins Gedächtnis rief, wie wütend sie vor zwei Tagen wegen des Brotes gewesen war, und wie sie sich deswegen und überhaupt aufgeführt hatte.

Mit einem Seufzer der Resignation machte sie sich auf den Weg zum Stall. Es war ein wundervoller Tag. Der Himmel war von einem verblüffenden Blau, und die entfernten Berge hoben sich scharf und klar vom Horizont ab. Und seit alle Schafe wieder draußen auf den Weiden waren, hing auch nicht mehr dieser gräßliche Geruch in der Luft. Statt dessen duftete es nach sonnendurchtränktem Boden und nach dem vollen Aroma des Ginsters, nach Jasmin und den vielen anderen bunt blühenden wildwachsenden Blumen und Sträuchern.

Zu jeder anderen Zeit wäre Summer überwältigt gewesen von so viel Schönheit um sich herum. Aber die Vorstellung, daß dies ihr letzter Sonntag hier sein würde, und daß sich ihre Freunde heute ohne sie zum Picknick trafen, tanzen, sich unterhalten und einfach zusammensein würden, schnürte ihr vor

Verzweiflung die Brust zu. »Denk nicht mehr daran«, murmelte sie zu sich selbst.

Der Stall war leer. Gott sei Dank. Sie müßte ihm also nicht gegenübertreten. Aber als sie sich schon wieder auf dem Pfad zurück zum Haus befand, hörte sie plötzlich ein Fluchen. Sie drehte sich herum zur Hütte und entdeckte Nick, der an einem ihr unbekannten Gerät hantierte. Er war nackt bis zur Taille. Seine Haut war braun und glänzte vor Schweiß, und jeder Muskel von seinem Hals über die behaarte Brust bis hin zu seinem Bauch war bis aufs äußerste angespannt.

Summer stockte der Atem; mit offenem Mund blickte sie ihn an.

Dieser nun schon bekannte, heiße und schockierende Funken begann in ihr zu lodern und explodierte tief innen in ihrem Unterleib. Sie wollte weglaufen. Sie wollte vor Scham ihr Gesicht in ihren Händen verbergen – Heilige! Sie hatte noch nie vorher einen Mann mit bloßem Oberkörper gesehen!

»Verdammt«, fluchte er wieder und lehnte sich mit ganzer Kraft, mit seinem ganzen Gewicht gegen einen Hebel, Zähne und Augen vor Anstrengung fest zusammengepreßt. Seine Arme bebten, sein Bauch war angespannt. Seine Hosen legten den Nabel frei, einen weißen Streifen Haut, schwarzes Haar, das wie ein Bogen von seinem Nabel herunter in die Hose zu verfolgen war. Er fluchte wieder, grub seine Stiefel in den Boden, und mit einem Stöhnen stürzte er sich noch ein letztes Mal dagegen. Es folgte ein Surren und ein Klicken, als der Hebel sich schließen ließ. Mit einem erleichterten Aufstöhnen entspannte sich sein

Körper. Dann kam sein schwarzer Kopf hoch, und er sah sie.

Summer wunderte sich, daß ein Mann so schwitzen konnte; es schien, als ob Wasser aus jeder Pore seines Körpers hervorbrach. Es rann sein Gesicht hinunter und floß von seinen Armen. Es glänzte wie Regen auf seiner schwarzbehaarten Brust. Mit großer Erleichterung sah sie, daß er nach seinem Hemd griff. Aber er zog es nicht an, starrte sie nur an mit seinen dunklen, unergründlichen Augen und wischte sich mit dem Hemd die Brust ab.

»Wolltest du etwas?« fragte er atemlos.

Sie öffnete den Mund, um zu sprechen. Aber es kam kein Ton heraus. Wenn sie ehrlich war, mußte sie sich eingestehen, daß sie gar nicht mehr wußte, warum sie überhaupt hier war. Sie entdeckte den Wassertopf und sprudelte hervor: »Möchtest du etwas trinken?«

Seine Augen zogen sich zusammenn. Dann nickte er.

Sie ging zu dem Trog und tauchte den Becher ein. Dann eilte sie zu ihm zurück.

»Danke.«

»Gern geschehen.«

Er setzte den Becher an den Mund und nahm einen großen Zug. Er hielt dabei die Augen geschlossen. Obwohl sie es versuchte – oh, und wie sie es versuchte – sie konnte nichts dagegen tun, sie mußte einfach auf seine Brust starren. Sie reichte ihm nur bis ans Kinn. Also, was konnte sie dagegen tun?

Als der Becher leer war, reichte er ihn ihr. »Mehr?« fragte sie.

Er schüttelte den Kopf und wischte sich den Mund ab.

»Was ist das?« Sie deutete auf die Maschine, verzweifelt nach einem Thema suchend, das ihre Aufmerksamkeit von ihm ablenkte.

»Eine Wollpresse.« Er ging um die Maschine herum.

Seine dunklen Augen suchten ihren Blick.

Er schlüpfte mit seinen Armen in die feuchten Hemdsärmel und schaute auf die Ballen, die auf der anderen Seite gestapelt standen. Noch mehrere Kästen mit Wolle standen schon vorbereitet da, um in die Presse zu kommen. »Gab es einen bestimmten Grund, warum du zu mir gekommen bist?« fragte er wieder, und warf seine Haare, die er in einen Pferdeschwanz gebunden hatte, nach hinten.

»Frank ist zu Hause. Er wollte, daß du Bescheid weißt, er lädt schon mal den Wagen ab.«

Nick schaute zum Haus hinüber. »Ich denke, wenn du dich etwas beeilst, kannst du doch noch das Rockwood-Picknick mitmachen.«

Sie schüttelte ihren Kopf und wandte sich dem Haus zu. Plötzlich war sie wieder betrübt, und sie konnte an nichts anderes mehr denken, als an den Abschied, der vor ihr lag. Um schnell Abstand von ihm zu gewinnen, rannte sie zum Haus und zwang sich, sich nicht umzusehen, als er ihren Namen rief. Sie traf Frank, der gerade aus der Hintertür trat. Sie sagte nichts, lief nur an ihm vorbei in ihr Zimmer und schlug die Tür hinter sich zu.

Sie lehnte mit geschlossenen Augen dagegen. Hinter ihren Lidern brannte es verdächtig. »Du wirst nicht weinen«, sagte sie zu sich selbst. »Du versprichst dir selbst, daß du keine einzige Tränen mehr diesem kaltherzigen Kerl nachweinen wirst. Er ist es überhaupt nicht wert, auch nur eine Minute Trübsal zu blasen. Er ist es nicht wert –«

Sie starrte auf die Schachtel auf ihrem Bett. »Was…?«

Sie näherte sich vorsichtig. Woher kam es? Was war das? Sie schüttelte es. Es war schwer, das war einmal sicher. Und es machte kein Geräusch. Plötzlich fühlte sie sich fast wieder wie ein Kind. Und sie erinnerte sich daran, wie es war, als ihre Mutter ihr ein Geschenk aus London mitbrachte, und sie sich ein Spiel daraus machten, zu raten, was es wohl sein könnte.

Ob sie es wohl öffnen sollte? Konnte sie es wagen? Vielleicht war es ja gar nicht für sie. Aber das würde sie ja erst wissen, wenn sie die Schachtel geöffnet hatte.

Sie kroch auf ihr Bett, umschloß vorsichtig mit ihren Händen den Deckel und hob ihn. Nur ein wenig. Ein wenig mehr. Heilige, aber die Spannung ging ihr durch und durch. *Dumme Gans! Du wirst dich fühlen wie eine Idiotin, wenn du entdeckst, daß es etwas für Nick ist.* Das war es! Frank hatte Nick ein Geschenk aus Christchurch mitgebracht, und sie sollte wirklich besser die Finger davon lassen…

Nur ganz kurz hineinschauen? Wer würde das schon merken?

Sie legte den Deckel zur Seite und starrte auf den Berg von Papier. Langsam blätterte sie mit zitternder Hand eine dünne Lage von Papier weg, dann eine andere. Als sie etwas Farbiges aus Stoff sah, begann ihr Herz wie verrückt zu schlagen. Und Tränen sammelten sich in ihrer Kehle und hinter ihrer Nase, und die sonnenlichtdurchflutete Welt verschwamm vor ihren Augen.

»Oh«, formten ihre Lippen einen Laut. »Oh.«

Sie bedeckte ihre Lippen, ihre Wangen, ihre Augen mit beiden Händen, unfähig noch mehr zu sehen. Das konnte nicht wahr sein. Sie träumte schon wieder einmal, verdammt noch mal, das war ja lächerlich... das war einfach nicht wahr. Aber sie blinzelte doch noch einmal, und während ihr die Tränen die Wangen hinunterliefen, hob sie vorsichtig, ganz sachte, das lavendelfarbene Kleid aus der Schachtel und hielt es vor ihre Augen. Oh, es war *das* Kleid. Genau das Kleid, das sie sich im Schaufenster angesehen und bei dessen Anblick sie sich vorgestellt hatte, sie würde es tragen und damit einen Fremden namens Nicholas Sabre beeindrucken. In der verrückten Hoffnung, er würde sich auf der Stelle in sie verlieben und sie für das allerschönste Geschöpf auf der Erde halten. Oh, es war *das* Kleid.

Sie sprang mit einem Satz vom Bett und hielt sich das Kleid vor, sie drehte sich herum und wieder herum. Dann erschien Franks Kopf in der Tür, den Hut in seinen Händen, und seine Augen blitzten vor Vergnügen. Sie stürzte auf ihn zu, warf ihre Arme um seinen Hals und küßte seine unrasierten Backen. Genauso schnell ließ sie ihn auch wieder los, tanzte auf ihren Zehenspitzen durch den Raum. Ihr Lachen erfüllte das ganze Haus.

»Ich kann es nicht glauben! Es ist das schönste Kleid von der ganzen Welt!«

»Gefällt dir, stimmt's?« Frank strahlte sie an.

Mit einem plötzlichen Ruck blieb sie stehen, stocksteif, die Augen weit aufgerissen, fragte sie: »Warum? Wie? Was habe ich denn getan, um solch ein wundervolles Geschenk von dir zu bekommen?«

Er scharrte verlegen mit seinem Fuß und blickte

etwas verdrießlich drein. »Also, nun, so gern ich einen Kredit dafür aufgenommen hätte, es war der Boß, der das meiste bezahlt hat. Ich hab' einen oder zwei Pennies dazugegeben, schätze ich, aber es war seine Idee, es zu kaufen. Er hat eine Rubinnadel verkauft, ein Familienstück, um es zu bezahlen.«

Sie schnappte nach Luft. »Sabre? Es war Sabre?«

Er nickte.

Stirnrunzelnd blickte sie ihn an. »Frank Wells, wenn du mich auf den Arm nimmst, dann – dann –«, stieß sie ernst hervor.

»Also, zum Teufel noch mal, bei einer so wichtigen Angelegenheit wie einem Kleid werde ich doch nicht lügen, Liebling.«

Sie sah ratlos aus. »Ich – ich muß ihm danke sagen.«

»Ja, ich schätze schon. Warum ziehst du es nicht erst mal an, damit er dich darin sehen kann? Ich könnte mir vorstellen, du siehst umwerfend darin aus.«

Sie nickte, sprang zur Tür und warf sie ihm direkt vor der Nase zu. In Sekundenschnelle riß sie sich ihre Kleider vom Leibe, dann, vorsichtig, sehr vorsichtig, trat sie in die Lagen von Petticoat und Röcken, hob das Oberteil hoch, über die Taille, zog es über die Schultern. Es paßte! Oh, Heilige, das Kleid konnte überhaupt nicht perfekter sitzen, nicht einmal, wenn sie Stunden bei einem Schneider zur Probe gewesen wäre. Es gab nur ein Problem.

Sie riß die Tür auf und fiel fast über Frank, wo er wartend stehengeblieben war. »Knöpfe«, sagte sie. »Kannst du mir mit den Knöpfen helfen?« Sie wandte ihm den Rücken zu und warf ihr Haar zur Seite. »Bitte«, stieß sie atemlos hervor.

»Verflucht und zugenäht«, murmelte er, während er seinen Hut wegwarf. »Schätze, 's ist verdammt eine Ewigkeit her, daß ich das gemacht habe. Du mußt aber mal stillstehen.« –

»Ich kann nichts dagegen machen!« lachte sie und zitterte noch mehr.

»Was denken sich die Leute eigentlich dabei, solche verdammt kleinen Knöpfe an das Kleid einer Frau zu machen?«

Betsy bellte dicht am Haus.

»Beeil dich!« schrie sie. »Er kommt! Es muß perfekt sitzen, wenn er es sieht.«

Frank ließ in diesem Augenblick seine Hände sinken und trat einen Schritt zurück. »Liebling, jeder Mann mit Augen im Kopf kann nicht anders als denken, daß du die schönste Lady auf dieser Seite von London bist.«

Die Hintertür öffnete sich. Summer erschauderte. Ihre Hände mußte sie gegen das wie wild klopfende Herz pressen. Plötzlich überkam sie Scheu und Furcht, und sie konnte keinen Ton hervorbringen, fühlte sich schwach, als ob jeden Moment die Beine unter ihr nachgeben könnten. Plötzlich schien der Gedanke, Nicholas Sabre gegenüberzustehen, etwas Erschreckendes zu haben, und nicht wegen ihres Streits. Gerade hatten sie noch eine nette und entspannte Unterhaltung gehabt... und er hatte gelacht. Er hatte wirklich gelacht!

Frank blickte Nick grinsend an, der in der Tür stehengeblieben war. Gefällt es ihr? schien Nick mit seinen Augen zu fragen. Als Frank beiseite trat und ihm Summer entgegenschwebte, mit einer raschelnden, weichen Wolke aus lavendelfarbener Seite und Taft, ihr Haar wie ein feuerroter Sonnenuntergang, der ihr Gesicht zart umhüllte, war er wie vom Donner gerührt.

Ganz langsam blieb sie vor ihm stehen und machte ein paar Pirouetten auf den Zehenspitzen. Er konnte seinen Blick nicht von ihrem Gesicht abwenden. Ihre Augen waren wie Kristalle von violettem Licht, ihre Wangen mit einem Hauch von Rosa überzogen.

Sie hielt ihre Hände wie zum Gebet gefaltet und schenkte ihm ein glückseliges Lächeln. »Gefällt es dir?«

»Ja.«

»Woher wußtest du, daß ich mir dieses Kleid so sehr gewünscht habe?« Er schluckte schwer. »Ich habe Frank einfach gesagt, er solle das schönste Kleid kaufen, das er nur finden kann.«

Sie ging wieder auf ihn zu. Er trat einen Schritt zurück, bis er an dem Spülbecken lehnte. Sie blickte auf in seine Augen, ihr kleiner, weicher Mund verzog sich zu einem Lächeln. »Danke«, flüsterte sie. »Du glaubst gar nicht, wie glücklich du mich gemacht hast, Nicholas.«

Ein paar Herzschläge verstrichen. Und sie bekam wieder dieses Leuchten in ihr Gesicht. Sie machte auf dem Absatz kehrt und rannte zurück ins Schlafzimmer. »Ich bin in zehn Minuten fertig. Mache mir nur noch die Haare...« und schon wurde die Tür mit einem Knall zugeworfen.

»Ich werde etwas Essen in einen Korb packen. Dann bin ich fertig, wenn sie soweit ist«, sagte Frank.

Nick begann sich zu entspannen. Mit über der Brust verschränkten Armen schaute er Frank zu, der hin- und herlief und hier und da etwas fand, was er in den Korb packte: Kartoffeln, Maiskuchen, Pfannkuchen, Reibekuchen, Pfirsiche und Eingemachtes. »Verdammt noch mal«, murmelte Frank, »diesen Ausdruck in ihrem Gesicht zu sehen, war schon allein die Fahrt nach Christchurch und zurück wert.«

»Wieviel hast du denn für den Rubin bekommen?«

Frank zuckte mit den Schultern. »Nicht annähernd das, was er wert ist, natürlich. Das Kleid und das Baumaterial haben alles verschlungen und noch etwas von meinem Ersparten dazu.«

»Ich hätte ein halbes Dutzend Mutterschafe dafür bekommen«, sagte Nick.

»Schätze, da hast du nicht mal unrecht.« Frank blickte ihn mit einem breiten Lächeln an. »Aber ich kann mir nicht vorstellen, daß deine kleine Frau auch nur annähernd so schön ausgesehen hätte, wenn sie ein Schaf um die Schultern trüge.«

Die Tür öffnete sich wieder. Dieses Mal kam Summer langsamer heraus, sie hielt ihren Kopf hoch erhoben, ihre Schultern gerade, und sie führte das Kleid auf perfekte Weise vor. Sie hatte flink ihr Haar geflochten und es wie eine Krone um ihren Kopf gelegt.

»Also, sieh mal einer an«, meinte Frank. »Du bist eine Augenweide, meine Süße.«

Summer warf ihm einen dankbaren Blick zu. Dann richtete sie ihre Aufmerksamkeit auf den Inhalt des Korbes. Schließlich wandte sie sich zu Nick und blickte verwirrt auf seine Kleidung. »Willst du so gehen?« fragte sie.

»Dies hier?« Er blickte an sich herunter, dann wurde ihm der Sinn der Frage erst klar. Seine Augen sahen in ihre, er schüttelte mit dem Kopf. »Ich fahre nicht mit, Summer.«

Angespanntes Schweigen erfüllte den Raum. Das Lächeln erlosch aus ihrem Gesicht. »Du gehst nicht?« fragte sie. »Aber ich dachte –«

»Frank begleitet dich. Ich dachte, das war klar.« Stirnrunzelnd warf er seinem Schäfer einen scharfen Blick zu. Frank, der etwas verblüfft wirkte, blickte zurück mit der für ihn typischen Ruhe. Dann zog sich der alte Mann einen Stuhl herüber und ließ sich drauffallen. »Tut mir leid, Boß. Aber ich bin nicht mehr in Form nach der langen Fahrt. Dieses Hopsen und Rumpeln des Wagens war die Hölle für meinen Hexenschuß. Für mich wär's viel besser, hier in Ruhe meiner Arbeit nachzugehen. Ich kann einfach nicht noch mal bis nach Rockwood kutschieren. Nein. Das schaff' ich nicht.«

Heiße Röte stieg in Summers Gesicht. Sie blickte Nick an. »Du meinst, du hast mir dieses Kleid gekauft, und ich kann nicht einmal zu dem verfluchten Picknick gehen? Was, zum Teufel, sollte dann das Ganze überhaupt?«

Die Hände in die Hüften gestemmt, starrte Nick zuerst Frank an, der seinen Blick vermied, dann Summer. »Ich schlage vor, du trägst es auf der Reise zurück nach London«, gab er abschließend von sich.

Die Farbe wich aus ihrem Gesicht. Ihre Augen waren wie dunkle Teiche, als sie sich nun umwandte und in ihr Zimmer ging. Sie schloß die Tür hinter sich.

An die Tür gelehnt, stand sie dort eine ganze Weile. Franks gesenkte Stimme drang nur undeutlich an ihr Ohr. Leises Stimmengewirr. Irgend jemand ging aus dem Haus und warf die Küchentür mit einem solchen Knall hinter sich zu, daß die Wände wackelten.

»Summer«, hörte sie da Nicks Stimme von der anderen Seite der Tür.

»Geh weg und laß mich allein.«

»Summer... du weißt gar nicht, um was du mich da bittest.«

»Alles, was ich möchte, ist, zum Picknick zu gehen und meine Freunde ein letztes Mal zu sehen. Ist das eine zu große Bitte?«

»Ich... kann nicht.«

Sie begann zu schluchzen.

»Ach... Summer...? Nicht das. Weine doch nicht. Mein Gott, ich hasse es, wenn du weinst.«

Als ihr Blick über die Bänder und Rüschen ihres wunderschönen Kleides glitt, weinte sie nur noch lauter.

»Summer... sie... ich kann nicht... sie betrachten mich als eine Art von...«

»Scheusal?«

»Ja.«

»Teufel?«

»Vielleicht.«

»Monster?«

Schweigen.

»Weil du es bist!« weinte sie noch lauter.

»Ja.« sagte er. »Ich bin es. Aber ich brauche keine Leute, die mich ständig daran erinnern. Vielleicht würde ich es schätzen, wenn sie mir nur mit etwas weniger Vorurteilen und Lästerei entgegenträten und mich nicht wie etwas anschauen würden, das mit Hörnern und einem Teufelsschweif herumläuft.«

»Du könntest einfach versuchen, etwas netter zu den Leuten zu sein!«

»Ich versuche es«, kam seine leise Antwort. »Ich will es... wirklich versuchen. Aber bitte mich nicht, in eine Sache reinzurauschen, für die ich noch nicht bereit bin.«

Wütend riß sie die Tür auf und blickte finster in sein angespanntes Gesicht. »Falls du es vergessen hast, Mr. Sabre, du schickst mich an einem dieser Tage fort. Ich habe nicht die Zeit, zu warten, bis du bereit bist... falls du je bereit bist.« Dann warf sie ihm die Tür vor der Nase wieder zu.

Minuten des Schweigens tickten vorbei, dann kam ein ärgerliches Klopfen. »Was?« schnappte sie und wischte sich die Nase mit dem Handrücken ab.

»Läßt du mich bitte rein?«

»Geh zum Teufel.«

»Ich kann mich nicht umziehen, wenn du mich nicht reinläßt.«

Sie zog die Nase hoch und runzelte die Stirn. »Was meinst du damit, dich umziehen?«

»Ich will meinen Rock anziehen.«

Leise drehte sie ihr Gesicht. »Bitte?«

»Wenn du partout zu diesem blödsinnigen Picknick gehen willst, muß ich mich umziehen!«

Sie öffnete langsam die Tür und blickte in seine wütenden Augen.

Summer fühlte sich wie berauscht! Wie eine Prinzessin. Zweifellos würde sie sich ihr ganzes Leben an diesen Tag erinnern.

Seufzend und voller Bewunderung betrachtete Dora Summers Robe. »Es ist das wunderschönste Kleid, das ich je gesehen habe. Du siehst einfach umwerfend aus, Summer. Und richtig glücklich.«

Nan Sharkey blickte von ihrem behaglichen Platz

unter einem Baum auf, wo sie zärtlich ihren jüngsten Sproß wiegte. »Was gäbe ich dafür, solch ein traumhaftes Kleid wie dieses zu haben.«

Lachend hüpfte Summer zu ihr hin und setzte sich neben die Freundin. Eingehüllt in ihrem Traum von lavendelfarbener Seide konnte sie ihren Blick nicht von dem Baby abwenden, das kaum mehr als eine Woche alt war. »Ich würde es sofort gegen dein Kind eintauschen und wäre der glücklichste Mensch der Welt, Nan.«

Nan und Dora blickten sich an. Nan legte ihr das Windelpaket in die Arme. »Halt sie nah an deine Brust. Deine Herztöne beruhigen sie. So! Genau so. Sieh mal, Dora, findest du nicht, Summer wäre eine süße kleine Mutter?«

»Überwältigend!« lachte Dora.

Das Kind drehte sein Köpfchen, als wolle es Summers Brust suchen. Summers Herz machte einen Sprung. Sie wurde überwältigt von einer plötzlichen tiefen Sehnsucht nach solch einem Wesen. Und etwas in ihrer Brust zog sich schmerzhaft zusammen.

»Sie ist so schön«, flüsterte sie mit einem Ausdruck in den Augen, der all ihre Gefühle widerspiegelte. »Und seht mal, diese winzige Hand. Und die Finger. Sind sie nicht unglaublich schön? Und die langen Wimpern, der süße Mund –«

Summer schaute auf und richtete ihren Blick suchend auf die Gruppe von Männern und Frauen, die auf der Wiese zusammenstanden. Pärchen promenierten auf einem Weg dicht am Wald, hielten Händchen und lachten sich glücklich an. Andere schlenderten auf der Wiese oder tranken Wein aus tulpenförmigen Gläsern, die in der Sonne glitzerten. Dann fand sie Nick, der allein auf einer Anhöhe stand, anscheinend in die Betrachtung des gegenüberliegenden Tals versunken. Den Rücken hatte er der Gesellschaft zugewandt und die Hände in den Taschen vergraben.

»Warum nimmst du nicht Phoebe mit hinüber und zeigst sie Mr. Sabre?« schlug Nan vor.

»Nimm dir Zeit. Ich bin sicher, Mr. Sabre könnte etwas Gesellschaft brauchen. Und es gibt nichts Besseres als ein Baby, um eine Unterhaltung zu beginnen. Keiner bleibt kalt, wenn er ein Baby sieht.«

»Na gut...« Summer nahm einen tiefen Atemzug und hielt ihr wertvolles Bündel fest im Arm. Dann ging sie den Pfad hinunter, ihr Blick wanderte von der Gruppe fröhlich plaudernder Menschen zu Sabres einsamer Gestalt, die sich dunkel gegen den saphirfarbenen Himmel abhob. »Nicholas?« rief sie, als sie schon fast bei ihm war.

Er warf einen Blick über die Schulter.

»Hier ist jemand, der dich gern kennenlernen würde.«

Keine Antwort.

Sie starrte auf seine breiten Schultern und sein schwarzes Haar, das im Wind wehte. »Phoebe Sharkey, das ist Mr. Nicholas Winston Sabre, hochwohlgeboren. Nicholas, sei nicht so.«

Seine Schultern hoben und senkten sich mit offensichtlicher Erschütterung. Dann wandte er sich zu ihr um, und seine versteinerte, starre Haltung fiel in sich zusammen, als er das Kind sah.

»Ist sie nicht süß?«

Er senkte den Blick und schob die Hände noch tiefer in seine Hosentaschen.

»Sie ist gerade mal eine Woche alt. Sieh mal, wie

winzig und perfekt ihre Hände sind. Möchtest du sie streicheln?«

Er schüttelte den Kopf.

»Na, komm schon. Fühl mal, wie weich sie ist.« Sie zog seine Hand sanft aus der Tasche und führte sie zu dem Kind. Wie groß und dunkel und stark seine Finger im Vergleich zu diesem winzigen Wesen waren, das so tief und vertrauensvoll in ihren Armen schlief.

Widerwillig berührte Nick die Hand des Kindes. Plötzlich schloß sich die winzig kleine Hand mit erstaunlicher Kraft um seinen Finger. Summer beobachtete atemlos, wie sich der harte, verbitterte Zug um seinen Mund entspannte und sich zu einem warmen Lächeln verzog. »Nicholas«, flüsterte sie. Seine Augen hoben sich.

»Du lächelst.«

»Wie kann man da nicht lächeln?«

»Du hast mir einmal gesagt, daß du nichts kennst, worüber du lächeln könntest.«

»Sogar ein Scheusal mag Babies. Sie machen sich nicht lustig und sie sind noch zu klein, um schon zu richten.«

»Möchtest du sie selbst halten?«

Er schüttelte den Kopf, zog seine Hand weg und steckte sie wieder in die Tasche.

»Warum kommst du nicht mit zu den anderen? Du stehst hier schon so lange, wirst noch Wurzeln schlagen.«

»Ich habe gesagt, ich bringe dich. Ich habe dich hergebracht. Ich habe nie gesagt, daß ich daran teilnehmen will.«

»Ich glaube, sie würden sich freuen.«

Er lachte hart und wandte sich von ihr ab. Stirnrunzelnd gab Summer zurück: »Na gut, bleib ruhig so stur. Wenn es dir schlecht geht, kannst du nur dir selbst die Schuld dafür geben.«

Verstimmt stürmte sie den Pfad hinauf und gab Phoebe wieder bei ihrer Mutter ab. »So ein sturer Kerl«, schäumte sie vor Wut. Und sie stand da, die Hände in den Hüften, und starrte zu dem einsamen Mann hinüber. »Er kann nicht einen Zoll nachgeben.«

»Oh, ich weiß nicht.« Dora reichte der Freundin ein Glas Wein. »Nicht einer von uns hätte je für möglich gehalten, daß du es schaffen würdest, ihn mit hierher zu bringen.«

»Er war noch nie dabei«, fügte Nan hinzu.

In diesem Augenblick griff Vicesimus Sellers nach seiner Violine und setzte sich auf einen Stein. Er begann eine fröhliche Musik zu fiedeln. Paare fanden sich zusammen, die Gesichter glühend und strahlend vor Freude. Sie klatschten in die Hände und begannen, sich im Rhythmus zur Musik zu bewegen. Dann, wie in stiller Übereinstimmung, wandten sich die Männer ihren Frauen zu, nahmen sie an der Taille und wirbelten sie tanzend im Kreis herum.

Summer blickte von ihrem Platz neben Nan und Arnold, die inzwischen vom Hufeisenwerfen mit ihren Kindern zurückgekehrt waren, dem Schauspiel zu. Neidisch sah sie, wie die Männer ihre Frauen, die zu ihnen emporschauten, anlächelten und sie zur Musik führten. Von Zeit zu Zeit warf sie einen Blick zu Sabre. Er hatte sich inzwischen auf einen Stein gesetzt und schaute in Richtung der tanzenden Paare – Jeff und Fanny Mead, die Johnsons und Emma und Dick Thorndike. Er hatte ein Bein hochgezogen und stützte einen Ellenbogen auf dem Knie ab. Je länger Summer so ganz allein dastand, desto frustrierter wurde sie. Unfähig, es auch nur noch eine einzige Minute länger auszuhalten, ging sie hinüber zu dem Hügel, um den Kindern beim Spielen zuzusehen.

Es mußten zwei Dutzend Kinder sein, in allen Altersgruppen, von den ganz Kleinen bis hin zu Jugendlichen. Sie bewegten sich auch im Rhythmus der Musik, die bis zu ihnen hinüberwehte. Sie klatschten in die Hände, formten einen Kreis, sie sprangen und hüpften herum und wieder herum. Ein Regenbogen von Farben, mitten auf der Wiese voller weißer Blumen, die wie zarte Schneeflocken wirkten.

»Summer!« schrie Jason Johnson. »Komm, tanz mit uns!«

Sie lief zu ihnen hinüber und tanzte mit ihnen, bis sie ganz atemlos war. »Ich muß mich ausruhen!« lachte sie schließlich, als mehrere große, schlacksige Jungs, schon Teenager, versuchten, sie zu einem letzten Tanz zu überreden.

Summer ließ sich an einem etwas ruhigeren Plätzchen ins Gras fallen und war mehr als glücklich, zu sitzen. Sie streifte ihre Schuhe ab, brachte das Seidenpapier in Ordnung, das sie in den Absatz gesteckt hatte, weil ihr doch die Schuhe eigentlich eine Nummer zu groß waren, und kühlte ihre nackten Füße im Gras. Der satte, frische Geruch von feuchtem Gras, von Erde und der süße Duft der Blumen brachten ihr Bilder der Kindheit zurück. Ihre Mutter war selbst fast noch ein Kind gewesen, kaum älter als Summer jetzt. Sie waren zusammen durch blumenübersäte Wiesen gelaufen, Hand in Hand. Sie waren auf Händen und Knien durch die Beete gezogen, um die Feen zu finden, die mit ihrer Zauberkraft alle Träume wahr werden ließen. »Ich könnte etwas Zauberkraft gerade jetzt brauchen«, murmelte sie vor sich hin, während sie die Blumen, inmitten derer sie saß, näher betrachtete. »Wenn ihr da seid und etwas Feenstaub in mein Leben zaubern würdet, wäre ich euch wirklich sehr dankbar.«

Jemand berührte leicht ihre Schulter. Summer sprang auf und blickte in Rebecca Sharkeys große braune Kinderaugen. Das Mädchen war höchstens vier Jahre alt und trug ein gelbes Baumwollkleidchen. »Mit wem sprichst du?« fragte die Kleine flüsternd.

»Mit Feen.«

Das Mädchen blickte sich ungläubig um.

»Und mit Gnomen.«

»Was ist das?«

»Von allen Feenarten ist der Gnom derjenige, der am meisten Glück bringen kann. Er hat außerdem auch das Gold, weißt du.«

»Zeig ihn mir.«

»Ich fürchte, du hast ihn vertrieben.«

»Komm, wir suchen ihn.«

»Das bedeutet, wir müssen unter jeder Blüte nachschauen.« Summer bewunderte den Veilchenkranz, den das Kind auf dem Kopf trug. »Was ist das?«

»Eine Freundschaftskrone.«

»Sie ist sehr hübsch.«

Rebecca nahm die Blumenkrone von ihrem Haar und setzte sie Summer auf, die sich von dem starken Blütenduft wie betäubt fühlte.

»Hilfst du mir jetzt, den Gnom zu finden?« fragte Rebecca.

»Unter einer Bedingung. Du darfst niemals seinen Aufenthaltsort verraten. Wenn wir ihn finden.«

Das Mädchen ließ sich auf die Knie fallen und verschwand fast unter dem schimmernden Schleier von Blumen.

»Während wir suchen, erzähl mir was über die Feen.«

Auf Händen und Knien bewegten sie sich vorsichtig durch die Blumen und versuchten, ja keine zu knicken. »Gnome sind klug und etwas hinterlistig. Die einzige Möglichkeit, sie am Verschwinden zu hindern, wenn du sie gerade entdeckt hast, ist es, deinen Blick nicht eine Sekunde von ihnen zu lassen.«

»Vielleicht schaffen wir es, daß er uns sein Gold zeigt.«

»Vielleicht. Es war einmal ein Mann namens Owen a-Kieran, der einen Gnom gefangen hatte. Owen brachte ihn dazu, zu verraten, wo er seinen Schatz versteckt hielt, und erfuhr, daß es unter dem Jakobskreuzkraut vergraben lag. Owen ließ ihn gehen, unter der Bedingung, daß der Gnom sein rotes Taschentuch an dem speziellen Kraut liegenlassen würde, um es von den Tausenden anderen zu unterscheiden, die hier auf dem Feld wuchsen. Owen machte sich auf den Weg, um seine Schaufel und seine Freunde zu holen. Aber als er zurückkehrte, merkte er, daß er ausgetrickst worden war. An allen Jakobskreuzkrautpflänzchen leuchteten rote Taschentücher.«

»Ungezogener Gnom!« kicherte Rebecca.

Sie gingen auf Zehenspitzen durch die Blumen und das Gras, die Augen auf den Boden gerichtet, bis sie an ein Paar Beine in Stiefeln stießen. Ihre

Augen wurden größer, Rebecca blickte Summer an und flüsterte: »Ist er es, was denkst du, Summer?«

Ganz langsam blickte Summer auf. Sie standen vor Sabre. »Nein«, antwortete sie.

Dann schaute Rebecca auch auf und ihr kleiner Mund blieb vor Staunen offen stehen. »Huch!« rief sie aus. »Guck lieber nicht hin. Es ist der Teufelslord. Sollen wir wegrennen?«

Summer sah, wie sich seine Augenbraue hob. »Ich glaube nicht, daß das ratsam wäre«, sagte sie.

Er ließ sich auf ein Knie nieder. Sein prüfender Blick ruhte auf Summers Blumenkrone. »Was macht ihr?« fragte er mit weicher Stimme.

»Wir suchen Gnome. Sie verstecken sich unter den Blumen, weißt du?«

Seine Augen blickten Rebecca an. »Und, hast du schon einen gefunden?«

»Nicht einen«, antwortete das kleine Mädchen ernsthaft.

»Hast du vor, den ganzen Nachmittag hier auf den Knien nach Gnomen zu suchen?« fragte er dann Summer.

»Ich habe nichts Besseres zu tun.« Verstimmt setzte sie sich mit dem Rücken zu ihm ins Gras und kreuzte ihre Arme. Rebecca tat es ihr nach.

»Ich dachte«, meinte er nach einer Weile, »daß du vielleicht Lust hättest zu tanzen.«

Ihr Kopf wirbelte so schnell herum, daß ihr der Blumenkranz auf die Nase rutschte. Er fing ihn mit einem Finger und hob ihn wieder auf das Haar. »Du bittest mich um einen Tanz?« fragte sie heiser.

»Unter einer Bedingung.«

»Alles, was du willst.«

Seine langen Wimpern senkten sich, und er betrachtete ihren Mund mit einem Blick, der ihr durch und durch ging. »Ich bin nicht sicher, ob ›alles‹ nicht etwas leichtfertig dahergesagt war. Nicht, wenn du so aussiehst.«

Sie beugte sich ein wenig vor. »Und wie sehe ich aus?«

»Um eine Schriftstellerin zu zitieren, die ich sehr mag, Charlotte Brontë: ›Du siehst wie eine Blüte aus, und du lächelst, und hübsch bist du... wirklich hübsch heute morgen. Ist das meine blasse kleine Elfe? Ist das mein Senfkorn? Dieses kleine sonnengebräunte Mädchen mit den Grübchen auf der Wange und den rosigen Lippen...‹«

»Das ist wunderschön.« Summer war von seiner leisen, tiefen Stimme wie benommen. Sie schloß ihre Augen und träumte, daß er sie schließlich küssen würde.

Und dann berührten seine Lippen wirklich ihren Mund, so weich und zärtlich, wie sie es nie für möglich gehalten hätte, und sie schnappte nach Luft und öffnete ihre Augen.

»Alles, was du willst«, wiederholte sie atemlos.

»Wir tanzen hier und nicht bei den anderen.«

Sie nickte, noch konnte sie nichts sagen.

Er reichte ihr seine Hand, um ihr beim Aufstehen behilflich zu sein. Und als die Musik wieder zu ihnen hinübergeweht wurde, legte er eine Hand um ihre Taille und nahm mit der anderen ihre Hand. Sie drehten sich im Kreise. Immer wieder. Bis sie zu lachen anfing und gar nicht mehr aufhören konnte, zu lachen und auch zu weinen. Die Kinder, die herangelaufen waren, bildeten einen Kreis um sie herum. Hand in Hand, und sie sangen und sprangen mit strahlenden glücklichen Gesichtern. Und plötzlich waren auch die anderen herbeigelaufen. Alle »Kakadus« kamen, die Frauen in ihren bunten wehenden Röcken, von den Männern angetrieben, liefen sie über die Blumenwiese zu ihnen hin.

Und die Musik schien nicht enden zu wollen, Vicessimus Sellers stand auf der Spitze eines kleinen Hügels und fiedelte seine Musik, so weich, so zauberhaft, daß alle Paare, nun um Summer und Nick herum, sich wieder im Takt wiegten und drehten. Und dann waren Dora und Dan neben ihnen, und Dora rief lachend: »Wenn Sie nicht zu unserer Party kommen, Mr. Sabre, dann kommt die Party eben zu Ihnen!«

Summer lachte und sah den Freunden, die sich wieder von ihnen entfernten, nach, dann wandte sie ihr Gesicht wieder Nick zu. Langsam, so langsam, blieben sie stehen, ihre Körper waren sich ganz nahe, die Hände berührten sich. Würde er sich wieder umdrehen und voller Wut von ihr fortlaufen?

Sein Blick drückte beides aus, er war wütend und verwirrt. Mit beiden Händen nahm er ihren Kopf, seine Augen brannten sich in ihre, und er flüsterte: »Oh, mein Gott.« Und dann zog er sie ganz dicht an sich heran und vergrub sein Gesicht in ihrem Haar.

12

Die Kinder machten sich ein Spiel daraus, die Weka-Vögel aus den Büschen zu scheuchen. Die kekken, flügellosen Vögel sahen ähnlich aus wie die männlichen bunten Fasane, mit langen braunen Schwanzfedern und einem kleinen Fittich. Und sie hatten unter ihrem Federbett scharfe Krallen, von denen sie natürlich Gebrauch machten. Zum Schrecken aller Farmer gelang es ihnen immer wieder, sich in die Hühnerställe zu stehlen und die Eier aus den Nestern zu rauben und sie auszusaugen, aber auch die Hühner zu töten. Die größeren Jungs wurden deshalb auch belohnt, wenn es ihnen gelang, einen Weka zu erschlagen.

Summer sah dem lustigen Schauspiel zu, dem Flügelschlagen der erschrockenen Vögel, die aus den Büschen über die Wiese getrieben wurden, und dem vergnügten Tollen und Schreien der Kinder. Nick und sie schlenderten den Pfad entlang. Er hatte seine Hände in den Taschen vergraben, sie hatte ihren Arm durch seinen geschoben. Immer wieder begegneten ihnen neugierige Paare mit einem freundlichen Lächeln in den Gesichtern, und das gefiel ihr. Nicholas war akzeptiert worden von den anderen Schafzüchtern. Das war besonders den Johnsons und den Sharkeys zu verdanken.

Sie blickte lächelnd zu ihrem Mann herauf. »Du hast heute viele neue Freunde gefunden. Ich bin sehr stolz auf dich.«

Er gab ihr das Lächeln, zumindest vage, zurück.

»Ich glaube, du wirst jetzt jeden Monat hierherkommen«, sagte sie. »Du wirst Freunde haben, die vorbeikommen und dich zum Essen einladen. Du wirst jetzt nicht mehr so allein sein.«

»Ich entsinne mich nicht, daß ich besonders einsam war«, gab er zurück.

»Nein?«

Nick runzelte die Stirn und blickte weg. Sie gingen schweigend nebeneinander her, liefen im Schatten des Waldes, schwerer Duft von Humus füllte die

Luft, und das Gelächter der Kinder drang nur noch ab und an aus der Ferne zu ihnen herüber. Schließlich sagte Summer: »Du bist ein wunderbarer Tänzer.«

»Vielen Dank. Schließlich habe ich jahrelange Erfahrung.«

Summer lachte ihr helles und melodisches Lachen. »Ich versuche, mir dich gerade als Jungen vorzustellen, wie du tanzen lernst. Hattest du nichts Besseres zu tun?«

»Ich fand schon. Aber meine Mutter davon zu überzeugen, daß Bäumeklettern und Fischen im Bach nach Forellen meinem Charakter förderlicher sei, wäre sinnlos gewesen. Besonders, da sie eine ganz besonders zärtliche Liaison mit meinem damaligen Tanzlehrer unterhielt.«

Summer blieb stehen und blickte Nick an, dessen Profil wieder verbitterte Züge aufwies, die sie nun schon so gut kannte, und die all seinen aufgestauten Zorn ausdrückten. Sie konnte ihn gut verstehen. Daß er verletzt war. Sein Bedauern und seine Verwirrung. Alles, was auch sie hatte durchstehen müssen in all den Jahren, die sie bei Martha verbracht hatte.

»Ich werde nie den Tag vergessen, an dem ich entdeckte, daß sie ein Verhältnis miteinander hatten«, fuhr er mit einem spöttischen Lächeln fort. »Es war an meinem elften Geburtstag. Ich hatte meine Stunde beendet, und wie immer hatte meine Mutter mich angewiesen, draußen in der Kutsche zu warten, während sie meine Fortschritte mit dem Lehrer… besprach. Nach einer Weile begann ich mich zu langweilen. Also ging ich zu dem Tanzsaal zurück und fand die beiden hingegossen auf einem Sofa, er mit den Hosen runtergezogen und sie mit ihren nackten weißen Beinen hielt seine Taille umschlungen. Sie hat nie erfahren, daß ich sie ertappt habe, aber vielleicht hat sie so etwas vermutet. Denn ich habe mich danach strikt geweigert, mit dem Unterricht fortzufahren, nicht nur mit den Tanzstunden, sondern mit allen Unterrichtsstunden, die man angeblich in meinen sogenannten besseren Kreisen benötigte. Meiner Meinung nach würde sie, da sie ein Verhältnis mit meinem Tanzlehrer hatte, auch zweifellos mit meinem Musik-, meinem Fecht-, meinem Reitlehrer, gar nicht erst die normalen Professoren zu erwähnen, etwas haben.«

Summer legte tröstend ihre Hand auf seinen Arm, und seine Augen blickten in ihre. »Es tut mir leid, daß du so unglücklich gewesen bist«, antwortete sie mit leiser Stimme.

Sie waren an einer Weggabelung angekommen und blieben zögernd stehen. Leise Stimmen ließen sie ihre Köpfe umdrehen. Ein Mann und eine Frau standen ein Stück weiter, fast völlig verdeckt von Bäumen und den ausladenden Farnen. Der Mann küßte seine Frau leidenschaftlich, dann schienen sie sich niederzulassen und entschwanden aus ihrem Blickfeld.

Summers Gesicht wurde glühend heiß vor Verlegenheit. Sie blickte zu Nicholas, der unentwegt auf die Büsche starrte, hinter denen das Pärchen verschwunden war. Als ihr Stöhnen und Keuchen lauter wurde, verdunkelte sich Nicks Gesicht, seine Schultern strafften sich. Summer drehte sich nervös weg, um den Weg zurückzulaufen, den sie gekommen waren. Sie wollte das Liebespaar nicht stören, aber Nick hielt sie fest und wirbelte sie zu sich herum. Ihr Körper drängte sich gegen den seinen, und sie blickte in sein angespanntes Gesicht. Als die wilden Seufzer und Schreie und das Wimmern der beiden Liebenden im Gebüsch immer lauter und fordernder wurden, schien Summers Körper bei der Berührung von seinem Feuer zu fangen.

Er nahm ihr Gesicht in seine zitternden Hände. »Weißt du eigentlich, wie verheerend deine Anwesenheit sich auf mein Leben ausgewirkt hat, Irin?« fragte er mit heiserer Stimme. Dann senkte er seinen Kopf über Summers Gesicht, sein warmer Atem war ihrem Mund ganz nah. Sie schmolz ihm förmlich entgegen, als er einen Arm um ihre Taille legte und sie ganz dicht an sich heranzog. Die Beine unter ihr schienen nachzugeben. Sie gab keine Antwort. Sie konnte einfach nicht.

»Weißt du, was es mich gekostet hat, mit hierher zu kommen?« Er streichelte über ihr Haar. »Das letzte bißchen von meinem Stolz, so wenig es auch war.«

»Aber warum hast du es dann getan?« fragte sie atemlos.

»Um dich wieder lächeln zu sehen, so wie du gelächelt hast, als du auf meiner Türschwelle aufgetaucht bist.«

Sie schloß die Augen, so überwältigt war sie von dem, was er eben gesagt hatte. Wenn er sie nur geküßt hätte...

Aber das tat er nicht, und als sie ihn wieder anblickte, sah er böse aus, gequält. Sie hob sich auf die Zehenspitzen, streifte ganz sacht seine Lippen mit den ihren, so wie er sie vor einer Stunde geküßt hatte. Sie merkte, wie sein ganzer Körper antwortete. Die Luft wurde heiß und fast zu dick zum Atmen.

Und dann zog er sie an sich und hielt sie fest, brutal fast.

»Verdammt«, sagte er rauh. »Verdammt seist du dafür.«

Er preßte seinen Mund auf ihren und drängte seine Zunge in sie. Es war schockierend, primitiv. Sinnlich ohne jedes Maß. Er steckte sie tief ein, nahm sie wieder zurück, umkreiste ihre Zunge – er beraubte sie aller Sinne.

Nick stöhnte auf. Er war wie unter Strom. Was um ihn herum geschah, konnte er nicht mehr realisieren. Er spürte ihre Hände, die sich um seinen Hals klammerten, ob aus Angst oder aus Leidenschaft, konnte er nicht sagen. Es war ihm auch egal. In diesem Moment wollte er nichts anderes, als Summer dafür bestrafen, daß sie in sein Leben getreten war und ihm seine Gelassenheit genommen, seine gesamte Existenz vollkommen umgekrempelt hatte. Er wollte sie dafür bestrafen, daß er sich wieder am Leben fühlte, daß er wieder Hoffnung und Träume und Schmerz spürte, die damit einhergingen. Verdammt war sie, daß sie in ihm den Gedanken erweckt hatte, daß es möglicherweise eine Zukunft für ihn... und für sie gab. Aber vor allem dafür, daß sein Körper wieder entflammt war, zum ersten Mal seit damals. Dieses Mädchen – diese Fremde, seine Frau – erwiderte seine Küsse mit einer Unschuld, die so hinreißend war wie ihr schmaler Körper, der ihm entgegenzitterte.

Er küßte sie härter und härter, bis sie wimmerte und ihre Hände hilflos herumflatterten, in dem sinnlosen Versuch, ihn wegzustoßen. Das Keuchen und Stöhnen des versteckten Liebespaares spornte ihn nur noch mehr an, bis er sich von Schmerz und Feuer wie ausgehöhlt fühlte und sich kaum mehr zurückhalten konnte, sie noch mehr gegen sich zu pressen und jeden Millimeter ihrer Haut spüren wollte, ihre Brüste zu streicheln und den zarten Stoff ihres Kleides zerreißen.

»Nicholas!« hörte er sie leise weinen. Wie durch einen Nebel blickte er in ihre Augen, die weit aufgerissen waren vor Verwirrung und Furcht. *Du tust ihr weh,* vernahm er die Stimme in seinem Inneren. *Du verlierst die Kontrolle, alter Herr. Du machst ihr Angst.*

»Das ist es doch, was du wolltest, oder?« fragte er rauh. »Wenn du versuchst, einen Mann zu verführen, meine Süße, solltest du besser erwachsen genug sein, um auch die Konsequenzen zu tragen«, preßte er durch seine Zähne hervor und schüttelte sie.

Sie wurde rot.

Mit der einen Hand zog er ihr das Kleid von den Schultern, und er legte ihre kleinen, festen Brüste frei. Voller Scham versuchte sie, sich zu bedecken. Aber er stieß ihre Hand weg.

»Du bist meine Frau, Mrs. Sabre. Ich habe jedes Recht –«

»Bitte«, sagte sie ruhig, obwohl ihr ganzer Körper zitterte, während sie sich das Kleid wieder hochschob. »Sei nicht so, Nicholas. Ich –«

»Du willst Blumen und Versprechen von unsterblicher Hingabe. Ja, meine Liebe, ich weiß, was du willst. Was ich nicht weiß, ist, warum du erwartet hast, diese Dinge zu bekommen, wenn du deinen Körper und deine Seele an einen vollkommen Fremden verkauft hast – einen Mann, der nur daran interessiert sein konnte, eine billige Hausfrau zu bekommen, die kochen kann und ihm das Haus sauberhält und ihm außerdem zu Willen ist, wann immer er Lust auf sie hat. Wahrscheinlich brauchst du die Versicherung meiner Liebe, um deine eigene Schuld zu mildern, weil du dich prostituiert hast für ein Zuhause und den Familiennamen eines Mannes.«

Einen Moment lang blickte sie ihn wie versteinert an. Dann wurde der Schmerz auf ihren Gesichtszügen überschattet durch helle Wut, und sie schlug ihm ins Gesicht.

Eine ganze Weile sagte Nicholas nichts, starrte nur in ihre großen verletzten Augen. Seine Wange war rot und tat ihm weh.

Nach und nach drangen Geräusche von der Lichtung zu ihnen. Die Schreie der Kinder ließen Sabre aufhorchen, noch versuchte er, sich gegen alles Ablenkende zu wehren. Wieder kamen die Kinderschreie, verzweifelter diesmal. Gefolgt von einem Schuß.

Der brachte Nick und Summer mit einem Schlag zurück in die Wirklichkeit.

Nick griff nach ihrer Hand, und sie rannten durch den Wald. Vereinzelt strahlte die Sonne durch die grünen Zweige und tauchte den Weg in helles Licht. Da entdeckten sie einen Reiter mit Haube, der wild seine Keule schwang und hinter einer Gruppe von schreienden, vor ihm davonrennenden Kindern her war. Und weiter entfernt erschienen mindestens sechs weitere Reiter von der Bande. Einige ritten mit ihren schäumenden Gäulen mitten durch die aufgeschreckten Menschen, warfen Tische um und verstreuten das Essen, verschütteten den Wein, warfen die Gefäße auf den Boden. Andere steuerten mit ihren Tieren auf einige schreiende Frauen zu, die in Todesangst versuchten, ihre Kinder zu schützen. Arnold Sharkey rannte über die Lichtung zu seinem Wagen. Dan Johnson und Jeff Mead riefen nach ihren Frauen. Sie brachten sie zu den Kutschen, unter denen sie sicher waren. Dann suchten sie nach ihren Kindern, die zusammengekauert am Waldrand standen und nicht aus und ein wußten vor lauter Furcht.

Nick griff nach einem abgebrochenen Zweig und schob Summer zurück in den Wald. »Was tust du?« schrie sie.

»Versteck dich, und komm erst raus, wenn ich es dir sage«, befahl er. Dann raste er über die Lichtung auf einen Reiter zu, der ein Dutzend weinender Kinder bedrohte.

Nick stellte sich breitbeinig zwischen dem Reiter und den Kindern auf und hielt den Ast wie einen Knüppel mit beiden Händen fest in der Hand. Er wartete ab, bis das schäumende, unruhige Pferd auf ihn zukam. Der maskierte Reiter stieß einen grauenhaften Schrei aus. Nick blieb ruhig stehen, bis das Tier nahe genug war, um ihn in jedem Moment über den Haufen zu rennen. Dann, mit einem schnellen Schritt zur Seite, schwang Nick seine Waffe in hohem Bogen gegen die Brust des Reiters, und er tat dies mit solch einer Kraft, daß der Mann über den Rücken des Pferdes zu Boden gerissen wurde.

Nick riß ihm die Haube vom Kopf. Es war Roel Ormsbee, dessen Gesicht von ungezügelter Wut und Angst verzerrt war. Nick schlug ihm mit der Faust in den Mund.

Summers warnenden Schrei hörte er einen Moment zu spät. Ein Schlag traf ihn in den Rücken, mit solch einer Macht, daß ihm Hören und Sehen verging. Er schlug auf dem Boden auf und stöhnte vor Schmerz. Mit knirschenden Zähnen richtete er sich auf die Knie und warf einen Blick auf den Mann, der ihn von hinten erledigt hatte. Der war schon wieder auf sein Pferd gesprungen und trieb es erneut auf ihn zu. Eine Messerklinge blitzte auf.

Nick griff erneut nach seinem Ast, als das Pferd die Hacken in seinen Flanken spürte. Das Tier kam auf ihn zu, trommelnde Hufe auf dem Boden, während der Reiter sich aus dem Sattel beugte und sein Messer auf Nick zugesaust kam.

In der Ferne hob Arnold Sharkey sein Gewehr. Die Luft explodierte unter dem Knall. Der Mann stürzte kopfüber vom Pferd und blieb bewegungslos auf dem Boden liegen. In diesem Augenblick sprang Roel Ormsbee wieder auf sein Pferd und entwischte in Richtung Berge. Die anderen folgten ihm, denn offensichtlich hatten sie erkannt, daß die Schafzüchter diesmal zurückschlagen würden.

Dann hörte Nick Summer schreien.

Virgil McIlhenny riß sich die Haube vom Kopf und schmiß sie achtlos auf den Boden, während er sein Pferd auf Summer zu trieb. Sie floh weiter in den Wald hinein, aber die Bäume und Büsche hielten ihn nicht davon ab, sie weiter zu verfolgen. Er saß fest im Sattel und beugte sich mit seinen Armen weit zu Summer herunter, bekam sie am langen Haar zu fassen. Summer riß es von den Füßen. Das Pferd wieherte und bäumte sich auf und stürzte zur Seite. Virgil fiel, und Summer flog in einen Ginsterbusch. Wie betäubt blickte Virgil auf, gerade als Nicholas sich mit einem Wutschrei auf ihn stürzte, ihm an die Gurgel ging und ihm gleichzeitig mit seiner Faust mehrmals ins Gesicht schlug, mit der Wucht und wilden Gewalt eines Mannes, der außer sich ist.

»Hilfe!« schrie Virgil. Er versuchte verzweifelt, sich vor den Schlägen zu schützen und ihnen auszuweichen. Wieder und immer wieder bearbeitete Nicholas sein Gesicht, bis die Knochen von Virgils Nase brachen und er blutüberströmt würgte und nach Luft schnappte.

Summer war inzwischen wieder auf die Füße gekommen, und als Nick noch einmal ausholte, um Virgil zu schlagen, warf sie sich auf ihn. »Du bringst ihn um!« schrie sie. »Nicholas! Nicholas, bitte höre auf!«

Dan und Jeff Mead kamen herbeigelaufen. Jeff griff nach Nicks Armen und zog ihn fort, während Dan sein Bestes tat, um Summer fortzuschaffen. Virgil stolperte auf seine Füße und rannte zu seinem Pferd. Dan half Jeff, den wildgewordenen Nick festzuhalten.

»Lassen Sie den Kerl gehen, Mr. Sabre!« rief Jeff.

Mit zusammengebissenen Zähnen und seiner ganzen Kraft versuchte Nick, sich loszureißen. »Er hätte meine Frau umgebracht –«

Summer drängte sich jetzt zwischen Jeff und Nicholas und versuchte, ihren Mann zu beruhigen. »Er hat mir nicht weh getan, Nicholas. Es geht mir gut. Bitte... es geht mir gut.«

Langsam entspannte sich Nick, und die Wut und sein unbändiger Haß ließen nach. Endlich konnte er Summer anschauen. Ihre Augen waren weit aufgerissen vor Entsetzen, und ihr Gesicht war weiß.

»Es geht mir gut«, versicherte sie wieder leiser, dann warf sie sich in seine Arme. Er hielt sie fest, sein Gesicht in ihrem Haar vergraben. Und sie weinte: »Ich dachte, er tötet dich mit diesem schrecklichen Messer!«

Er streichelte ihr übers Haar und hob ihr Gesicht zu sich empor. Tränen stürzten aus ihren Augen, und es war so viel Erschütterung in ihnen zu sehen, daß es ihm die Kehle zuschnürte und ihm das Herz weh tat. Und in dieser Sekunde erkannte er plötzlich, daß er in den letzten sechs Jahren eine Mauer um seine Wut aufgebaut hatte, die heute zusammengebrochen war. Und zwar in dem Moment, in dem er gesehen hatte, daß dieser Kerl seine Hand an Summer gelegt hatte.

Arnold Sharkey saß hinten auf seinem Wagen. Er brachte es nicht fertig, auf den Leichnam, der vor ihm lag, zu schauen. »Ich habe noch nie einen Menschen umgebracht«, sagte er mit schmerzvoller Stimme. »Es macht mich ganz krank.«

Die Leute um ihn her schauten nervös auf den Toten.

»Wer ist es?« fragte einer.

»Noch nie gesehen«, antwortete ein anderer.

»Ich auch nicht«, echoten die anderen.

Dora Johnson stand mit ihrem Rücken zu den Freunden, während ihr Blick über die blumenübersäten Wiesen und die Wälder glitt. »Es ist nicht fair, was sie machen. Wir haben so auch schon wenig genug. Nun nehmen sie uns auch noch unsere paar Stunden Freude und Vergnügen. Wir werden uns hier nie mehr sicher fühlen.«

Nick lehnte an der Kutsche, die Hände in den Hosentaschen, während er den Toten mit seinem schweren Vollbart betrachtete. Summer hing ihren Gedanken nach und warf nur ab und an einen Blick zu ihm hinüber.

Nan Sharkey setzte sich dicht neben ihren Mann auf den Wagen. »Also, was machen wir jetzt?« fragte sie, während ihr Blick zu ihren neun Kindern glitt, die im Schatten zusammengekauert, immer noch vollkommen verängstigt, saßen.

»Wir nehmen die Sache in die Hand!« schrie Jeff Mead. Sein rötlich-blondes Haar fiel ihm in die Stirn. »Wir starten zum Gegenangriff. Laß diesen toten Bastard ein Beispiel dafür sein, womit sie sich abfinden müssen, wann immer sie versuchen, uns von unserem Land zu vertreiben.«

»Einverstanden!« stellte Dick Thorndike fest. Er hielt seine Hand zur Faust geballt hoch, sein mit Sommersprossen übersätes Gesicht war rot vor Zorn. »Sie wollen Krieg, bei Gott, und den sollen sie haben!«

»Ja, ja!«

»Und wie stellt ihr euch das vor?« fragte Nick mit tiefer, ruhiger Stimme. Und all die wütenden, verwirrten Gesichter wandten sich ihm zu. »Wir leben Meilen voneinander entfernt. Wir haben keine Möglichkeit, herauszufinden, wen sie als nächstes treffen wollen. Während ihr Männer in kleinen Gruppen ausreitet und Ausschau haltet nach der Bande, wer bleibt solange zu Hause und beschützt unsere Frauen und Kinder?«

»Wir wissen es alle: Roy Tennyson und Sean O'Connell stehen hinter den Überfällen«, argumentierte Thorndike. »Wir fangen bei ihnen an.«

»Vielleicht.« Nicks Blick wanderte zu Summer hinüber, die jetzt im Schatten bei den Kindern saß, Rebecca Sharkey auf einem Knie und Wayne Johnson auf dem anderen. Das Bild, wie sie von

McIlhenny umgerissen und überfallen worden war, ging ihm nicht mehr aus dem Kopf. Der Gedanke machte ihn krank... noch viel kranker jedoch machte ihn der Gedanke, daß er sie bald verlieren würde. Welch eine Ironie des Schicksals, wenn man sich klarmachte, daß er drauf und dran gewesen war, sie aufs Schiff zu bringen und zurück nach London zu schicken. »Doch auch wenn ihr es schafft, O'Connell das Handwerk zu legen, wird ein anderer seinen Platz einnehmen.«

»Warum hilft uns denn die Regierung nicht?« Fanny Mead, Jeffs Frau, war eine zerbrechliche, blasse Person, deren Gesicht von tiefen Schicksalsfalten durchzogen war. Sie mußte schon einiges in ihrem Leben mitgemacht haben. Sie bedeckte ihr Gesicht mit den Händen und weinte, während ihr Mann tröstend einen Arm um ihre zuckenden Schultern legte.

Nick trat auf den Leichnam zu. »Ich weiß, warum ihn keiner von euch erkennt«, sagte er. »Er ist ein Sträfling aus Australien.«

Vicesimus Sellers stellte sich neben ihn. »Woran sehen Sie das?«

»An der Nummer, die auf seinem inneren Handgelenk eintätowiert ist.«

Um den Toten schloß sich ein Kreis. Alle wollten es sehen. Nan drängelte sich durch die Menge, und mit ihrem Baby, das sie an die Brust gepreßt hielt, sagte sie zu Nick: »Roy Tennyson heuert also Mörder an, um seine Dreckarbeit zu machen. Das ist es, was Sie sagen wollten, nicht wahr, Mr. Sabre?«

»Wir wollen nicht voreilig Schlüsse ziehen«, sagte ihr Mann.

Nick beugte sich über den Toten und hob das

Messer auf, das der Mann schon gezückt und gegen ihn gerichtet hatte, als ihn Arnolds Kugel in den Rücken traf. »Ich glaube wirklich nicht, daß wir allzu schnell urteilen, wenn wir zu dem Schluß kommen, daß dieser Mann ein gekaufter Mörder ist – war.«

»Also, was Sie damit sagen, ist doch, daß Roy Tennyson sich nicht länger damit begnügt, uns in Angst und Schrecken zu versetzen. Wir haben jetzt mit einer sehr gefährlichen Bande von Typen zu tun, die alles daransetzen und sogar töten, um uns von unserem Land zu vertreiben.«

»Ja«, gab Nick zurück.

Als Summer und Nick zu Hause ankamen, stand die Sonne schon sehr tief am Horizont. Frank hatte eine Nachricht auf dem Küchentisch hinterlassen; er war zum Fischen fort. Sabre zog sich rasch um, weil er gleich weiterarbeiten wollte. Ohne noch ein Wort mit Summer zu reden, ging er hinaus zu seiner Wollpresse.

Summer zog sich ihr Kleid aus und hing es in den Schrank. Sie hatte geglaubt, daß dieses wunderschöne lavendelfarbene Kleid irgendwie alle ihre Träume erfüllen würde. Und einen Moment lang hatte es ja auch fast so ausgesehen, als ob Märchen wirklich wahr werden könnten.

Sie ging ins Wohnzimmer und zurück in die Küche, wo sie an der offenen Tür stehenblieb und den Pfad hinüberblickte bis zum Stall, hinter dem Sabre arbeitete. Sie konnte ihn genau vor sich sehen, mit seinem nackten Oberkörper, schwitzend und fluchend. Sie mußte auch nicht dort sein, um dieses eigenartige Flattern im Magen zu spüren, was sie immer in seiner Nähe überkam. Sie fühlte es jetzt, allein beim Gedanken an ihn. Es verwirrte sie, und sie schämte sich. Sie war eine Fremde in ihrem eigenen Körper. Sie wünschte und sehnte sich nach etwas, aber sie wußte nicht, was es war, hatte nur die vage Idee, daß Nick ihr irgendwie helfen konnte. Sie schüttelte den Kopf bei dem Gedanken an diesen Nachmittag im Wald. Sie spürte, daß sie fast zu ihm durchgebrochen wäre – bevor er so wütend wurde. Wäre sie erfahrener gewesen, sie hätte sicher gewußt, wie sie mit seinen Stimmungen, seiner Aggressivität umzugehen hatte. Ihm ins Gesicht zu schlagen, war sicher nicht gerade weise gewesen. Dann die Bande... diese Zerreißprobe hatte ihn zurück in sein Schneckenhaus getrieben. Seine Stimmung auf dem Weg nach Hause war so ziemlich die übelste, die sie je erlebt hatte.

Ein Geräusch ließ sie aus ihren Gedanken auffahren. Sie rannte zum Vorderfenster. Ben Beaconsfield stieg von seinem Wagen und kam die Verandastufen herauf. Er hielt einen Umschlag in der Hand. Summer lief zur Tür und öffnete sie, aber nur gerade so weit, daß sie sich dahinter verstecken konnte, weil sie noch nicht wieder angezogen war.

Ben lächelte, aber er wirkte irgendwie besorgt. »Ist Nick in der Nähe?«

»Er preßt Wolle.«

Ben blickte zur Seite. »Ich habe von dem Überfall beim Picknick gehört. Es tut mir leid.« Er reichte ihr den Brief. »Es ist wahrscheinlich nicht der beste Moment, um dies hier Nick zu bringen, aber der Postmeister bat mich darum, ihn abzugeben. Dieser Brief wird Nick nicht gefallen. Er wird wieder eine seiner Launen kriegen.«

»Er kriegt ständig eine seiner Launen«, gab sie

zurück, und Ben grinste zustimmend. »Ich kann mit ihm umgehen«, sagte sie. »Und Frank wird auch bald zu Hause sein. Außerdem... ich bin seine Frau, mindestens im Moment. Der Platz einer Ehefrau ist neben ihrem Mann, durch dick und dünn.«

Ben betrachtete Summer eine ganze Weile, ein verständnisvolles Lächeln spielte um seinen Mund.

Summer schaute auf den Brief und erkannte Nicks eigene Handschrift, die auf den Umschlag gekritzelt war. Über der Anschrift klebte ein Stempel mit einem einzigen Wort: VERWEIGERT.

Ben erklärte mit leiser Stimme: »Es ist ein Brief, den Nick seinem Vater geschickt hat. Gott allein weiß, wie viele es schon waren, aber sie sind immer zurückgekommen, ungeöffnet. Wann erwarten Sie Frank zurück?«

Sie schüttelte den Kopf. »Er ist fischen.«

Ben schien nachzudenken. »Normalerweise angelt er im Lake Ida. Das liegt auf meinem Heimweg. Ich werde vorbeifahren. Wenn er da ist, schicke ich ihn nach Hause.«

Ben ging wieder. Minuten später verstummte das Klappern des Wagens, und es wurde wieder still um sie.

Mein Gott, was für ein Tag! Seit heute morgen hatte Summer alle Stimmungen und Gefühle erfahren, die ein Mensch nur haben kann. Von wirklichem Glück über ein Geschenk von Sabre, zu dem absolut schlimmsten Entsetzen während des Überfalls. Hoffnung, ja Tollheit hatten sie erfüllt, als sie einen Moment lang glaubte, sie hätte Sabres Zuneigung gewonnen – und vielleicht eine Chance, in Neuseeland zu bleiben, als seine Frau... nur um herzklopfend und zitternd mitzuerleben, wie aus einem zärtlichen Geliebten ein kalter Fremder werden konnte, der sie aus seinen Armen förmlich weggeworfen hatte und völlig unbeteiligt und ohne jedes Gefühl fortgegangen war. Er würde sie fortschicken und sie empfand...

Verzweiflung.

Die Sonne war untergegangen, als Summer das Haus verließ. Die kühle Luft biß in ihre Haut, als sie den kleinen Weg entlangging, aber sie bemerkte es kaum. Ihr Herz raste. In ihrem Kopf sagte immer und immer wieder eine Stimme, daß sie verrückt war, dies zu tun. Sie sollte wirklich mehr Stolz haben, nach allem...

Nick lud gerade den letzten Ballen auf den Wagen, als Summer um den Stall herumkam und vor ihm stehenblieb. Ihr Haar wirkte wie eine feuerrote Wolke im Zwielicht, und sie hatte nur ihr weißes Unterkleid und das Höschen an.

»Ich habe etwas für dich«, sagte sie.

Nick hob eine Augenbraue.

Sie trat sehr langsam noch näher an ihn heran – so nah, daß er den Duft von Veilchenwasser auf ihrer Haut wahrnahm. Ihre Haare wirkten noch etwas feucht. Offensichtlich hatte sie gerade ein Bad genommen.

Summer reichte ihm den Brief. »Ben hat ihn gerade vorbeigebracht. Er ist von deinem Vater.«

Er blickte herunter auf seine eigene Handschrift.

»Ben sagt, daß du ihm immer wieder schreibst. Warum?«

Sein Blick kehrte zu ihr zurück. Der Ärger, den er die ganze Zeit über versucht hatte zu verdrängen, kehrte augenblicklich zurück. »Das geht dich überhaupt nichts an«, fauchte er.

»Warum gibst du nicht einfach zu, daß du seine Vergebung möchtest, Nicholas?«

Er zerknüllte den Brief in seiner Hand.

»Was ist an dir, daß du nicht zulassen willst, daß du Menschen brauchst?«

Er drehte sich weg.

Sie streckte ihr Hand nach ihm aus und schloß sie um seinen Arm. Aber er schlug sie weg und blickte sie wieder an. »Geh, zum Teufel noch mal! Geh aus meinem Leben«, sagte er. »Nur weil ich betrunken genug war, diesen idiotischen Ehevertrag zu unterschreiben, habe ich dir noch lange nicht das Recht gegeben, dich in meine Angelegenheiten oder meine Gedanken einzumischen.« Er blitzte sie an und fügte hinzu: »Und geh, zum Teufel noch mal, ins Haus und zieh dir was an.«

Sie hob ihr Kinn und lächelte. »Beunruhigt es dich, mich so zu sehen, Nicholas?«

Er ging an ihr vorbei und begann sich wieder mit dem Hebezug zu beschäftigen. Er versuchte, so gut er konnte, den Ärger darüber zu unterdrücken, daß sein Vater ihn so vollkommen verstoßen hatte, und auch über die Wirkung, die Summers knappe Bekleidung auf ihn ausübte. Die Erinnerung an ihren Körper, der sich im Wald an diesem Nachmittag so fest an ihn geschmiegt hatte, machte die Sache nicht gerade besser.

»Na?« meinte sie schlagfertig und wütend hinter ihm. »Die meisten Männer finden ihre Frauen sehr anziehend, wenn sie so angezogen sind.«

»Ich bin aber nicht die meisten Männer.«

»Aber du bist ein Mann… oder?«

Langsam wandte er sich um und blickte sie an. Ihre kleinen Hände hatte sie zu Fäusten geballt und in ihre Seiten gestemmt. »Ja«, antwortete er mit gefährlich leiser Stimme.

Sie straffte ihre Schultern, hob ihr Kinn und sagte: »Oh? Ich habe davon noch nichts gemerkt.«

Sie wußte im selben Moment, daß es ein großer Fehler gewesen war, so etwas zu behaupten. Sein Gesicht verdunkelte sich augenblicklich.

Summer machte auf dem Absatz kehrt und floh.

»Summer«, schrie er.

Sein Gewicht traf sie mit voller Wucht und warf sie zu Boden, und sie rutschte über Gras und Steine. Ihr Gesicht stieß auf der Erde auf, und Schmerz durchzuckte ihren Kopf. Der Aufschlag nahm ihr einen Moment lang die Luft. Er drehte sie mit Gewalt auf den Rücken. Seine Augen hatten einen gefährlichen Schimmer. Seine Hände umklammerten ihre Schultern, und er lag mit vollem Gewicht auf ihr.

»Du willst den Beweis, daß ich ein Mann bin?« stieß er mit heiserer Stimme hervor.

»Ich – ich will einfach nur deine Frau sein, Nicholas –«

»Ich will keine Frau!«

Tränen brachen aus ihren Augen hervor und liefen ihr über die Wangen. Sie versuchte, sein Gesicht mit ihrer Hand zu berühren, aber er schlug sie einfach weg. Seine Augen blickten sie mit beißendem Spott an. Sie wanderten weiter über die abgeschürfte Haut an ihren Brüsten, die fast vollkommen entblößt waren. Sein Atem ging schneller.

Mit einer zitternden Hand faßte er in den Stoff und tastete an den Bändern, um sie zu öffnen. Voller Wut und Ungeduld riß er ihr die Hose vom Körper, bis sie völlig nackt unter ihm lag. Wie schön sie war – in seinen wildesten Vorstellungen hatte er sich nicht träumen lassen, daß sie so vollkommen sein könnte. Er umschloß eine weiche weiße Brust mit seiner Hand und spürte, wie Summer zitterte. Vielleicht hatte sie... recht? – Möglicherweise war er schon gar kein richtiger Mann mehr, nach all den Jahren. Und er konnte gar nicht mit ihr schlafen. Vielleicht wußte er schon gar nicht mehr, wie.

Summer drehte ihr Gesicht weg, vergrub ihre Wange im kühlen Gras. Der Geruch des Bodens füllte ihre Nase. Sie schloß ihre Augen und versuchte, einen Sinn in das zu bringen, was gerade geschah. Es war sonderbar, aber sie konnte keinen klaren Gedanken fassen. Seine Hände taten eigenartige und wunderbare Dinge mit ihrem Körper, berührten ihre Brüste und zwangen ihre Beine auseinander. Seine Finger tasteten sich zu ihren Schenkeln vor, immer weiter nach oben bis zu ihrem Schamhaar. Es tat ihr nicht weh. Seine Hände waren drängend. Hungrig. Sie hörte einen schnellen Atem. Dann beugte er seinen Kopf herunter und nahm ihre Brustwarze in den Mund, umzüngelte sie, während seine Finger in sie hinein- und wieder hinausglitten. Und seine Hüften rieben sich an ihren Schenkeln.

Ihr Duft erregte ihn noch mehr. Er war außer sich, und er stöhnte auf. Seine Hände fuhren über ihren Körper. Seine Lippen schmeckten sie. Es war so lange her, seit er zuletzt eine Frau in seinen Armen gehalten hatte. Seine Begierde war entfesselt, brutal und wild. Ihr weißer Körper, auf dem kühlen Gras, ließ seinen Körper lodern, wie im Fieber. Er hatte sich nicht mehr unter Kontrolle. Und das wollte er auch gar nicht. Nicht in diesem Moment. Er wollte in sie eindringen, sie durchbohren, seinen ausgehungerten Kopf und Körper mit ihrem weiblichen Duft anfüllen, seinen Hunger stillen, der ihn überwältigt und den er unterdrückt hatte, seit er sie zum ersten Mal sah.

Sie wehrte sich. Aber seine Hände nagelten sie fest. Er nahm ihren Busen in den Mund. Umkreiste mit der Zunge die Brustwarze. Vergrub sein Gesicht in ihre feuchten Löckchen und sog ihren Moschusgeruch tief ein. Er berührte ihr Geschlecht mit seinen Lippen, seiner Zunge, und kostete seine Würze.

Sie keuchte »nein« und schrie verwirrt auf. Sie schlug mit den Armen um sich, sagte Worte, die ihn nicht erreichten. Nichts konnte ihn mehr aufhalten. Tiefer und tiefer drang er mit seinem Finger in sie ein. Zorn und Begierde machten ihn rücksichtslos. Bis sein Körper erzitterte, gefährlich nahe daran war, zu explodieren.

Seine Knie preßten ihre Beine noch weiter auseinander. Er konnte sich gar nicht sattsehen an dem, was sich vor ihm ausbreitete. Und ihre Augen – oh, diese Augen – waren weit aufgerissen, und ihr weicher Mund leicht geöffnet, während sie ihn unermüdlich ansah. Sie sagte etwas, aber ihre Worte verblaßten. Unverständliches Flüstern verwehte ungehört in der Nacht. Er wollte keine Worte, hatte keine Zeit für leere Phrasen und melancholisches Liebesgestammel. Er senkte seinen Kopf über sie und preßte seinen Mund auf ihren. Mit unnachgiebiger Zielstrebigkeit öffnete er ihre Lippen mit seiner Zunge, schlüpfte in sie, wölbte seine Hände um ihr Gesicht, seine Finger rochen nach ihr. Dann ließ er seine Hand an ihrem zitternden Körper heruntergleiten, knöpfte seine Hose auf, stöhnte auf in dem Bewußtsein seiner herrlichen Freiheit und der Vorfreude, sein starkes Glied in sie hineinzuschieben.

Ihre Arme kamen hoch und schlangen sich um ihn. »Bitte«, doch er hörte es nicht.

Er senkte sich in ihre heiße Frucht. Sie lag still unter ihm. zitternd, ihre Augen schwammen in Tränen.

Er schloß seine Augen, sank gegen sie, vergrub sein Gesicht in dem seidigen Haar, das ausgebreitet wie ein Fächer auf dem Boden lag. Ihr Herz schlug wie wild gegen seines, doch sie bewegte sich nicht mehr, sprach kein Wort. Nur der leise, warme Atem an seiner Schulter zeigte ihm, daß sie am Leben war.

»Summer«, flüsterte er dicht an ihrem Ohr. Er wollte sie mit einer alles verzehrenden Verzweiflung. Er zog sich ein wenig zurück, dann langsam, jetzt viel zarter, drang er wieder in sie ein, und wieder, bis er spürte, daß die Spannung aus ihrem Körper wich.

Schließlich gab er nach. Fiel. Es war Schmerz, dieser Sieg: Ein bitteres, ernüchterndes Besiegen.

Er schloß seine Augen und begann, sich in ihr zu bewegen, immer schneller, immer hemmungsloser. Er stöhnte. Er keuchte. Er schrie. Er murmelte immer wieder: »Oh, Gott. Oh, mein Gott. Summer, Summer. Summer. Es ist so lang her...«

Sie hielt ihn so fest sie konnte und flüsterte: »Ich liebe dich.«

Er stöhnte. »Ich liebe dich nicht. Ich – kann – dich – nicht – lieben. Bitte mach nicht, daß ich dich liebe.«

Er vergrub seine Hände in ihrem Haar. Er übersäte ihren Mund mit Küssen, auch noch, als sein Körper ein letztes Mal zustieß. Als er kam, war sein Gesicht schmerzverzerrt. »Ich...«, begann er, dann durchzuckte es seinen Körper, sein Blut wallte wie

Feuer durch seine Glieder, sein Kopf fiel zurück. Er schrie seine Leidenschaft heraus, seine Erfüllung, seine Verzweiflung in einem langgedehnten, verletzten Schrei.

13

Sein Kopf ruhte an ihrer Schulter. Seine Finger vergruben sich in ihrem Haar. Summer blickte hinauf zu dem vollen, weißen Mond über ihnen. Sie fühlte jedes Heben und Senken von Nicholas' Brust gegen ihre und das allmähliche Nachlassen seiner Spannung in ihr. Zwischen ihren Schenkeln brannte es, tief innen war alles wund. Sie schloß ihre Arme um ihn. Sie weigerte sich, ihn fortzulassen, als er sein Gewicht auf eine Seite verlagerte und sich auf den Boden neben sie legte.

Er beobachtete sie einen langen Moment lang ganz genau. Seine Fingerspitzen strichen sanft über ihre Wange. »Ich liebe dich«, gestand sie wieder, atemlos, voller Furcht und Vorfreude. Sie hatte sich nie so leichtsinnig, so verzweifelt gefühlt. »Ich liebe dich mit meinem ganzen Herzen, Mr. Sabre, hochwohlgeboren, und ich verspreche, ich werde alles Menschenmögliche tun, um dich glücklich zu machen.«

Seine dunklen Augen zogen sich zusammen. Ungezählte Gefühle zogen über sein Gesicht, während er neben ihr lag, atemlos. Seine langen Finger berührten sie nun nicht mehr – zogen sich zurück, als wenn jemand sie zu nahe an eine Flamme gehalten hätte. Ihr Geständnis hatte ihn überwältigt, das merkte sie. In Wirklichkeit schockierte es sie auch. Es war seltsam, wie nah sie sich ihm fühlte. Mein Gott, wenn er doch auch zugeben könnte, daß er sie liebte. Dann wäre sie wahrscheinlich aufgesprungen, hätte gehüpft und getanzt und hätte schallend gelacht vor lauter Glück und Übermut.

Langsam hoben sich seine Hände, griffen nach ihren Handgelenken und nahmen gewaltsam ihre Arme von sich fort. Mit dem Rücken ihr zugewandt, brachte er seine Hose wieder in Ordnung.

Summer legte vorsichtig ihre Hand auf seine Schulter. Sie wünschte verzweifelt, ihm in die Augen schauen zu können, seine Gedanken zu lesen. Doch er schlug ihre Hand weg.

»Faß mich nicht an«, sagte er.

»Ist schon gut«, meinte sie. »Ich verstehe –«

Sein Kopf schoß hoch. »Nein, du verstehst nichts. Du könntest es auch gar nicht. Also tu auch nicht so. Sage nicht, daß du mir verzeihst oder mich liebst. Weil die Idee allein absurd ist, und ich könnte dir nie glauben.« Er schlug nach einem Insekt. Er sprang auf die Füße, schien wie betäubt. Dann drehte er sich wieder zu ihr herum. »Dies hier ändert gar nichts, weißt du. Diese momentane Verrücktheit war einfach nur Lust. Nichts weiter. Ganz gewiß nicht...« Sein Mund schloß sich. Er ballte die Hände zu Fäusten. Dann fuhr er mit leiser und feindseliger Stimme fort: »...Liebe. Werde erwachsen, Mädchen, und begreife den Unterschied. Ich habe genau das getan, wogegen ich angekämpft habe, seit du auf meiner Türschwelle erschienen bist. Ich habe einfach die Kontrolle verloren, Summer. Ich habe meiner ekelhaften Veranlagung und dem Fehlen jeglicher Zurückhaltung und Beherrschung nachgegeben und bin davon überrollt worden –«

»Aber ich wollte, daß du mit mir schläfst.«

»Ich habe nicht mit dir geschlafen«, preßte er wütend hervor. »Ich habe dich praktisch vergewaltigt.«

Die Worte trafen sie wie ein Schlag. Sie versuchte, trotz der aufkommenden Dämmerung, Sabres zerquältes Gesicht zu sehen. Tränen standen in ihren Augen, und sie sagte nichts, als er sich abrupt von ihr abwandte und in der Dunkelheit verschwand.

Sie lag immer noch da, die Knie an ihren Bauch gezogen, und weinte. *Verdammter, sturer, stolzer Aristokrat!* Warum hatte er nur so viel Angst, sie zu lieben?

Schließlich fühlte sie sich wieder stark genug, um ins Haus zurückzukehren. Nicholas war nicht da. Zweifellos arbeitete er wieder oder ging mit seinem Hund spazieren, um sich selbst davon zu überzeugen, daß das, was zwischen ihnen geschehen war, nur das Ergebnis von Lust war, oder ein Anfall seiner ›ekelhaften Veranlagung‹. Mein Gott, wenn er doch nur sein eigenes Gesicht hätte sehen können, als er in sie eindrang. Ja, sie hatte seine Wut gespürt, aber da war auch ein Bedürfnis, ein Bedürfnis, gehalten und geküßt zu werden und gestreichelt. Warum konnte er das nicht zulassen?

Sie zog sich ihre Sachen aus und stieß sie beiseite. Das Hemd war zerrissen, nicht mehr zu retten. Und das Höschen voller Blut. Als sie die roten Flecken sah, füllten sich ihre Augen erneut mit Tränen. Was nun? Die einzige brennende Frage blieb: Nun, da die Ehe vollzogen war, würde er ihr erlauben zu bleiben?

Das Wasser, in dem sie gebadet hatte, bevor sie zu Nick ging, war inzwischen lauwarm geworden. So vorsichtig wie möglich wusch sie sich ihre aufgeschürften Ellenbogen und Brüste und wusch alle Spuren ihres Mannes zwischen den Beinen fort. Dann zog sie ihr Nachthemd an, legte sich quer übers Bett und weinte bitterlich. Sie merkte nicht, daß Frank ins Haus und in ihr Zimmer gekommen war.

»Summer? Liebling, was ist denn hier passiert?«

Sie wischte sich die Nase am Ärmel ab. Frank stand da, mit seiner Angel in der Hand, eine Schnur mit Forellen in der anderen. Beides entglitt seinen Händen, als sein Blick von ihren zerkratzten und zerschundenen Gesicht hinüberwanderte zu dem verfleckten Höschen auf dem Boden. »Um Himmels willen...« Er ging zu ihr und nahm sie sanft bei den Schultern. »Gott helfe dir, meine Süße. Dieser Junge hat doch nicht... Hier, Liebling, nun wollen wir mal dieses hübsche kleine Gesichtchen waschen.«

Erst in diesem Moment wurde Summer bewußt, daß die Wunden auf ihren Wangen immer noch bluteten, daß ihre Haut entzündet und geschwollen war. Frank griff nach dem Waschlappen und legte ihn sacht auf ihr Gesicht.

»Ich kann das schon machen«, sagte sie und versuchte ein Lächeln.

»Also, ich weiß, daß du es kannst, aber verdammt noch mal, alte Männer wie ich haben nicht oft Gelegenheit, etwas ritterlich zu sein. Laß mich mal, wenn's dir nichts ausmacht.«

Als die letzten Spuren von Blut und Tränen von Summers Gesicht entfernt waren, trat Frank zurück und betrachtete sie ernst. Ohne noch ein Wort zu sagen, ging er aus ihrem Zimmer.

Nick saß auf einem Hocker. Er hatte Kopfschmerzen. Erinnerungen stürmten über ihn ein. Ihm war übel vor Ekel und Verwirrung. Einmal war er hinters Licht geführt worden durch ein unschuldiges Lächeln – er hatte einen Menschen getötet, weil er sich geweigert hatte, die Möglichkeit in Betracht zu ziehen, daß die einzige Frau, die er je geliebt hatte, der er je vertraut hatte, im Grunde nichts als eine Lügnerin, Betrügerin, eine Hure... war. Genau wie jede andere Frau, die er kannte, seine eigene Mutter eingeschlossen.

Dann kam Summer...

Er blickte auf. Betsy saß in der Ecke und schnaufte leise, ihre seelenvollen braunen Augen wachsam erhoben. Er streckte seine Hand nach ihr aus. Sie knurrte, steckte ihren Schwanz zwischen die Beine und schlüpfte aus dem Schafstall hinaus in die Dunkelheit.

Da platzte Frank zur Tür herein. Nick blickte ihm kurz ins Gesicht. Sein Schäfer sah aus, als sei er um zwanzig Jahre gealtert in diesen wenigen Stunden, seit sie sich zuletzt gesehen hatten. Mit wenigen Schritten war Frank bei ihm und zog ihn auf die Füße.

»Du Hurensohn!« zischte Frank, bevor seine Faust in Nicks Gesicht prallte.

Nick wurde zurückgeschleudert und stolperte gegen den Zaun. Die Latten, gegen die er fiel, zerbrachen bei seinem Aufprall wie Streichhölzer. Er schlug auf dem dreckigen Boden auf und blieb im Dunklen liegen, starrte an die Decke, die er nur verschwommen sah. Frank trat neben ihn. In der Hand hielt er einen Lederriemen.

»Scheint mir«, begann Frank mit zitternder Stimme, »es ist mehr als überfällig, daß dir mal einer Manieren beibringt. Und ich bin genau der *Hombre,* um das zu tun.«

Der Riemen schnellte mit einem Zischen über Nicks Brust, über seinen Bauch, seine Schultern. Schmerz durchzuckte ihn wie Feuer. Sein Körper wand und krümmte sich vor unerträglicher Qual, aber er tat nichts, um sich zu schützen. Schloß nur seine Augen und vergrub sein Gesicht im Dreck.

»Der letzte Mann, der mir in die Hände gefallen ist, weil er eine Frau vergewaltigt hat, hat sich selbst mit meinem Jagdmesser kastriert«, ertönte da Franks Stimme.

»Schluß!«

Nick wischte sich den Dreck aus den Augen und blickte auf. In dem Moment warf sich Summer über ihn, schirmte seinen Körper vor Franks Wutausbruch ab. Ihr Gesicht war weiß wie die Wand, ihr Haar hing ihr wirr über die Stirn. »Schluß!« befahl sie noch mal. »Wage nicht, diesen verdammten Riemen noch mal gegen ihn zu erheben, Frank. Er hat mich nicht vergewaltigt!«

»Aber dann... woher hast du die Schürfwunden in deinem Gesicht?«

»Ich bin gegen einen Stein gefallen.«

»Und das Blut?«

»Ich... war Jungfrau.«

»Noch mehr Grund, warum ich ihn zusammenschlagen muß. Kein Mann, der auch nur einen Haufen Schafwolle wert ist, würde seine Braut umreißen und einfach so über sie herfallen.«

»Er war traurig und wütend.« Ihre Augen trafen Nicks. Er starrte sie ungläubig an. »Es war zum Teil meine Schuld. Ich war so verzweifelt, daß er mich zurückschicken wollte. Ich bin zum Stall gekommen, um ihn zu verführen. Darum verstehe ich auch, daß er so reagiert hat«, sagte sie leise zu Frank. »Ich bin sicher, er würde es nicht noch mal so machen.«

Mein Gott, dachte Nick. Einfach so, vergab sie ihm.

Er schob sie beiseite, rollte sich auf die Knie und kam schwankend auf die Füße. Er blickte herunter auf sie, überrascht durch die Gefühle, die ihn erfüllten. Sie erschreckten ihn. Sie stießen ein Loch in die Barriere von Mißtrauen und entwaffneten seinen Zorn. Er sah sich selbst wieder auf dem nebelüberzogenen Feld, auf dem das Duell stattfand, bereit, einen Mord zu begehen. Für eine Frau, die nur vorgab, ihn zu lieben, im Grunde jedoch einen anderen Mann zurückgewinnen wollte. So, und welche waren Summers Motive?

Warum starrte ihn dieses kleine rothaarige irische Mädchen, das seine Frau war, so verletzt an, mit Augen voller Hoffnung? Konnte sie denn nicht verstehen, daß er sich nie wieder würde erlauben können zu versprechen, zu vertrauen, zu... möge Gott verbieten, daß er tatsächlich wieder lieben sollte...

Er wandte sich zur Tür und stand Frank kurz gegenüber. Es standen Tränen in Franks Augen. Wut und Schmerz. Kummer und Verwirrung. Wie jeder anständige Vater, der gezwungen war, seinen streitsüchtigen, dummen Sohn für ein Vergehen mit der Peitsche zu strafen, obwohl es sein Herz brach.

Nick straffte sein Rückgrat und ging um Frank herum zur Tür.

Summer konnte nicht schlafen. Sie stand kurz nach Mitternacht auf. Es gab keinen Grund, da im Dunklen zu liegen und sich der Erinnerung hinzugeben. Es war... zu aufwühlend. Sie fühlte sich so erschöpft von all dem, und durcheinander.

Die Vordertür stand offen. Ein frischer, kalter Wind peitschte über den Boden und zwickte in ihre nackten Zehen, als sie zur Tür ging und plötzlich ihren Mann vor sich auf der oberen Verandastufe sitzen sah, die Ellenbogen auf die Knie gestützt. »Nicholas?« fragte sie. Bei ihren Worten blickte er kurz auf. »Kommst du denn nicht ins Bett?«

Die Frage, einmal ausgesprochen, überraschte sogar sie selbst.

Als er nicht antwortete, trat sie auf die Veranda und setzte sich neben ihn.

»Du wirst dir den Tod holen in dieser Kälte«, sagte sie.

Der Wind hob sein Haar, als er sich zu ihr umwandte, um sie zu betrachten. »Genau wie du«, meinte er schließlich. Und diesmal sah sie, daß seine dunklen Augen zu ihren Brüsten wanderten, die nur von weicher Baumwolle bedeckt waren. Ihr Herz antwortete mit einem dumpfen Schlag. Ihr wurde heiß. Das plötzlich auftauchende Bild von ihm, wie er sein Gesicht zwischen ihren Beinen vergrub, machte sie trunken vor Verlangen und Verwirrung.

Sie nahm einen tiefen Atemzug und steckte ihre gefalteten Hände zwischen ihre Knie, um sie aufzuwärmen. »Ich dachte, du möchtest vielleicht reden.«

»Du denkst zuviel, Irin. Außerdem, du stellst dir vor, daß jeder gerne wissen will, was du denkst. Ich im besonderen.« Er blickte weg.

»Was ist mit Frank?«

»Was soll mit ihm sein?«

»Ich hoffe, du wirst ihn nicht entlassen. Er hat die Situation falsch verstanden, das ist alles.«

Er blickte sie von der Seite her an. »Hat er das?« fragte er amüsiert.

Ein Stern strich blitzschnell über den schwarzen Himmel. Summer beobachtete den glitzernden Bogen und das pulsierende weiße Glühen, bevor er in Vergessenheit zerbarst. Das Herz tat ihr weh. Sie wollte sich am liebsten zurück in ihr Bett schleichen, den Kopf unter die Decke stecken. Der Funken von Hoffnung, der sich in ihrer Brust eingenistet hatte, war genauso ätherisch wie dieser Blitz von nächtlichem Feuer, der gekommen und wieder gegangen war.

Sie rieb sich ihre Arme und machte Anstalten aufzustehen. Seine Hand griff nach ihr.

»Setz dich«, befahl er.

»Ich hatte den Eindruck, daß du nicht in der Stimmung für Konversation bist.«

»Das bin ich auch nicht, aber du hast recht. Wir müssen reden. Mach weiter. Setz dich.«

Sie hatte den Verdacht, daß sie es wohl bereuen würde, ihn heute auf diese Dinge angesprochen zu haben. Er drehte sich ein wenig ihr zu, lehnte sich gegen die Balustrade und betrachtete sie unter seinen schweren schwarzen Wimpern hindurch, seinen Mund zu einem halben Lächeln verzogen. »Ich gebe zu, daß ich mich heute abend sehr schlecht benommen habe. Ich habe die Kontrolle über mich selbst verloren, all die Enttäuschung, die Wut und die lang unterdrückten sexuellen Bedürfnisse brachen aus mir heraus.

Aber ich weigere mich, all die Schande auf mich

zu nehmen, was dich betrifft. Du hast mich bedrängt, obwohl ich mein klösterliches Dasein akzeptiert hatte. Nach einem Leben voll intensivster Verwirrung und Wut ist es mir gelungen, mir eine Existenz aufzubauen, die immerhin Momente von Gelassenheit und Frieden für mich bereithielt. Du, meine liebe kleine rothaarige irische Frau, hast das alles zunichte gemacht mit deinen großen veilchenfarbenen Augen und dem kindlichen Schmollmund und deinem naiven Glauben an Gnome und Märchenfeen. Egal, wie sehr ich versucht habe, dich zu ignorieren, du warst da. Vierundzwanzig Stunden am Tag, um mich daran zu erinnern, daß jeder Traum, jede Hoffnung, jede Phantasie, von denen ich mir selbst eingeredet hatte, daß sie nie wahr werden können, plötzlich doch möglich schien.

Du wolltest einfach nicht aufgeben, Summer. Du hast meinen Schäfer für dich eingenommen, Ben und Clara und jeden ›Kakadu‹ in Malvern Hills. Ich konnte von meiner Arbeit nicht heimkehren, ohne dich zu sehen. Ich konnte mein eigenes Haus nicht betreten, ohne die Luft zu atmen, die nach dir duftete. Gott, ich konnte ja nicht einmal essen, weil ich mir vorstellte, daß du alles mit deinen Händen angefaßt hast, daß es nach dir schmecken würde. Du hast mein Haus eingenommen, meinen Kopf, meine Sinne – du hast meinen Körper, der seit Jahren kein Verlangen mehr kannte, in ein... Ungeheuer verwandelt.«

Nick blickte sie eine Weile an. Dann hob sich seine Hand und seine Finger berührten ganz leicht die Wunde auf ihrer Wange. »Ich sehe aber, daß das keine Entschuldigung dafür ist, wie grob ich mit dir war. Ich gebe zu, daß ich rücksichtslos war. Und ich entschuldige mich dafür, daß ich dir Angst gemacht und dich verletzt habe. Ich weiß nicht, was ich für dich empfinde. Begierde und Wut und andere Empfindungen haben sich zu sehr in mir verwirrt. Ich bin nicht einmal sicher, ob ich wüßte, daß es Liebe ist, wenn ich dich lieben würde.«

Er spielte mit einer Haarsträhne, die sich um seine Fingerspitze kringelte. Mit einer Stimme, die sehr traurig klang, sagte er: »Ich fühle mich sehr geschmeichelt, daß du eine große Zuneigung für mich empfindest. Wenige Menschen haben das getan. Ich bin nur nicht sicher, daß ich fähig bin, jemanden zu lieben, Irin. Ich bin sicher, wenn du erst aufhörst, deine Gefühle ständig zu untersuchen, dann wirst du entdecken, daß die Empfindung, die du Liebe nennst, kaum mehr als Zuneigung ist. Höchstens Verliebtheit.«

Er schluckte. In diesem Augenblick ähnelte er auch nicht im entferntesten dem wütenden Lord mit dem Teufelblick. Er sah aus wie ein verwirrter kleiner Junge, der sich mit sich selbst nicht mehr auskannte.

»Also, was willst du damit sagen? Daß du nicht vorhast, mit mir ins Bett zu gehen? Niemals?«

»Ich bin überrascht, daß du das nach deinen bisherigen Erfahrungen mit mir noch möchtest.«

»Zusammen schlafen heißt nicht immer, daß man diesen unangenehmen Akt miteinander vollziehen muß, oder?«

Die Frage irritierte ihn. Er zog ein Bein hoch und schlang seinen Arm über die Knie. Dann fuhr er fort, sie sehr intensiv anzusehen, so sehr, daß es in ihrem Magen zu flattern begann. »Dann lag ich nicht so falsch«, murmelte er bitter. »Du findest den Akt unangenehm.«

Ihr Gesichtsausdruck war etwas sarkastisch. »Du nicht?« Da er schwieg, zuckte sie die Schultern und drehte ihr Gesicht weg, besorgt, daß sie im hellen Mondlicht die Röte ihrer Wangen nicht würde verbergen können. »Nein«, antwortete sie für ihn. »Du schienst es wirklich nicht im geringsten zu mögen. Dein Gesicht wirkte so schmerzverzerrt, dann hast du aufgeschrien. Es muß für dich genauso unerträglich gewesen sein wie für mich. Ich kann mir wirklich nicht vorstellen, was diese Besessenheit für den sexuellen Akt eigentlich soll.«

»Guter Gott, bist du unschuldig.« Nicholas stand auf, die Hände in den Hosentaschen, mit dem Rükken zum kühlen Wind. Das Haar flatterte ihm um die Schultern, um den Hals und das Gesicht. Wie er so dastand, breitbeinig wie ein Pirat auf einem schwankenden Bootsdeck, war atemberaubend. Es fehlte nur noch der Ring im Ohr.

»Warum hältst du dich selbst für so wenig liebenswert?« fragte sie. »Liegt es daran, daß du so wenig an dir selbst entdeckst, was du magst?«

Es kam keine Antwort.

Langsam erhob sich Summer, verschränkte die Arme über der Brust als Schutz gegen die Kälte und wandte sich dem Haus zu. Einen Moment hielt sie inne und blickte zurück. »Kommst du zu Bett oder hast du vor, hier draußen den Rest der Nacht zu verbringen und dir den Tod zu holen? Du brauchst dir keine Sorgen zu machen, weißt du. Ich habe nicht die Absicht, die Situation auszunutzen.«

Er lachte auf. Und sie meinte zu sehen, obwohl sie nicht ganz sicher war, wie seine Schultern sich entspannten.

»Versprochen?« fragte er.

Leichtfüßig ging sie die Stufen wieder hinunter und reichte ihm ihren Arm. Sie gab dieser Geste etwas Verspieltes. Wie immer blickte er auf sie herunter, ohne zu lächeln, seine Augen schwarz und durchdringend. »Komm. Ich fordere dich heraus, Eure Lordschaft. Es gibt keinen Grund, Angst vor mir zu haben.«

»Ich habe keine Angst vor dir«, antwortete er, so leise, daß der Wind die Worte davonwehte.

Sie wußte nicht, was sie sagen sollte. Aber das war ganz gut so, weil ihre Stimme vor Aufregung begonnen hatte zu beben, als sie ihn auf diese kindische Art herausgefordert hatte. Seltsam! Und die Wärme seines Körpers übertrug sich auf sie und erhitzte sie bis in die Fingerspitzen. Hitzewellen durchströmten sie bis zu den nackten Zehenspitzen. Ihr Herz machte einen verrückten kleinen Tanz. Dann entzog er ihr seinen Arm und trat einen Schritt zurück. Er war noch nicht stark genug, die Hürde zu nehmen, die er selbst zwischen ihnen aufgebaut hatte. Auch wenn die Mauer in seinem Innern längst nicht mehr intakt war.

Nicholas blickte über die schwarzen Hügel, die sich in der Finsternis der Nacht mit dem indigoblauen, sternenübersäten Himmel zu vereinen schienen. Wie dumm er sich vorkam! Und gemein! Und verwirrt! Sein Gewissen wog schwer in diesem Moment.

Er hörte etwas und blickte sich um. Summer war ins Haus verschwunden... und in sein Bett, zweifellos. Gott, war er müde. Und verwundet. Sein Kopf tat so weh. Wie lange war es her, daß er einmal tief und friedlich geschlafen hatte? Schon allein die Idee, den Kopf auf das Daunenkissen zu legen. –

Aber es würde bedeuten, mit ihr zu schlafen. Mit seiner kleinen rothaarigen Frau, die noch an Märchen und Gnome glaubte.

»Du bist immer noch auf?« hörte er in diesem Moment Franks Stimme.

Der alte Mann stand an der Hausecke. Betsy saß zu seinen Füßen, die Ohren hatte sie am Kopf angelegt. Verräterin, dachte Nick.

Frank, der einen mit Lammwolle gefütterten Mantel trug, zog an seiner Pfeife, und der Tabak glühte rötlich auf in der Dunkelheit. Er schlenderte auf Nick zu in der für ihn typischen gemächlichen Art, und Betsy folgte ihm auf den Fersen. »Hab' mich grad gefragt, was morgen passiert«, sagte Frank.

»Wir fahren nach Christchurch.«

»Und?« Er blieb einen Meter vor Nick stehen und blickte ihn unter seinem breitrandigen Hut hervor an. Er sah alt und müde aus.

»Und wir versteigern unsere Wolle.«

»Und?«

Nick schüttelte den Kopf, verwirrt. »Worauf willst du hinaus? Was ist los?«

»Werde ich mich nach einer neuen Stelle umsehen?«

»Nein.« Nick wandte sich um und ging die Treppe hinauf.

»Schätze, wenn du nicht sauer genug bist, um mich für das, was ich getan habe, zu feuern, kann ich dir das auch noch sagen.«

Eine lange Weile blickte Nick in die Dunkelheit, ohne zu antworten. »Spiel nicht mit deinem Glück, alter Mann«, sagte er schließlich. »Ich hab' dir womöglich die Peitschenhiebe vergeben, weil ich vielleicht zugebe, daß ich sie brauchte, aber ich wünsche keine Strafpredigt.«

Frank nahm seine Pfeife aus dem Mund. »Wollte dir nur sagen, du könntest schlechter dran sein als mit einer Frau, die so loyal ist wie diese kleine Hummel. Ich hoffe, du hast vor, sie zu behalten.«

»Und wenn nicht?«

»Dann schätze ich, ist dir überhaupt nicht mehr zu helfen, Sohn. Sätze, ich bin alt und ziemlich senil, aber mein Kopf funktioniert noch, und wenn ich an meine eigene vergeudete Jugend zurückdenke und an all die Fehler, die ich gemacht habe... Ich habe ständig Leute verletzt. Habe viele ausgenutzt. Und es gab mal ein Mädchen, das ich zu meiner Frau gemacht habe. Hübsch wie ein Pfirsich war sie, und niedlich wie eine Blume. Amors tödlicher Pfeil traf mich in der ersten Minute, in der ich sie sah.

Wir lebten als Mann und Frau eine Weile zusammen, dann wurde ich rastlos. Wollte, daß was passiert, dachte an all die Weiber, mit denen ich noch nicht gehurt hatte. Ich verließ sie. Sagte nicht mal auf Wiedersehen. Bin einfach eines schönen Morgens aufgewacht und sagte ihr, ich würde nach Fort Worth reiten, um was zu erledigen. Das tat ich auch. Die Sache ist nur die, daß ich nicht mehr zurückkehrte.«

Nick blickte in das Gesicht des alten Mannes. Es war sehr blaß und zerquält.

»Wieder in meinem Junggesellenelement, hab' ich eine Vorliebe für Alkohol entwickelt, und ich schätze, der hat meinen Verstand völlig vernebelt. Ich war verrückt, zu verrückt, um nachzudenken, was ich tat. Aus dieser Blödheit bin ich erst nach drei Jahren erwacht. Da wurde mir klar, was ich getan hatte. Ich ritt nach Hause und erfuhr, daß sie von einer Horde von Indianern umgebracht worden war. Sie hatte inzwischen einen Sohn von mir zur Welt gebracht, acht Monate nachdem ich sie verlassen hatte. Er starb auch.«

»Es tut mir so leid, Frank«, sagte Nick ehrlich.

»Ich will nicht dein Mitleid, Junge. Ich will dir nur klarmachen, was mein Pa mir und meinem Bruder Sam hätte sagen sollen, als wir noch Jungs waren. Nichts wird diese Leere in deinem Leben so füllen wie Summer. Niemand wird dich deine Leistungen mehr genießen lassen als deine Gattin. Niemand wird an deiner Seite stehen in guten und in schlechten Zeiten wie deine kleine Frau. Summer wird diejenige sein, die deinen Kopf hält, wenn dir schlecht ist und du dich übergeben mußt. Deine Frau wird dir die Hand halten, wenn du alt und schwach geworden bist, und deine Kinder – die, die inzwischen erwachsen sind und mit ihren eigenen Familien leben – dir immer noch die Fehler verübeln, die du gemacht hast, als du sie erzogen hast.«

Nicks Mund verzog sich zu einem zynischen Lächeln. »Offensichtlich kommst du aus einem Elternhaus, wo solche Tugenden zwischen Ehegatten die Norm sind. Ich gratuliere dir. Wo ich herkomme, hat Liebe nicht das geringste mit Ehe zu tun. Männer und Frauen heiraten wegen Geld und Macht und Erben.«

»Und, fühlst du im Grunde deines Herzens, daß solch ein Benehmen der Art vorzuziehen ist, in der die Mehrheit der zivilisierten Welt eine Ehe gründet?« Frank schüttelte seinen Kopf. »Ich denke keinen Moment, daß du das glaubst. Oder du würdest nicht so bitter und wütend über deine Eltern und ihren Lebensstil sein. In der Tat glaube ich keine Minute, daß deine Laune in den letzten Tagen irgend etwas mit der finanziellen Notlage, in der wir uns befinden, zu tun hat oder mit der Drohung von dieser Bande. Sie haben deine Aufregung und Frustration vielleicht gesteigert. Aber es ist dieses süße Ding im Haus, und deine Gefühle für sie, die dich in Schwierigkeiten gebracht haben. Ich denke, du liebst sie.«

»Geh zur Hölle.«

»Sie ist in dein elendes Leben eingebrochen, als du es am wenigsten erwartet hst. Und du warst ihr nackt und bloß ausgeliefert wie ein neugeborenes Baby. Du hattest nicht einmal mehr Zeit, dich mit einem Schild gegen sie zu rüsten. Und sie traf dich genau hier.« Er deutete auf seine linke Brustseite. »Du glaubst, ich hätte nicht mitbekommen, wie du sie ansiehst? Du kannst kein Auge mehr von ihr lassen. Du bist fasziniert von ihr, Sabre. Ein kleines rothaariges Mädchen mit Sommersprossen, das einen runden Filzhut mit einer scheußlichen braunen Feder trägt, hat dich um ihren kleinen Finger gewikkelt. Und darum bist du wütend auf sie.«

»Ich – liebe – sie – nicht.«

»Rede dir das nur selbst ein, und du wirst es vielleicht idiotischerweise selbst noch glauben, Nicky, mein Junge. Natürlich, meine ich, wird das nichts ausmachen. Du hast sicher sowieso schon jede Chance, die du hattest, zerstört. Hat mir fast das Herz gebrochen, ihre Tränen mitanzusehen, nachdem du sie auf so ekelhafte Art und Weise in die feineren Aspekte der Ehe eingeführt hast. Und trotzdem behauptet sie immer noch, daß du nicht über sie hergefallen bist –«

»Ich habe Summer nicht geschlagen. Ich würde nie meine Hand gegen sie erheben.«

»Ach, du würdest sie nicht mit den Fäusten bearbeiten, aber du hast ihre Gefühle grün und blau geschlagen, genau wie den Rest der Welt, fast dein ganzes Leben lang.«

»Habe ich das getan?«

Frank nickte und zog an seiner Pfeife. »Ich hoffe nur, unser kleiner Liebling gibt dir noch eine letzte Chance, damit du Gelegenheit hast, die Fehler, die du in den letzten Wochen gemacht hast, wiedergutzumachen.«

Nick ließ Frank einfach stehen, lief die Verandastufen hinauf, ging ins Haus und auf die Schlafzimmertür zu. Der Mond strahlte sein weiches Licht in das Zimmer, beleuchtete schwach die Konturen von Summers Gestalt unter der Bettdecke. In der Luft hing noch der Duft von Seife, von dem Bad, das sie genommen hatte. Die Wanne stand noch dicht am Kleiderschrank.

Er ging bis zum Fußende und blieb dort stehen. Ihr Kopf hob sich ein wenig aus dem Kissen.

»Kommst du ins Bett?« fragte sie.

»Ja«, gab er zurück, aber er rührte sich nicht.

»Also, worauf wartest du? Auf eine förmliche Einladung?«

»Ich schlafe auf der Seite.«

»Du – was?«

»Du liegst auf meiner Seite. Ich schlafe auf der rechten...«

Er hörte das Rascheln von Bettdecken, als sie sich aufrichtete, während sie das Bettuch fest um ihre Brust hielt. »Ich auch.«

Er holte tief Luft. Und er tat sein Bestes, um den

Ansturm von neuem Ärger zu beruhigen und... etwas anderes, das in seinen Adern zu pulsieren begann. Vielleicht, wenn er es nicht beachtete, würde es von selbst weggehen. »Na gut«, knurrte er. »Nimm du sie, wenn du mußt. Ich habe nicht mehr die Energie, über dieses Thema mit dir zu streiten. Mein verdammter Kopf tut so weh.« Er ging zur linken Seite des Bettes, zog sich die Stiefel aus, schob die Decke zurück und ließ sich fallen, angezogen wie er war.

Summer saß da wie eine Statue und starrte ihn an.

»Was?« fragte er rauh. »Erzähl mir nicht, du schläfst im Sitzen.«

»Schläfst du immer in deinen Anziehsachen?«

»Seit neuestem, ja.«

Er starrte an die Decke, erlaubte sich nicht, seinen Blick zu Summer hinwandern zu lassen. Er konnte sich nicht einmal bewegen, ohne sie zu berühren. Er konnte seinen Kopf nicht drehen, ohne ihren Duft einzuatmen.

Endlich legte sie sich wieder hin, das Haar auf dem Kissen ausgebreitet, eine Strähne kitzelte ihn am Kinn.

»Es ist ein kleines Bett«, sagte sie leise.

»Entschuldigung. Ich hatte nicht vorausgeahnt, daß ich es mit jemandem teilen würde.«

Sie zog das Bettuch bis über ihr Kinn, und dann beim zweiten Gedanken deckte sie liebevoll die eine Hälfte der Decke über ihn, als ob sie ein Kind ins Bett bringen und zudecken würde. »Es wird dir sonst kalt«, sagte sie. Dann rollte sie sich auf die andere Seite und drehte ihm den Rücken zu.

Minutenlang blickte er zur Decke. Endlich wurde Summers Atem gleichmäßig und tief, und sie rührte sich nicht mehr. Gut. Wenn sie ihm noch einmal zu nahe gekommen wäre, hätte er sich wahrscheinlich nicht beherrschen können.

Jesus Christus, was war aus ihm geworden? Der Wunsch, sich auf ihren Körper zu legen, dieses dünne Hemdchen zu heben und sich an ihren wundervollen weißen Beinen zu weiden, ließ ihn erzittern.

Na los. Sie wird dich nicht hindern. Lösch das Feuer. Befriedige den Hunger.

Er fuhr mit seiner Hand in das Gewirr langen Haares, das sich auf seinem Kissen ausbreitete, zart wickelte er es um seine Finger, griff heftig danach, mehr und mehr, erlaubte seinem Verlangen zu wachsen, bis das betäubende, starke Feuer ein stechender Schmerz war.

Summer bewegte sich. Ihr Kopf hob sich, und sie blinzelte ihn mit ihren großen, aufmerksamen Augen an.

»Ich kann nicht schlafen«, flüsterte sie.

Mit seinen Fingerspitzen schnipste er das Haar aus ihrem Gesicht. Gott, sie zitterte.

Sie senkte leicht ihren Kopf, so daß ihre Lippen bloß sein Kinn streiften, und sagte: »Ich fühle mich so seltsam.«

»Seltsam?« Er schluckte. »Wie denn?«

»Atemlos. Meine Haut brennt. Mein Herz klopft doppelt so schnell wie sonst. Hier.« Sie griff nach seiner Hand und legte sie genau unter ihre Brust, so daß sein Daumen die weiche, feste Fülle streifte. Er spürte, wie sie zusammenzuckte, sich bestürzt zurückzog, aber nur kurz, bevor sie ihre Augen schloß und sich fallen ließ. »Oh, Nicholas«, seufzte sie. »Ich mag das.«

»Ja?« Seine Stimme klang heiser und trocken.

»O ja. Ist das falsch? Enttäuscht es dich?«

Er strich voller Zärtlichkeit über ihre Brustwarze. »Nein«, antwortete er.

»Ich verstehe dieses Gefühl nicht. Der Schmerz war schrecklich. Aber...«

»Aber?«

»Ich hab' versucht zu schlafen, und ich kann an nichts anderes denken, als daran, was ich empfand, als du mich berührt hast.«

»Und wie war das, Irin?«

»Wie Butter in der Sonne.« Ihr Gesicht näherte sich dem seinen, ihre Lippen nur einen Atemzug von seinen entfernt. Wenn sie ihn küssen würde, würde er zerspringen. »Ich möchte in jeder Weise deine Frau sein.«

»Die Ehe ist vollzogen worden. Was willst du noch mehr? Ich kann dich wohl kaum jetzt noch auf das Schiff nach London setzen.«

Ihre Augen leuchteten auf. »Du läßt mich bleiben?« Mit einem kleinen Aufschrei warf sie ihre Arme um ihn. »Du wirst es nicht bedauern, Nicholas. Ich werde lernen, mehr als nur Kartoffeln zu kochen, das schwöre ich. Ich werde besser nähen lernen. Ich werde dir sogar beim Scheren der Schafe helfen.«

Er lachte.

Sie lächelte und berührte sein Gesicht. »Ich liebe dich«, sagte sie leise.

»Nein, das tust du nicht. Du könntest es gar nicht. Du kennst mich ja nicht einmal. Nicht wirklich. Glaube mir, wenn du alle meine dunklen und schmutzigen kleinen Geheimnisse kennen würdest, würdest du das nächste Schiff nach London nehmen.«

Ein zögerndes Lächeln zog über ihre Lippen. Ihre Augen wurden etwas schmaler. Das nächste, was er mitbekam, war, daß sie ein Bein über ihn legte. Sie spreizte seine Beine, und er wurde steif. Mit dem zerzausten Haar über ihre Schultern, saß sie rittlings auf ihm und sagte: »Ich laß dich nicht los, ehe du mir nicht jedes einzelne deiner schmutzigen kleinen Geheimnisse genannt hast.«

»Keine Chance.«

»Beichten ist gut für die Seele, wußtest du das nicht? Und außerdem sollten Mann und Frau keine Geheimnisse voreinander haben. Komm schon, Sabre. Traust du dich etwa nicht? Wovor hast du Angst? Daß ich so angeekelt sein könnte von deinen Geständnissen, daß ich die Koffer packe und gehe?«

Sein Mund wurde hart, sein Körper verkrampfte sich. Die Möglichkeit, daß sie recht hatte, machte ihn verwirrt und unsicher. Es war ihm doch egal, wenn sie ging. Schließlich war die Tatsche, daß sie hierhergekommen war, doch sowieso nichts als ein übler Scherz von einer Horde idiotischer Farmer gewesen.

»Nicholas«, sagte sie und blickte auf ihn herab. »Ich erzähle dir alle meine Geheimnisse, wenn du mir deine erzählst.«

»Irgendwie glaube ich nicht, daß deine mit meinen mithalten können, Irin.«

»Ich könnte dich überraschen.«

»Du wirst schockiert sein.«

»Zweifellos.«

»Angeekelt.«

»Das muß ich entscheiden, nicht du.«

Eine Weile sagten sie kein Wort. Er blickte nur in ihr blasses Gesicht und sah ihr zärtliches Lächeln, das ihren Mund umspielte. Er versuchte, sich ein Leben ohne sie vorzustellen. Die langen Tage, die er mit der Arbeit, den Schafen, verbringen würde, kein Grund, nach Hause zu gehen, außer Müdigkeit, außer zum Schlafen. Dann die noch viel längeren Nächte, allein, nur mit seinem Hund als Gesellschaft und als einziges das Geräusch der eigenen Stimme, um die Stille zu durchbrechen.

»Ich werde dich niemals verlassen«, erklärte sie.

»Wie kommst du überhaupt darauf, daß es mir was ausmachen könnte?«

»Ich werde dich niemals verlassen«, wiederholte sie.

Er schloß seine Hände um ihre Arme und zog sie fest an sich, so daß ihr Gesicht dem seinen ganz nahe war. Mit drängender, schmerzverzerrter Stimme sagte er: »Schwöre es, Irin. Schwöre es auf jeden deiner katholischen Heiligen im Himmel – schwöre, daß du mich niemals verlassen wirst!«

14

»Ich schwöre es«, sagte Summer mit fester Stimme.

Der Griff an ihren Armen begann weh zu tun. Früher, als sie ihn noch weniger gut gekannt hatte, hätte sie sicher vor Furcht aufgeschrien. Aber jetzt reichte schon der Blick in sein schroffes, gutgeschnittenes Gesicht, um ihr das Herz zu brechen. Wie jung er war. Und so verletzlich. Und voller Angst, obwohl sie genau wußte, daß er nie, niemals solche Gefühle offen zugeben würde. Nicht Sabre, hochwohlgeboren. Dazu war er viel zu stolz, zu stolz, um Gutes in seinem Leben zuzulassen.

»Ich schwöre es!« wiederholte sie grimmig.

Schließlich lockerte er seinen Griff um ihre Arme, aber er ließ sie nicht fort. »Seit ich fünfzehn war, führte ich ein ausschweifendes Leben. Ich trank zuviel und verbrachte die Nächte mit Huren. Ich rebellierte gegen alles, was mit Moral und Sittlichkeit zu tun hatte. Macht, Einfluß, Geld oder Gesellschaft waren mir völlig gleichgültig.«

»Weil du diese Dinge nicht schätzen konntest, oder weil du eifersüchtig warst, weil deinem Vater all das wichtiger war als du?«

»Ja«, antwortete er leise. »Weil ihm all das wichtiger war als ich.«

»Dann kann ich dein Verhalten verstehen.« Sie verstand nur zu gut.

Seine Augenbrauen zogen sich zusammen. Der Griff seiner Arme wurde wieder fester, aber sie zuckte nicht zurück.

»Mein bevorzugtes Bordell in Paris war spezialisiert auf Orgien aller Art. Für genügend Geld konnte man alles kaufen, was man nur wollte. Diskretion selbstverständlich inbegriffen.«

Summer blickte ihn nachdenklich an. »Was ist eine Orgie?« fragte sie nach einer Weile.

Er war überrascht. »Es ist... na ja, es ist... so eine Art wie... Das ist, wenn... Du weißt nicht, was eine Orgie ist?«

»So etwas wie ein großes Essen oder so ähnlich? Ich erinnere mich, einmal ein Buch mit Bildern aus dem Römischen Reich angeschaut zu haben. Da gab es fette Männer, die faul rumlagen, nur mit Tüchern bedeckt. Und wunderschöne Frauen, die fast gar nichts anhatten und die Männer mit Trauben fütterten.«

Seine Hände strichen leicht über ihre Arme, schlossen sich um ihr Gesicht und spielten mit ihrem Haar. »Ja«, sagte er mit weicher Stimme. Ein schwaches Lächeln spielte um seine Lippen. »So ähnlich.«

»Na, und was ist so schlimm daran?«

»Nichts, wenn Trauben das einzige sind, womit die jungen Frauen sie füttern.«

Sie zog nachdenklich ihre Augen zusammen. Er ließ das Thema mit einer wegwerfenden Geste fallen. »Ich war ein eifriger, schrecklicher Spieler. Ich hatte eine Schwäche für Pferderennen und Karten und schloß mit Passion bei White's Wetten ab, über alles und jeden, welches Essen es an welchem Tage dort geben würde, welche Farbe das Halstuch eines Freundes, der erwartet wurde, hätte. Da ich das Geld, das ich von meinem Vater bekam, in der Regel spätestens nach zwei Tagen verwettete, befand ich mich ständig und tief in Schulden. Hätten die Clubs und meine Kameraden nicht irgendwann aufgehört, meine Wetten anzunehmen, hätte ich meine Familie ruiniert. Ich trank mehr als gut für mich war. Mittags war ich bereits angeheitert. Beschwipst um drei, und lallend und sturztrunken um sechs. Gegen neun war ich bei Opium und Haschisch gelandet. Um Mitternacht konnte man mich für gewöhnlich bewußtlos in irgendeinem Bett irgendeiner Frau finden.

Zu alldem hatte ich auch noch eine erbärmliche Meinung vom Leben und über Menschen. Besonders über Frauen.«

»Wegen deiner Mutter?«

»Ja. Als ich einundzwanzig war, stieß ich auf eine sehr hübsche junge Frau und verliebte mich in sie. Für sie war ich bereit, mein lasterhaftes Leben aufzugeben. Ich habe sie gefragt, ob sie meine Frau werden will. Ich ging sogar so weit in meinem Vertrauen zu ihr und allem, was sie mir über sich und über ihre Gefühle mir gegenüber erzählt hatte, daß ich mich ihretwegen mit einem Kameraden duellierte und ihn tötete. Zu spät merkte ich, wie sehr ich mich in ihr getäuscht hatte.«

Summer blickte in seine Augen. Dann berührte sie seine Lippen und zog mit den Fingern die Linien seines sinnlichen Mundes nach. Sie wußte nicht, was sie sagen sollte. Trinken, Spielen, Huren, das waren Dinge, die sie nicht berührten. Die Idee, daß er eine andere Frau geliebt hatte – und vielleicht immer noch liebte – traf sie allerdings.

Er schloß seine Arme um sie, drehte sich und zog sie zu sich herunter. Dann preßte er sie mit seinem ganzen Gewicht auf die Matratze. Das Gefühl seiner Knie zwischen ihren Schenkeln machte sie atemlos. Die Erinnerung an die Stunden vorher, als er sie berührt, geküßt hatte, als er mit seiner Hitze und Härte in sie eingedrungen war, so tief, brachte die schmerzenden und verwirrenden, sonderbaren Gefühle in ihr wieder auf. Wie furchterregend – dieses Verlangen. Wie schockierend. Wie erfrischend.

»Nun bist du dran«, erinnerte er sie.

»Ich?«

»Ich will deine Geheimnisse kennenlernen. Alle.« Er senkte seinen Kopf über ihren, sein Atem streifte ihre Stirn. »Beichte etwas Schlimmes, Irin. Damit ich mich nicht wie ein Wüstling fühlen muß.«

Ihre Augenlider schlossen sich, sie lächelte, war

wie betäubt von der Wärme, die in ihr aufgestiegen war, von der Erregung durch seine Nähe. »Ich habe einmal eine Pfeife von Helen Bostwicks Fensterbrett gestohlen.«

Er blinzelte sie müde an. Ein amüsiertes Grinsen spielte um seinen Mund. »Du hast eine Pfeife gestohlen.«

»Ja, auf eine Wette hin.«

»Also wirklich, Irin, da muß es doch noch etwas Schockierenderes als das in deinem Leben geben.«

Wie ein heißer Blitz durchzuckte es sie. Und das hatte nur zum Teil noch mit seiner beunruhigenden Nähe und dem Spiel seiner Hände zu tun. Heiliger Himmel! Sie hatte vollkommen vergessen, warum sie eigentlich hier bei ihm war. Die schrecklichen Gründe, die sie überhaupt nach Neuseeland getrieben hatten und ihre falsche Identität. Sie war ja im Grunde gar nicht mit ihm verheiratet – nicht legal. Und die Tatsache, daß die Ehe scheinbar vollzogen war, daß Nicholas sie nicht mehr aus dem Haus treiben würde, konnte jeden Moment rückgängig gemacht werden, sobald er die schlimme Wahrheit erfuhr.

»Summer?«

Sie blickte ihn an und zwang sich zu einem Lächeln. Sie umarmte ihn fest und verzweifelt bei dem Gedanken, daß er die Wahrheit herausfinden könnte und sie ihn verlieren würde.

»Ich möchte mit dir schlafen«, sagte er weich mitten in ihre quälenden Gedanken hinein. Er stupste sie zart an der Nase, küßte sie sanft. Sie hob ihm den Mund erwartungsvoll entgegen, sie lächelte und sagte: »Du fragst mich jetzt, statt es dir einfach zu nehmen?«

»Würdest du es vorziehen, genommen zu werden? Manche Frauen wollen das. Sie lieben es hart und schnell und wild. Zu jeder Zeit, an welchem Ort auch immer.« Leicht strichen seine Lippen über ihre. »Und dann gibt es Frauen, die es bevorzugen, wenn man sie mitten in der Nacht ganz gemächlich verführt. Sie wollen gereizt und hochgekitzelt werden...« Er schob sich über sie und stützte sich mit beiden Ellenbogen ab. Sein Mund verzog sich zu einem sinnlich-lüsternen Lächeln, das ihn nun wirklich wie einen Teufelslord aussehen ließ. Er war bei weitem der bestaussehende Mann, den sie je zu Gesicht bekommen hatte. Dieser plötzliche Stimmungswechsel von einem streitsüchtigen Rebellen zu einem flüsternden, verführerischen Liebhaber ließ nur wenig Zweifel in ihrem wirbelnden, schwindelnden Bewußtsein zu, daß Nicholas Winston Sabre, hochwohlgeboren, sogar die Königin Victoria selbst hätte verführen können...

Er grub seine Hand durch ihr dickes lockiges Haar und hielt ihren Kopf. Sie war unfähig, irgend etwas zu tun, konnte nur zulassen. Sogar die Erinnerung an den Schmerz, den er ihr beim letzten Mal zugefügt hatte, legte sich bei dem stürmischen Schlagen ihres Herzens und der Erregung, die von ihr Besitz ergriff.

Er küßte sie wieder. Sie erwartete Leidenschaft, aber es war ein sanftes, langsames Gleiten seiner Zunge in ihren Mund, ein Spielen mit ihrer Zunge, als ob er zum ersten Mal den süßen und saftigen Geschmack einer verbotenen Frucht probieren würde und ihn herrlich fand.

Von einem Moment zum anderen ließ er sie los und begann sich zu entkleiden. Und obwohl ihr Gesicht brannte bei dem Gedanken an das, was nun folgen würde, konnte sie nicht den Blick von ihm lassen, als er die Hosen herunterzog und die langen, kräftigen Schenkel sichtbar wurden. Sein festes, muskulöses Hinterteil und die Beine waren blaß im Vergleich zu seinem Rücken, und als er sich zu ihr umdrehte...

Mein Gott, war er schön! Die fleischgewordene Perfektion! Sie hatte natürlich die Mädchen aus der Stadt reden und flüstern hören, die ihre Brüder und Väter schon nackt gesehen hatten. Sie hatte wirklich erwartet, daß dieser maskuline... Teil ihres Ehemannes ihr nicht gefallen würde.

Aber vielleicht war mehr von Glorvina an ihr, als sie zugeben wollte. Sie fand... es einfach atemberaubend schön. Das Blut strömte heiß und pulsierend durch ihren erregten Körper. Das Verlangen, ihn dort, wo er so stark, so groß war, zu berühren, gab ihr das Gefühl, genauso sündhaft zu sein wie Eva, die den Apfel vom Baum pflückte.

Er schlüpfte zu ihr ins Bett. Das Haar hing ihm bis über die Schultern. Mit angehaltenem Atem ließ sie ihre Finger in die schwere Mähne gleiten und schwelgte in seiner seidenen Pracht. Diese Berührungen ließen ihn tief und wollüstig aufstöhnen. Er mag das, dachte sie. Und nun wurden ihre Finger mutiger und forschender, glitten über seine Stirn, über die Wangenknochen hinunter zu seinem sinnlichen, halb geöffneten Mund, der früher so hart vor Wut gewesen war und jetzt zu schmelzen schien vor Leidenschaft.

Sein Kopf fiel zurück und seine Augen schlossen sich. Ein leises Stöhnen vor Wonne gab er von sich, und als sie ihre Hände von seinem Gesicht zurückzog, flüsterte er flehend: »Hör nicht auf. Bitte, hör nicht auf. Es ist so lange her, daß mich jemand berührt hat...«

Ein Zittern rann durch seinen Körper. Sein Gesicht verzog sich qualvoll vor Erregung und Ekstase. Ihr Herz schlug bei seinem Anblick noch schneller. Sie ließ ihre Hand weiterwandern über seine weiche, feste Haut, über die breiten Schultern, die kräftigen Muskeln seiner Arme, seinen Rücken hinunter. Er keuchte. Zu seinen Hüften hin... Er stöhnte. Zu seinem harten, runden Hinterteil, das sie mit ihren Händen durchwalkte. Er zitterte. Er vergrub sein Gesicht in ihrem Haar und zog sie an sich.

Sie hielt ihn fest. »Ich liebe dich«, sagte sie wieder. »Und es ist mir egal, ob du das magst oder nicht.«

»Trotz der Tatsache, daß ich eine Eiterbeule am Hintern der Menschheit bin?« fragte er und erinnerte sie an ihre eigenen Worte, an den stürmischen Tag, an dem er in Seans Haus gekommen war und sie nach Hause geholt hatte. »Es tut mir leid, wenn ich dich verletzt habe«, sagte er schließlich.

Dieses Eingeständnis trieb ihr die Tränen in die Augen. Dieser Mann hatte sich in seinem Leben nur sehr selten entschuldigt. Die Erkenntnis gab seinem Geständnis noch mehr Gewicht. »Ich glaube, du wirst es nicht wieder tun«, zog sie ihn auf, aber ihre Stimme war heiser bei diesen Worten.

Ihre Körper preßten sich gegeneinander, sie berührten sich, streichelten sich, Zehen umkreisten einander spielerisch, Hände erkundeten Berge und Täler, während Summer und Nicholas einander in die Augen schauten voller Vorfreude und auch unsicher – wie zwei Fremde, die einander zum allerersten Mal sehen. Ihre Finger fuhren über die Striemen, die Franks Peitschenschläge auf seinen Körper gezeichnet hatten. Er entdeckte ein kleines Muttermal auf ihrer rechten Pobacke.

»Also hier hat dich der Gnom geküßt?« flüsterte er in ihr Ohr, und ahmte dabei ihren irischen Akzent so gelungen nach, daß sie sich nur mit Mühe das Lachen verkneifen konnte.

»Genau«, sagte sie. »Meine Mama hat immer gesagt, es brächte viel mehr Glück, meinen Hintern zu küssen, als den Blarney-Stein.«

»Ist das wahr?«

»Genau, und –«

Aber sie kam nicht weiter. Nick richtete sie auf und zog ihr das Nachthemd über den Kopf. Atemlos warf er es auf den Boden. Dann rollte er sie auf ihren Bauch. Er drückte seine heißen, feuchten Küsse auf ihr Hinterteil und brachte sie vor Überraschung und Empörung zum Kreischen. Sie stieß mit dem Fuß nach ihm, schrie und keuchte und kicherte gleichzeitig, als seine Zunge über ihre empfindlichsten Stellen fuhr, eintauchte, sie leicht nur berührete wie ein Schmetterling. Seine Fingerspitzen folgten diesem Spiel und strichen mal sanfter, mal fester über ihr Rückgrat, ihre Hüften, ihre Pobacken und ihre Schenkel bis hin zu den Knien. Und ihre Zehen krümmten sich vor Erregung. Und ihr verrücktes Gelächter verwandelte sich in ein langsames, leises Stöhnen, das aus ihrem tiefsten Innern zu kommen schien.

»Du magst das, nicht wahr?« fragte er.

Sie schloß ihre Augen und ließ ihren Kopf zurückfallen, ihr Körper wurde ganz geschmeidig. Sie ließ sich mit den zärtlichen, aber bestimmten Berührungen seiner Hände treiben. Er munterte sie auf, streichelte sie. Sie kniete und taumelte gegen ihn. Welch ein Vergnügen!

Dann spreizten seine Knie ihre Beine auseinander, und er glitt langsam, sehr zärtlich in sie, füllte sie mehr und mehr aus, dehnte sie und drang immer tiefer. Sie erstarrte. Er entspannte sich. Ein heißer, durchdringender Schmerz durchfuhr sie, und für einen Moment brachte die Erinnerung an den früheren Schmerz sie in Panik.

»Entspann dich«, flüsterte er ihr ins Ohr. Er umarmte sie fest und hielt still. Die Spannung zwischen ihnen war zum Zerreißen. Erst nach einer Weile, als sie sich beruhigt hatte, begann er wieder, sich in ihr zu bewegen. Und nun war der Schmerz fort, statt dessen empfand Summer ein großes Vergnügen. Ihre Seufzer und das Keuchen und Stöhnen schienen zu einer anderen zu gehören. Jetzt stieß er härter zu, bis sie von selbst den Rhythmus mitmachte.

»Mein Gott, du bist so wunderschön. So verdammt schön.« Seine Stimme klang fest. Sein Atem streifte heiß und feucht ihren Nacken, das Haar hatte er beiseite geschoben. »Und du fühlst dich so gut an.«

Ihre Hände griffen nach seinen Hüften, die sich bewegten. »Meine Brüste sind zu klein«, war das einzige, was ihr zu sagen einfiel.

»Nicht für mich.« Er schloß beide Hände über die kleinen Hügel und streichelte sie so hingebungsvoll, daß ihr Tränen in die Augen stiegen.

»Du warst mit viel schöneren Frauen zusammen als mit mir.«

»Nie.«

»Und mit klügeren.«

»Unmöglich.«

»Aber all diese anderen –«

»Sie waren nicht meine Ehefrau.«

Sie schmolz förmlich. Er nahm sie, drückte sie in die Laken, drehte sie, bis sie nur noch ein einziges Knäuel aus Armen und Beinen und küssenden Mündern und Zungen waren, die sich trafen und wieder zurückzogen.

Ihr wurde ganz heiß. Eine glühende weiße Sonne grub sich in die tiefsten Tiefen ihres Seins, begann zu pulsieren, zu erstrahlen und machte sie hemmungslos. Sie hob sich, drehte sich, schlug um sich, während er ihr Gesicht betrachtete und auf jede ihrer Regungen achtete, in sie stieß und sich aus ihr zurückzog in dem Bemühen, auf sie zu warten.

»Komm, komm schon«, trieb er sie an. Und obwohl Summer in ihrer Unschuld gar nicht wußte, wovon er sprach, schloß sie ihre Augen und ließ ihren Körper fliegen, ließ sich gehen. Die Hitze stieg, sie vergaß alles um sich her. Ihr Schrei war wie eine Litanei der Wollust.

»Nicholas. Oh, Nicholas!« keuchte sie. Und die Sonne implodierte, zog sie mit sich in ihr allesversengendes Mark, dann schleuderte es sie wieder hinaus, bis sie eins mit der Nacht wurde. Wie wunderbar! Wie prächtig, dieses Einsfühlen mit ihm, mit Gott. Das war also das magische…

Langsam, sehr langsam flaute dieses selige Gefühl wieder ab. Summer öffnete ihre Augen und entdeckte, daß ihr Mann sie mit einem Blick betrachtete, der sie mit Glück erfüllte. Er stieß in sie, härter und härter, wilder und verzweifelter, sein Atem kam abgerissen und rauh. Seine Haut begann zu glänzen. Sie grub ihre Finger in die Bettdecke und bewegte sich im selben Rhythmus wie er, genauso erpicht darauf, seinen Hunger zu stillen wie er ihren.

Dann kam er. Er wurde hart wie Stein, er schloß seine Augen und stieß einen Schrei aus. Tief in ihr fühlte sie das Beben wie einen Herzschlag, und die heiße Flut von Samen ergoß sich in ihr. Plötzlich sank er auf sie, zitternd, erschöpft, und sein Atem strich leise und regelmäßig über ihre Wange.

Sie schloß ihre Arme um ihn, zog ihn fest an sich und flüsterte: »Willkommen zu Hause.«

Es war eine Tradition unter den »Kakadus«, daß sie gemeinsam in einem langen Wagenzug ihre Wolle nach Lyttleton brachten. Nicholas und Frank waren gerade mit dem Beladen ihres Wagens fertig, als die Johnsons mit ihrem schweren Wagen auf der Anhöhe erschienen. Dora und Dans Jungs saßen oben auf den Wollballen und machten sich jauchzend ein Spiel daraus, dort oben auf der wertvollen Fracht die Balance zu halten. Summer winkte ihnen freudig von der Veranda entgegen und lachte, als Wayne seine beiden pummeligen Ärmchen in die Luft streckte und vor Freude schrie.

Dora, die als erste vom Wagen gesprungen war, traf Summer auf halbem Weg. Sie kicherten und hakten sich ein wie Schulmädchen.

»Summer, du siehst hinreißend aus«, rief Dora aus, und ihre Augen leuchteten vor Neugier. »Ich denke, alles läuft prima?«

Summers Wangen begannen zu glühen, als sie Nicholas einen Blick zuwarf. Er ging hinüber, um Dan zu begrüßen. »Es geht mir besser als gut«, gab sie zurück.

»Wirklich?«

»Ich werde nun doch nicht nach England zurückkehren.«

»Summer, willst du damit sagen, daß du und Sabre...«

Sie nickte.

Mit einem Aufschrei warf Dora ihre Arme um Summer und wirbelte sie so heftig herum, daß Summers Füße vom Boden abhoben. Nicholas und Dan blickten herüber. Die Jungs unterbrachen ihre Hühnerjagd. Und Frank, der den Hut abgenommen hatte, um sich den Schweiß von der Stirn zu wischen, schüttelte grinsend den Kopf.

»Oh, Summer, das ist wunderbar. Einfach wunderbar. Gratuliere! Dan!« Dora legte ihre Hände vor den Mund und rief: »Dan! Summer bleibt in Neuseeland. Ist das nicht wunderbar?«

Die Jungs jubelten. Dan lächelte. Frank lachte in sich hinein und setzte seinen Hut wieder auf. Nick lehnte mit der Hüfte an seinem Wagen und rollte sich die Hemdärmel bis zu den Ellenbogen hoch. Diese harmlose Handlung allein brachte Summer wieder in Wallungen. Und sie wünschte einen Moment lang, wieder mit Nick allein zu sein, mit ihm das Bett zu teilen und in einer immer andauernden Umarmung zu verschmelzen. Es war kaum zu glauben, daß sie noch gestern um diese Zeit unschuldig war wie ein Neugeborenes.

»Meine Glückwünsche!« rief Dan. In diesem Moment blickte Nicholas auf und zu ihr herüber. Er dachte dasselbe. Sie sah es an dem leichten Zusammenziehen der Brauen, an der sinnlichen Linie um seinen Mund.

Die Tür schlug hinter ihr zu. Sie erinnerte sich an

ihre Gäste und zwang sich, den Blick von Nicholas wieder abzuwenden, und ging aufs Haus zu.

Frühstücksdüfte hingen in der Küche, und der schwache Geruch von Franks Tabak. Dora goß sich noch eine Tasse Kaffee ein. »Also, nun erzähl mal, wie gefallen dir die feineren Aspekte der Ehe?«

Summer ließ sich in einen Stuhl fallen und tat ihr Bestes, um gleichgültig auszusehen. Sie zuckte die Schultern, aber die leichte Röte, die ihr Gesicht überzog, und der Ausdruck, der darin lag, verrieten sie.

Dora lachte, kam zum Tisch herüber und setzte sich. »Seit ich euch beim Picknick zusammen gesehen habe, hatte ich die Vermutung, daß zwischen euch alles gut werden würde. Als er dich um einen Tanz bat, wußte ich es. Es war mehr als offensichtlich, daß dieser Mann verrückt nach dir ist. Und du warst ein absoluter Traum in diesem Kleid.«

»Er hat ein Erbstück dafür verkauft, eine Krawattennadel mit Rubin.«

Dora bekam große Augen. »Wie romantisch!«

»Ich fühle mich deswegen grauenhaft. Und ich wünschte, es gäbe eine Möglichkeit, das Schmuckstück zurückzubekommen.«

»Du könntest natürlich mit Mr. Goldsmith sprechen. Er ist der Juwelier in Christchurch, an den es Nick verkauft haben muß. Vielleicht könntest du es zurückkaufen und könntest es abzahlen.« Dora nippte an ihrem Kaffee. Dann lächelte sie. »Hast du nun aufgehört, dich ständig zu fragen, ob Nick dich liebt? Die Tatsache, daß er ein Erbstück verkauft –«

»Aber er liebt mich nicht«, unterbrach Summer ihre Freundin.

»Nein?«

Sie schüttelte den Kopf. »Er hat es mir gesagt.«

»Ich verstehe.« Dora betrachtete sie gedankenvoll. »Summer, Stolz ist manchmal lauter als Taten. Außerdem, was ist Liebe? Ich schätze, sehr wenige lieben sich wirklich, wenn sie heiraten. Eher ist es wohl so, daß sie in die Idee verliebt sind zu lieben. Oh, zweifellos gibt es ehrliche Zuneigung. Und ganz bestimmt Verlangen. Das Märchenbild vom ›und dann lebten sie glücklich bis an ihr Lebensende‹ ist wohl der Traum einer jeden jungen Frau. Aber im wirklichen Leben ist es nicht so. Wirkliche Liebe braucht Zeit.«

»Aber was ist, wenn er mich niemals liebt? Ich könnte das nicht aushalten. Dora, nicht, so wie ich für ihn empfinde.«

»Hab Geduld.« Dora nahm ihre Hand und drückte sie fest. »Er hat in den letzten Wochen große Fortschritte gemacht. Du hast ihm Leben eingehaucht, Summer.«

»Dora!« rief Dan von der Haustür. »Wir müssen los. Oder wir treffen die anderen nicht mehr.«

Dora stand auf. »Du, Nick und Frank, ihr werdet doch in der Wagenkolonne mitfahren – oder? In den letzten Jahren hat Nick es immer vorgezogen, allein zu fahren, ohne die anderen. Aber bei all dem Ärger mit dem Clan weiß ich nicht, ob das ratsam wäre. Zusammen sind wir sicherer...«

Als die beiden Frauen auf die Veranda traten, waren Dan und die Jungs schon wieder am Wagen, bereit zum Aufbruch. Dan hatte die Pferde schon umwenden lassen. Als Dora zu ihren Männern lief, rannte Summer zu Nick und Frank, die nicht in Eile zu sein schienen.

»Wir fahren doch mit ihnen, oder?« fragte Summer atemlos.

Nick prüfte gerade, ob die Seile, die über die Fracht gespannt waren, auch sicher und straff genug befestigt waren. Er schüttelte den Kopf. »Nein.«

»Was meinst du mit ›nein‹. Du willst doch nicht etwa diese Reise allein machen?«

Seine dunklen Augen wandten sich ihr zu und ließen sie erschaudern. »Ich habe diese Reise in den letzten zwei Jahren allein gemacht. Und ich habe in dieser Zeit nicht ein einziges Mal erlebt, daß einer von ihnen vorbeikam, um mich dazu zu bitten.«

»Da kannten sie dich ja auch noch nicht.«

»Und jetzt kennen sie mich auch noch nicht, Irin.«

»Aber du provozierst ja direkt den Ärger, wenn du allein reist. Die Bande wünscht sich doch nichts mehr, als dich allein und wehrlos vorzufinden auf dem langen Weg.«

»Unser kleines Mädchen hat recht«, mischte sich Frank jetzt ein. »Eine Fackel an diesen Wagen gehalten, und alles ist verloren.«

Summer stand da, die Hände in den Hüften, und schaute zu, wie Nick, den Rücken ihnen beiden zugewandt, die Seile weiter überprüfte. Der Ausdruck von sturer Entschlossenheit auf seinem Gesicht ließ nichts Gutes erwarten. »Weißt du, was dein Problem ist?« fragte sie wütend. »Du bist zu verdammt stolz, und du stehst dir dabei selbst im Wege. Das ist der ganze Grund.«

»Ist das so?«

»Genau so ist es. Sie versuchen, es dir leichtzumachen, und kommen extra vorbei, um dich einzuladen –«

»Es ist aber nicht mein Wohlergehen, an dem ihnen gelegen ist, mein Schatz. Es ist deins.«

»Sei doch nicht dumm!«

Frank lachte in sich hinein, gab seinem Hut einen Schubs und setzte sich auf die Verandatreppe. »Das kann ja heiter werden«, murmelte er und begann Betsy zu streicheln, die gerade schwanzwedelnd um die Ecke kam.

Nick warf ihm einen sarkastisches Grinsen zu. Dann wandte er Summer einfach den Rücken und ging zum Schafstall. Summer rannte ihm hinterher.

»Und was willst du machen, wenn sie dich überfallen?« fragte sie.

»Ein paar von ihnen erschießen, schätze ich.«

»Wie in der Nacht, als sie dich im Haus überwältigt haben?«

»Da hatte ich nicht mit ihnen gerechnet.«

»Sie werden dich im Dunklen angreifen. Wenn sie dich nicht erschießen, werden sie deine Wolle in Flammen aufgehen lassen.«

»Wie kommst du darauf, daß sie genau das nicht auch mit den Johnsons, den Sharkeys oder –«

»Wenigstens wären wir dort alle zusammen. Wir könnten Seite an Seite stehen und gegen sie kämpfen. Allein haben wir doch gar keine Chance.«

Nick stieß die Tür vom Stall auf. Summer folgte ihm auf den Fersen. Ihre Enttäuschung stieg ins Unermeßliche. »Ich glaube, ich habe in meinem ganzen Leben noch keinen stureren Menschen getroffen«, stellte sie fest. »Oder einen, der unfähiger war, Menschen, die ihn nicht verstehen konnten, zu verzeihen. In meinem ganzen Leben werde ich so eine Sturheit nicht verstehen –«

Die Tür fiel zu. Sie wirbelte herum und versuchte,

in der Dunkelheit etwas zu sehen. An der Tür stand Nicholas mit einem Grinsen im Gesicht. Ihr Blick fiel auf seine braunen Hände, die sich an der Hose zu schaffen machten. »Was tust du denn da?«

»Was denkst du denn?« Er lockte sie mit seinem Finger. »Komm her, Mrs. Sabre.«

Sie blickte ihn völlig verdattert an und trat einen Schritt zurück. Aber ein Lächeln spielte um ihren Mund.

»Komm. Komm schon. Sei nicht zimperlich.« Er kam auf sie zu, öffnete einen Knopf nach dem anderen.

»Aber – aber. Man liebt sich noch nicht im Schafstall!«

»Ich liebe meine Frau wann und wo immer ich will.«

»Aber Frank –«

»Ist nicht blöd. Er wird uns nicht stören.«

Summer stieß gegen den Sortiertisch. Er kam immer näher. Ihr Herz klopfte wie verrückt. Sie war sicher, daß er es hören konnte. »Aber was ist mit mir?«

»Was ist mit dir?«

»Wenn die Bande uns angreift, könnten sie mich erschießen.«

»Sind wir immer noch bei diesem Thema?«

Er war nun so dicht vor ihr, daß sie ihren Kopf nach hinten fallen lassen mußte, um ihm ins Gesicht sehen zu können. Es war erhitzt. Sie begann mit ihren Fingern über seinen Mund, sein Kinn, seine Wangenknochen zu streicheln.

»Ich will dir mal was sagen«, murmelte er. »Vielleicht kannst du mich überzeugen, mit den anderen nach Christchurch zu fahren.«

»Dich überzeugen? Nun, wie denn?«

Er umspannte mit seinen Händen ihre Taille und hob sie mit Leichtigkeit auf den Tisch. Er drückte ihre Knie auseinander und hob ihren Rock. Um seinen Mund spielte ein sinnliches Lächeln.

»Ich zeig dir wie.«

15

Sie waren schon sechs lange Stunden unterwegs. Und bisher gab es noch keinerlei Hinweise darauf, daß die Leute von Tennyson etwas im Schilde führten. Aber bald würde es dunkel werden, die Sonne ging wie ein feuerroter und gelber Ball hinter den schneebedeckten Berggipfeln der südlichen Bergkette unter. Wenn es Ärger geben würde, dann in der Nacht.

Summer und Frank saßen auf der heruntergeklappten Seitenwand des Wagens. Er schnitzte an einem Stück Holz und pfiff vor sich hin. Zwischendurch gab er immer wieder mal eine Geschichte von seinem Leben in der texanischen Prairie zum besten. Nick hatte sie alle schon gehört... viele Male. Aber Summer lauschte wie gebannt auf die Erzählungen von den Comanchen und den schlimmen texanischen Schlachten um die Unabhängigkeit von Mexiko.

»Tja. Sie alle starben. Jeder einzelne von ihnen. Die Mexikaner haben sie regelrecht abgeschlachtet. Es war eine richtige Mauer von Leichen, das einzige, was übriggeblieben war. Und der General gab nicht mal den Helden ein christliches Begräbnis. Sie wurden in Kerosin getaucht und verbrannt. Nur Sam Houston bekam ein paar von seinen Leuten zurück.«

Nick war einen Blick über seine Schultern. Wie die letzten Sonnenstrahlen in Summers wundervollem Haar tanzten!

Verheiratet. Die Idee allein schien vollkommen lächerlich und – nervtötend. Aber was geschehen war, war geschehen. Er würde damit leben lernen, wenn er mußte. Summer war jung und unerfahren. Aber er mußte zugeben, daß sie eine eifrige und willige Schülerin in der Kunst des Liebens war. Und trotzdem... ihre Anbetung und ihre Liebesschwüre beunruhigten ihn schon. Er war nie besonders begabt darin gewesen, Gefühle auszudrücken, die er gar nicht empfand. Und die Wahrheit war, daß er überhaupt nicht wußte, was er eigentlich für Summer fühlte. Dieses Bedürfnis, mit ihr zusammenzusein, durfte keinesfalls mißverstanden werden. Es war Begierde. Gut, er brauchte sie wahrscheinlich körperlich, aber er würde ihr nie, aber auch niemals sein Herz schenken. Darin lag nichts als Ärger, Enttäuschung und Schmerz. Davon hatte er genug erlitten, genug für ein ganzes Leben.

Sie fuhren noch etwa eine Stunde, dann hielten sie und stellten ihre quietschenden, überladenen Wagen im Kreis für die Nacht auf. Lagerfeuer wurden entzündet, Abendessen zubereitet. Kinder und Hunde stürmten über das weite Flachland und kümmerten sich weder um das Bitten, noch um das energische Schelten der Eltern, die es lieber gesehen hätten, daß ihre Sprößlinge innerhalb des sicheren Kreises spielten.

Vicesimus Sellers nahm seine Violine heraus und

begann zu spielen. Sie tanzten, stampften mit ihren Füßen im Takt, holten ihre guten Tropfen vom Wagen und reichten Krüge mit selbstgemachtem Likör herum. Bis die Männer sangen und grölten. Frank brachte ihnen einen komplizierten Tanz ums Feuer bei, und er behauptete, es sei ein Comanchen-Kriegstanz. Arnold Sharkey hob eine Handvoll Pferdeäpfel auf und schleuderte sie zu dem Alten, humorvoll drohend, er sei ein schlimmer Lügner. Daraufhin begann Frank wieder mit einer seiner Geschichten von alten Tagen in Texas; die meisten Kakadus schlichen sich davon... schnell.

Nick hielt einigen Abstand zu den anderen. Er entsicherte sein Gewehr, prüfte die Wagendecke und die Ballen wohl an die hundert Mal. Wolkenbrüche gab es in dieser Zeit des Jahres sehr oft. Dann setzte er sich mit gekreuzten Beinen ans Feuer und malte mit einem Zweig Zahlen in den Boden. Er versuchte seinen möglichen Gewinn auszurechnen. *Bitte, Gott, laß es doch wenigstens genug sein, um das nächste Jahr zu überleben.* Schließlich hatte er ja nun auch noch die Verantwortung für eine Frau.

»Nicholas?«

Er blickte auf. Über ihm stand Summer. Sie war wunderschön.

»Was machst du hier so ganz allein?«

Schulterzuckend zwang er sich, die Augen von ihr zu lassen, und wandte sich wieder seinen Zahlen zu.

Sie kniete sich neben ihn auf die Erde. »Du bist schon wieder so ungesellig«, warf sie ihm vor.

»Möchtest du, daß ich aufstehe und mit Frank tanze?« Er grinste, aber nur ein wenig.

»Ich hätte nichts dagegen, wenn du mit mir

tanzt«, antwortete sie mit einem süßen Lächeln. Sie legte ihm eine Hand aufs Knie. »Aber ich verstehe schon. Du bist eben schüchtern.«

Das brachte ihn zum Lachen. Schüchtern war er wirklich nie gewesen!

»Ein paar von den Leuten glauben, daß du glaubst, du seist etwas Besseres.«

»Sagen sie das?«

Sie nickte. »Ich glaube, du machst dir zuviel Sorgen darüber, was sie von dir denken. Du solltest es wirklich mal so versuchen, einfach entspannen und dabeisein. Wenn sie dich erst mal kennen, so wie ich, werden sie dich auch lieben.«

Natürlich werden sie das, wollte er gerade sagen, aber er wurde von Nan Sharkey unterbrochen, die nach Summer rief.

Nan kam auf sie zugelaufen, mit einem breiten Lächeln auf dem Gesicht und mit Phoebe in den Armen. »Hier seid ihr«, sagte sie.

»Wärst du immer noch bereit, auf das Baby aufzupassen, während ich mit Arnie tanze?«

»Natürlich.« Summer streckte ihre Arme aus. Und Nan legte ihr das Kind hinein, warf noch einen prüfenden Blick, ob Phoebe auch gut genug eingewickelt war in ihre Decken und kein Däumchen und kein kleiner Zeh herausguckte, dann war sie fort.

»Mein Gott«, murmelte Summer, während sie das schlafende Bündel in ihrem Arm betrachtete. »Ist sie nicht entzückend, Nicholas?«

»Ja«, antwortete er und konnte seine Augen nicht von Summers Gesicht lassen. »Ja, das ist sie«, sagte er weich.

»Da gibt es etwas, das einen an Wunder glauben

läßt, wenn man so ein Kind anschaut. Findest du nicht?«

Er nickte.

Ihr Lächeln vertiefte sich. »Nimm sie«, sagte sie.

»Nein, ich –«

»Na los, Nicholas. Sei kein Feigling.«

»Ich habe noch nie ein Baby gehalten.«

»Aber es gibt immer ein erstes Mal im Leben.«

Vorsichtig, ganz vorsichtig legte sie ihm das Kind in den Arm und vergewisserte sich, daß das kleine Köpfchen sicher und gut in seiner Armbeuge ruhte. So saßen sie eine ganze Weile, beide betrachteten das schlafende Kind und das faszinierende Mienenspiel auf seinem Gesicht. Gerade schien es saugen zu wollen, spitzte sein kleines Mündchen.

Summer lachte.

Nick lachte.

Nase an Nase blickten sie plötzlich auf und einander direkt in die Augen. Sie hielten den Atem an.

»Stell dir mal vor«, flüsterte Summer. »Irgendwann einmal, wenn wir Glück haben, halten wir unser eigenes Kind in den Armen. Würde dir das gefallen, Nicholas?«

Er blickte wieder auf das Baby, und ein tiefes Gefühl überkam ihn. Ihre Worte brachten in ihm eine Fülle von leuchtenden Bildern hervor. Und ihm wurde mit einem Mal bewußt, daß er sich nichts sehnlicher wünschte als ein Haus voller Kinder von Summer. Und diese Erkenntnis machte ihn sprachlos.

»Was hast du?« fragte Summer besorgt.

Er sagte nichts, reichte ihr nur das Baby zurück und stand auf. Er klopfte sich den Staub von den Beinen und von seinem Hinterteil.

»Da ist vor allem eins mit Kindern«, sagte Summer. »Sie lieben dich, egal, welche Fehler du im Leben auch machst.«

»Das ist wahr«, gab er zurück und verschwand in der Dunkelheit.

Es war kurz vor zehn, als Dan Johnson auf seinen Wagen stieg und um Aufmerksamkeit bat. »Ich brauche Freiwillige für die erste Nachtwache«, verkündete er laut.

Mehrere Männer traten vor. Nach einem Moment des Zögerns ging auch Nick zu ihnen. Dann fuhr Dan mit der Einteilung für die zweite Wache fort. Als sich alle fertigmachten, um an ihre Plätze zu gehen, richtete sich Allen Johnson in dem Wagen seines Vaters auf und deutete in die Nacht. »Ein Feuer dort drüben, Pa!«

Alle Blicke richteten sich zu dem flackernden Licht in der Ferne.

»Was kann es sein?« flüsterte eine Frau.

Dick Thorndike, Royce Beckett und Dan Johnson griffen nach ihren Gewehren. Nan und Dora und Fanny und all die anderen Frauen liefen umher, um die Kinder in Sicherheit zu bringen. Jeff pfiff nach seinem Hund und geriet in Panik, als der schwarzweiße Schäferhund nicht erschien.

Alle Männer nahmen nun ihre Waffen und machten sich auf den Weg, gingen auf das Licht am Horizont zu. Frank ging neben Nick in Stellung, sein Gewehr hielt er im Arm wie ein Baby. »Ich rieche Ärger«, meinte er. »Kriegst du was von diesem Gestank in die Nase?« Das riecht nach Fleisch und verbranntem Haar, darauf könnte ich mein Leben wetten. Davon habe ich genug gerochen, als ich noch mit den Farmern ritt. Dieser Gestank hier ist tierisch. Würde sagen, Schaf. Nichts riecht schlimmer als verbrannte Wolle, außer vielleicht menschliches Haar.«

»Halt 's Maul, Frank«, rief einer von hinten. »Du machst mich nervös.«

Es stellte sich heraus, daß Frank recht gehabt hatte. Mindestens ein Dutzend Schafe waren abgeschlachtet worden. Ihre blutüberströmten Kadaver waren einer auf den anderen geschichtet und in Brand gesetzt worden. Dann entdeckte Jeff Mead seinen geliebten Hund mitten in der Feuersbrunst. Sein Kopf war voller Blut und seine Augen glasig.

»Mein Hund!« schluchzte er auf. »Sie haben Tippie ermordet! Bastarde! Mörder! O mein Gott, sie haben meinen Hund umgebracht.«

Bis die Männer schließlich wieder bei den Wagen angekommen waren, hatte sich Jeff in eine so rasende Wut hineingesteigert, daß es sechs Männer brauchte, um ihn gewaltsam davon abzuhalten, in die Berge zu reiten und sich zu rächen. Obwohl es keinen unter den Leuten gab, der es Jeff nicht nachgefühlt hätte. Für einen Schaffarmer kam als vertrauter Freund zuerst die Frau, falls er eine hatte, und gleich danach der Hund. Es würde Jeff Mead Jahre kosten, ein neues Tier anzulernen, bis es ein wirklicher Ersatz für Tippie war.

Die Frauen hatten inzwischen viel Aktivität und Tatendrang entwickelt. Sie hatten die Pferde losgemacht und innerhalb des Wagenkreises in Sicherheit gebracht. Sie hatten aus Ästen und Baumstämmen, so gut es eben ging, Barrikaden errichtet und sie hatten die restlichen Gewehre geladen und bei der Hand.

Aber wo war Summer?

Nick lief durch die Menge und suchte sie verzweifelt. Er fragte Frauen und Kinder, ob sie seine Frau vor kurzem noch gesehen hatten. Er war sehr beunruhigt.

»Wayne! Wayne Johnson, du kommst sofort zu dem Wagen zurück!« Doras Stimme war voller Panik.

Nick hielt Royce Becketts Frau an. Wie erstarrt blickte sie ihn an, als ob er plötzlich einen anderen Kopf auf dem Hals trug. Der alte Unmut und die Befangenheit kehrten augenblicklich zurück. »Haben Sie meine Frau gesehen?« fragte er mit ruhiger Stimme.

»Nein«, gab sie zurück und hastete davon.

Mit geballten Fäusten sah er ihr nach, wie sie zur anderen Seite des Camps flüchtete, dann machte er auf dem Absatz kehrt und ging zu seinem Wagen zurück. Er entdeckte Frank, der neben Dan und Arnie stand und mit leiser Stimme auf sie einredete. Nick dachte daran, sie zu rufen und sie wissen zu lassen, daß Summer verschwunden war, aber ihm versagte plötzlich die Stimme. Seine Kehle war vor Angst wie zugeschnürt. Er hatte diese Art von Furcht nicht mehr empfunden, seit ein halbes Dutzend Scotland-Yard-Polizisten ihm Handschellen umgelegt hatten und ihn wegen Mordes an Lord Price gefangennahmen.

In diesem Augenblick bewegte sich etwas unter der Plane. Eine Locke rotblonden Haares kringelte sich herunter. Nick reichte mit der Hand nach oben und warf die Decke zur Seite. Summer blinzelte ihn an, ebenso Betsy.

»Was, zum Teufel, macht ihr denn da?« Seine Stimme war vor Panik ganz laut.

»Wir verstecken uns«, antwortete sie.

Er schloß kurz seine Augen, dann griff er sie unsanft bei den Schultern und schüttelte sie so fest wie er konnte. »Verdammt noch mal, Summer, du hast mich zu Tode erschreckt.«

»Hab' ich das?«

»Ich dachte, diese Männer hätten...« Er schüttelte sie wieder, aber nicht mehr so brutal, weil sein Ärger und seine Angst langsam verschwanden und er sich nur noch erleichtert fühlte.

Farbe zog über ihre Wangen. Summer blickte ihn an, ihr weicher Mund öffnete sich. Sie sah so zerbrechlich aus, und so klein. Ihre Veilchenaugen waren weit aufgerissen vor Verwirrung. Ob es die noch nicht ausgestandene Angst vor der Bande war oder Alarm wegen seines Verhaltens, konnte er nicht sagen. Wie neulich, als die Schafzüchter angegriffen worden waren und er sich auf Virgil McIlhenny hatte stürzen müssen, weil dieser im Begriff stand, seine Hand gegen Summer zu erheben, traf ihn die Erkenntnis, daß er sie verlieren könnte, mit voller Kraft. Er wollte seine Hände in ihrem wunderschönen Haar vergraben und sie zwingen, ihm zu versprechen, daß sie sich niemals mehr aus seiner Sichtweite entfernen würde, solange sie lebte.

»Es tut mir leid«, sagte sie. »Ich bin hier nur reingekrochen, weil du weg warst. Ich hab' ja auch nicht gedacht, daß du dich so sorgen würdest –«

»Da sind böse Männer hier draußen, die vor Mord nicht zurückschrecken, ich komme zurück, und meine Frau ist fort, und du glaubst nicht, daß ich mich sorgen würde.«

»Aha«, sagte sie nur, und ein leises Lächeln spielte um ihre Lippen. »Ein Mann sollte sich um seine

Frau sorgen. Ich war mir nur nicht sicher, daß du so empfindest, Nicholas... empfindest du etwas für mich?«

Die Direktheit ihrer Worte ärgerten ihn. Er lokkerte seinen Griff um ihre Schultern, senkte seine Hände und blickte ihr in die Augen. Tausende von Gedanken und Gefühlen wirbelten in ihm auf. Wie konnte er Summer gestehen, daß sie ihm sehr viel bedeutete, wenn er noch nicht einmal sicher war, ob er es sich selbst zugestehen konnte? »Du bist meine Frau«, sagte er schließlich und wählte seine Worte sehr bedachtsam. »Darum habe ich die Verantwortung für dich. Ich wäre wohl kein richtiger Mann, wenn ich mich davor drücken würde, oder?«

»Und das ist alles, was ich dir bedeute? Eine Verantwortung?« Ihre Stimme zitterte vor Ärger, aber auch, weil sie so sehr verletzt war.

Nick schloß niedergeschlagen die Augen und schüttelte den Kopf. »Das meinte ich nicht.«

»Aber das hast du gesagt.«

»Ich meinte nur...« Summer drehte sich um, aber er hielt sie fest. Sie blitzte ihn mit ihren vor Enttäuschung dunklen Veilchenaugen an. »Natürlich bedeutest du mir etwas«, sagte er leise. »Es bedeutet mir sehr viel, was mit dir ist.«

Summer entzog ihm ihren Arm und rieb ihn. Die Wut, die sie noch eben ergriffen hatte, wandelte sich in Melancholie. »Du sorgst dich, was mit deinem Hund ist. Und mit deinen Schafen. Sich zu sorgen, was mit einem anderen ist, und wirklich für jemanden etwas empfinden, das sind zwei verschiedene Dinge.«

Summer sprang mit einem Satz vom Wagen auf und lief zu Nan, um ihr zu helfen, die weinenden Kinder zu beruhigen.

Summer konnte nicht schlafen. Sie hörte das leise Gemurmel von einigen Männern, denen es ebenso erging, und vereinzelt das Wimmern von Kindern. Hin und wieder bellte ein Hund. Männer hielten Wache. Frauen hoben ihre Köpfe aus ihren Verstekken und ermahnten die Männer, vorsichtig zu sein.

Eine Stunde vor Morgendämmerung kam Nick zu Summer unter die Plane. Er ließ sich erschöpft und seufzend neben sie fallen.

»Kein Lebenszeichen von ihnen?« fragte sie.

»Nichts«, antwortete er mit müder Stimme und streichelte Betsy, die sich dicht an Summers Schenkel gekuschelt hatte.

Summer erwartete, daß er sie berühren würde, aber er tat es nicht. Schließlich drehte sie sich zu ihm um und legte ihren Kopf auf seine Schulter. Nach einer Weile sagte sie leise: »Ich habe dich vermißt. Es tut mir leid, daß ich vorhin so böse geworden bin. Ich weiß, daß du dein Bestes tust. Es ist ja nicht so, daß du mich wirklich von Anfang an hier bei dir haben wolltest. Ich muß einfach lernen, geduldig zu sein.«

Er beugte seinen Arm und begann ihr Haar zu streicheln.

Beide sprachen in der nächsten Stunde kein Wort, bewegten sich auch nicht. Und sie waren beide erleichtert, als sie die Plane beiseiteschieben und den neuen Tag begrüßen konnten.

Der Rest der Reise verlief ohne jeden Zwischenfall, fast war es langweilig. Der Wagenzug erreichte die kleine, geschäftige Stadt Lyttleton gegen Mittag. Die Züchter fuhren direkt zu dem Platz am Hafen, auf dem die Auktion stattfinden sollte. Summer war nervös. Sie befürchtete weiterhin Ärger. Schließlich gab es rund um die Stadt ja genug Farmer. Aber sie erfuhr, daß dies die einzige Gelegenheit des ganzen Jahres war, wo die beiden Parteien zusammenkamen und nicht aneinandergerieten, so eigenartig das auch war. Die Farmer und die »Kakadus« hatten in diesen Tagen ein gemeinsames Ziel im Kopf, und zwar für ihre Wolle den höchstmöglichen Preis zu erzielen.

Die Ballen wurden angenommen und nach Namen und Gewicht registriert. Danach steckten die Farmer und die »Kakadus« ihre Köpfe zusammen und debattierten darüber, wessen Wolle zuerst drankommen würde, wenn morgen früh bei Sonnenaufgang die Auktion begann. Die Käufer würden hoch bieten für die beste Wolle. Die Wolle wurde genau begutachtet nach ihrer Qualität: Dicke, Haltbarkeit, Länge und Sauberkeit. Wolle, die schwer verschmutzt war, verfilzt oder von Disteln und Flöhen übersät, würde nur minimale Preise erzielen.

Zu Summers Entzücken und Nicholas' und Franks Überraschung wurde Nicks Wolle ausgewählt, als erste in die Versteigerung zu kommen. »Deine Wolle ist die beste«, behauptete Ben Beaconsfield und schlug ihm auf den Rücken. »Natürlich bedeutet das, daß du uns alle heute abend zu einer Runde Bier ins Gasthaus einladen mußt.« Und mit einem Augenzwinkern zu Summer fügte er erklärend hinzu: »Es ist Tradition, daß wir alle am Abend vor der Auktion ziemlich verrückt sind. Nick war vorher nie dabei. Das sollte also eine gute Gelegenheit für ihn sein, seinen Einstand zu geben.«

Das Rennen zurück nach Christchurch war wild und ausgelassen. Die Stadt, die sowieso schon barst mit ihren ständigen Bewohnern und denjenigen Farmern, die ihre Ernte dieses Jahr sehr zeitig eingebracht hatten, schwoll jetzt förmlich über mit den vielen Schafzüchtern. Ihre Wagen standen überall an den Rändern der staubigen Straßen oder an den Ufern des schönen Avon River, um den die Stadt gebaut war. Viele Familien, die es sich nicht leisten konnten, Zimmer in den üblichen Unterkünften zu beziehen, stellten ihre Zelte am Fluß auf. Andere schliefen gerade da, wo es ging – auch bei den Hufschmieden, die ihre Pferde diesmal auf die Weiden gebracht hatten und ihre Ställe als Lager den unverheirateten Männern anboten. Die öffentlichen Häuser und Kirchen boten auch eine Schlafstelle.

Während Frank zu dem Hufschmied schlenderte, gelang es Nick, für sich und seine Frau ein kleines, einfaches Zimmer im Hotel zu bekommen. Das letzte. Er zahlte für zwei Nächte im voraus, und Summer blickte aus dem Vorderfenster auf die belebten Straßen. Bis er fertig war und sie zusammen die Treppe hinauf in ihr Zimmer gingen.

Der Raum bot sehr wenig. Ein Fenster, das sich nicht öffnen ließ, ein Bett, das kaum für einen groß genug war, eine Waschstelle mit einem Spiegel. Aber immerhin, fand sie, war es hier sehr viel besser, als irgendwo in einer Scheune zu schlafen.

Sie stand am Fenster und blickte hinunter auf die geschäftige Straße. »Und was geschieht jetzt?« wollte sie wissen.

Nick stellte sich hinter sie und blickte über ihren Kopf nach unten auf die Straße. »Wenn ich die Frauen mit den vielen Päckchen so sehe, würde ich sagen, die Frauen sollten einkaufen gehen.«

Sie grinste ihn an. »Und wohin gehen die Männer in der Zeit?«

»Trinken, huren. All diese typisch männlichen Aktivitäten.«

»Aber ich dachte, hier gibt es kaum Frauen.«

»Frank sagte, daß ein Schiff im Hafen liegt. Das bedeutet im allgemeinen, daß Frauen drauf sind. Wenigstens eine Zeitlang.«

»Oh.«

Er wandte sich ab, und Summer drehte sich um und schaute ihm nach. Sie lehnte an dem Fenstersims und sah ihm zu, wie er ein sauberes Hemd aus dem Koffer zog und versuchte, mit seiner Hand die Falten herauszubügeln. Er gab schnell auf, zog sein getragenes Hemd aus und zog sich dafür das saubere über. Dann band er sich das Tuch, knotete es sehr sorgfältig am Hals und zog sich seinen Rock über.

»Ich gehe davon aus, daß du ausgehst«, sagte sie.

Er nickte und wischte sich den Staub von den Stiefeln.

Mit einer ungewohnten Schärfe in der Stimme sagte sie: »Ich hoffe, du hast nicht vor zu huren.«

Er blitzte ihr ein abweisendes Lächeln zu, gerade als es an der Tür klopfte. Es waren Dora und Nan.

»Komm einkaufen mit uns«, bat Dora. »Ein Schiff aus London hat angelegt, mit Porzellan, Möbeln und Kleidern.«

»Na, komm schon«, ertönte Nan. »Wir sparen das ganze Jahr für diese Einkaufsorgie. Arnie und Dan passen solange auf die Kinder auf. Sie haben doch nichts dagegen, Mr. Sabre?«

Er blickte sie kaum an. »Natürlich nicht.«

Summer runzelte die Stirn.

Dora nahm sie am Arm. »Beeil dich, bevor die besten Sachen weg sind.«

»Ich muß noch meinen Hut holen«, gab Summer

zurück. Sie setzte ihn fesch auf ihren Kopf und betrachtete seine abgeknickte Feder im Spiegel. Und sie suchte den Blick von ihrem Mann.

»Beeil dich!« beharrten die Freundinnen.

»Ja, ja«, murmelte Summer und ging zur Tür. Noch einmal blickte sie sich um und sah, wie Nick sich mit einem sauberen schwarzen Seidenband das Haar zurücknahm. »Ich nehme an«, sagte sie zu den beiden Frauen, »wenn ein Schiff im Hafen liegt, wird die Stadt voller randalierender Seeleute sein...?«

Nicholas' Kopf schoß hoch, seine Augen zogen sich zusammen.

»Zweifellos«, antwortete Dora.

»Gut.« Summer lächelte und wandte sich zum Gehen. Sie schlug die Tür hinter sich zu. Genauso schnell öffnete sie sich wieder, und Nick blickte sie an.

»Du wirst Geld brauchen zum Einkaufen«, sagte er und reichte ihr ein paar Münzen und einige Geldnoten.

»Danke«, sagte sie.

»Nichts zu danken.«

Sie drehte sich zu Nan und Dora um, die an der Treppe warteten.

»Und, Summer...« rief Nick ihr nach.

Sie blickte sich um.

»Viel Spaß«, sagte er mit weicher Stimme.

Dora erstand ein blau-weißes Teeservice. Nan kaufte Stiefelchen für Phoebe und einen schönen Stoff für ein Kleid. Summer stand am Fenster des Geschäftes und blickte hinaus auf die Straße.

»Summer?« ertönte Doras Stimme hinter ihr. »Was ist?«

»Nichts.«

»Irgend etwas ist nicht in Ordnung«, sagte Nan. »Wenn eine Frau keinerlei Interesse daran hat, das Geld ihres Mannes auszugeben, dann stimmt etwas nicht.«

Summer konnte sich nicht helfen. Sie lachte. Sie wandte ihr Gesicht den beiden Freundinnen zu und sagte: »Er hat mir dieses hübsche Kleid gekauft. Ich denke nicht, daß ich noch mehr erwarten darf.«

Dora hob ihre Augenbrauen und warf Nan einen Blick zu. »Man sieht, sie ist frisch verheiratet.«

»Es kommt mir einfach komisch vor, sein Geld auszugeben«, fuhr Summer fort.

»Aber bestimmt gibt es Dinge, die ihr braucht. Kleidung, Haushaltsartikel...?«

»Wir brauchen Lebensmittel und Bauzubehör.«

Nan zog ihre Nase kraus. »Himmel! Das macht keinen Spaß.« Sie wies mit der Hand zum Auslagenfenster. »Bestimmt gibt es in einem der Lädchen etwas, das dich dazu verführen könnte, verschwenderisch zu sein.«

Summers Blick wanderte über die Reihe von hübschen weißgetünchten Häusern. Es gab einen Laden, in dessen Erkerfenster die schönsten Dekorationsgegenstände ausgestellt waren. Emu-Eier, importiert aus Australien. Summer überlegte einen Moment lang, wie nett die sehr ausgearbeiteten Artikel sich auf dem petticoatbedeckten Tisch im Wohnzimmer zu Hause machen würden. Aber schnell verwarf sie die Idee wieder und schüttelte mit Nachdruck den Kopf. Irgendwie gehörte Sabre, hochwohlgeboren, nicht zu der Sorte von

Männern, die solche Stücke im Haus schätzen würden.

Dann entdeckte sie jedoch den Juwelier. »Vielleicht…«, murmelte sie.

Dora und Nan kamen schnell herbei.

Summer hastete zur Tür. Ihre Freundinnen folgten auf dem Fuße. Sie ging direkt zum Auslagenfenster von Goldsmith und blickte hinein. Der Laden war klein, dunkel, und obwohl nicht annähernd so voll wie die anderen, waren doch ein paar Frauen dort drinnen. Sie schaute ihre Freundinnen an, tat einen tiefen Atemzug und ging in den Laden. Eine Weile brauchte sie, um ihre Augen an die Dunkelheit zu gewöhnen. Goldsmith selbst war damit beschäftigt, eine Kundin zu bedienen, die mit dem Rücken zur Tür saß und offensichtlich versessen auf einen Kauf war.

Dora beugte ihren Kopf nahe an Summers und sagte leise: »Das ist Blannie Tennyson.«

»Roy Tennysons Tochter?« flüsterte diese zurück.

»Frau!« erwiderte Nan mit Nachdruck. »Kannst du es glauben? Sie wäre jung genug, um seine Enkelin zu sein.«

Goldsmith blickte auf, richtete seine Brille auf der breiten Nase und lächelte. »Ich komme sofort zu den Damen.«

»Ja, natürlich«, murmelte Nan leise. »Sobald Sie Ihrer Hoheit genügend Ehre erwiesen haben.«

Summer konnte kaum das Lachen unterdrücken. Sie ging zu der Vitrine und suchte die Kollektion von Uhren, Broschen, Krawattennadeln und Armbändern ab. Die beiden anderen trotteten hinter ihr her.

»Man sagt, es war eine arrangierte Ehe«, fuhr Dora mit gesenkter Stimme fort.

»Das muß es wohl gewesen sein«, gab Nan zurück. »Welche Frau, die noch bei Trost ist, würde so einen alten Bock heiraten?«

»Ich habe gehört, sie ist nicht glücklich.«

»Wärst du's?« fragte Nan.

»Ihr Vater war Roys Geschäftspartner in London. Manche Leute sagen, er hat sich mit dieser Ehe den Weg in die Gesellschaft gekauft. Andere sagen, es gibt eines, was Tennyson mehr ersehnt als Macht und Kontrolle, nämlich einen Sohn, der einmal alles erben kann.«

»Ich kann mir keine schlimmere Hölle denken, als mit einem Mann verheiratet zu sein, den ich nicht liebe«, sagte Nan.

Summer blieb stehen und blickte sich um. Ihre Blicke trafen auf Dora, die Nan zublinzelte, dann wieder zurück auf die Auslagen.

»Wenn du das, was Nan gesagt hat, auf deine eigenen Umstände beziehst – bitte nicht.«

»Natürlich nicht«, sagte Nan. »Das ist doch eine völlig andere Sache.«

»Ist es das?« fragte Summer. Und sie haßte sich dafür, daß sie fühlen konnte, wie Röte ihr Gesicht überzog. »Nicholas könnte anderer Meinung sein. Er hat ziemlich klargemacht, daß er unsere Situation akzeptiert, weil er kaum eine andere Wahl hat, nicht, weil er glücklich damit ist.«

Sie wandte sich ab und versuchte, die Tränen zu unterdrücken, aber es gelang ihr nicht. Der Raum verschwamm vor ihren Augen.

»Suchen Sie etwas Bestimmtes?« fragte Mr. Goldsmith.

Summer rieb verlegen ihre Hände an dem Kleid und tat ihr Bestes, zu lächeln. »Ich habe mich gefragt –«

Ihre Stimme erstarb, als sie über Blannie Tennysons Schulter blickte und in der behandschuhten Hand Nicholas' Rubinnadel entdeckte. Blannies aristokratische Stimme erhob sich:

»Das ist aber wirklich etwas ganz Besonderes, Mr. Goldsmith. Erstaunlich! Ich habe ein burgunderfarbenes Kleid, es wird wundervoll zusammen aussehen. Ich werde dieses Stück nehmen.«

»Das können Sie nicht!« platzte Summer heraus.

Blannie blickte sich um, die Augen weit aufgerissen vor Überraschung. Goldsmith nahm sich die Brille von der Nase. »Verzeihen Sie?« sagte er.

»Dieser Rubin gehört meinem Mann.«

»Meine liebe junge Frau, dieser Rubin gehört mir«, antwortete er. »Ich habe ihn vor einigen Tagen gekauft, von –«

»Mein Mann ist Schäfer. Er hat ihn verkauft, um mir ein besonders schönes Kleid schenken zu können.«

»Sie sind die Frau von Nicholas Sabre?«

Summer nickte, und ihre Augen wanderten wieder zu dem Juwel in Blannies Hand. »Ich kam in der Hoffnung hierher, ich könnte ihn zurückkaufen.«

»Aha.« Goldsmith spreizte seine Hände, dann schenkte er ihnen allen ein irritiertes Lächeln. Er war völlig aus der Fassung gebracht. »Wie Sie sehen, haben wir ein Problem. Mrs. Tennyson wünscht die Nadel zu kaufen, und –«

»Aber sie gehört meinem Mann. Sie ist schon seit Generationen in seiner Familie.«

»Ich habe vollstes Verständnis für Sie, Mrs. Sabre. Wenn Sie zehn Minuten früher gekommen wären –«

Summer wandte sich nun direkt an die junge Frau

von Roy Tennyson. »Bitte, Madam, ich wäre Ihnen unendlich dankbar, wenn Sie davon absehen würden, diese Nadel zu erwerben. Es ist wichtig, daß ich sie habe.«

Blannie betrachtete das Juwel einen Moment lang, bevor sie wieder Summer anblickte. Ihr Gesicht schien ungewöhnlich blaß, wie Summer feststellte.

Mr. Goldsmith lehnte sich über die Ladentheke und runzelte die Stirn.

»Mrs. Sabre, ich muß mich entschuldigen, wenn ich Ihnen zu nahe trete, aber wenn ich Ihnen die Nadel anbieten würde, hätten Sie denn das Geld, sie auch zu kaufen?«

»Ich hatte gehofft, daß wir irgendein Arrangement bezüglich der Abzahlung treffen könnten –«

»Unmöglich!« Er schüttelte den Kopf. »Mrs. Tennyson hat angeboten, in bar zu zahlen. Und auch wenn sie das nicht getan hätte, ich hätte Ihrem Angebot wohl kaum zustimmen können.«

»Würde es Ihnen etwas ausmachen, mir zu sagen, warum nicht?«

»Ehrlich gesagt, Madam, ›Kakadus‹ sind ein unakzeptables Risiko.«

»Mein Geld ist ebensogut wie das von anderen.«

»Natürlich ist es das. Wenn Sie es haben.«

Blannie stieß ihren Stuhl zurück und blieb einen Moment mit den Händen auf der Theke stehen. Erst jetzt bemerkte Summer, daß sie schwanger war.

»Bitte packen Sie die Nadel gut ein«, sagte sie zu dem Juwelier. »Mein Mann wird später vorbeikommen zu zahlen.«

Ohne Summer noch einmal anzusehen, nahm Goldsmith die Nadel und verschwand hinter einem

Vorhang. Blannie ging zur Tür und blieb dort stehen, mit dem Rücken zu ihnen, bis der Juwelier mit dem Päckchen zurückkehrte. Sie bedankte sich höflich und ging aus dem Geschäft.

Dora nahm Summers Arm. Ohne noch irgend etwas zu Goldsmith zu sagen, verließ das Dreigespann den Laden. In den nächsten zwei Stunden taten Dora und Nan ihr Bestes, Summer von dem Vorfall abzulenken. Sie gingen in Stoff- und Porzellangeschäfte und nahmen ihren Tee in einem Hotel. Sie promenierten auf den Uferwegen des Avon River, entdeckten einen Verkäufer, der eine Vogelausstellung hatte. Und sein bestes Stück wear ein Kakadu, ein riesengroßer, ursprünglich weißer Vogel, mit einem häßlich geschnittenen Kopf und Schnabel und großen roten Ringen um die Augen. Der Vogel streckte seinen Kopf Summer entgegen und schrie: »Oh, das ist aber gar nicht schön. Komm her, Liebstes, und gib uns einen Tropfen Whisky, mach mal.«

Lachend rief Summer aus: »Ich sollte ihn kaufen. Und wenn Nicholas wissen will, warum ich das getan habe, kann ich ihm sagen, daß ich schließlich jemanden haben muß, der mir Gesellschaft leistet, wenn er irgendwo rumläuft und grübelt.«

Als sie zum Hotel zurückkehrten, war es schon später Nachmittag. Arnie und Dan sahen mehr als nur ein bißchen müde aus nach so vielen Stunden mit dreizehn Kindern, die zu betreuen waren. Und sie waren mehr als unruhig, endlich zu ihren Freunden ins Gasthaus zu kommen. Nan und Dora blickten ihren Ehemännern nach, wie sie zu der Kneipe eilten. Unter ihnen auf der Treppe saßen aufgereiht die Kinder.

»Man könnte denken, wenn sie noch weitere fünfzehn Minuten ohne einen Bierkrug hätten aushalten müssen, wären sie tot umgefallen«, sagte Nan, die die kleine Phoebe in den Armen hielt.

Ein Schall von Gelächter flog ihnen aus dem Gasthaus entgegen. Ein paar betrunkene, raufende Männer stolperten durch die Tür und auf die Straße, gefolgt von ein paar billig gekleideten Weibsbildern mit angemalten Gesichtern, die schrien und kreischten und sie anstachelten.

»Ich hätte es wissen müssen«, sagte Dora. »Biete einem Mann ein Bier und ein Flittchen, und er verliert jeden Gemeinschaftssinn.«

»Laß sie sich doch unterhalten, solange sie können«, gab Nan zurück. »Es wird sowieso schnell genug Ärger geben. Es ist doch immer so, Schafzüchter, Huren und Farmer vermischen sich nicht. Wenn sie sich heute nacht nicht umbringen, dann haben sie morgen noch mal Gelegenheit, wenn sie das Geld in der Hand haben und mit dem Spielen anfangen.«

Summer entschuldigte sich schließlich und ging hinauf in ihr Zimmer, obwohl sie es schon bedauerte, als sie die Tür aufmachte. Nicholas war nicht da. Wie dumm von ihr, anzunehmen, er könnte hier sein. Als ob er faul hier oben bliebe und sich nur nach ihrer Gesellschaft sehnte, die Sekunden zählte, bis sie zurückkehren würde.

Sie ging zum Fenster und blickte herunter zu dem Gasthaus. Eine größere Anzahl von Männern und Frauen hatten sich inzwischen um die Kämpfenden versammelt. Aber wo war Nicholas?

Drinnen, zweifellos. Trinkend und hurend, und mit all diesen männlichen Dingen beschäftigt, wie er gesagt hatte.

Seufzend legte sie sich aufs Bett. Heilige! Sie war

traurig darüber, wie jemand, der seinen letzten Freund verloren hatte. Warum nur?

»Ich weiß warum, Summer O'Neile-Sabre«, sagte sie laut. »Du hattest dir Bonbons und Blumen von deinem Ehemann erhofft, nachdem die Ehe einmal vollzogen war. Und du hast sie nicht bekommen. Er tut so, als hätte sich zwischen euch nichts geändert. Auch jetzt ist er fort, verbringt seine Zeit in einem Gasthaus und gibt das bißchen Geld, das er hat, für Bier und lockere Frauen aus. Und er kümmert sich nicht ein bißchen darum, daß du nun hier in diesem schrecklichen Zimmer liegst und dir das Herz bricht, weil er dich nicht liebt.

Nicht nur, daß du nicht zugeben willst, wie sehr dich Nans Kommentar bei dem Juwelier getroffen hat. *Ich kann mir keine schlimmere Hölle vorstellen, als gezwungen zu sein, mit jemandem zu leben, den man nicht liebt.*«

Und war es nicht genau das, was sie Sabre antat? Sein Leben zur Hölle zu machen?

Sie hörte Schritte draußen auf dem Gang. Plötzlich raste ihr Herz. Summer setzte sich auf, ordnete ihr Haar und ihren Rock, schloß die Hände im Schoß und wartete.

Die Schritte stolperten. Ein Türknopf ratterte, eine Tür ging quietschend auf, dann wurde sie wieder zugeschlagen. Dann Stille.

Summer saß bewegungslos da.

Sie wachte später wieder auf von dem Geräusch von Gewehrschüssen. Außer von dem Strahl von dämmrigen Licht, der durch das Fenster einfiel, war der Raum völlig dunkel.

Summer setzte sich in ihrem Bett auf und rieb sich

die Augen. Sie versuchte, etwas von ihrer Umgebung zu erkennen. Die Straßengeräusche hatten zugenommen. Lärm von grölenden Männern, von kreischenden Frauen, bellenden Hunden.

Summer stand auf und ging zum Fenster. Männer auf Pferden galoppierten auf der gepflasterten Straße auf und ab. Sie feuerten Schüsse in die Luft. Noch viele mehr lagen einfach auf der Straße herum, halb bewußtlos vom vielen Trinken, die Bierkrüge noch in der Hand. Es war keine einzige Frau zu sehen. Summer war nicht überrascht. Egal welche Frau, verheiratet oder auch nicht, die es riskieren würde, sich unter dieses Gemisch von Leuten zu begeben, spielte mit ihrem Leben.

Ein schwacher Geruch von Essen drang in ihr Zimmer. Ihr Magen knurrte. Was sollte sie tun, um etwas zum Abendessen zu bekommen?

Sie lief hin und her. Je länger sie lief, desto hungriger wurde sie und desto verführerischer erschienen ihr die Düfte, die aus dem Restaurant von unten zu ihr nach oben drangen.

»Wo, zum Teufel, bist du, Sabre?« fragte sie mit lauter Stimme.

Nach einer weiteren halben Stunde war es mit ihrer Geduld am Ende. Sie öffnete den Schrankkoffer und zog das lavendelfarbene Kleid von Nicholas heraus. Dann machte sie sich an die Arbeit, ihr Haar zu bürsten und zu flechten und legte es wie eine Krone um ihren Kopf. Das Kleid alleine zuzuknöpfen, erforderte ihre ganze Geduld und Aufmerksamkeit. Am Ende schmerzten ihre Arme, aber schließlich waren doch all die kleinen Knöpfchen am Rücken geschlossen.

Sie verließ gerade ihr Zimmer, als sich gegenüber

auf dem Flur eine andere Tür öffnete. Sean O'Connell trat heraus. Seine Augen leuchteten auf, als er Summer sah.

»Na so was. Wie schön, Sie hier zu treffen«, sagte er. »Und was sehen Sie traumhaft aus, wie ein Bild.«

Die Freude, Sean zu sehen, schwand im selben Augenblick, als sie sich daran erinnerte, daß er ein Feind war. Sie hob voller Mißbilligung ihre Brauen, warf die Tür hinter sich zu und wandte sich zur Treppe.

»Oh!« Sean sprang ihr nach und hielt sie am Arm fest. »Ist das eine Art für ein nettes, hübsches Mädchen wie Sie, einen alten Freund zu begrüßen?«

»Ich vermag hier keinen Freund zu entdecken«, gab sie zurück. »Nur einen Verräter, der all seine Prinzipien opfert – und Menschenleben, um das zu bekommen, was er will.«

Sean pfiff leise in sich hinein und tat einen Schritt zurück.

Die Hände in den Hüften, blickte sie ihn feindselig an. »Sie müßten geteert und gefedert und ausgepeitscht werden. Sie sind ein Störenfried, Sean O'Connell, und ich will nichts mit Ihnen zu tun haben. Ein Mann, der absichtlich einen anderen und alles, was er geschaffen hat, ruiniert, ist schlechter als ein Tier. Ein Mann, der herumtollende, harmlose Kinder überfällt, die auf einer Wiese spielen –«

»Nun warten Sie mal. Ich habe damit nichts zu tun«, sagte er hitzig.

»Himmel! Sie sind auch noch ein Lügner.«

Sie machte auf dem Absatz kehrt und wollte fort. Aber er griff sie wieder am Arm und beugte seinen Kopf zu ihr herunter. »Ich sagte Ihnen doch, Mädchen, ich habe mit der Sache am letzten Sonntag nichts zu tun. Ich war hier in Christchurch in der Kirche. Sie können Father McClary fragen. Ich bin nicht der einzige, der was gegen die ›Kakadus‹ hat, müssen Sie wissen.«

»Sie sollten keinen Streit mit den ›Kakadus‹ haben«, schrie sie. »Sie sollten sich darüber mit der Regierung streiten. Wir Schafzüchter machen nichts anderes, als Land zu kaufen, das uns legal angeboten wird. Wir brechen keine Gesetze. Nur Sie tun das. Sie fallen über Leute her und setzen ihre Träume in Brand. Sie beteuern, daß Sie Frauen und Kinder nicht mit reinziehen wollen, aber wer, meinen Sie, wird denn verletzt?« Sie schlug mit ihrer Faust auf seine Schulter ein. »Ich dachte, wir wären Freunde, Sie und ich.«

»Das sind wir auch«, gab er leise zurück.

»Aber Sie haben diese ekelhaften Leute zu mir nach Hause gebracht, und Sie haben ihnen erlaubt, meinen Mann zu schlagen und Frank um ein Haar lebend zu verbrennen, Sean.«

»Wenn Sie mich erklären lassen –«

»Erklärungen können Dinge, die geschehen sind, auch nicht mehr ändern. Sie haben getan, was Sie getan haben.«

»Aber ich habe doch nichts mehr getan, seit die Männer auf Ihrer Farm waren. Es dürfte Sie überraschen, aber es gibt mehr und mehr unter ihnen, die diese Streiche von Tennyson satt haben.«

Summer schüttelte ungläubig ihren Kopf. Dann wandte sie sich wieder der Treppe zu. Sean folgte ihr.

Der Eßsaal war brechend voll. Viele Leute warteten auf einen Tisch – alles Paare oder ganze Familien. Summers Enttäuschung wuchs bei ihrem Anblick.

»Ich würde mich sehr geehrt fühlen, wenn Sie zum Essen mein Gast wären«, flüsterte ihr Sean über die Schulter zu. »Ich habe reservieren lassen, wissen Sie?«

Summer wirbelte zu ihm herum und sagte: »Sean O'Connell, wenn Sie der letzte Mann auf der Erde wären –«

»Sie sind hungrig, stimmt's?« Er hob eine Augenbraue und grinste sie an. »Stimmt doch, oder? Bei der Menge von Leuten könnten Sie glücklich sein, wenn Sie so um Mitternacht was bekommen.« In diesem Moment näherte sich ihnen der Kellner und rief Seans Namen. Ohne Summers Antwort abzuwarten, nahm Sean ihren Arm und schob sie durch den Raum zu seinem Tisch. Galant lächelnd zog er ihr den Stuhl zurück. Dann nahm er ihr gegenüber Platz. Wie gut er aussah in seinem Anzug, mit dem sauber rasierten Gesicht, das sehr schmal und glatt war, dachte sie.

Sie warf einen Blick durch den überfüllten Raum. Mehr als hundert Leute schienen sich nach ihnen umzudrehen. Sie murmelte: »Verdammt, ich fühle mich wie Judas beim Abendmahl.«

Es war laut um sie herum. Sean spielte mit seinem Messer und seiner Gabel, sein Blick ruhte auf Summer.

»Werden wir hier also den Rest des Abends zusammen verbringen und kein Wort miteinander reden?«

»Das einzige, was mich interessiert, ist, wie und warum Sie in die Sache mit Roy Tennyson verwikkelt sind.«

Ein flüchtiges, bitteres Lächeln zog über Seans Gesicht. »Es gibt hier in der Gegend wohl keinen einzigen Farmer, dem er nicht im Laufe der Jahre Geld geliehen hat. Er hat den Finger auf den Schafen, Häusern, auf allen landwirtschaftlichen Geräten. Jederzeit, wenn er will, kann er Rückzahlung fordern. Im Laufe der Jahre hat er begonnen, sich wie Gott uns gegenüber zu fühlen, Summer. Dann kamen plötzlich Leute, die nicht bereit waren, sich von ihm manipulieren zu lassen. Spitzfindig hat er versucht, sie zu beeinflussen, er hat angeboten, ihnen Geld zu leihen für die ganz offensichtlich notwendigsten Dinge. Aber sie lehnten ab. Sie waren sehr arm, aber auch sehr stolz. Na ja, und dann tauchten so ein paar Farmer auf, die allesamt verärgert über die ›Kakadus‹ waren, weil diese erstklassiges Land vor ihrer Nase weggekauft hatten. Und plötzlich hatte Roy einen Grund, Unheil zu stiften. Als eine Reihe von uns sich über seine Taktiken beklagten, gab er es uns direkt zurück. Schließlich wolle er uns nur helfen, wir seien doch seine Freunde und säßen doch alle im gleichen Boot.«

»Wenn Sie all das wissen, und es stimmt, daß Sie nicht mit ihm übereinstimmen, warum helfen Sie uns dann nicht und gehen mit uns zur Regierung?«

»Wie, meinen Sie, kommen diese Leute zu ihren hohen Stellungen?« Er entspannte sich etwas und blickte Summer gerade an. »Ich kann nicht behaupten, daß ich nicht bis zu einem gewissen Punkt schuldig an dem Ärger bin, den wir Ihrem Mann gemacht haben. Aber es steht sehr viel mehr zwischen uns als das, was man auf den ersten Blick meint.«

»Ich weiß Bescheid über Ihre Frau, und daß sie sich in Nicholas verliebt hat.«

»Wird mal wieder geklatscht?«

»Sean, ich glaube nicht eine Minute, daß Nicholas sich gegenüber Ihnen und Ihrer Frau schuldig gemacht hat. Ich bin sicher, daß er ihre Gefühle in keinster Weise erwidert hat. Ich glaube nicht, daß er überhaupt fähig ist...«

»Wozu, Mädchen?«

»Nichts.« Sie versuchte, ihre Unbesonnenheit zurückzunehmen, und schüttelte nur den Kopf.

»Er ist nicht fähig, überhaupt eine Frau zu lieben? Ist es das, was Sie meinen?« Als sie eine Antwort verweigerte, lächelte er sie nur matt an. Seine grünen Augen blickten müde, sein Gesicht nachdenklich. »Wenn es ein Trost ist, Liebling, bevor ich Colleen begegnete, hab' ich's eigentlich nie ernst gemeint mit den Frauen. Ich war nicht gerade versessen darauf, seßhaft zu werden und Kinder auf meinen Knien Hoppe-hoppe-Reiter machen zu lassen. Dann traf ich sie und...« Er zuckte mit den Schultern. »Ich änderte mich. Aber offensichtlich nicht genug. Ich war so damit beschäftigt, sie mit materiellen Dingen zu beeindrucken. Ich vergaß – oder hatte nie verstanden –, daß Frauen das Gefühl brauchen, geliebt zu werden, gebraucht und begehrt. Ich hatte alles das hier drin« – er deutete auf sein Herz. »Aber ich war einfach zu stolz, es ihr auch zu sagen. Ich werde mein ganzes Leben lang mit diesem Schuldgefühl leben. Und ich weiß eins ganz genau. Wenn ich noch einmal ein Mädchen treffen sollte, von dem ich glaube, ich könnte es so sehr lieben wie Colleen, dann würde ich keinen Moment zögern, ihr das Gefühl zu geben, daß sie die wunderbarste Frau auf der ganzen Welt ist.«

Summer blickte ihm in die dunklen, durchdringenden Augen. Sie begann, ihre Meinung über ihn wieder zu ändern. Dann kam der Kellner und nahm ihre Bestellung auf.

Zwei Stunden später begleitete Sean sie bis zu ihrem Zimmer. Er blieb im Flur stehen, bis sich die Tür hinter ihr wieder schloß. Sie lehnte sich dagegen, mit geschlossenen Augen, bis sie auch Seans Tür klappen hörte. Dann öffnete sie die Augen und war mehr als überrascht, als sie ihren Mann am Fenster stehen sah, die Hände in den Hosentaschen.

»Himmel!« Sie preßte sich eine Hand aufs Herz. »Du hast mich ja zu Tode erschreckt. Was stehst du denn da so im Dunklen?«

Er antwortete nicht, drehte sich nur zu ihr herum.

Es war unmöglich, seine Gesichtszüge klar zu erkennen. »Bist du schon länger zurück?« fragte Summer.

»Lang genug.« Seine Stimme klang tief und kam scharf.

Er hatte seinen Rock achtlos auf den Boden geworfen. Dort lag er, ein schwarzes Bündel. Sein Halstuch lag dicht daneben. Er stand da, blickte ihr ins Gesicht, sein weißes Hemd bis zur Bauchmitte geöffnet, der rechte Zipfel hing heraus, der andere steckte noch im Taillenbund der Hose.

»Wo bist du gewesen?« fragte er. Die Rückfrage wurde durch ihre Leidenschaftslosigkeit nur noch unheilvoller. Ihr lief es heiß den Rücken herunter.

Er wußte, wo sie gewesen war. Das wurde ihr in diesem Moment klar. Er hatte sie im Zimmer nicht vorgefunden, also im Haus nach ihr gesehen. Er hatte sie mit Sean zusammen gesehen, und nun wollte er sie bei einer Lüge erwischen.

Sie hob ihr Kinn, nahm einen tiefen Atemzug und antwortete: »Ich war essen.«

»Allein?«

»Mit Sean O'Connell.«

Summer ging auf die Lampe zu und wollte sie entzünden. Sie hatte keine Lust, sich mit einem Schatten zu unterhalten, besonders nicht mit einem, der vor Wut kochte und dessen Zorn förmlich die Luft verpestete. Aber Nicholas verstellte ihr ebenso rasch wie elegant den Weg.

Er türmte sich vor ihr auf, die Hände immer noch tief in die Hosen vergraben. »Ich will dich nicht noch mal mit Sean O'Connell erwischen, oder –«

»Oder was?« fragte sie voller Furcht und Enttäuschung, und ihr eigener Verdruß überwältigte sie. »Wie kannst du es wagen, dich wie Gott aufzuspielen. Du willst mir befehlen, was ich tun kann und was nicht, besonders wenn man bedenkt, was du selbst getan hast? Willst du es wagen zu behaupten, daß du nicht da drüben in dem Gasthaus warst und dich betrunken und rumgehurt hast?« Ihre geballten Hände waren in den Falten ihres Kleides vergraben. Sie erwiderte seinen lodernden Blick. »Versuche nicht, es zu verneinen. Du stinkst nach Bier und nach dem Parfüm von Huren, und wenn man deine verdammten Sachen ansieht, weiß man, daß du sie mindestens ein- oder zweimal an- und ausgezogen haben mußt. Und du hast mich hier in diesem stinkenden Zimmer vor Hunger und Langeweile verkommen lassen.«

Sie war so verletzt und wütend, daß sie mit der Hand ausholte, um ihn ins Gesicht zu schlagen. Aber er konnte ihren Arm abwehren und hielt ihn so fest, daß sie vor Schmerz aufstöhnte. Dann stieß er sie gegen seine harte, verschwitzte Brust und drehte ihr den Arm auf den Rücken. Seine Lippen verzogen sich zu einem höhnischen Lächeln.

»Du hast recht, Irin. Ich bin in das Bierhaus gegangen, mit der Absicht, dich aus meinem Sinn zu bekommen. Ich wollte mich betrinken, und ich wollte auch mit einer anderen schlafen. Ich wollte mir selbst beweisen, daß ich nicht *soviel* auf das Gelübde gab, das ich ja nie abgelegt habe. Und daß ich nicht *soviel* auf dich gab. Du hattest mich schließlich übers Ohr gehauen. Ich wollte keine Ehe.« Er faßte ihr mit der freien Hand ins Haar und hielt sie so fest, daß sie seinem Blick nicht ausweichen konnte. »Ich hätte jede von diesen Weibern haben können. Aber etwas hat mich immer auf die Schulter geschlagen und mir ins Ohr geflüstert, daß da eine süße, treue kleine Ehefrau auf mich wartet. Und je betrunkener ich wurde, desto klarer erkannte ich, daß ich nicht besser als meine Eltern sei, wenn ich es täte.«

Langsam schob er sie gegen die Wand. Mit seinem Körper nagelte er sie förmlich fest. Und seine Finger schlossen sich um ihre Kehle und drückten leicht zu. »Und weißt du, was dann geschah?« fragte er flüsternd. »Ich begann, diese Nutten mit dir zu vergleichen. Alles an ihnen ekelte mich an: Ihr Blick, ihr Geruch, und wie sie sich anfühlten. Ich habe mir immerfort gesagt, ich müsse dir, falls wir mit dieser Farce von einer Ehe fortfahren, beweisen, daß ich dir niemals mein Herz schenken würde. Und dann erkannte ich plötzlich, daß nicht du es warst, die ich davon überzeugen wollte, sondern mich selbst.«

»Was versuchst du mir zu sagen, Nicholas?«

»Ich bin zurück in das Hotel gekommen, mit all

diesen verwirrenden Empfindungen in meinem Innern, die wie eine Faust auf meinen Magen drückten. Ich schämte mich so, daß ich dich hier allein warten ließ. Ich wollte alles wiedergutmachen. Und ich sah dich in dem Kleid, das ich dir geschenkt habe. Und du hast dein Abendessen mit dem Mann eingenommen, der mir ins Gesicht geschlagen und versucht hatte, meine Farm niederzubrennen.

Ich wollte euch beide umbringen. Ich stand hier im Dunklen zwei Stunden lang und habe darüber nachgedacht, wie ich es tun werde und wie ich die Sache hinter mich bringe. Und in meiner Vorstellung spielte ich wieder und wieder den Augenblick durch, in dem du hier hereinkommen würdest, mit deinem Haar, ganz zerzaust, deinem Mund, rot vom Küssen – dein süßes Gesicht leicht gerötet, wie immer, wenn du mit mir geschlafen hast. Oh, Gott, ich dachte, ich werde verrückt. Wenn du mich angelogen und abgestritten hättest, daß du mit ihm gegessen hast, weiß ich nicht, was geschehen wäre.«

Langsam senkte er eine Hand. Er wölbte sie über ihre Brust und drückte sie mit zitternden Fingern. Er küßte ihre Stirn, ganz leicht – dann berührte er mit seinen Lippen ihre Augenlider, ihre Wange, einen Mundwinkel. Summer begann zu zittern. Nicht vor Angst oder Wut oder mit dieser Enttäuschung, die sie dazu gebracht hatte, ihm in sein atemberaubendes Gesicht schlagen zu wollen. Sondern mit einem tiefen Verlangen, das sie sprachlos machte.

»Und dann, als du hereinkamst, wandelten sich all meine Mordgedanken. Und ich wollte nur noch in dich eindringen.« Seine Hände schoben ihren Rock hoch, während seine Knie ihre Beine auseinanderpreßten. Sie versuchte, mit dem Kopf zu schütteln. Sie hätte sich ihm wirklich verweigern sollen. Sie war so wütend gewesen, nach alldem und jetzt…

»Ich war ein Schwein, dich hier so allein zu lassen«, flüsterte er. »Es tut… mir leid. Ich gestehe, daß ich nicht mal die einfachsten Dinge, die einen guten Ehemann ausmachen, weiß.« Er blies ihr sanft ins Ohr, und ihre Beine gaben unter ihr nach. »Vielleicht ist es an der Zeit, daß ich erwachsen werde und Verantwortung trage. Mein Gott, ich will dir nicht weh tun… Bitte. Leg deine Arme um mich. Ich habe den ganzen Abend mit dir schlafen wollen.«

Wie konnte sie sich ihm verweigern? Sie hatte ja selbst solch eine Sehnsucht nach ihm. Sie wollte ihn, so sehr.

Aber noch immer war es doch so, daß er sie nicht liebte. Er hatte es ganz klar zugegeben.

Als er mit seinem Mund ihren Lippen begegnete, war sein Gesicht naß, und die Hitze seiner Brust brannte sich förmlich in sie ein. Er zog ihr Höschen herunter. Dann öffnete er seine Hosen. Sie fielen ihm über die Hüften.

Immer noch küßte er sie hemmungslos. Seine Hände wühlten sich durch ihr Haar, durch ihre Kleider, liefen über ihre Brüste, kneteten sie, senkten sich tiefer, immer tiefer bis zu ihrem Schamhaar und verharrten dort. Seine Finger taten überraschende Dinge mit ihr. Und sie schrie leise auf. Nie hätte sie gedacht, daß es so wundervoll sein würde, dort von einem Mann berührt zu werden.

Er küßte ihren Hals, ihr Gesicht, und steckte seine Zunge in ihr Ohr, ließ sie darin spielen, bis sie atemlos und wie betäubt war. Bis sie halb ohnmächtig und biegsam wurde unter seinen drängenden Händen und seinen gierigen Lippen, die sie selbst genauso heiß und naß machten, wie sie es zwischen ihren Beinen war. »So süß«, drangen seine gemurmelten Worte an ihr Ohr, trunken vor Leidenschaft, während er sein Gesicht in der Biegung ihres Halses vergrub. Dann schoben sich seine Hände unter ihre Pobacken und hoben sie, und plötzlich drang er mit seinem Glied tief in sie ein. Er drückte sie gegen die Wand, während sie ihre Arme um seine Hüften schlang. Und sie warf ihren Kopf zurück, erregt erwiderte sie die rhythmischen Bewegungen seines Körpers in ihrem.

Immer und immer wieder drang er in sie ein, sein Atem kam keuchend. »Ich liebe es hart und schnell«, flüsterte er. Immer weiter, bis sie seinen Rücken zerkratzte und seinen Namen wimmerte, bis ihr Körper erstarrte, und die Wirklichkeit versank in einer Explosion. Dann kam er, schloß seine Augen und tief in ihr fühlte sie, wie sich sein Körper ergoß.

So standen sie regungslos an die Wand gelehnt und atmeten schwer. Eine Tür öffnete und schloß sich irgendwo auf dem Flur. Eine Frau lachte, ein Baby weinte. Dann senkte sich wieder Schweigen über sie. Es war so still, daß Summer das Gefühl hatte, sie könnte sogar ihre Herzen schlagen hören.

Als er sie langsam losließ und ihre Beine wieder auf dem Boden standen, lag in seinem Gesicht etwas Besitzergreifendes.

»Du hast etwas für mich übrig. Warum fürchtest du dich davor, es zuzugeben?« fragte sie leise.

»Etwas zu begehren und zu lieben sind zwei verschiedene Dinge, Irin. Verwechsle sie nicht.«

Aufmerksam blickte sie ihn an. Diese verletzliche, traurige Linie um seinen Mund sagte viel mehr als Worte. »Wenn du mich wirklich nicht liebst, solltest du mich gehen lassen«, sagte sie. »Ich werde einen Mann finden, der es tut.«

Er lachte, und es klang gequält.

»Nur über meine Leiche«, erwiderte er mit schleppender Stimme. »Über meine Leiche, Irin... und deine.«

16

Die Auktion war mittags zu Ende. Nicholas' Wolle hatte den doppelten Preis vom normalen erzielt. Und sie waren mehr als zufrieden und glücklich, als sie alle drei nach Christchurch zurückkehrten und für die nächsten sechs Monate die nötigsten Waren einkauften.

Summer half Nick und Frank bei dem Einkauf von Grundnahrungsmitteln wie Mehl, Zucker, Salz, Fett, Rauchfleisch, Rettich, Zwiebeln und Kohl. Sie deutete auf eine Kiste Kartoffeln, und beide, Frank und Nick griffen sie an den Armen und schoben sie so weit wie möglich von dem nach Erde duftendem Gemüse fort.

Ein riesiger Packen von englischen Zeitungen war gerade in Christchurch angekommen. Nicholas kaufte mehrere. Frank schüttelte den Kopf. »Konnte nie kapieren, warum einer über Dinge lesen will, die schon vor vier Monaten geschehen sind. Kriegst du nur Heimweh davon. Gebe ja zu, daß ich nie begeistert davon war. Berichten ja doch nur über alles Negative, was so passiert im Leben.«

»Und natürlich gibt's in unserem Leben nichts Negatives«, erwiderte Nick ironisch.

Frank hob seinen Beutel mit dem gerade erworbenen Tabak und grinste. »Nicht gerade in diesem Augenblick – nicht nach dem Gewinn, den wir heute morgen eingesteckt haben. Ich bin glücklicher als 'n –« Sein Mund schloß sich, als sich die Ladentür öffnete und mehrere stämmige Männer sich im Eingang drängten. »Oh, zum Teufel«, murmelte er. »Das gibt Ärger.«

Summer war zum anderen Ende des großen Ladens geschlendert und begeisterte sich an dem Angebot frischer Schweinepasteten, die unter Glasglokken lockten. Wie gut sie mit Erbsen schmecken würden! Summer blickte sich nach dem Ladenbesitzer um, der gerade dabei war, ruhig, aber schnell alles Zerbrechliche von der Ladentheke abzuräumen. Ihr Blick wanderte weiter zu Nick, dessen Gesicht sich verdüstert hatte und der wie gespannt dastand.

Plötzlich wurde es sehr ruhig im Geschäft, als Roel Ormsbee und ein halbes Dutzend von Tennysons Leuten sich im Raum breitmachten. Nick blickte hinüber zu Frank, der seine Pfeife auf den Ladentisch legte. Die Kunden, besonders alle Frauen, taten sich in einer Gruppe zusammen und verließen auf schnellstem Wege den Laden. Alle, außer Summer. Tennysons Leute verstreuten sich im Geschäft und stellten sich breitbeinig auf, die Hände im Gürtel.

»Holland!« rief Roel den Ladenbesitzer. »Du mußt hier drin irgendwas Verfaultes haben. Hast offensichtlich ein Schwein geschlachtet und vergessen, es zu grillen.«

»Das ist kein vergammeltes Schwein, Roel«,

schrie ein anderer. »Erkennst du denn den Gestank nicht? Das ist ein ›Kakadu‹. Nichts stinkt mehr als einer von diesen nutzlosen, habgierigen Landräubern.«

Nick, den Rücken zu ihnen, fuhr fort, gemächlich einen Jutesack mit Kaffeebohnen zu füllen. Er wußte genau, daß diese Kerle den Laden nicht verlassen würden, ohne Blut zu vergießen, und er achtete auf jedes leiseste Geräusch. »Summer«, sagte er ruhig.

Sie lief zu ihm herüber, leichenblaß im Gesicht.

»Verlaß den Laden!« sagte er.

»Nur, wenn du mitkommst.«

»Es müssen noch einige Dinge gekauft werden.«

»Aber –«

»Aber nichts. Wir können Christchurch nicht verlassen, ohne einiges eingekauft zu haben.«

»Also, was haben wir denn hier?« fragte Roel und ging auf sie zu.

»Kommt mir vor, wie einer von den Von Smiths«, sagte ein anderer Störenfried.

Roel grinste blöd und blieb dicht vor Nick stehen. Das Gesicht des Mannes hatte immer noch ein paar blaue Flecken von Nicholas' Faustschlägen bei dem Überfall auf das Picknick. Zwei Vorderzähne fehlten. »Sieht aus, als hättest du recht. Du weißt doch, was ein Von Smith ist, oder, ›Kakadu‹? Das sind so vornehm tuende Leute mit minderbemitteltem Intellekt –«

»Die eine Kruste und einen dünnen Rotwein im Salon einem Roastbeef und einem Bier in der Küche vorziehen«, warf ein anderer ein. Und alle brachen in schallendes Gelächter aus.

Nick schob den Spaten in die Kaffeebohnen zurück. Er stellte den Jutesack auf den Boden. »Geh raus«, befahl er Summer leise und unnachgiebig. Aber sie rührte sich nicht vom Fleck. Stand nur einfach da mit sturer Entschlossenheit, ihre Wangen rot vor Aufregung und ihr Kinn vorgestreckt mit einer Starrsinnigkeit, daß er sie hätte schütteln können. Ormsbee kam noch näher heran. »Was ist los, Von Smith? Kannst wohl mit der kleinen Frau nicht richtig umgehen? Vielleicht bist du nicht Manns genug dazu. Ich schätze, das ist der Fall, wenn ich dich so ansehe. Wette, du spreizt sogar deinen kleinen Finger, wenn du Tee trinkst und deinen Sauerteigfladen ißt. Hab' ich recht, Jungs?«

Die anderen nickten zustimmend.

»Und seht mal das hier.« Roel griff nach dem Stapel Zeitungen und Magazinen, die Nick beiseite gelegt hatte. »Er liest sogar. Wo hast du denn deinen Sinn für die bessere Literatur gelernt?«

»Universität von Cambridge«, erwiderte Nick mit einem kalten Lächeln.

Roels Augenbrauen hoben sich. »Cambridge? Habt ihr das gehört, Jungs? Wir haben hier ein wohlerzogenes Exemplar von ›Kakadu‹-Gesindel vor uns. Wette, es stinkt ihm ganz schön, hier leben zu müssen. Aber natürlich verstehe ich auch, daß die anderen sich nicht viel aus einem verurteilten Mörder machen.« Er lächelte gemein. »Ich kann verstehen, daß er verzweifelt genug war, sich eine Braut per Ferntrauung zu bestellen. Stimmt es, was alle sagen? Daß Jamie Mac Farland sie in einem Puff in East End aufgegabelt hat?«

Nick bewegte sich wie der Blitz auf Ormsbee zu, so daß dieser kaum mehr darauf reagieren konnte. Er griff Roel am Hemd und stieß ihn zurück. Kisten voller Kürbisse und Zwiebeln kippten um und rollten über den Holzfußboden. Er schleuderte Roel gegen die Wand, schlug ein zweites und ein drittes Mal, bevor sich mehrere Hände auf seine Schultern legten und ihn zurückzogen.

Plötzlich hörte man den Schuß. Alle erstarrten.

Ben Beaconsfield und San O'Connell standen in der Tür, Sean hielt sein Gewehr in Richtung Decke, während Ben über die verstreuten Gemüse trat und sich den Weg bis zu Nick frei machte. Roel hatte sich aufgerichtet. Der anfängliche Schock wandelte sich in Zorn, weil er sich hatte von Nick überrumpeln lassen. Er starrte Beaconsfield an und schrie: »Verdammt noch mal, raus hier, Ben!«

»Laß ihn gehen«, sagte Ben den Männern, die Nick hielten. Als sie sich nicht von der Stelle rührten, schrie er: »Sean, du hast doch noch 'ne Kugel in deinem Gewehr?«

Widerwillig zogen sich die Männer zurück.

Ben stand Kopf an Kopf mit Ormsbee. Ohne mit der Wimper zu zucken, blickte er ihn an. »Es ist mir zu Ohren gekommen, daß Sie und diese Männer hier Ihre Befugnisse bei weitem überschreiten, und den Rest von uns allen, von denen, die nichts mit den üblen Geschichten zu tun haben wollen, in ein schlechtes Licht bringen.«

»Wenn Sie Probleme damit haben, Beaconsfield, dann gehen Sie damit zu Tennyson. Ich habe meinen Job zu tun.«

»Ihr Job ist es, daß bei Tennyson alles glatt und gut läuft. Ihr Job ist es nicht, Farmen niederzubrennen und Hunde zu töten und gesetzestreue Familien zu überfallen. Ihr Benehmen schadet uns allen, auch denen, die überhaupt keinen Ärger mit den ›Kakadus‹ haben, und es sind mehr als nur ein paar, denen es allmählich reicht!«

Roels Augen richteten sich auf Sean, der immer noch an der Tür stand. »So scheint es fast«, sagte er.

»Jetzt verlassen Sie dieses Geschäft, damit die Leute mit ihren Einkäufen fortfahren können.«

Ormsbee glättete sein Hemd und nickte seinen Kameraden zu. Er ging zum Ausgang und blieb vor Sean stehen. »Mr. Tennyson wird sehr interessiert daran sein, von dieser Geschichte hier zu hören, O'Connell.« Sean sagte nichts, und Roel blickte ihn an, seine geschwollenen Lippen zu einem höhnischen Grinsen verzogen. Dann verließ er erhobenen Hauptes und gefolgt vom Rest der Bande den Laden.

Ben wandte sich Nick zu. »Alles in Ordnung?« fragte er.

Nick nickte. »Ich hätte es ihm schon gegeben, Ben.«

Ben steckte seine Hände in die Hosentaschen und warf Summer einen Blick zu, die sich neben Nick stellte. »Natürlich hättest du. Ich habe nur an Frank gedacht.« Er lächelte zu dem alten Mann hinüber, der schon wieder nach seiner Pfeife gegriffen hatte und so tat, als sei nichts geschehen. Ben hob seine Stimme etwas. »Ich fürchte, Wells ist allmählich zu alt für so einen Tumult.«

»Der Tag, an dem ich zu alt für einen guten Kampf bin«, gab Frank zurück, »ist der Tag, an dem sie mich begraben und Dreck auf mein Gesicht schippen.«

Ben lachte.

Nicht so Nick. Er wandte sich Summer zu, die begonnen hatte, das Gemüse vom Boden aufzusammeln. Er nahm sie am Arm und zwang sie zum Stehen. Dann führte er sie zur Tür. »Frank und ich kümmern uns darum, Irin. Warum suchst du nicht Dora und trinkst mit ihr einen netten, kleinen Tee?«

»Aber –«

»Einmal in deinem Leben tu das, was ich sage, ohne Widerrede.« Er schob sie aus der Tür und schlug sie hinter ihr zu. Dann drehte er sich zu Sean um. »Wenn ich Sie noch mal mit meiner Frau sehe, bringe ich Sie um.«

Ihren letzten Abend in Christchurch verbrachten sie in Gesellschaft mit den Johnsons und den Sharkeys. Sie picknickten am Fluß. Die Männer warfen Hufeisen, während die Frauen über Ehe, Kinder und ihre Träume von der Zukunft schwatzten.

Nick und Summer kehrten erst nach Sonnenuntergang in ihr Zimmer zurück. Die folgenden Stunden verbrachten sie in leidenschaftlicher Umarmung, bis sie erschöpft einschliefen. Kurz bevor die Sonne aufging, wurden sie durch ein unsanftes Klopfen an der Tür geweckt. Nick zog sich die Hosen über und stolperte schlaftrunken zur Tür. Es war Frank, der ihm ins unrasierte Gesicht grinste.

»Morgen«, begrüßte Frank ihn. »Wollte nur sagen –«

»Ich weiß, verdammt noch mal, was du sagen wolltest. Und nicht nur ich, sondern halb Christchurch.«

»Ich mußte fünf Minuten klopfen. Schätze, ihr habt mich nicht gehört.«

»Schätze nicht.«

»Wart noch im Tiefschlaf, was?«

»Offensichtlich.«

»Muß spät geworden sein.« Frank lugte um Nick

herum und lächelte, als Summer sich im Bett aufsetzte und sich verschlafen die Augen rieb. Dann zwinkerte er Nick zu und schlenderte über den Flur davon.

Eine Stunde später saßen Nick, Summer und Frank in ihrem Wagen, zusammen mit den anderen, und sie waren schon am Stadtrand. Summer hörte den beiden Männern, die sich über die kommende Lammsaison unterhielten, nur mit halbem Ohr zu. Ihr Blick richtete sich immer und immer wieder auf das weißgestrichene Schulhaus, das von einem Zaun und Blumenbeeten umgeben war. Eine Gruppe von Kindern war auf den Hof gestürmt und stellte sich um einen armselig angezogenen Jungen und ein Mädchen, das ganz offensichtlich seine Schwester war.

»Quack, quack!« machte ein Junge mit rotem Haar, ruderte mit seinen Armen und warf Sand nach den beiden, die in der Mitte eingekreist standen. »Quak! Die verdammten ›Kakadus‹ sind schon wieder mal da, wo sie keiner will!« Die umstehenden Kinder begannen zu lachen und ahmten ihren Kameraden nach.

Der Junge warf seine Bücher auf die Erde und stürzte sich auf den rothaarigen. Schon rauften sie sich auf dem Boden, von den anderen durch Pfeifen und Geschrei angefeuert.

Summer sprang vom Wagen und rannte auf sie zu.

»Summer«, rief Nick hinter ihr her.

Sie öffnete das Gartentor und tauchte in der Gruppe unter, schaffte sich mit den Ellenbogen einen Weg durch die rempelnden und schreienden Kinder. Schließlich gelang es ihr, den rothaarigen Jungen zurückzuziehen, gerade lange genug, damit der andere Junge sich aufrichten konnte. Er blutete aus der Nase, aber seine Fäuste hatte er immer noch kampfbereit erhoben.

»Was ist hier los?« ertönte eine tiefe Stimme aus dem Schulhaus.

Summer drehte sich zu dem Lehrer um, der mit seiner langen, krummen Nase von der Tür des Schulgebäudes aus zu ihr hinüberblickte. »Das könnte ich Sie fragen«, gab sie hitzig zurück. »Haben Sie denn nicht gehört, wie dieser kleine Teufel die armen Kinder aus vollem Halse angeschrien hat?«

Mit einem überheblichen Zucken seiner dünnen Augenbraue meinte er: »Wer sind Sie, darf ich wohl mal fragen? Und was geht es Sie an?«

»Es tut nichts zur Sache, wer ich bin. Kein anständiger Mensch würde dieses Benehmen erlauben.«

»Diese Kinder haben nicht das Recht, hier zu sein.«

»Das ist eine Schule, oder?«

»Tatsächlich.«

»Und sie sind im Schulalter, oder nicht?«

»Sie sind ›Kakadus‹.« Er schnaubte vor Verachtung.

Sie schob ihren Hut zurück. »Verdammt, aber für mich sehen sie einfach wie Kinder aus. Außerdem –« Ihr Mund fiel zu, als ein zweiter Mann neben dem verblüfften Lehrer auftauchte. Die Daumen wichtigtuerisch in der Weste verhakt, betrachtete er sie mit einem lächelnden, wenn auch herablassenden Gesicht.

»Was haben wir denn hier?« fragte er.

Der Lehrer straffte seine Schultern. »Scheint so, die ›Kakadus‹ haben einen neuen Gefährten gefunden, Mr. Tennyson.«

Tennyson! Natürlich, dachte Summer. Sie hätte ihn sofort erkennen müssen. Diese Art von kalter Rücksichtslosigkeit hatte sie schon vorher gesehen... in Lord Pimbershams Augen.

»Junge Frau«, sagte er mit autoritärer Stimme, die ihr Schauder über den Rücken jagte. »Abkömmlinge von Landräubern sind in Gesellschaft von unserer illustren und gebildeten Nachkommenschaft nicht willkommen. Sie sehen ja, was sie anstellen.«

Summer blickte auf den Jungen mit der blutverschmierten Nase. Ihr Herz zog sich vor Mitleid zusammen, als sie bemerkte, daß Tränen in seine Augen getreten waren. »Ich muß schon sehr bitten«, sagte sie hitzig, »aber es war der illustre und gebildete Nachkomme mit dem roten Haar, der mit dem Streit begonnen hat.«

»Die ›Kakadu‹-Kinder haben keinerlei Recht, hier zu sein. Wenn Sie möchten, daß sie erzogen werden, schlage ich vor, Sie tun es selbst... in den Bergen, wo Sie und die anderen hingehören.«

»Soviel ich weiß, haben die Schafzüchter das bereits versucht, Sir, aber Sie haben die Schule niedergebrannt.«

Das Gesicht des Lehrers wurde rot, und Tennyson blickte kalt. Erst jetzt bemerkte Summer, daß hinter ihr sich eine Menge Erwachsener versammelt hatte. Es waren Städter, Farmer und Schafzüchter, die aufmerksam und ernst zuhörten.

»Ich weiß überhaupt nicht, worüber Sie reden«, gab Tennyson mit aalglatter Stimme zurück. »Ich habe keine Anweisung gegeben, Ihre Schule niederzubrennen.«

»Und Sie hatten natürlich auch überhaupt nichts mit der Umleitung des Flusses zu tun, damit die

Johnsons jedesmal, wenn es regnet, eine Überschwemmung auf ihrer Farm haben.« Sie befand sich schon auf halbem Wege zu dem Mann, um ihm Kopf an Kopf ihre Meinung zu sagen, als sich ein kräftiger Arm um ihre Taille legte und sie einfach hochhob. Sie wehrte sich, wand sich in den Armen und schrie: »Laß mich runter! Ich hab' noch ein paar mehr gewählte Worte an diesen Kerl zu richten, bevor –«

»Sei still«, flüsterte Nicks ruhige Stimme in ihr Ohr.

»Aber diese Leute haben kein Recht, unschuldige Kinder so zu behandeln. Diese Art von Diskriminierung ist doch sträflich! Ich protestiere! Hören Sie das?« schrie sie der Menge zu. »Ich protestiere gegen Ihr frömmlerisches Benehmen und ihre Engstirnigkeit und ihre Kaltherzigkeit gegenüber diesen unschuldigen Kindern!«

Nick stieß das Schultor auf, seinen Arm fest um Summers Taille, obwohl sie fortfuhr, sich wie eine Wilde zu wehren. »Es gibt unter Ihnen hier nicht einen einzigen, der irgendwie besser ist als der andere! Sie sind in dieses verdammte Land gekommen, um die Klassenunterschiede in Europa hinter sich zu lassen, und weil Sie eine Chance suchten, ein besseres Leben aufzubauen. Und nun spielt ihr euch einer Gruppe von Leuten gegenüber auf, denen es nicht so gut geht. Ihr seid doch alle eine Horde von verfluchten Scheinheiligen!«

Summer hatte sich in eine wahnsinnige Wut hineingesteigert und schrie regelrecht, als Nick sie ziemlich unsanft auf dem Bürgersteig absetzte. Sie blickte sich um und stellte fest, daß sie von finster dreinschauenden Männern und Frauen umgeben waren. »Also«, sagte sie mit ruhigerer Stimme, »heute nacht, wenn Ihr in euren Betten liegt, erinnert euch daran, was ihr gerade im Schulhof gesehen habt. Ihr und eure Schulen lehren euren Kindern mehr als Lesen und Schreiben. Ihr lehrt sie, ihren Nächsten zu hassen, die Ärmeren mit Schmutz zu bewerfen, den Bedürftigen gegenüber blind zu sein. Diese Kinder werden schneller Erwachsene sein, als ihr denkt. Was soll aus einem Land werden, das auf Haß begründet ist?«

Es gab keine Antwort darauf. Und sie erwartete auch gar keine. Sie hätte ihre Worte genausogut in den Wind flüstern können, so vergebens waren sie. Die Menge teilte sich, denn Tennyson bahnte sich einen Weg zu Summer und Nick. Seine Augen waren vor Wut ganz schmale Schlitze.

»Irgendwas nicht in Ordnung?« ertönte da eine Stimme hinter ihnen. Mit Erleichterung blickte Summer sich um und sah Dan Johnson und Arnold Sharkey. Hinter ihnen hatten sich schützend alle Schafzüchter versammelt, lauter bekannte Gesichter. Grinsend fügte Arnold hinzu: »Ich weiß ja nicht, wie es mit dir steht, Dan, aber mir würde so eine kleine Auseinandersetzung richtig Spaß machen, wenn es nötig ist.«

»Es wird nicht nötig sein«, sagte Nick mit ruhiger Stimme, während sein Blick den kleineren Tennyson nicht losließ.

»Wenn ich Sie wäre, Mr. Sabre«, sagte Tennyson, »hielte ich die hübsche kleine Dame unter Verschluß. Sie könnte sich als sehr, sehr gefährlich für Sie erweisen.«

Nicks dunkles Gesicht zeigte wenig von der Wut, die in ihm tobte. Mit ruhiger, aber drohender Stimme sagte er: »Wollen Sie mich vor aller Augen bedrohen, Mr. Tennyson?«

»Aber natürlich nicht«, lachte der andere und blickte sich in der Menge um. »Immer mit der Ruhe, wir müssen doch nicht gleich immer so was denken. Drohen? Ich? Warum denn, Sir? Sie beurteilen mich ganz falsch.«

Nick trat noch einen Schritt näher an Tennyson heran. »Wenn Ihre Leute noch einmal einen Fuß auf mein Land setzen, Tennyson, dann werde ich Ihnen persönlich eine Kugel zwischen die Augen plazieren.«

Ein Aufschrei ging durch die Reihen der Zuschauer, die hinter Tennyson standen, als die wachsende Anzahl der »Kakadus« einen schützenden Halbkreis um Summer und Nick schlossen und immer näher rückten.

Nick nahm Summers Arm und wandte sich zu gehen. Er schob sie durch die dichte, ruhige Menge zurück zur Main Street. Bevor sie nur ein Wort sagen konnte, legte er seine Hände um ihre Taille, und ohne jede Anstrengung hob er sie hoch auf den Wagensitz. Er stand unten und blickte zu ihr hoch, sein weißes Hemd schmutz- und schweißverschmiert, seine Hände in den Hüften.

Summer hob ihr Kinn und blitzte zurück.

Nick fuhr sich mit einer Hand durchs Haar. »Wir können froh sein, wenn wir nicht bis morgen abend niedergemacht werden. Mein Gott, Summer, was, zum Teufel, hast du dir dabei nur gedacht?«

»Wie kannst du da stehen und so was sagen? Wie könnt ihr alle zulassen, daß dieser Mistkerl euren Kindern eine anständige Schulbildung verweigert?«

Nick schwang sich auf den Sitz neben sie. »Falls

du es noch nicht bemerkt haben solltest, Irin, wir sind zahlenmäßig unterlegen und ungeschützt«, erwiderte er kopfschüttelnd.

»Aber es ist nicht recht. Ihr könnt doch nicht eure Kinder unter den Problemen ihrer Eltern leiden lassen. Ich weiß, wie es ist, wenn man voller Spott und Vorurteil angeschaut wird, und wenn einem jede Schulbildung verweigert wird. Diese Kinder im Schulhof können doch nichts dafür, daß ihre Eltern ›Kakadus‹ sind. Und wenn die Wahrheit bekannt würde, bin ich sicher, daß die meisten der Leute nicht mit den Machenschaften von Tennyson einverstanden wären.«

»Aber die sind klüger, meine Süße. Sie halten ihren Mund.«

»Wenn wir den Mund halten, wird das alles nie aufhören«, antwortete sie zornig und mit blitzenden Augen. »Es war an der Zeit, daß mal einer was unternimmt.«

Er machte seine Augen ganz schmal. »Ich höre das nicht besonders gern.«

Wütend blickte Summer weg. Nick grinste. Er nahm ihr Kinn leicht mit der Fingerspitze und drehte ihr Gesicht zu sich. »Ich bin stolz auf das, was du da drüben gemacht hast, Irin.«

Ihre Augen wurden größer, und sie entspannte sich ein wenig. »Bist du das?«

Er nickte.

Sie nahm seinen Arm und suchte seinen Blick. »Wir könnten die Dinge ändern, Nicholas. Wenn wir alle zusammenhalten und daran arbeiten, weiß ich, daß wir zu einer Art von friedlichem Miteinander kommen könnten.«

Nick blickte auf ihre Hand, die immer noch auf

seinem Arm lag, dann auf ihren Mund, der jetzt lächelte. Sein Herz machte einen Satz. Ja, er war stolz darauf, daß sie sich so für die Interessen der Kinder einsetzte. Aber da gab es in seinem Innern noch andere Gefühle, und die machten ihn mehr als nur ein bißchen nervös.

Frank stieg zu ihnen auf den Wagen und setzte sich auf die andere Seite von Summer. Eingeklemmt zwischen den beiden Männern blickte sie immer wieder von einem zum anderen, da sie sie unentwegt ansahen, mit einem Ausdruck von Amüsiertheit und Zärtlichkeit.

»Was ist?« fragte sie.

»Nichts«, gab Frank zurück und zog sich seine Pfeife aus der Tasche.

Nick nahm die Zügel auf, und als sich der Wagen vor ihnen in Bewegung setzte, gab er den Pferden einen leichten Schlag auf den Rücken: »Auf geht's.«

Summer blickte ein letztes Mal zum Schulgebäude hinüber. Die Menschen hatten sich verstreut, die Kinder wieder mit dem Unterricht begonnen. Sie mußte an die Kinder der Schafzüchter in den Bergen denken, die keinen Lehrer und kein Schulgebäude hatten. Das war einfach nicht fair. Es mußte doch eine Lösung geben, und sie würde alles daransetzen, sie zu finden. Schließlich mußten sie ja auch an ihre und Nicholas' eigene Kinder denken und...

Alles, was sie brauchten, war ein Schulgebäude...

Es gab doch so viele leerstehende Hütten überall in den Bergen. Man konnte so viele man brauchte renovieren und benutzen, bis ein richtiges Haus gebaut werden konnte.

Nick und Frank sprachen über ihre Gewinne und was sie im nächsten Jahr erreichen wollten.

»Ich werde Vorhänge für die Fenster nähen!« warf Summer dazwischen.

»Vielleicht wäre es an der Zeit, eine Kuh zu kaufen«, meinte Frank. Dann fügte er grinsend hinzu: »Schätze, die Milch werden wir über kurz oder lang sowieso brauchen... wenn erst die vielen kleinen Sabres umhertoben.«

Summer blickte zu Nick.

Und Nick blickte zu Summer, um deren volle Lippen ein Lächeln spielte.

»Erinnert mich daran, euch die Geschichte von der mexikanischen Familie zu erzählen, die zweiundzwanzig Kinder hatte«, begann Frank –

17

Juni, drei Monate später

Summer hatte die Hütte vor drei Monaten auf dem Weg von Christchurch nach Hause entdeckt. Nachdem sie wochenlang über die Sache nachgedacht hatte, war sie schließlich zu der Überzeugung gekommen, daß sie ein gutes Schulhaus abgeben würde, wenn man sie instand setzte. Da die Hütte schon längst nicht mehr von einem Schäfer bewohnt wurde, war das Dach eingefallen, und die dicken Wände aus Lehm und Gras waren völlig ausgetrocknet. Summer stand mit einem Besen in der Hand da, verzweifelt, wieviel Staub sie beim Saubermachen aufgewirbelt hatte.

»Guck doch nicht so traurig«, sagte Dora hinter ihr. »Das wird schon prima werden hier. Aber es dauert eben eine Weile.«

Summer blickte an die Decke und das riesige Loch darin.

»Hast du Nicholas schon von der Schule erzählt?« fragte Dora.

Sie schüttelte den Kopf. »Er glaubt, daß ich euch immer besuche.«

»Letztendlich mußt du es ihm aber doch sagen«, meinte Nan.

»Ja, ja.«

»Hast du immer noch Angst, daß er nicht einverstanden sein wird?«

»Es ist ja nicht so, daß er nicht einverstanden wäre... er wird nur meinen, daß es zu gefährlich ist. Wenn die Bande davon erfährt, wird sie sich vielleicht rächen.«

Die Frauen blickten sich besorgt an. Keine von ihnen konnte abstreiten, daß es Ärger geben würde, sobald Roy Tennyson von der neuen Schule erfuhr. Aber irgend etwas mußte schließlich unternommen werden...

»Jeff Mead wird bald mit den Schreibpulten fertig sein«, sagte Nan. »Dann nimmt er sich das Dach vor. Alles termingerecht. Noch ein Monat, dann können wir mit dem Unterricht beginnen.«

»Summer?« fragte Dora. »Bist du in Ordnung?«

»Du siehst ein bißchen blaß aus«? meinte Nan.

Summer versuchte ein Lächeln, als sie sah, wie besorgt ihre Freundinnen waren. Aber es war nicht leicht. Diese Übelkeit dauerte nun schon ein paar Wochen und wollte einfach nicht aufhören. Alles, was sie brauchte, war ein dunkles, ruhiges Eckchen zum Schlafen. »Ich hab' ein bißchen Hunger«, sagte sie.

»Schon wieder?«

Dora und Nan warfen sich einen Blick zu.

»Ja, schon wieder«, gab Summer gereizt zurück. »Was, zum Teufel, ist daran so schlimm? Erst mekkert ihr, daß ich zu dünn bin. Und nun spöttelt ihr, weil ich müde bin und Appetit habe.« Sie schlug das Geschirrtuch, das über dem Korb hing, zurück und griff nach einem fast leeren Marmeladenglas. Dann holte sie sich einen Löffel und begann zu essen. Dora setzte sich neben sie.

»Summer, verzeih, wenn wir das sagen, aber du bist seit einiger Zeit so anders. Du scheinst bedrückt. Ist zu Hause alles in Ordnung?«

»Natürlich.« Summer kratzte das Glas aus und leckte den Löffel ab. Dann wühlte sie von neuem in dem Korb und entdeckte ein Stück Pfirsichkuchen. »Wenn ihr ein Leben in totaler Einsamkeit in Ordnung findet.« Sie starrte auf ihr Stück Kuchen und versuchte, die Tränen zurückzuhalten. »Verdammt«, murmelte sie.

»O je«, flüsterte Nan und kniete sich vor Summer. »Stimmt was nicht? Erzähl uns, was es ist, meine Liebe. Vielleicht können wir dir helfen.«

»Ich weiß nicht.«

»Ist es Nicholas?«

Summer nickte und wischte sich mit dem Handrücken über die Nase.

»Er behandelt dich nicht schlecht –«

»Nein.« Sie schüttelte den Kopf und nagte an ihrem Kuchen. »Wenn er mich schlecht behandeln würde, wüßte ich wenigstens, daß ich am Leben bin. Alles ist besser als dieses verdammte Schweigen. Himmel, manchmal denke ich, ich werde noch verrückt, wenn ich nicht mal eine menschliche Stimme höre. Ich laufe den ganzen Tag im Haus herum und warte auf ihn. Und was tut er, wenn er endlich kommt? Er setzt sich hin und vergräbt sich in seinen idiotischen Büchern. Wenn Frank nicht wäre, wäre ich schon wahnsinnig geworden.«

»Wir haben dich ja gewarnt, daß es sehr einsam da draußen ist«, sagte Dora.

Summer stand von ihrem Stuhl auf und schüttelte den Kopf. Bei dem Gedanken an die letzten drei Monate seufzte sie auf. Sie und Nicholas waren viel mehr zusammengewachsen. Sie hatte aufgehört, von ihm Erklärungen seiner Zuneigung zu erwarten, und das Leben mit ihm war eigentlich erträglich, obwohl er innerlich so oft abwesend war. Die langen einsamen Stunden des Tages verbrachte sie damit, alle Hausarbeiten bewältigen zu lernen, und von Zeit zu Zeit half sie auch draußen mit.

Manchmal fühlte sie sich erdrückt und enttäuscht durch ihre eigene Unfähigkeit. Ihre Kochkünste waren zwar besser geworden, aber das Brotbacken gelang ihr immer noch nicht. Ihre Nähversuche endeten gewöhnlich mit einer Katastrophe. Und ihr einziger Versuch, Eier einzulegen, endete mit essigbespritzten Wänden und mit Eiern, die hart wie Steine waren.

Und Nicholas... würde er sie je lieben können?

Sie wandte sich wieder ihren Freundinnen zu. »Ich hatte einfach andere Erwartungen an die Ehe. Ich dachte, sie bedeute das Verschmelzen zweier Leben. Aber Nicholas verschließt sich vor mir. Wenn es den...« Sie biß sich auf die Lippe und fuhr zögernd fort, »...Sex nicht gäbe, würde er wahrscheinlich überhaupt nicht mit mir sprechen. Und ich hab' das eigentlich auch schon ziemlich satt.«

Lächelnd gab Nan zurück: »Ich könnte mir vorstellen, daß er nach all den Jahren einen ziemlichen Nachholbedarf hat.«

Summer runzelte die Stirn, und Nan zog ihren Kopf ein und grinste hinter vorgehaltener Hand. »Ich meine, es macht mir nichts aus«, sagte Summer. »Ich freue mich auch drauf. Es gibt überhaupt nichts, was mir mehr Freude macht, als Nicholas zu zeigen, wie sehr ich ihn liebe.«

»Wo liegt also das Problem?« fragte Dora.

»Das Problem ist, ich dachte – hoffte –, daß unser Zusammensein ihm etwas bedeuten würde. Aber er liebt mich jetzt auch nicht mehr als vor drei Monaten. Und früher habe ich gedacht, daß mir das nicht soviel ausmacht, daß ich mich daran gewöhne, daß er mich nicht liebt, aber ich merke, daß ich es nicht kann.«

Dora nahm ihre Hände. »Summer, bist du denn so sicher, daß er dich nicht liebt?«

»Warum fragst du ihn nicht?« schlug Nan vor.

»Das kann ich nicht. Ich kann diesen verschlossenen Ausdruck auf seinem Gesicht nicht ausstehen.«

»Vielleicht drückt er seine Gefühle für dich eben so aus, wie er kann«, sagte Dora. »Im Bett.«

Da hörten sie einen Wagen, der sich der Hütte näherte. Nan und Dora gingen zur Tür.

»Es ist Clara Beaconsfield«, sagte Nan. »Was macht sie hier? Und wer ist der Mann?«

»Ich bat sie zu kommen«, antwortete Summer, sie bemerkte die überraschten Gesichter ihrer Freundinnen. »Der Herr neben ihr ist Reverend Martin aus Christchurch.«

»Aber ich denke, wir waren uns einig, daß außer den ›Kakadus‹ keiner davon erfährt.«

»Wir können Clara trauen.«

»Ich kann mir nicht vorstellen, warum. Sie ist eine von ihnen.«

»Die Mauer zwischen uns und ihnen wird mit jedem Tag kleiner«, meinte Summer, und Dora stimmte ihr zu.

»Paul Hunters Frau ist letzte Woche bei uns vorbeigekommen. Sie leben auf der Farm nördlich von Tennyson. Ich traf sie mit einem Gewehr in der Hand. Es dauerte eine Weile, bevor ich davon überzeugt war, daß sie nichts im Schilde führte.«

»Was wollte sie?« fragte Nan.

»Einfach hallo sagen. Ich stellte klar, daß wir schon seit acht Jahren hier leben und daß sie nie versucht hat, mit mir zu sprechen, geschweige denn, mich zu besuchen.«

»Und was hat sie dazu gesagt?«

»Es tut mir leid.«

Clara winkte, und nachdem Reverend Martin den Wagen zum Halten gebracht hatte, half er ihr abzusteigen. Die beiden kamen auf die Hütte zu.

»Warum sind sie hier?« fragte Nan wieder.

Summer leckte sich Pfirsichmarmelade vom Finger und blickte ihre Freundinnen an. »Wir brauchen eine Schule, und wir brauchen eine Kirche.« Sie wies auf den gutaussehenden jungen Geistlichen. »Dort ist euer Priester. Und dort«, – sie lächelte Clara entgegen – »ist eure Lehrerin.«

Es war spät geworden. Nick und Frank hatten den ganzen Tag über Holz geladen, ihre Hände waren blutig geschwollen. Und sie wollten eigentlich nur noch eins: Ein heißes Bad, ein gutes Essen und ein warmes Bett.

»Schätze, wir haben dieses Holz gerade noch im

letzten Moment gekauft. Es wird langsam kalt. Der Winter steht vor der Tür.« Frank schob die Küchentür auf. Drinnen saßen Nan und Dora am Tisch, beide mit höchst besorgten Gesichtern. Ein Geistlicher stand neben dem Herd. Er hatte einen schwarzen Anzug an und blickte ihnen ernst entgegen. Durch Nicks Kopf schossen tausend Fragen, warum sie hier sein mochten. Es konnte nur eine geben.

»Oh, mein Gott«, vor lauter Schreck brachte er kaum mehr als ein Flüstern zustande. »Es ist Summer, ja? Etwas ist mit meiner –«

»Nicholas!« Clara kam in die Küche und wischte sich die Hände mit einem Handtuch ab. »Du bist da«, sagte sie erleichtert.

»Ist was mit Summer?«

»Wir waren draußen an der Schule –«

»An der Schule?«

Clara blickte zu Dora, dann zu Nan. Sie zuckte nur ratlos die Schultern.

»Welche Schule?« fragte Nick.

Clara lachte etwas nervös und wischte die Rückfrage einfach fort. »Darum geht es eigentlich gar nicht. Wir waren dort... alle...«

»Sie fühlte sich nicht wohl«, half Dora weiter.

»Sie war schon den ganzen Tag über so blaß«, meinte Nan.

»Jedenfalls«, sagte Clara, »wollten wir gerade wieder nach Hause fahren, da wurde ihr schwindlig. Und dann plötzlich lag sie ohnmächtig am Boden.«

Nick runzelte die Stirn. »Wo ist sie?«

»Sie liegt in ihrem Bett. Sie ist jetzt wach, aber –«

Er wollte an ihr vorbei. Aber Clara versuchte, ihn zu halten. »Sie fühlt sich nicht sehr wohl, und ihre Gemütsverfassung ist nicht gerade die beste.

Sie ist ein bißchen weinerlich. Vielleicht solltest du –«

Nick schob die Schlafzimmertür auf und erblickte Summer zusammengerollt in ihrem Bett. Ihr Gesicht war weiß wie die Wand, ihre Augen glasig, und dunkle Schatten lagen darunter. Sie hob leicht ihren Kopf und sagte mit einer Vehemenz, die ihn fast rückwärts umfallen ließ: »Raus hier!«

»Bist du krank?« fragte er.

»Und was, wenn es so ist? Was kümmert es dich, Mr. Sabre, hochwohlgeboren? Und wenn ich so tot wie... wäre, würdest du wahrscheinlich vor Freude aufjauchzen.«

Nick blickte sich nach Clara um, die hinter ihm stand. »Sie ist nur ein klein wenig gereizt«, sagte sie.

»Ich würde sagen, das ist leicht untertrieben.«

»Ich will alleingelassen werden«, bat Summer. »Geht und macht die Tür zu. Wenn ich wieder kotzen muß, möchte ich ungestört sein, vielen Dank.«

Nick stand sprachlos da, suchte nach einem Grund, warum sie so wütend auf ihn war. Sie hatten sich die letzte Nacht so leidenschaftlich geliebt. Und am Morgen war er sehr zeitig aufgestanden, ganz leise, um sie ja nicht zu wecken...

»Ich sagte raus!« schrie sie.

Seine Augen wurden ganz schmal. »Nein.«

Sie blickte mit großen Kulleraugen zurück. Erst jetzt wurde ihm bewußt, wie unordentlich ihre Kleider und ihr Haar waren, wie schmutzverschmiert ihr Gesicht. »Was, zum Teufel, hast du gemacht? Was ist eigentlich los mit dir?«

»Oh, plötzlich interessiert sich der Herr dafür, womit ich meine Tage friste.« Sie schwang ihre Füße aus dem Bett und stand auf. »Also, vielleicht will ich nicht darüber reden. Was hältst du denn davon?«

»Das ist mir völlig egal. Du bist meine Frau, und ich habe das Recht, zu erfahren, was du machst, und warum du dich so komisch benimmst.«

Sie kam auf ihn zu und warf ihren Kopf zurück. »Vielleicht will ich aber nicht reden. Vielleicht will ich mich in dieses verdammte Zimmer einschließen und allein sein. Vielleicht begreifst du dann, wie es ist, wenn man die Nähe eines Menschen sucht, den man liebt, und er nichts als einen oberflächlichen Gruß für einen übrig hat oder ein kurzes Gespräch über blöde, stinkende Schafe. Oh, aber ich bitte um Entschuldigung, vornehmer Herr. Wie dumm von mir, es zu vergessen. Du liebst mich ja nicht. Dir ist es egal, ob ich unglücklich oder krank bin. Und wenn ich jetzt umfalle und tot bin, würdest du höchstens vermissen, daß du nicht mehr mit mir schlafen kannst. Also, ich sage es dir jetzt, damit ist Schluß, Mr. Sabre. Ich kann lernen, mich wieder von dir zu entlieben, genauso wie ich mich in dich verliebt habe. Meinen Stolz und meine Würde gebe ich nämlich nicht auf. Nimm deine Schafe und deinen Hund und deine selbstgewählte Einsamkeit, und geh damit, wohin du willst. Ich verlasse dich, Nicholas. Und nichts, was du sagst oder tust, kann mich halten.«

Sie ging einfach um ihn herum und zur Haustür. Nicholas blieb wie angewurzelt stehen. Das Herz hämmerte in seiner Brust. »Summer!« rief er, zuerst freundlich. Als er hörte, daß die Tür sich öffnete, lauter: »Summer!«

Sie blieb auf der Türschwelle stehen, wandte sich ihm noch mal zu. Ihr Gesicht weiß und ihre Lippen blutleer, betrachtete sie ihn mit ihren glasigen Augen, dann sank sie zu Boden.

»Summer!« rief Clara.

Nick sprang auf seine Frau zu und hob sie voller Sorge in seine Arme. Er brachte sie zurück in ihr Bett. Was, zum Teufel, war nur los mit ihr?

Er strich ihr das Haar aus dem Gesicht und legte ihren Kopf auf das Kissen. »Summer«, flehte er. »Summer, um Himmels willen, Liebling, was ist mit dir?«

Eine dicke Träne kullerte aus ihrem Auge. »Scheint, ich kann nichts richtig machen. Nicht mal, dich verlassen.«

»Du wirst mich nicht verlassen«, sagte er leise. »Das würde ich nie erlauben.«

Ihre Kehle schnürte sich zu. Ihre Wut schmolz. Sie hob ihre Hand und fuhr Nick zärtlich damit übers Gesicht, voller Liebe. »Es tut mir leid, daß ich das alles gesagt habe. Ich... weiß nicht, was in mich gefahren ist. Wenn du mich gar nicht liebenswert findest –«

»Das ist nicht wahr. Ich habe nie eine andere Frau kennengelernt, die es mehr wert war, geliebt zu werden.«

»Und warum kannst du es dann nicht?«

In diesem Moment trat Clara zu ihnen ans Bett. Sie legte einen dampfenden Lappen auf Summers Stirn und bot ihr einen Schluck Wasser.

»Was hat sie?« fragte Nick.

Lächelndf setzte Clara den Becher ab. »Oh, ich glaube nicht, daß es etwas ist, weshalb wir uns allzu große Sorgen machen müßten.«

Hinter Clara waren jetzt auch Nan und Dora aufgetaucht. Nan zwinkerte mit ihren dunklen Augen.

Dora drückte Summers Hand. »Gratuliere, Mr. und Mrs. Sabre. Ich bin sicher, daß ihr Eltern werdet.«

Nicks Hände in Summers Haar schienen wie erfroren. Sie blickte zu ihm auf, wartete gespannt auf seine Antwort, eine Reaktion. Dora beugte sich näher zu ihnen und wiederholte:

»Du wirst ein Kind bekommen, Summer.«

»Ein Baby«, flüsterte sie, und plötzlich mußte sie lachen bei dem Gedanken daran, wie vielen Kindern sie auf die Welt verholfen hatte, gemeinsam mit Martha. Wie gut sie sich mit dieser Sache auskannte – aber bei sich selbst und ihren eigenen Symptomen hatte sie gänzlich versagt.

»Vielleicht wären sie jetzt gern allein«, ließ sich Reverend Martins Stimme irgendwo hinter ihnen vernehmen. Nicholas erholte sich allmählich wieder von dem Schock, und er kam zu sich. Was wollten diese Leute alle hier? Was bedeutete dieses Gerede über die Schule?

»Sie haben recht«, meinte Dora. »Ich sollte allmählich auch nach Hause fahren, sonst macht sich Dan Sorgen. Summer, ich finde, du solltest ein paar Tage im Bett bleiben. Und...« Ihr Blick fiel auf Nick, »viel Ruhe haben. Deine Übelkeit wird bald vorübergehen, und dann fühlst du dich wieder prima.«

Nan stimmte zu, und gemeinsam mit dem Geistlichen verließen sie das Haus. Nick, der Summer für den kurzen Moment alleingelassen hatte, hielt Dora auf der Verandatreppe auf.

»Ich will wissen, was eigentlich los ist«, sagte er.

Dora zuckte nervös lächelnd die Schultern. »Sie werden Vater. Gratu –«

»Das ist es nicht, was ich meine. Und Sie wissen das.«

»Sie sollten mit Summer reden.«

»Summer ist nicht in der Verfassung.«

»Es ist nichts, Mr. Sabre. Wirklich. Ein paar von uns haben beschlossen, uns zusammenzutun und das Schulhaus wieder aufzubauen, das ist alles.«

»War das Summers Initiative?«

Dora nickte. »Seien Sie nicht böse auf sie. Sie möchte den Kindern so gern helfen. Sie ist sehr allein, wissen Sie, und die Schule ist etwas, womit sie sich beschäftigen kann.«

»Es ist gefährlich.«

»Vor drei Monaten noch hätte ich Ihnen zugestimmt. Aber wir beide wissen, daß seither nichts mehr geschehen ist. Mehr und mehr Farmer scheinen zu verstehen, daß Tennyson im Unrecht ist. Und alle wollen sie eine geeignete und gute Schulbildung für ihre Kinder. Die Hütte vom alten Yonkers ist nichts Besonderes, aber wenn Jeff Mead erst einmal das Dach repariert hat, wird es für den Anfang gehen. Und Clara wird den Unterricht geben. Ben Beaconsfield ist einer der mächtigsten Männer auf der Südinsel. Ich denke, sogar Tennyson hätte Bedenken, gegen ihn etwas zu unternehmen.«

Mit einem mitfühlenden Lächeln legte Dora eine Hand auf Nicks Arm. »Ihre Sorge um Summer ist zu verstehen und berührt mich sehr. Wenn Sie ihr nur einen Bruchteil von dieser Sorge, die ich in Ihren Augen sehe, zeigen könnten, hätte sie keinen Zweifel mehr daran, daß Sie sie lieben.«

Dora lief auf ihren Wagen zu, und er wandte sich um, um zurück ins Haus zu gehen. Auf der Veranda stand Clara mit einem sehr ernsten Gesicht.

»Du bist doch glücklich über das Baby oder, Nicholas?«

Er fuhr sich mit der Hand übers Haar.

Ein Baby. Um Himmels willen, er wurde Vater. Warum nur hatte er diese Möglichkeit nie in Betracht gezogen? Er hätte doch aufpassen können.

»Mein Gott, du freust dich nicht«, sagte Clara, und ihre Stimme schwankte zwischen Wut und Ungläubigkeit.

»Ich weiß nicht, was ich im Moment fühle«, gab er zu.

»Ich schon. Ich kann es auf diesem gutaussehenden, sturen Gesicht ablesen. Du meinst, daß du nicht noch mehr Verantwortung brauchen kannst. Daß du genug mit dir selbst zu tun hast und mit der Farm. Daß du nicht noch eine weitere Bürde willst.«

»Vielleicht urteilst du etwas zu hart«, sagte Nick besänftigend. »Ich habe nie behauptet, daß ich nicht glücklich darüber bin – oder jedenfalls sein werde, wenn der erste Schreck überstanden ist.«

»Also, sieh zu, daß er sehr bald überstanden ist.«

Clara ließ ihn einfach stehen und lief hinüber zu dem Wagen, in dem Reverend Martin schon wartete. Erst als sie gewendet hatten und den Weg in Richtung Berge fuhren, wandte sich Nick zurück ins Haus.

Summer stand im Fenster und blickte zu ihm hinaus. In ihrem Gesicht stand deutlich geschrieben, daß sie jedes Wort verstanden hatte.

Wie ein Geist verschwand sie wieder im Zimmer.

Nick schloß die Haustür hinter sich.

In der Küche pfiff Frank eine lustige Melodie vor sich hin, während er mit Geschirr klapperte und das Essen aufwärmte. »Ich glaube, Clara hat sich mit diesem Eintopf selbst übertroffen«, sagte er. »Kommt und eßt, solange er heiß ist.«

Nick ging ins Wohnzimmer. Summer saß auf dem Sofa, mit dem Rücken zu ihm, die Hände im Schloß gefaltet. »Komm zum Essen«, sagte er.

Sie rührte sich nicht.

»Ich denke, du wirst dich besser fühlen, wenn du etwas gegessen hast.«

Frank erschien an der Küchentür. »Ich sagte, ihr sollt kommen. Der Eintopf wird sonst kalt«, rief er fröhlich.

Schließlich stand Summer auf und ging hinter Nick in die Küche. Er nahm sie beim Arm und blickte ihr in die Augen. »Sieh mich an«, forderte er.

Sie tat es mit verletzten Augen.

»Laß mir etwas Zeit, mich an die Idee zu gewöhnen«, sagte er. »Schließlich habe ich mich gerade daran gewöhnt, den Rest meines Lebens mit dir zu verbringen.«

»Ist dir denn nie in den Sinn gekommen, daß das einmal passieren könnte?«

»Ich glaube, ich habe einfach nicht daran gedacht.« Er sah, daß ihr Ärger erneut wuchs, daß er sie tief verletzt hatte. »Ich meine, ich habe nicht gedacht, daß es so bald passieren würde.«

Mit einem kleinen Seufzer wandte sich Summer Frank zu, der geduldig auf sie gewartet hatte und sie zum Tisch führte.

»Das ist, verdammt noch mal, die beste Neuigkeit, die ich seit ewigen Zeiten gehört habe.«

Summer lächelte ihm matt zu.

Er lief zum Herd, um ihr einen Teller Hammeleintopf zu holen. »Ich hatte schon immer ein Herz für Kinder. Hab' mir allerdings nie vorstellen können, daß die mal hier rumtollen könnten. Hier, meine Süße, ich hol' dir noch ein Glas Wasser. Wie wär's mit einem Stück Brot? Wenn du erst mal was zwischen den Rippen hast, geht es dir gleich besser. Schließlich mußt du jetzt für zwei essen. Also zier dich nicht, noch einen zweiten Teller zu nehmen. Und nach dem Essen werde ich die Kuh melken. Und dann bekommst du ein feines Glas kalte Milch. Soviel ich weiß, müssen Schwangere viel davon trinken.«

Nick setzte sich, und Frank stellte den Teller mit Eintopf vor ihm auf den Tisch, bevor er selbst Platz nahm. »Das ist die Gelegenheit«, sagte Frank mit strahlendem Gesicht. »Ich denke, wir sollten einen Moment innehalten und unserem himmlischen Vater für den Segen danken, den er in dieses Haus geschickt hat. Ihr zwei, beugt eure Köpfe. Ich sagte, ihr beide beugt eure Köpfe. Nicht nötig, mich anzusehen, als ob ich übergeschnappt bin. Ich bin ein gottesfürchtiger Mann, auch wenn ich aussehe wie ein lausiger Cowboy. Ich weiß sehr gut, wann der Moment da ist, um ihn zu loben und zu preisen. Ich sagte, beugt eure Köpfe. Gut. Vater im Himmel. Wir danken dir, daß du diese beiden Menschen mit einem Baby gesegnet hast. Da draußen gibt es viele Ehepaare, die sich nach einem Kind sehnen, mehr als alles andere auf der Welt. Clara und Ben Beaconsfield gehören dazu. Bestimmt wünscht gerade jetzt die süße, liebe Clara, nichts mehr, als mit Summer tauschen zu können, und fragt sich, warum sie unfruchtbar sein muß. Vielleicht weint sie sogar. Aber es ist nicht an uns, großer Gott, deine Motive in Frage zu stellen. Ich schätze, du hast deine Gründe, warum du gerade Summer und Nick ausgewählt hast und ihnen dieses große Geschenk machst, das größte, das du einem Mann und einer Frau machen kannst. Und wenn sie jetzt im Moment noch nicht so richtig glücklich darüber sind, Gott, gib ihnen ein paar Minuten. Sie mögen verbohrt sein, aber sie sind nicht dumm. Und wenn sie sich erst mal an den Gedanken gewöhnt haben, werden sie selbst auf die Knie gehen und dir danken. Wenn sie erst mal verstehen, daß solch ein Kind auch eine neue Chance bedeutet, alte Fehler wiedergutzumachen, daß es sie rein macht von Schuld und daß es einen Neubeginn bedeutet. Daß sie beginnen werden, an ihrer Zukunft zu schmieden, statt in der Vergangenheit zu graben, die sowieso keiner mehr ändern kann. Danke, Gott. Und Amen.«

18

Nick hatte sofort mit dem Anbau des Kinderzimmers begonnen. Er hatte Pläne gezeichnet, Frank nach Christchurch geschickt, um Baumaterial zu kaufen, und inzwischen waren sie mit der Arbeit schon weit fortgeschritten.

Summer erwachte von dem Hämmern, wie jeden Morgen. Ein Lächeln strich über ihr Gesicht. Sie wollte tanzen, die Sterne küssen, sich selbst umarmen. Nie hätte sie für möglich gehalten, daß Nicholas solch einen Gefallen an der Idee finden könnte, Vater zu werden. Stundenlang konnte er über seine Träume für ihre Kinder mit ihr reden: Daß seine Söhne eines Tages die größte Schaffarm von Neuseeland erben würden. Daß er und Summer die Jungs vielleicht nach England in die Schule schicken könnten – natürlich nach Cambridge, obwohl auch Oxford in Frage käme.

Einmal erwischte sie ihn dabei, wie er eine lange Liste von Namen aufschrieb, und den ganzen Nachmittag über dachten sie darüber nach, welchen sie wählen sollten. Da gab es Michael, Neil, Bradley und William. Sie konnten sich nicht entscheiden. Schließlich meinte er mit einem spitzbübischen Grinsen, sie müßten ebenso viele Söhne bekommen, wie sie Namen hatten.

»Was, wenn wir nur Mädchen bekommen?« fragte sie.

»Solange sie so schön sind wie ihre Mutter, werde ich sehr glücklich sein.«

Summers Herz schwang sich empor vor lauter Glück. Obwohl Nick sich nicht über Nacht verändert hatte, sondern ganz allmählich, war doch ein Wunder mit ihm geschehen. Sie war sicher, daß er es sich nicht einmal bewußt machte. Und sie wollte ihn auch nicht darauf aufmerksam machen. Insgeheim frohlockte sie, und hin und wieder zwinkerten sie und Frank sich lächelnd zu.

Summer schlug die Bettdecke zurück und setzte ihre Füße auf den kalten Boden. Sie ging zum Fenster und blickte zu Frank und Nick hinüber, die in ihren mit Schafsfell gefütterten Mänteln gerade ihr Werk begutachteten.

Nick sah sie im Fenster stehen, grinste, warf den Hammer hin und lief zur Küchentür.

Sie rannte ihm entgegen. Da stand er in der Tür. Er sah aus wie ein Wilder. Aber nichts von einem Wilden lag in seinen dunklen Augen, nicht mehr.

»Was läufst du hier ohne Schuhe herum?« fragte

er, während er seinen Mantel auszog. »Du wirst dich noch erkälten.«

Sie blickte auf ihre Füße, die fast vollkommen von ihrem langen Nachthemd verdeckt waren.

»Wie fühlst du dich?« fragte er und zog einen Stuhl zurück, damit sie sich setzen konnte. Dickköpfig schüttelte sie den Kopf.

»Mir geht es gut, schon lange wieder.«

»Frank hat dir einen heißen Porridge gemacht.«

Sie zog ihre Nase kraus. »Ich esse lieber eine kalte Kartoffel.«

»Wenn du weiter so verdammte Sachen ißt, schadest du noch dem Kind.« Er setzte ihr den Teller Porridge vor die Nase. »Iß!«

Er nahm sich selbst einen Becher voll heißen Kaffee. Draußen hämmerte Frank weiter.

»Und wie kommt ihr voran?« fragte sie und schob den Teller wieder weg.

»Gut«, sagte er und schob ihr den Teller wieder hin.

»Wenn ihr so weitermacht, seid ihr bald fertig. Aber immerhin, es sind nur noch fünf Monate, bis das Baby kommt.«

Er lächelte ihr zu und umfaßte den heißen Becher mit seiner schmalen Hand. »Es zahlt sich immer aus, gut vorbereitet zu sein. Außerdem bekommen wir einen harten Winter. Es könnte sogar sein, daß wir die Arbeit unterbrechen müssen, wenn es noch kälter wird.«

Summer blickte aus dem Fenster, durch das die blasse Morgensonne schien. »Die Winter in England waren niemals so.«

»Am meisten bekommen wir das im Juli zu spüren.« Nick trank seinen Kaffee aus, stand auf und griff nach seinem Mantel. Summer folgte ihm ins Schlafzimmer. Nicholas betrachtete die Wand, an die sich das Kinderzimmer anschließen würde.

»Hier werden wir die Tür rausschneiden«, erklärte er ihr.

»Das ist eine gute Stelle für eine Tür«, sagte sie sehr ernsthaft. Er hob eine Augenbraue und betrachtete sie scheinbar ärgerlich. Dann stellte er sich hinter sie und legte die Arme um ihren langsam sich rundenden Bauch.

»Wenn die Wände fertig sind, werde ich Bilder drauf malen.«

»Bilder wovon?« fragte sie.

»Schafe.«

Summer stöhnte und drehte ihren Kopf. Er lächelte.

»Ich habe in Christchurch einen Wandteppich gesehen, der sich im Kinderzimmer sehr gut machen würde«, sagte er. »Vielleicht könnten wir ihn an die eine Wand hängen. In meinem Jungenzimmer hingen viele Wandteppiche an den Wänden.«

»Ich könnte mir vorstellen, daß dein Zimmer etwas größer war als dieses hier.«

»Ja, du hättest unser ganzen Haus in meinem Zimmer unterbringen können. Die Decke war fünfzehn Fuß hoch, und an jedem Ende des Zimmers gab es einen Kamin. Es war nie kalt darin... im Gegensatz zu dem Rest des Hauses. Am kältesten war es immer im Eßsaal. Der Tisch war groß genug, um mit Leichtigkeit sechsundzwanzig Gäste zu setzen. Du kannst dir vorstellen, wie es war, wenn nur wir vier an dem Tisch Platz nahmen. Mein Vater saß an dem einen Ende, meine Mutter am anderen. Christopher und ich saßen in der Mitte, einander gegenüber. Wir durften beim Essen nicht sprechen. Höchstens, wenn es um ganz Wichtiges ging. Ich haßte die Essenszeiten und bekam jedesmal Bauchschmerzen. Wahrscheinlich, weil ich es abscheulich fand, mitanzusehen, wie meine Mutter und mein Vater sich ignorierten... und uns. Chris und ich wechselten stille Zeichen und unterhielten uns auf diese Weise...« Nachdenklich brach Nick bei diesen Worten ab.

»Chris ist fünf Jahre älter als ich«, fuhr er leise fort. »Daher ist er natürlich lange vor mir aus dem Haus gegangen. Wir waren beide auf Internaten, obwohl ich mich nur sehr ungern wegschicken ließ. Als ich zehn Jahre alt war, hatten sie mich schon aus drei verschiedenen Schulen rausgeworfen. Danach bekam ich zu Hause Privatunterricht. Ich lebte für die Zeiten, wenn Chris zu Besuch kam. Und ich fürchtete jedesmal den Moment, wenn er wieder gehen mußte. Wenn er von der Universität nach Hause kam, was nicht sehr häufig war, flehte ich ihn an, mich mitzunehmen. Ich wurde mit jedem Mal, das er mich allein zurückließ, wütender. Dann ging meine Mutter auch noch fort, und...

Jedenfalls, das Letzte, was ich von meinem Bruder hörte, war kurz bevor ich aufs Schiff nach Neuseeland kam. Er reiste nach Amerika, um einen Besitz in der Nähe von Boston zu erwerben. Scheint so, als war er nicht ganz einverstanden damit, daß mein Vater sich so vollständig von mir losgesagt hatte.«

Nicks Arme schlossen sich fester um sie. Er küßte ihr Haar. »Die Idee, als Vater zu versagen, ängstigt mich.«

»Das wirst du nicht«, sagte sie. »Ich weiß es tief in

meinem Herzen. Du wirst nicht die Fehler machen, die er gemacht hat.«

Er lächelte. »Ich bin so glücklich über das Baby. Es wird der Grundstein für unsere Zukunft sein, an der wir gemeinsam bauen. Und unsere Vergangenheit können wir ruhen lassen. Mein Gott, ich werde ganz euphorisch, wenn ich daran nur denke.«

Sie lachten und küßten sich. Nach einer Weile schob Nick sie sanft von sich und wandte sich zur Tür. »Frank und ich fahren rüber nach Windwhistle Bluff, um nach den Schafen zu sehen. Wir werden nachmittags zurück sein.«

»Ich beeile mich und ziehe mich schnell an.«

Er blieb auf der Schwelle stehen. »Warum?«

»Ihr könnt mich an der Schule absetzen.« Summer sah, wie sich sein Gesicht verfinsterte. »Ich möchte hin. Wir haben drei neue Schüler, die heute anfangen, die Rinehold-Drillinge. Das macht nun schon ein halbes dutzend Schüler, die zu uns kommen, obwohl sie keine ›Kakadus‹ sind. Bevor du dich versiehst, werden alle Kinder von Malvern Hills dazugehören. Ich finde, es ist ein sehr ermutigendes Zeichen, daß die Probleme zwischen den Schafzüchtern und den Farmern allmählich abnehmen. Meinst du nicht?«

»Es sind drei Meilen in die Schule. Ich finde nicht, daß es eine gute Idee ist, wenn du dorthin reitest.«

Summer zog sich das Nachthemd über den runden kleinen Bauch und dann über den Kopf. Hatte sie sich nur getäuscht, oder hatte sie in der Nacht eine winzigkleine Bewegung in ihrem warmen Bauch gespürt, wie ein Schmetterlingsflattern? – Sie würde es ihrem Mann heute abend erzählen, wenn sie in seinen Armen läge. »Er ist sicher und geborgen da drin«, versicherte sie ihm.

»Er?« fragte er weich.

»Genau«, antwortete sie und sah, wie dieses Kleinejungenlächeln sich auf sein Gesicht stahl. »Ich hoffe auf einen Jungen, der genauso aussieht wie sein Vater.«

»Und ich hatte ein Mädchen im Kopf, das genauso wie seine Mutter aussieht.«

»Vielleicht werden es ja Zwillinge.«

Nick strahlte. »Gütiger Gott, vielleicht sollte ich noch ein Zimmer dazu bauen.«

Lachend rannte Summer auf ihn zu. Er schlang seine Arme um ihre Taille und hob sie.

»Du wirst mir den ganzen Tag fehlen«, gestand er.

Erfüllt von einem tiefen Begehren, umschloß sie ihn mit ihren Armen und hielt ihn fest. Dieses unglaubliche Gefühl der Nähe ließ sie erzittern, und am liebsten hätte sie ihr Gesicht an seiner Brust vergraben und geweint. So groß war ihre Liebe zu ihm und zu dem Wesen, das in ihr wuchs. Langsam aber sicher gewann sie die Zuneigung von Nicholas Sabre. Und sie ließ ihn kommen, ließ zu, daß er sich auf seine eigene Weise mit den neuen Gefühlen, die in ihm aufgekeimt waren, auseinandersetzte.

Sie würde auch weiterhin geduldig auf ihn warten.

»Kinder, Kinder! Bitte! Jason Johnson, setz dich augenblicklich auf deinen Platz oder ich muß deiner Mutter von deinem Betragen erzählen. Klasse, Ruhe jetzt!«

Clara warf einen hilflosen Blick zu Summer, die in der letzten Reihe saß und eine Schiefertafel auf ihren Knien balancierte. Sie warf den Johnson-Jungs einen strafenden Blick zu, als diese die Mädchen an den Zöpfen zogen. Andere stampften mit den Füßen und schrien wie wild durcheinander. Offensichtlich waren die Kinder nicht in der Stimmung für Unterricht, und obwohl Clara so sehr um Ordnung gerufen hatte, reagierte keiner darauf.

»Ich gebe es auf«, sagte Clara. Sie warf ihr Unterrichtsbuch auf den Tisch, ließ sich auf ihren Stuhl fallen und schüttelte den Kopf beim Anblick der lärmenden Kinder.

Summer legte ihre Tafel und die Kreide nieder und ging zur Tür. Es war gar nicht so leicht, sich auf den Unterricht zu konzentrieren und gleichzeitig Clara mit den Kindern zu helfen. Durch die Anstrengung hatte sie direkt Kopfschmerzen bekommen.

Sie öffnete die Tür ein Stück, um zu sehen, ob draußen alles in Ordnung war. Eine scharfe Brise wehte ihr entgegen. Aber obwohl der Frost in der Nacht eine Eisschicht über Wiesen und Berge gelegt hatte, war durch die strahlende Sonne inzwischen alles wieder geschmolzen.

Summer warf Clara einen Blick zu und nickte. Dann öffnete sie die Tür weit. Erleichtert klatschte Clara in die Hände und rief: »Kinder, Pause!«

Mit Jauchzen und Gekreisch stürmten die Jungen und Mädchen zur Tür.

»Sie sind heute wirklich besonders unruhig«, meinte Clara.

»Sie sind einfach nicht daran gewöhnt, längere Zeit über still zu sitzen.« Summer rieb sich ihr eigenes Hinterteil. »Aber wir werden uns schon noch daran gewöhnen.«

Clara stand auf der Schwelle und sah zu, wie die Kinder über die Wiese rannten und Fangen spielten. »Ich hoffe wirklich, daß ich das Richtige tue, Summer. Du weißt ja, wie Ben darüber denkt und daß er nicht in diesen Konflikt zwischen den Farmern und den Schafzüchtern mit hineingezogen werden will.«

»Du wirst doch da nicht mit reingezogen. Du lehrst unschuldige Kinder Lesen und Schreiben. Außerdem ist es Monate her, daß es Ärger gab.«

Mit über der Brust verschränkten Armen blickte Clara die Freundin an und lächelte. »Ich muß zugeben, du hast diesen Leuten enorm geholfen. Ben und ich sind überaus beeindruckt.«

»Ich habe gar nicht so viel getan.«

»Red keinen Unsinn. Du hast die Familien organisiert – hast sie davon überzeugt, ihre Kinder jeden Tag hierherzubringen. Du hast dein Haus für die monatliche Messe geöffnet, hast den neuen Reverend überzeugt, Malvern Hills in seine Baptistengemeinde aufzunehmen. Außerdem hast du mich auch noch davon überzeugt, mitzumachen.«

»Nur indem ich dir klargemacht habe, daß du es auch nicht wünschen würdest, wenn deine eigenen Kinder diskriminiert werden.«

»Wie denkt Nick über all das?«

Summer runzelte die Stirn und blickte scheinbar angestrengt zu den Kindern hinüber. »Es wäre ihm lieber, ich hätte nichts damit zu tun. Er ist so besorgt, seit er von dem Baby weiß.«

»Er ist hingerissen wegen des Kindes«, versicherte Clara ihr.

»Ja, das ist er. Ich wünschte nur...« Summer blickte ihre Freundin etwas wehmütig an. »Ich wollte, es wäre seine Liebe zu mir, die ihn so verändert hat. Ich habe schreckliche Angst davor, daß ich, wenn das Kind erst geboren ist, für ihn erst nach dem Baby, dem Hund, den Schafen und der Farm komme.« Um das Thema zu wechseln, griff Summer in ihre Tasche und nahm ein Blatt Papier heraus. Sie faltete es auf und reichte es Clara, die es ruhig las und zustimmend nickte.

»Du machst im Schreiben mit jedem Tag Fortschritte, Summer. Und du hast keinerlei Rechtschreibfehler. Wann willst du den Brief abschikken?«

»Wenn ich glaube, daß der Zeitpunkt da ist.«

»Und du willst es immer noch nicht Nick erzählen?«

»Nein.«

»Weil du fürchtest, er könnte böse sein oder verhindern, daß du den Brief absendest?«

»Wir sprechen nicht über seinen Vater. Nicholas ist so stolz.«

»Aber du glaubst, daß Chesterfield den Brief lesen wird, weil er nicht von Nick kommt.«

»Das hoffe ich jedenfalls.«

»Du sorgst dich wirklich sehr um Nicks Glück. Ich frage mich, ob er eigentlich weiß, was für einen Schatz er in dir gefunden hat. Und wann schickst du ihn?«

»Ich bin nicht sicher.« Sorgfältig faltete Summer den Brief wieder zusammen und steckte ihn in die Tasche. »Vielleicht nie. Vielleicht morgen. Es hängt von Nicholas ab, denke ich.«

»Ich persönlich halte es für eine wundervolle Idee, Summer. Nicky ist tief verletzt durch die Tatsache, daß sein Vater ihn verstoßen hat. Wenn es dir mit deinem Brief gelingen würde, die beiden wieder zusammenzubringen, bin ich sicher, Nicholas würde endlich mit seiner Vergangenheit abschließen können.«

Clara lächelte ihr ermunternd zu, dann ging sie auf die Wiese vor dem Haus und rief die Kinder zusammen. Noch eine Schulstunde, und ihre Eltern würden sie abholen. Unter normalen Umständen würde sich keiner die Zeit nehmen, extra zu ihnen herauszufahren, aber solange das Risiko bestand, daß die Bande etwas gegen die Schule unternahm, ließen sie es sich nicht nehmen, die Kinder persönlich nach Hause zu begleiten. Roel Ormsbee und Virgil McIlhenny hatten schließlich schon einmal bewiesen, daß sie keinerlei Skrupel hatten, wehrlose Kinder über den Haufen zu reiten.

Der Unterricht war um drei Uhr zu Ende. Gegen halb vier waren alle Kinder abgeholt worden. Clara und Summer räumten das Klassenzimmer auf. »Warum fährst du nicht nach Hause, bevor es dunkel wird?« schlug Summer vor. »Ich warte noch auf Nicholas.«

Clara blickte sie zögernd an. »Ich bleibe. Es wäre nicht gut, dich hier allein zu lassen.«

»Mir macht das nichts aus. Außerdem habe ich für den Notfall ein Gewehr.«

Schließlich hatte sie Clara doch überredet und blieb allein im Schulhaus. Sie fegte den Boden und rückte die Stühle und Tische gerade. Nick war spät dran. Summer ertappte sich dabei, daß sie immer wieder zur Tür ging, um herauszuschauen. Wo blieb er nur? Normalerweise holte er sie ab, ehe noch der letzte Schüler fort war.

Himmel, wo war er? Sicher hatte er sie nicht vergessen...

Sei nicht albern! schalt sie sich selbst. Nicholas

war ja geradezu fanatisch geworden, was seine Sorge um sie und das Baby betraf. Am Tag, als sie zu Dora gefahren und eine halbe Stunde später als angekündigt zurückgekehrt war, hatte er bereits in hellster Aufregung dagesessen. Eine Stunde lang hatte sie sich anhören müssen, wie gefährlich es war, allein umherzufahren, und daß sie in ihrem Zustand keinerlei Risiken eingehen dürfe.

Sie warf einen Blick in ihren Korb, in dem sie noch ihre Mittagsmahlzeit hatte. Wenn Nick nicht kam, war sie gezwungen, die Butterbrote zu essen. Sie hatte großen Hunger und –

Hinter ihr öffnete sich die Tür.

Summer wirbelte glücklich herum. Aber das Lächeln auf ihrem Gesicht erstarb in dem Moment, in dem sie den maskierten Mann erblickte, der in der Türschwelle stand. Stumm starrte sie ihn an. Vor Furcht zog sich ihr Magen zusammen.

Mit trockenem Mund und wie wild klopfendem Herzen trat sie einen Schritt zurück bis an das Schreibpult. Der Mann trat näher, schweigsam, die Augen, die aus der Maske hervorschauten, kaum mehr als bedrohliche Schlitze.

Summer warf einen Blick zur Tür und zu dem Gewehr, das dort noch an der Wand lehnte. Leises bösartiges Gelächter drang aus der Haube, die bis zu den Schultern reichte, hervor. Dann flüsterte der Mann: »Sie sind eine dumme junge Frau, Mrs. Sabre. Sie sollten inzwischen verstanden haben, daß ihre Art von Einmischung hier nicht erwünscht ist.«

Summer drückte sich gegen den Tisch. »Sie können mich kaltblütig umbringen«, preßte sie hervor. »Aber diese Kinder werden ihren Unterricht bekommen, ob Roy Tennyson nun will oder nicht.«

»Umbringen ist nicht unsere Absicht, Mrs. Sabre. Das sollten Sie doch wissen. Ich bin nur hier, um Sie zu warnen, daß einige von uns finden, Sie sollten Ihre Nase nicht in Dinge stecken, die Sie nichts angehen... oder für die Folgen zahlen. Sie wollen doch sicher nicht, daß Ihre Farm noch mal abbrennt... oder daß Ihrem Mann was passiert.«

Summer hob ihr Kinn mit einer Entschlossenheit, die sie überhaupt nicht empfand. »Also, ich muß wohl gute Fortschritte machen, wenn Mr. Tennyson den Eindruck hat, daß er seine Schläger losschicken muß, um Frauen zu erschrecken. Anscheinend hat es ihm noch nicht genügt, Kinder, die auf einer Wiese spielen, niederreiten zu lassen.«

Sein Schlag traf sie mit voller Wucht am Kinn, und sie taumelte zurück. Einen Moment lang lag sie mit dem Oberkörper auf der Tischplatte, der Schmerz zog bis in ihre Schläfen, sie schmeckte Blut. Aber der Schmerz war wenig im Vergleich zu dem, was sie beim Anblick dieses maskierten Mannes empfand. Er griff mit seinen schwarzen Handschuhen nach ihr und zog sie rauh auf die Füße.

Wie wild schlug sie auf ihn ein, als er sie aus dem Schulhaus zog. Sie kratzte und biß, aber er zog sie weiter und schmiß sie auf die Erde. Er stand über ihr, breitbeinig, die Schultern zuckten vor Lachen.

Plötzlich war um sie herum Bewegung. Ein halbes Dutzend Männer, alle mit Hauben auf den Köpfen, erschienen aus der Dunkelheit, einer trug einen Kanister mit Kerosin, ein anderer eine brennende Fakkel.

»Halt!« schrie sie, als der Mann begann, die Flüssigkeit über die Wände des Schulgebäudes zu spritzen, dann im Innern verschwand, wo er die Böden und die Möbel mit Kerosin tränkte. Summer stolperte auf ihre Füße, aber der Weg wurde ihr durch den Mann abgeschnitten, der sie hierher gezogen hatte. Verzweifelt im Bemühen, das Schulhaus zu retten, kämpfte sie wie eine Wilde, auch noch, als die ersten Flammen längst in den nächtlichen Himmel emporloderten. Sie schlug auf den Kerl ein, krallte ihre Nägel in seinen Hals. Wütend schrie er auf und zielte mit seiner mächtigen Faust gegen ihre Schläfe, und die Welt vor ihr explodierte in Schmerz. Wieder schlug er sie, und wieder. Bevor sie das Bewußtsein verlor, hörte sie noch, wie einer schrie: »Los, nichts wie weg hier.«

Dann wurde es schwarz um sie.

Die Stute eiterte am Vorderhuf.

»Strahlfäule«, ertönte Franks Stimme. »Sie kann den Wagen kein Stück mehr weiterziehen.«

Nick fluchte in sich hinein. Der Tag war voller Komplikationen gewesen. Zuerst hatte es Probleme mit dem Rad gegeben, dann waren sie im Fluß steckengeblieben. Sie hatten fünf Schafe entdeckt, die über die Klippe von Windwhistle Bluff gestürzt waren, und nun das... Es war bitterkalt, und bis zu Summer war es noch über eine halbe Meile.

Wie immer hatte er den ganzen Tag über an sie denken müssen. Die letzten Wochen über hatte er Summer sehr genau beobachtet. Nach der ersten Zeit der Übelkeit war es ihr gut gegangen. Sie hatte etwas zugenommen, aber nicht viel. Ihr Bauch begann sich zu runden, die Brüste waren voller geworden. In den langen Nächten lag er oft wach im Bett und stellte sich vor, wie sie aussehen würde, wenn das Kind größer und ihr Bauch wirklich rund geworden war. Die Freude und der Stolz, die ihn dann überkamen, machten ihn atemlos. Dann, genauso schnell, überkam ihn auch die Angst. Sie war so klein, selbst noch ein Kind – gütiger Gott, was, wenn sie bei der Geburt starb? Wie oft hatte er in diesen Wochen gebetet, daß sie doch nicht schwanger sein sollte. Er würde lieber den Rest seines Lebens kinderlos verbringen, als zu riskieren, sie zu verlieren.

Vielleicht war er zu besorgt um sie. Manchmal war sie richtig böse auf ihn, obwohl er ihre Launenhaftigkeit eher auf ihren Zustand zurückführte. Manchmal weinte sie still in ihr Kissen. Dann stand er da, die Hände gefaltet, und wehrte sich dagegen, sie einfach in die Arme zu nehmen und sie zu fragen, was sie hatte. Nur teilweise glaubte er noch, daß es das alte Problem war: Daß er seine Gefühle ihr gegenüber nicht zugeben konnte. Es war eine tiefe Furcht in ihm, die erst jetzt allmählich an die Oberfläche kam: Vielleicht war sie unglücklich mit ihm und ihren Lebensumständen. Vielleicht gefiel ihr die Idee gar nicht, in diese Armut hier ein Kind zu gebären.

Sie machte ja gar keinen Hehl aus der Tatsache, daß sie die Einsamkeit schwer zu ertragen fand. Nicht, daß sie die einzige Frau gewesen wäre, die darunter litt. Man hörte es doch immer wieder, daß einige von den anderen fernangetrauten Bräuten ihre Ehemänner verließen, weil sie dieses Leben einfach nicht aushielten.

Gott, aber er konnte sich ein Leben ohne sie nicht mehr vorstellen.

»Schätze, wir müssen die Pferde abzäumen«, meinte Frank. »Die alte Stute kann nicht weiter.«

Nick stimmte zu. Und in dem Moment sahen sie am Horizont die rot-orangene Flamme am nächtlichen Himmel.

Feuer!

Viel zu lange dauerte es, die Pferde auszuspannen, sich das gesunde zu greifen und mit dem Gewehr in der Hand loszureiten. Frank und er hatten sich nur angesehen, beide voller Sorge um Summer.

Das Pferd wieherte und scheute. Vor ihnen lagen die Ruinen des Schulgebäudes, ein einziges Flammenmeer.

»Summer!« schrie Nick, fuhr mit seinen Stiefeln in die Schenkel des Tieres und zwang es, den Hügel hinunter in den Rauch und die Flammen zu laufen.

Er fand Summer an einer Stelle liegen, die gerade erst zu schwelen begann. Nick sprang vom Pferd und kniete neben ihr nieder. Sie lag mit dem Gesicht nach unten im Dreck. Er mußte sich sehr zusammennehmen, um sie nicht an sich zu reißen. Statt dessen drehte er sie so sanft wie möglich um und nahm sie in die Arme.

Voller Angst und Schmerz schloß er seine Augen.

»Sie ist tot«, schrie er. »Oh, mein Gott, sie ist tot.«

Er konnte sich vor Entsetzen nicht bewegen, wiegte sie nur auf seinen Knien, hielt sie an seine Brust gepreßt, seine Hände vergruben sich in ihrem Haar. Endlich erschien Frank durch den Qualm, vollkommen außer Atem von seinem Lauf über die Berge. Sein altes Gesicht war angespannt, aber er nahm sich zusammen, als habe er schon oft in seinem Leben solches Unglück erfahren. Ruhig ging er auf ein Knie und drückte seine Fingerspitze an Summers Hals.

»Sie ist nicht tot«, sagte er. »Sie hat einen kräftigen Puls. Ich schätze, sie ist nur bewußtlos und hat einen Schock.«

In diesem Moment kam Ben in seinem Wagen durch Rauch und Flammen angefahren. Mehrere seiner Arbeiter sprangen vom Wagen und begannen mit ihren Löschversuchen. Ben sprang herunter und lief zu Nick und Summer.

»Wir waren auf dem Weg von Sean nach Hause, als wir das Feuer sahen«, rief er. »Was –«

»Sie haben sie umgebracht«, schrie Nick. »Diese Bastarde haben meine Frau umgebracht!«

Frank blickte zu Ben, dessen Gesicht bei Nicks Worten weiß geworden war. »Sie ist nicht tot, Ben, aber sie ist schwer verletzt. Wir müssen sie schnell nach Hause bringen.«

»Wir nehmen meinen Wagen. Ich bringe euch hin und hole dann Clara.«

Als Nick mit Summer in den Armen aufstand, fiel das Schulhaus mit einem Ächzen endgültig in sich zusammen, und Funken und prasselndes Feuer loderten in den nächtlichen Himmel.

Nicholas war schon öfter in seinem Leben verrückt genannt worden. Nie war er so nahe daran, es wirklich zu werden, wie in dieser Nacht.

Ben machte ihm einen Kaffee und setzte sich neben ihn an den Tisch. Nick starrte auf die schwarze Flüssigkeit vor sich, die Hände im Haar, und blinzelte den heißen Dampf aus den Augen.

»Vielleicht solltest du versuchen, dich ein wenig auszuruhen«, sagte Ben. »Vielleicht legst du dich aufs Sofa und schläfst eine Weile. Es kann eine lange Nacht werden.«

»Was, zum Teufel, dauert denn so lange?« Nick stand auf und ging ins Wohnzimmer, dort nahm er sich etwas zu trinken. Ben kam ihm nach. »Das hilft auch nichts, Nick.«

»Aber es tut auch nicht weh.« Nick stürzte den Schnaps herunter und nahm sich noch einen.

Ben legte voller Mitleid eine Hand auf seine Schulter. »Sie wird nicht sterben.«

»Das kannst du nicht wissen.«

»Ich bin natürlich kein Arzt, aber die Verletzungen sind nicht so schwer.«

Nick schloß erschöpft die Augen.

Ben blickte ihn finster an. »Wenn du dir Gedanken darüber machst, daß du die Schuld daran hast, bitte nicht.«

»Wenn ich nicht nach Windwhistle Bluff geritten wäre –«

»Daß du deine Geschäfte ganz normal erledigst, hat nichts mit dem zu tun, was geschehen ist.«

Nick wandte seine dunklen Augen Ben zu und sagte mit einer kalten, harten Stimme: »Steh nicht da und predige Geduld und Toleranz. Sie haben sie geschlagen und da einfach liegen lassen. Und sie wäre gestorben, verbrannt, zusammen mit der Schule. Sie haben meine Frau verletzt, und möglicherweise mein Kind. Dafür werden sie bezahlen, Ben.«

»Nicholas?« Es war Clara, die an der Tür stand. »Summer ist bei Bewußtsein. Sie fragt nach dir.«

Er starrte in ihr blasses Gesicht. »Haben sie sie vergewaltigt?« Seine Kehle war wie zugeschnürt.

»Nein.«

Erleichtert wandte er sich zur Schlafzimmertür. Aber Clara hielt ihn am Ärmel fest.

»Ich fürchte, sie verliert das Baby, Nicky. Es ist

nur eine Frage der Zeit, denke ich. Sie hat viel Blut verloren.«

Seine Knie wurden schwach. Er konnte kaum sprechen. »Weiß sie es?«

»Sie vermutet es. Die Wehen werden stärker.«

»Oh, Gott.«

Ben trat neben ihn und legte ihm den Arm um die Schultern. »Möchtest du noch etwas trinken?« fragte Ben.

Nick schüttelte den Kopf.

Er schüttelte Bens Arm ab und fuhr sich mit einer Hand durchs Haar.

Vor der Schlafzimmertür blieb er stehen und zwang sich, so ruhig wie nur irgend möglich zu wirken.

Summer drehte ihren Kopf und betrachtete ihn mit glasigen Augen.

Nick trat an ihr Bett und nahm die Hand, die sie nach ihm ausstreckte. Er küßte sie und legte sein Gesicht hinein und liebkoste die Handfläche mit seinem Mund.

Summer lächelte schwach. »Bestimmt sehe ich entsetzlich aus.«

Er schüttelte den Kopf und schluckte. »Ein bißchen geschunden, das ist alles, Weißt du, wer es war?«

»Sie trugen ihre Hauben.« Schmerzverzerrt lehnte sie ihren Kopf wieder in die Kissen, und sie nahm seine Hand. »Ich... wollte dir heute morgen erzählen... ich habe gemerkt, wie das Baby sich bewegt. Er war wie ein kleiner Schmetterling in mir, den ganzen Tag über. Jetzt spüre ich gar nichts mehr, Nicholas. Ich –« Sie schloß ihre Augen und drückte seine Hand. »Die Wehen werden immer stärker. Es ist nur eine Frage der Zeit, bis...« Sie begann zu weinen. »Unser Kind ist tot, Nicholas.«

»Nicht –«

»Es ist tot. Ich habe genug Frauen bei Fehlgeburten geholfen, als ich noch bei Martha lebte. Ich weiß, was passiert.«

Plötzlich wurde sie von Schmerzen überspült und stöhnte laut. Clara kam zum Bett gerannt und versuchte, Nick zum Gehen zu bewegen.

Er schob sie weg. »Hilf ihr, Clara.«

»Wir können nichts tun, Nicky, das Kind ist tot.«

Nick packte Clara an den Schultern und schüttelte sie. »Hilf ihnen! Oder –«

»Laß sie los, Nick, du tust ihr weh«, beschwichtigte ihn Frank.

Langsam lockerte sich der Griff von Nick, und seine Freunde zogen ihn zur Tür. Aber Summer schrie wieder auf, und er riß sich los und lief zurück zu ihrem Bett. Aber diesmal schoben ihn die beiden Männer gewaltsam aus dem Zimmer, so sehr er auch gegen sie ankämpfte und ihnen drohte, er brächte sie alle um, wenn Summer sterben würde.

Schließlich konnte Clara die Tür schließen und verriegeln. Er schlug mit seiner Faust dagegen, immer wieder, bis seine Knochen blutig waren und der Schmerz unerträglicher wurde als die Wut, und er sank gegen die Tür. Er rutschte zu Boden und vergrub sein Gesicht in den blutigen Händen.

Stunden verstrichen, und nur Summers Weinen zerriß hin und wieder die absolute Stille. Nick starrte an die Decke und dachte: Bitte, Gott, bitte, ich flehe dich an, rette meine Frau und mein Baby. Nimm sie mir nicht. Laß sie nicht sterben, straf mich nicht so für die Sünden meiner Vergangenheit. Ich bitte dich.

Endlich konnte sich Nick von der Tür losreißen. Er ging in die Küche, in der auch Frank und Ben am Tisch saßen. Sie blickten ihm erwartungsvoll entgegen, aber er ging an ihnen vorbei nach draußen in die kalte Nachtluft, hob seinen Kopf und wandte sein Gesicht den Sternen zu. Und er fuhr fort zu beten.

Betsy kam angelaufen und legte sich zu seinen Füßen. Ihr Maul ruhte auf seinem Fuß, und der Schwanz schlug auf den Boden. Endlose Minuten verstrichen.

Nick fühlte mehr als er es hörte, daß Clara zu ihm herantrat. Er hielt den Atem an. »Es ist vorbei. Es tut mir leid, Nicky. Es gab einfach nichts mehr, was wir für das Baby hätten tun können.«

Er schloß seine Augen. Der Schmerz in seiner Brust war so groß. »Wa – as ist mit Summer?«

»Sie ist noch sehr erschöpft und muß unbedingt im Bett bleiben. Aber in ein paar Wochen wird es ihr wieder gut gehen. Sie braucht jetzt viel Unterstützung von dir, Nicky. Was auch immer du tust, wende dich nicht von ihr ab. Sie braucht dich zu sehr.«

Damit ließ sie Nick allein. Sein Körper zitterte vor Wut. Er wandte sein Gesicht zum Himmel und sagte durch zusammengepreßte Zähne: »Verdammt sollst du sein.«

19

Der wilde Ritt über die nebligen Weiden tat wenig, um Nicks berauschten Kopf wieder klarer zu machen... oder den Zorn zu besänftigen, den er zu bändigen versuchte, seit seine Frau halb tot vor dem brennenden Schulgebäude gelegen hatte, es war erst Stunden her. Als er sein schwitzendes, keuchendes Pferd zu O'Connells Haus hinüber lenkte, tat der Alkohol, den er getrunken hatte, sein übriges, um seine Wut noch weiter anwachsen zu lassen.

Mit dem Gewehr in der Hand stieß er Seans Tür auf. Der Ire saß am Kaminfeuer mit einer Flasche in der einen, einem Glas in der anderen Hand. Er blickte auf, nur kurz zeigte sich Überraschung auf seinem Gesicht, als Nick auf der Schwelle stand.

Nick kam in drei großen Schritten auf ihn zu, riß Sean an seinem Hemdkragen auf die Füße, schob ihn zurück und schmiß ihn mit solch einer Wucht gegen die Wand, daß ein paar von den Nippsachen, die auf dem Kamin standen, herunterfielen. Nick schob den Gewehrkolben gegen sein Kinn.

»Waren Sie bei dem Überfall auf das Schulhaus dabei?«

Sean versuchte zu schlucken. »So blöd bin ich nicht, Sabre.«

»Antworten Sie, verdammt noch mal!« Er schmiß Sean noch mal gegen die Wand.

»Vielleicht abscheulich, aber nicht blöd. Sie Dummkopf. Natürlich habe ich nichts damit zu tun. Ich würde Summer nie weh tun.«

»Aber ich wette, Sie wissen, wer es war.«

Seans grüne Augen blickten in seine, aber er antwortete nicht.

»Wen hat Tennyson raus zum Schulhaus geschickt, um meine Frau zu überfallen? Sagen Sie es, oder es passiert ein Unglück.« Er drückte den Kolben noch tiefer an Seans Kinn. »Sie haben sie geschlagen, O'Connell, und sie haben unser Baby ermordet«, sagte er mit leiser, schmerzerfüllter Stimme. »Ich werde mich rächen.«

Aus Seans Gesicht wich alle Farbe, und er schloß kurz die Augen. »Sie sind nicht dorthin geritten, um irgend jemanden zu verletzen. Sie wollten nur die Schule niederbrennen.« Sean lachte kalt auf. »Na los, töte mich. Denn wenn du es nicht tust, dann sie, wenn ich dir ihre Namen nenne. Tennyson hat mein Leben sowieso schon zur Hölle gemacht. Ich schulde ihm Geld, und er fordert Rückzahlung... vollständig, weil ich Ben geholfen habe, Ormsbee davon abzuhalten, Sie schwarz und blau zu schlagen, damals in Christchurch.«

»Aber warum haben Sie mir denn geholfen?«

»Das habe ich für Summer getan. Sie hat so einen wie Sie nicht verdient. Aber Witwe zu werden auch nicht. Und das wird sie, wenn Sie glauben, Sie können Tennyson allein fertigmachen.«

»Das ist meine Sache.«

»Wenn Sie unbedingt sterben wollen, dann tun Sie's doch selbst, setzen Sie doch das Gewehr an den eigenen Kopf.«

Ohne etwas zu sagen, standen sie sich gegenüber. Schließlich trat Nick einen Schritt zurück und ließ das Gewehr sinken. Sean ging zum Tisch und goß sich einen Whisky in das Glas, das er immer noch in der einen Hand hielt. Er ließ sich auf seinen Stuhl vor dem Kamin fallen.

»Es ist schon eigenartig, was eine Frau mit unserem Leben machen kann, stimmt's, Sabre?« Sean stürzte seinen Whisky herunter und goß sich noch einen ein. »Was haben wir Männer nicht schon alles erreicht. Ganz Kontinente erobert, wunderbare Kirchen erbaut. Wir heilen Krankheiten, konstruieren die tollsten Maschinen. Aber kaum sehen wir ein hübsches Gesicht und ein unschuldiges Lächeln, dann sinken wir schon auf unsere gottverdammten Knie. Aber es war ja schon von Anbeginn so. Adam und Eva... ich frage mich manchmal, was aus uns geworden wäre, wenn sie ihn nicht verführt hätte. Vielleicht würden wir alle noch im Paradies leben. Möchte seine Lordschaft vielleicht auch etwas zu trinken? Kommen Sie, glauben Sie, ich hätte nicht längst gemerkt, daß Sie auch schon ein paar intus haben?«

Sean ging auf etwas unsicheren Beinen in die Küche und kehrte mit einem zweiten Glas zurück. Er goß einen Whisky ein und streckte Nick das Getränk hin.

Nick blickte ihn nur an, rührte sich aber nicht von der Stelle.

Sean blickte zurück. Schließlich sagte er: »Ich biete Ihnen nur etwas zu trinken an, nicht meine Hand in Freundschaft. Und wenn Sie es nicht trinken, dann eben ich.«

Endlich nahm Nick das Glas.

Sean setzte sich in seinem Stuhl zurück und blickte ins Feuer. »Es tut mir leid mit dem Baby«, sagte er. »Ich kann Ihre Wut verstehen. Können Sie nun auch meine verstehen?« Ohne Nick anzusehen, schüttelte Sean seinen Kopf. »Du liebst jemanden, und dann kommt eine fremde Kraft von außen und nimmt ihn dir weg –«

»Ich hatte nichts mit Colleen –«

»Das weiß ich ja.« Seans Stimme war rauh. »Ich weiß das«, wiederholte er etwas ruhiger. »Das machte es für mich nur noch schwieriger zu akzeptieren, was sie für Sie empfand. Ich konnte nicht glauben, daß eine Frau jemanden so lieben konnte, der ihre Gefühle gar nicht erwiderte. Aber ich glaube, ich beginne zu verstehen. Du siehst jemanden, du bewunderst ihn, du verliebst dich in ihn. Und der andere liebt dich nicht zurück. Das kann einen Mann oder eine Frau in den Wahnsinn treiben...«

Er blickte auf und deutete mit der Hand auf den Stuhl neben sich. »Warum setzen Sie sich nicht, und wir diskutieren das Problem Roy Tennyson wie unter zwei Betrunkenen üblich?«

»Werden Sie mir sagen, wer meine Frau überfallen hat?«

»Ich könnte vielleicht so betrunken werden, daß ich genau das tue.«

»Ich könnte vielleicht so betrunken werden, um Sie zu erschießen, wenn Sie es nicht tun.«

Sean goß sich noch einen Whisky ein. »Sabre, Leute wie Sie nennt man... na ja, ich bin zu sehr ein Gentleman, um das zu wiederholen.«

»Ich bin noch nie einem Iren begegnet, der ein Gentleman war.«

Sean trank sein Glas aus. »Es tut mir wirklich sehr leid, was mit Summer und dem Baby geschehen ist«, sagte er wieder. »Hätte es in meiner Macht gestanden, zu helfen –«

»Sagen Sie mir nur, wer es war, Sean.«

»Damit Sie sich umbringen lassen? Würde ich so Summer einen Gefallen tun? Außerdem...« Sean stellte sein Glas hin und blickte Nick in die Augen.

»Sie können es nicht allein schaffen. Sie müssen zunächst mal Leute finden, die mitmachen.« Die Ellenbogen auf den Knien, schenkte Sean seinem ungewöhnlichen Besucher ein betrunkenes Lächeln. »Man müßte sie vernichtend treffen, ohne sie zu töten. Und wenn sie am wenigsten damit rechnen. Wie sie es mit den ›Kakadus‹ machen.«

»Wer ist es?«

»Ormsbee. McIlhenny. Eine Reihe von neuen, die Tennyson kürzlich angeheuert hat. Ihre Namen sind Ralph Gilstrap und Howard Goetz.«

Nick ging zur Tür. Sean erhob sich schnell und versperrte ihm den Weg. »Überlegen Sie, was Sie tun, Sabre. Sie haben schon mal einen Mann getötet, und Sie bereuen es bis heute. Sie haben das Baby verloren, aber Sie haben immer noch Summer. Es wird andere Kinder geben... aber nicht, wenn Sie tot sind oder im Gefängnis.«

Sean hatte recht, und Nick wußte es. Nach und nach legte sich seine rasende Wut, er begann wieder zusammenhängend zu denken, und er erkannte, daß er wieder einmal sehr nahe an den Punkt gekommen war, die Kontrolle über sich zu verlieren.

»Geh nach Hause zu deiner Frau«, sagte Sean, plötzlich ins ›du‹ fallend. »Wir werden uns mit der Sache eingehend beschäftigen, wenn wir ausgeschlafen sind.«

»Wir?« fragte Nick.

»Ja«, lächelte Sean und reichte ihm seine Hand. »Wir.«

Summer schlüpfte aus dem Bett und ging zur Hintertür. Sie blickte über die Weiden und zum Hügel hin. Das kleine weiße Kreuz war in der nebligen

Dunkelheit des Abends kaum zu sehen. Hier hatte Nicholas das Baby vor einer Woche begraben. Sie konnte mit Mühe auch ihn erkennen, er stand davor. Sie selbst war noch nicht zum Grab gegangen. Nicholas erlaubte es nicht, bevor es ihr nicht viel besser ging. Aber er selbst ging jeden Tag dorthin, manchmal nur für ein paar Minuten, aber häufig blieb er viel länger.

Sie verlor ihn schon wieder. Er entfernte sich mit jedem Tag mehr von ihr. Er war unnahbar, sprach nicht mit ihr, war zurückhaltend.

Und manchmal machte er ihr richtig angst.

Er trank mehr. Spät in der Nacht, wenn er dachte, sie würde längst schlafen, stand er auf und ging ins Wohnzimmer. Dort hörte sie, daß er sich die Whisky-Flasche nahm, und Stunden später, kurz vor Sonnenaufgang, legte er sich wieder ins Bett und stank nach Alkohol.

Er war wie besessen vor Wut. Und er machte ganz offen Kommentare darüber, daß er sich rächen würde, daß die Bastarde, die über sie hergefallen und das Kind getötet hatten, dafür bezahlen würden. Aber das Schlimmste war, daß seine Gefühle offensichtlich von den meisten »Kakadu«-Männern und -Vätern geteilt wurden.

Mehrmals in den letzten Tagen hatten sich Dan und Arnie und andere mit Nick am Schafstall getroffen. Und danach war Nick oft stundenlang in der Nacht fort und kam erst mit dem ersten Tageslicht zurück. Dora und Nan hatten Summer dasselbe von ihren Männern berichtet, und auch sie machten sich Sorgen. Ärger lag in der Luft. Das spürte Summer ganz genau.

Summer erwachte tief in der Nacht. Sie zitterte und schwitzte, und ihr Gesicht war vom Weinen noch naß. Sie hatte wieder diesen Alptraum gehabt, wie jede Nacht, seitdem der Mann sie überwältigt hatte. Immer wieder durchlebte sie Schrecken, Angst und Schmerz. Und immer wieder fragte sie sich, was geschehen wäre, hätte sie nicht so wütend auf den Mann eingeschlagen. Aber vor allen Dingen dachte sie, sie hätte zu Hause bleiben müssen, wie Nicholas es gewollt hatte. Sie wäre noch glücklich, sie hätte das Kind nicht verloren. Und all ihre Träume wären nicht in Flammen aufgegangen wie das Schulhaus. Nick wäre wieder wie vorher.

Plagte sich Nicholas mit denselben Gedanken? Gab er ihr die Schuld an dem großen Verlust? O Gott, würde er ihr je verzeihen, daß sie ihm das einzige genommen hatte, was ihn nach Jahren wieder glücklich gemacht hatte?

Verzweifelt streckte sie ihre Hand nach Nicholas aus. Aber sein Bett war leer.

Summer setzte sich auf. Durch die geschlossene Tür hindurch drang etwas Licht herein. Sie schlich zur Tür, öffnete sie einen Spaltbreit und blickte in den Flur. Dort stand Nick und zog sich gerade seinen Mantel an.

Sie war schockiert, wie sehr er sich in der letzten Zeit auch äußerlich verändert hatte. Sein Blick war hart. Aber nicht nur das. Sein Haar schien seit Ewigkeiten nicht mehr gebürstet, er war unrasiert, er hatte einen schwarzen Stoppelbart, und seine Kleidung, auf die er sonst viel Wert legte, war so zerknittert, als habe er tagelang darin geschlafen.

Er mußte gespürt haben, daß sie hinter ihm stand.

Sein dunkler, kalter Blick traf sie bis in Mark und Knochen.

»Was machst du?« fragte sie und versuchte, nicht so verzweifelt zu klingen, wie sie es eigentlich war.

»Ich gehe aus.«

»Wohin denn? Es ist schon nach Mitternacht.«

»Ich brauche etwas Luft.«

Ohne ein weiteres Wort drehte er sich zur Tür. Und in dem Moment erblickte sie das Gewehr. Sie rannte ihm nach und stürzte sich auf ihn. »Tu es nicht«, bat sie. »Mach es nicht noch schlimmer. Das bringt unser Baby doch auch nicht zurück!«

Seine schwarzen Augen funkelten sie böse an. »Ich hatte Träume, Summer. Zum ersten Mal seit Jahren erlaubte ich mir selbst, nach vorne zu schauen. Ich erlaubte mir zu hoffen, stellte mir vor, wie schön die Zukunft mit dir und dem Kind sein würde. Ich fühlte mich plötzlich frei. Und jetzt ist die schwere Tür wieder zugeschlagen. Ich werde es den Bastarden heimzahlen.«

»Sie wußten nicht, daß ich schwanger war.« Voller Überraschung, ja ungläubig blickte er sie an. Er konnte es einfach nicht verstehen und auch nicht akzeptieren, daß sie bereit war, ihren Feinden zu vergeben. Er machte auf dem Absatz kehrt und tat einen Schritt auf die Tür zu. Verzweifelt weinte sie.

»Nicholas, bitte, tu es nicht.«

»Ich werde Tennyson auf die Knie zwingen. Jeden, der an der Sache teilgenommen hat. Und sie werden es bitter bereuen!«

»Bis ich gezwungen bin, zu dem Hügel hinüberzugehen und zwei Gräber zu besuchen? Was ist mit unserer Zukunft? Deiner und meiner?« Sie griff nach seinem Arm.

»Bitte!«

»Geh mir aus dem Weg!«

»Das werde ich nicht. Ich kann nicht zulassen –« Seine Finger schlossen sich fest um ihre Arme. Der Schmerz nahm ihr fast den Atem. Dann schob er sie weg. Nicht besonders stark. Aber in ihrem geschwächten Zustand verlor sie den Halt und fiel auf den Boden. Wie betäubt blieb sie dort liegen und sah, daß sich auf seinem Gesicht Erschrecken und Abscheu sich selbst gegenüber spiegelten. Er machte einen Schritt auf sie zu, unschlüssig, bewegt, doch dann stürmte er hinaus.

Am liebsten wäre sie ihm nachgelaufen, aber was hätte es genützt? Sie fühlte sich leer und enttäuscht, alleingelassen...

Roel Ormsbee hatte sich in Malvern Hills Mitte der fünfziger Jahre niedergelassen. Er hatte sich ein erstklassiges Stückchen Land in der Nähe von Hunter's Glen ausgesucht. Es lag nahe genug am Wald, um zweimal in der Woche Jagd auf Wildschweine zu machen – das waren regelrechte Orgien... das heißt, er war nahe genug dran gewesen, bis diese verdammte »Kakadu«-Familie sich genau zwischen ihm und dem Wald breitgemacht hatte. Das war schon schlimm genug, aber diese Wichser von Siedlern hatten um ihr Land eine Steinmauer errichtet, und das bedeutete, daß er nicht mehr dort entlang konnte, sondern einen Umweg von zehn Meilen machen mußte, um ein Schwein zu erlegen.

Er kratzte sich am Schritt und spuckte einen Rest Tabak auf den Küchenboden. Wo er schon einmal stand, ließ er auch gleich einen Furz und schrie: »Winifred, die Bälger sollen endlich mal die Klappe halten! Von ihrem ewigen Geknatsche kriegt man ja 'ne Magenverstimmung.«

»Ich tue, was ich kann«, gab seine Frau zurück.

»Aber das ist eben nicht genug, Scheiße!« murmelte er. »Kinder sind wirklich zu nichts nütze. Wenn's nach mir ginge, bekämen die dreimal am Tag schon aus Prinzip 'ne Tracht Prügel, die sich gewaschen hat.«

Er schlurfte zur Tür, die von seinem immens dicken Körper ausgefüllt wurde. Es war dunkel draußen, die Lichter von den entfernter gelegenen Hütten konnte man kaum mehr erkennen. Nur die Umrisse des Schafstalls und die Hütten seiner Arbeiter. Alles war ziemlich heruntergekommen und hätte dringend einiger Reparaturen bedurft. Wenn es erst mal richtig kalt war, kamen garantiert auch die Klagen: Die Hütten sind zu kalt, die Hütten sind zu feucht. Die Hütten sind zu dreckig. Die Hütten sind zu vollgestopft mit Leuten. Er würde sich das Gejammer anhören und Abhilfe versprechen. Aber natürlich würde er nichts unternehmen. Vor allem dieses Jahr nicht. Die Wolle hatte kaum etwas eingebracht. Die Kunden waren verstimmt über die miserable Qualität. Sie sei verfilzt, voller Läuse, nicht fest...

Es war alles nur die Schuld von diesen verdammten »Kakadus«.

Die verwöhnten diese dämlichen Viecher so, als wären es Hauskatzen. Sabre, zum Beispiel, dieser Vollidiot, hatte eine volle Saison damit verbracht, das Dorngestrüpp von seinen Weiden zu entfernen, weil sonst womöglich die Hufe seiner Schafe verletzt werden konnten. So etwas Dummes! Also, mit sowas würde er gar nicht erst anfangen. Das wäre ja noch schöner! Und wenn es nach ihm ginge, würde die Horde von »Kakadus« damit auch aufhören. Keine Frage, es war an der Zeit, diesen Eindringlingen das Handwerk ein für allemal zu legen.

Grinsend rief er sich die Wochen in Erinnerung, als sie abgewartet und gesehen hatten, wie diese Idioten ihre Schule neu aufbauten. Sie hatten ihnen absichtlich das Gefühl gegeben, sie könnten in Ruhe und Frieden ihre Rotznasen zum Unterricht schicken. Und dann hatten sie doch zugeschlagen, allerdings hatten sie nicht damit gerechnet, daß Sabres Frau immer noch dort sein würde. Sie wollten einfach das Gebäude in Flammen aufgehen sehen.

Roel kratzte sich den Bauch. Er erinnerte sich genau, wie sich dieses zänkische, kratzende Weibsstück gewehrt hatte, als Virgil McIlhenny sie aus dem Haus zog. Woher sollten sie denn wissen, daß sie ein Balg im Bauch hatte? Wenn sie was abbekommen hatte, dann war es, verdammt noch mal, ihre eigene Schuld. Hätte sich eben nicht auf Virgil stürzen sollen wie eine Horde wildgewordener Hornissen.

Und wer weiß, vielleicht war es reiner Zufall, daß sie ihr Baby bald darauf verloren hatte!

Tennyson war nicht gerade erfreut, als er von dem Vorfall hörte. Seine Frau Blannie hatte das Gespräch mitbekommen und war ganz schön sauer darüber gewesen. Am schlimmsten war es, als Roy und Blannie von der Fehlgeburt hörten.

Roy hatte so etwas wie Vergeltung befürchtet. Aber natürlich hatte es keine gegeben. Gab es ja nie. Das waren doch nichts als brave Milchbübchen, stellten sich tot, wenn es irgendeine Art von Ärger gab. Gläubige nannten sie sich. Friedenstifter. Gottesfürchtiges Volk, das eher noch die andere Wange hinhalten würde, als selbst zuzuschlagen.

Er wollte gerade aus der Küche gehen, als er eine Explosion hörte. Die Wände bebten. Winifred schrie gellend auf und kam in den Flur gelaufen, barfuß und mit ihrem aufgeblähten Nachthemd und einer Horde von sechs Kindern am Rockzipfel, die vor Angst die Augen weit aufgerissen hatten und weinten.

Roel ging zur Tür und öffnete sie. Sein Kiefer fiel herunter. Fast kam ihm der Schweinebraten hoch, den er zu Abend gegessen hatte.

Der Schafstall brannte. Und als ob das noch nicht genug gewesen wäre, standen seine zehn Arbeiter absolut tatenlos in einer Ecke von den Schafverschlägen zusammen, zitterten am ganzen Leibe und glotzten wie blöd das Feuer an.

Roel trat heraus in die Nacht auf die Unglücksstelle zu. »Wasser!« brüllte er außer sich, als die Leute ihn nur dumm anstarrten. »Steht doch nicht wie Idioten hier rum! Der Stall brennt! Meine –«

Die Worte crstarben ihm im Munde. Seine Füße froren förmlich an, beinahe wäre er gefallen.

Die Reiter kamen aus der Dunkelheit auf sie zu. Sie trugen Hauben und waren schwarz gekleidet. Sie bildeten einen Kreis um ihn, ritten ihre nervösen Tiere immer näher und näher an ihn heran. Bis der Boden unter ihm erzitterte von den Hufschlägen, und die Hitze ihrer Fackeln ihm in den Augen brannte.

»Was, zum Teufel, soll denn das?« schrie er. »Wenn das ein Witz sein soll, er ist gar nicht komisch. Virgil, bist du's? Sag mir doch einer, was ich getan habe? Reitet doch nicht so um mich herum, wie eine Horde wildgewordener Dämone aus der Hölle. Davon allein kann man ja schon einen Herzschla –«

Ein Reiter brach aus dem Kreis aus. Roel stolperte zurück und fiel. Er schnappte vor Angst nach Luft. Das Pferd kam ganz nahe heran.

»Ormsbee«, rief ihm der Reiter mit drohender Stimme zu. »Steh auf und stelle dich deinem Urteil wie ein Mann.«

Roel blieb liegen und blickte nur ängstlich unter der Armbeuge hervor. »Urteil, weswegen denn?« jammerte er.

»Mord.«

»Mord?« schrie er. »Ich hab' niemanden umgebracht.«

»Du bist ein Mörder von Träumen«, rief einer.

»Und von Hoffnung«, ein anderer.

»Und von Ungeborenen.«

Seine Augen wurden ganz groß. Langsam blickte er auf. Über ihm stand der Mann. Jetzt wurde ihm alles klar. »Oh, Scheiße«, murmelte er. »Ich bin ein toter Mann.«

Plötzlich brachen sich ein paar von den Reitern den Weg aus dem Kreis und ritten zur Scheune. Sie schrien und wedelten mit ihren Fackeln über den Köpfen. »Nicht meine Scheune!« schrie Roe. »Mein Gott, nicht die Scheune.«

Zwei weitere Reiter steuerten ihre Pferde auf die Hütten der Arbeiter zu. Roel brachte seinen fetten Körper auf die Knie, faltete seine Hände wie zum Gebet und flehte den Mann, der vor ihm stand, an: »Mr. Sabre. Ich habe Ihrer hübschen Frau kein

Haar gekrümmt. Das schwöre ich. Ich habe den andern auch gesagt, sie sollen sich was schämen und –«

»Wer war es?«

»Es – es war Virgil. Ich schwöre es im Namen meiner toten Mutter. Keiner von uns anderen hat sie angerührt.«

Feuer loderte hoch in den nächtlichen Himmel. Stöhnend bedeckte Roel sein Gesicht mit beiden Händen. »Ich habe kein Geld, um die Hütten wieder aufzubauen«, weinte er.

»Du könntest vielleicht zur Abwechslung mal Schweine züchten, wo du doch so eine Vorliebe für sie hast«, kam da eine bekannte Stimme aus der Menge der Reiter, und Roel riß es förmlich herum. Er hätte fast gebrüllt: *Sean O'Connell, du Verräter, du wirst noch bedauern, geboren zu sein.* Aber als er noch mehr Reiter sah, und was sie hinter sich herzogen, schnappte sein Mund zu, ehe er noch einen Ton herausgebracht hatte.

Die Wildschweine schrien wie verrückt. Es war ein einziges Chaos. Sie buckelten, wandten sich, wurden auf dem Rücken gezogen. Und ihr Gestank war gräßlich.

Einer der Reiter galoppierte auf das Haus zu. Er riß die Tür auf. Winifred Ormsbee, in ihrem weißen Nachthemd, schrie auf, griff schützend nach ihren Kindern und schob sie aus dem Haus heraus, während die Reiter von ihren Pferden sprangen und sich abmühten, die rasenden, quietschenden Schweine ins Haus zu ziehen. Dort ließen sie sie los. Vier weitere Männer liefen auf Roel zu, nahmen ihn an den Armen und Beinen und trugen ihn zur Haustür. Dort schwangen sie ihn wie ein Pendel und warfen ihn mitten unter die verzweifelt umherirrenden Schweine.

Einer der maskierten Leute stand in der Tür und blickte zu Roel hinunter, der geradewegs in einer Pfütze von Schweinepisse gelandet war.

»Wenn du noch ein einziges Mal deine Hand gegen einen ›Kakadu‹ und seine Familie richtest«, sagte er, »kommen wir zurück und brennen dein Haus nieder.« Dann verschwand er vom Eingang.

Roel kroch auf allen vieren zur Tür und sah gerade noch, wie die Wände seiner Scheune einstürzten.

Die Reiter jedenfalls waren fort.

Virgil McIlhenny hatte seine Farm Mesopotamien genannt, oder auch ›Das Land zwischen zwei Flüssen‹. Er liebte diese Bezeichnungen. Er fand, daß es sich irgendwie aristokratisch und exotisch anhörte. Es war gutes Land, nahe genug am Wald für Brennholz und auch nicht weit von der Braunkohlegrube entfernt. Seine Hütte stand auf dem höchsten Berg, so daß er nicht einmal fort mußte, um nach den Schafen zu schauen, es sei denn, er wollte es. Er hatte nichts weiter zu tun, als auf das Welldach seines Hauses zu steigen und über seine Weiden zu blicken, um die Arbeiter und Hunde von hier aus bei ihrer Arbeit zu beaufsichtigen.

Das gab ihm das Gefühl, ein König zu sein. Und so mußte sich ein Mann schließlich auch fühlen. Respektiert und verehrt von seinen Untergebenen. Nein, ein Mann wie er sollte nicht gezwungen sein, die Nacht über draußen auf dem Dach Wache zu halten und auf eine Horde von Landräubern zu warten, die mit ihren Hauben auf dem Kopf über die Farm herfielen.

Vor zwei Wochen hatten sie sich Ormsbee vorgeknöpft. Howard Goetz und Ralph Gilstrap waren in der letzten Woche überfallen worden. Ihre Scheunen und Ställe waren bis auf den letzten Stein niedergebrannt.

Es ging das Gerücht um, daß Sabre der Anführer dieser idiotischen »Kakadus« war. Noch andere Geschichten berichteten, daß Sean O'Connell verantwortlich für die Überfälle war. Tennyson war fast an die Decke gesprungen, als er das gehört hatte. Natürlich hatte er sofort seinen Vormann rüber zu O'Connells Farm geschickt, um mit ihm die Sache zu diskutieren und ihm klarzumachen, daß er besser sofort zur Besinnung käme oder es sein Leben lang bereuen würde. Aber Roys Bote war nicht weit gekommen, gerade nur bis zur Grenzlinie zu O'Connells Farm. Dort hatten ihn zwei Dutzend Gewehre aufgehalten und gedroht, er solle nie wieder seinen Fuß auf diesen Boden setzen, oder es würde was passieren.

Kein Zweifel, die Dinge glitten ihnen aus den Händen.

Wer hätte je gedacht, daß diese feigen »Kakadus« plötzlich Rückgrat entwickeln würden? Und das alles nur, weil ihre blöde Schule niedergebrannt und Sabres Frau etwas unsanft angepackt worden war. Zum Teufel noch mal, was sollte man denn machen? Sie hatte sich ja auf ihn gestürzt wie eine Todesfee, hatte gekratzt und gebissen und um sich geschlagen. Außerdem mußte eine Frau schließlich lernen, wo ihr Platz war.

Zähneklappernd vor Kälte und Müdigkeit rieb

sich Virgil die Augen und dachte sehnsüchtig an sein Bett. Auch wenn es sich dabei nur um einen dünnen Holzrahmen mit einer zerlumpten Matratze drinnen handelte. Scheiße, er kannte wirklich Schlimmeres. Ganz am Anfang in Malvern Hills hatten er und seine Frau auf einem Stoß vergammelten Schaffell geschlafen. Irgendwann hatte Anabel die Nase voll gehabt und ein Bett verlangt. Und er hatte eins aufgegabelt in einer der verlassenen Hütten. Anabel hatte einen Blick darauf geworfen und ihn verlassen.

Mit den Frauen, das war auch nicht gerade die reinste Freude.

Verdammt noch mal, er war müde. Seit dem Ormsbee-Überfall hatte er nicht eine ruhige Nacht verbracht. Er hatte alles drangesetzt, um Roy dazu zu überreden, einen totalen Vergeltungszug gegen die »Kakadus« vom Stapel zu lassen und sie ein für allemal von der Karte auszuradieren, ehe sie zu ihm kommen würden. Das Problem war nur, es hatten sich viele ehemalige Mitstreiter abgesetzt und waren zu diesen Landräubern übergelaufen. Und seit auch noch Ben Beaconsfield öffentlich Stellung gegen Roy Tennyson und seine Machenschaften bezogen hatte, waren mehr und mehr Regierungsleute geneigt, die Sache anders zu sehen.

Gähnend streckte Virgil seine Beine aus und lehnte sich gegen das dünne Dach, zwinkerte verschlafen mit den Augen und überlegte, ob er nicht doch runtersteigen und wenigstens seine Flasche Brombeerwein holen solle. Er hatte ihn selbstgemacht, und sicher würde er ihn ganz gut wärmen, wenn er schon die kalte Nacht hier draußen ausharren mußte und –

Was war das für ein Geräusch?

Er setzte sich auf, griff nach seinem Gewehr und mühte sich, in der Dunkelheit etwas zu entdecken.

War das Qualm, der ihm in die Nase stach?

Verdammt, aber er wurde allmählich wirklich ein Nervenbündel. Wo Qualm war, da mußte auch Feuer sein. Und bis jetzt konnte er keines in der Dunkelheit entdecken.

Vielleicht, wenn er Glück hatte, würden sie ihn vergessen. Oder vielleicht hatten sie auch schon genug von den Rachezügen.

Außerdem wußte Sabre ja nicht, daß er es gewesen war, der seine Frau geschlagen hatte.

Oder?

Bestimmt waren die anderen nicht so dämlich gewesen, es ihm zu verklickern.

Oder?

Für was, zum Teufel, hatten sie diesen Mann in England verurteilt?

Das Gerücht lief... Mord.

Oh, verdammt.

Das Haus bebte unter ihm. Virgil hielt den Atem an. Schweiß bildete sich auf seiner Stirn, lief bis zu den Augenbraucn. »Es ist der Wind«, sagte er laut und starrte hinaus in die windstille Nacht. »Keiner wäre so verrückt –«

Das Holz ächzte. Das Blech knirschte. Und plötzlich sackte das Haus unter ihm weg. Virgil McIlhenny stürzte nach unten mitten in tiefste Dunkelheit.

20

Dora und Nan standen Seite an Seite in Summers Küche. Beide verrenkten sich schier die Hälse, um aus dem Fenster zu sehen. Sie hatten ihre Sonntagskleider an und sich die Haare geflochten und hochgesteckt. Sie waren bildhübsch. Und doch kochten sie vor Wut.

»Es muß endlich etwas getan werden, um sie zu bremsen«, sagte Dora. »Die Gewalt ist völlig außer Kontrolle geraten.«

»Ich habe es versucht«, erwiderte Nan. »Ich habe Arnie noch nie so besessen gesehen.«

»Sieh sie dir an. Da treffen wir uns hier zur Messe, und sie haben sich draußen versammelt, wie eine Armee.«

»Irgendeiner wird noch umgebracht. Wenn es Arnie ist, werde ich nie wieder ein Wort mit ihm sprechen.«

Dora und Nan blickten zu Summer, die am Tisch saß. »Also?« fragte Dora. »Hast du mit Nicholas gesprochen?«

»Er hört mir gar nicht zu«, sagte Summer schwach.

Stirnrunzelnd setzte sich Dora neben Summer. »Du armes Liebes. Du hast in den letzten Wochen so viel durchgemacht. Und wir machen uns Gedanken über Probleme, die wir vielleicht haben könnten. Wir wollen dich nicht aufregen. Aber es scheint einfach kein Ende zu nehmen mit diesen Kämpfen. Und es wird eigentlich immer schlimmer.«

»Das Gerücht geht um, daß Tennyson über unsere heutige Messe hier bei euch Bescheid weiß«, sagte Nan.

»Es haben sich zwei Parteien gebildet in dieser Gegend hier. Die einen stehen auf Tennysons Seite, die anderen auf unserer. Es ist nicht länger eine Sache zwischen den ›Kakadus‹ und ein paar Farmern. Es steht eine Armee gegen die andere. Und dein Mann, Summer, und Sean O'Connell sind die Köpfe.«

»Ma!« rief Wyne Johnson von der Vordertür. »Der Priester kommt.«

»Vielleicht kann Reverend Martin sie zur Besinnung bringen«, sagte Nan.

»Versuchen sollte er es jedenfalls«, gab Dora zurück. Sie tätschelte Summers Hand und lief aus der Küche, Nan im Schlepptau.

Summer schloß die Augen und lauschte auf den Lärm, der von draußen hereinklang. Es war frisch draußen, aber es wehte nicht der kalte Winterwind. Das Kreischen und Lachen der Kinder tönte wie Glockengeläut in ihren Ohren. Ab und an lachte eine der Frauen, und das bedeutete doch immerhin, daß trotz der bedrückten Stimmung alle ihre Freunde sich doch einen besonderen Tag heute hier draußen machen wollten. Decken hatten sie auf dem Boden ausgebreitet, Tische aufgestellt und vollgeladen mit den verschiedensten Speisen und Getränken. Milch für die ewig durstigen Kinder, heiße Kartoffeln, Lamm- und Schweinepasteten.

Die Hintertür öffnete sich, und Frank trat herein. Sein Gesicht erhellte sich, als er sie sah.

»Nun, siehst du nicht richtig schön aus, um Jesus an diesem Sonntagmorgen zu treffen?«

Summer blickte an sich herunter. Sie hatte die Bluse und den Rock angezogen, die sie an dem

Tag getragen hatte, als sie zum ersten Mal hier aufgetaucht war. Ach, aber das schien Tausende von Leben zurückzuliegen. Sie war noch ein Kind gewesen, voller Hoffnungen und Wünsche, mit Mumm und Feuer in den Knochen.

»Du bist ein grauenhafter Lügner«, sagte sie.

»Sieht aus, als hätten wir eine nette Besucherzahl für unseren Reverend Martin. Oder hast du noch gar nicht rausgeschaut?«

Sie schüttelte den Kopf.

»Planst du, den Rest des Tages hier sitzenzubleiben, oder wirst du noch etwas gesellig sein?«

»Hat dir schon mal einer gesagt, daß du zuviel fragst?«

Seine Augenbrauen schossen hoch. »Also wirklich, das ist so ungefähr das Lebhafteste, was ich von dir als Reaktion seit Ewigkeiten bekommen habe. Ist es zuviel, zu hoffen, daß du dich heute in die Welt der Lebenden begeben wirst?«

»Mir war nicht bewußt, daß ich sie verlassen habe.«

»Liebling«, sagte er lächelnd. »Du und ich, wir sind zu gute Freunde, um anzufangen, uns gegenseitig zu belügen.«

»Wenn wir gute Freunde wären, würdest du etwas tun, um zu verhindern, daß Nicholas sich umbringt.«

»Ich habe keine Kontrolle über den Mann. Hatte ich nie. Nur ein einziger Mensch kann ihm helfen, und das bist du.«

»Ich habe es versucht.«

»Also, es wäre schon verdammt gut, wenn ihr zwei überhaupt erst mal beginnt, wieder miteinander zu reden. Das ist alles, was ich dazu sagen kann.« Mit diesen Worten stellte er seinen Becher wieder auf den Tisch und verließ die Küche. Summer starrte ihm nach.

Frank hatte recht. Und sie wußte es. Es war wieder mal an der Zeit, etwas zu tun, daß Nicholas zur Vernunft kam.

Die Gelegenheit dazu ergab sich, als Nick mit Dan und Arnold ins Haus kam. Wie er so den Flur entlangschritt, sah er in der Tat aus wie ein britischer Aristokrat. Mit seinem tadellos sitzenden Rock, dem cremefarbenen Seidenhemd, die Stiefel auf Hochglanz poliert und mit seinem perfekt gebundenen Tuch. Wie gut konnte sie ihn sich in einem eleganten Salon vorstellen, an einem Glas Sherry nippend und in eine angeregte und vornehme Unterhaltung mit seinen Standesgenossen vertieft.

Sein Schritt verlangsamte sich, als er aufblickte und sie sah. Ein Blick in seine glühenden schwarzen Augen genügte, um ihr Herz höher schlagen zu lassen und es wieder mit Hoffnung und Sehnsucht zu beleben. Ihre Lippen verzogen sich zu einem Lächeln.

»Nicholas«, wagte sie mutig. »Ich möchte mit dir sprechen.«

Arnold und Dan gingen hinter ihr ins Haus. Nicholas starrte sie an, offensichtlich überrascht, daß sie ein wenig Farbe auf die Wangen getupft und ihr Haar besonders hübsch frisiert hatte. »Wir haben Gäste«, sagte er nur.

»Sie können warten. Reverend Martin wird erst in zwanzig Minuten mit der Messe beginnen.«

Er trat einen Schritt zurück, steckte die Hände in die Taschen und wirkte äußerst gespannt. Sie nahm vorsichtig seinen Arm und führte ihn zur Hintertür hinaus auf den Pfad.

Sie gingen wortlos, bis sie bei dem winzigen Grab auf der Hügelspitze angekommen waren. Es war Summers erster Besuch hier. Sie fand es schwieriger, mit ihrem Mann hier zu reden, als sie angenommen hatte. Mit dem Rücken zu ihm nahm sie das vor ihr liegende Panorama auf. Die Weiden mit den unzähligen Schafen darauf, die Berge, dieses blasse Winterlicht. Und es wurde ihr wieder einmal bewußt, wie sehr sie dieses wundervolle Land liebengelernt hatte.

»Nicholas«, sagte sie, ohne ihn anzusehen. »Ich möchte, daß du dir dieses Grab genau anschaust. Na los, sieh es dir an.«

Schließlich drehte sie sich zu ihm um. Sein Kopf war gesenkt. »Nun schau mich an.«

Er blickte auf.

»Ich bin nicht gestorben«, sagte sie.

Die Worte schienen ihm durch Mark und Bein zu gehen.

Sie suchte seinen Blick. »Ist dir je in den Sinn gekommen, daß wir noch mehr Kinder haben könnten?« Sie trat auf ihn zu und legte zögernd eine Hand auf seine Brust. »Ich liebe dich, und ich möchte mein Leben lang bei dir sein«, fuhr sie sanft fort. »Ich liebe dich. Ich liebe dich.«

Er berührte leicht ihr Gesicht. Auf seinen Zügen waren deutlich all seine Gefühle zu lesen. Der Zorn, der Schmerz, die Enttäuschung und... konnte sie wagen, es zu glauben, war es Liebe?«

Sie schlang ihre Arme um ihn. So standen sie eine ganze Weile eng umschlungen, ihre Körper zusammengepreßt, zum ersten Mal seit Wochen.

»Es tut mir leid«, flüsterte er ihr ins Ohr.

Als sie zurückkehrten, fanden sie ihre Gäste in heller Aufregung. Die Familien der »Kakadus« schienen besorgt, denn es sah so aus, als seien nicht nur sie daran interessiert, an der Messe und den Taufen teilzunehmen. Etwa ein Dutzend Farmerfamilien waren ebenfalls gekommen... viele unter ihnen hatten in der Vergangenheit auf der Seite von Tennyson gestanden.

Jeff Mead stand einem Mann namens Jack Simpson gegenüber. »Ihr habt kein Recht, hierherzukommen!« rief Jeff mit aufgebrachter Stimme.

»Genau«, echoten einige »Kakadus«.

»Wir haben dazu genauso ein Recht wie ihr!« schrien die Farmer zurück.

»Eigenartige Worte für Leute, die alles, wirklich alles versucht haben, um uns von hier zu vertreiben«, fiel Arnie ein.

»Ich hatte damit nichts zu tun«, behauptete Jack.

Dan trat an Arnies Seite. »Sie haben vielleicht nicht die Fackel angezündet, die eine unserer Scheunen in Flammen gesetzt hat, Simpson, aber Sie haben so getan, als sähen Sie nichts. Und das macht Sie mitverantwortlich.«

Jack blickte sich unsicher nach den anderen um. Er senkte seine Stimme und sagte verlegen: »Ich habe nie damit gerechnet, daß die Dinge so aus der Hand gleiten. Die anderen auch nicht.« Er deutete mit dem Daumen nach hinten zu der Gruppe von aufmerksam das Geschehen verfolgenden Farmern. Und Summer blickte hinüber zu den Frauen und Kindern, die zusammengekauert auf ihren Wagen saßen. Die Gesichter waren voller Furcht... und Hoffnung.

Wie viele von den »Kakadu«-Frauen, hielten auch einige Farmerfrauen ihre Babies in den Armen. Die Kleinen hatten Taufkleidchen an. Ihre pummeligen Gesichter waren sonnenverbrannt. Neben den Frauen auf den Wagen standen Körbe mit Speisen. Aber es war eine Ladung im hinteren Teil, die Summer gefangennahm und ihre ganze Aufmerksamkeit beanspruchte. Sie hatten Bauholz mitgebracht und Sägen und Hammer. Guter Gott, waren sie mit der Absicht gekommen, die Schule wiederaufzubauen?

Summer blickte sich suchend nach Nicholas um. Aber sie konnte ihn in der Menge nicht ausmachen. Daher lief sie zurück ins Haus, gerade rechtzeitig genug, um zu sehen, daß er sein Gewehr hinter der Küchentüre hervorholte.

»Und was, um Himmels willen, willst du damit machen?« schrie sie.

»Halt dich da raus«, erwiderte er.

»Wenn du denkst, ich lasse das zu, dann –«

»Ich denke, du hast wenig in der Sache mitzureden.«

Summer blieb auf der Türschwelle stehen, um ihm den Weg abzuschneiden. Sie hob ihr Kinn und hielt sich mit den Händen im Türrahmen fest. »Nur über meine Leiche. Wenn du zu der Tür rausgehst und anfängst zu schießen, nimmst du ihnen jede Möglichkeit, die Fehler wiedergutzumachen, zu denen Tennyson angestiftet hat. Krieg ist nicht der richtige Weg, um Frieden zu machen.«

»Summer!« ertönte Nans aufgeregte Stimme hinter ihr. »Sieh mal hinüber zu den Bergen.«

Schreie der Panik ertönten. Nicks Gesicht wurde finster, seine Augen hart. Sie warf sich auf ihn, ihr

Herz rasend vor Angst, griff sie nach seiner Waffe.

»Laß mich nicht für den Rest meines Lebens für meinen Fehler zahlen«, bat sie. Und einen Augenblick lang schien er erstaunt und verwirrt zugleich.

»Was, zum Teufel, soll das heißen?«

»Wenn ich nicht die »Kakadus« dazu gebracht hätte, die Schule wiederaufzubauen, wäre es nicht so schlimm gekommen. Ihre Träume wären nicht wieder so zerschmettert worden, und ich hätte unser Baby nicht verloren. Wenn nur ein Leben mehr getötet wird, was meinst du, Nicholas, wie ich mich dann fühle? Ich werde mir die Schuld geben. Denk doch an die Schuldgefühle, die du all die Jahre über hattest, alles wegen des Fehlers, diesen Mann im Duell getötet zu haben. Willst du mir dieselbe Hölle für den Rest meines Lebens aufbürden, die du selbst durchgemacht hast?«

Summer griff das Gewehr fester. »Gib es mir. Bitte!«

Langsam ließ er es los. Ohne noch etwas zu sagen, ging er an ihr vorbei zur Tür. Summer lief ihm nach.

Von der Veranda aus sah sie, wie ein Dutzend Reiter die Tische und Stühle umrissen und mit ihren Pferden mitten in die Menge hineinritten. Die Menschen weinten und schrien, liefen wie wild durcheinander. Es war grauenhaft. Die »Kakadu«-Männer griffen nach allen möglichen Gegenständen, die sie als Waffen benutzen konnten, um die Frauen und Kinder zu verteidigen. Die Farmer-Familien dagegen, die in der Hoffnung gekommen waren, endlich Frieden zu machen und die ihre Kompromißbereitschaft anbieten wollten, waren verängstigt und verunsichert zusammengerückt.

Denn nun standen sie zwischen den zornigen »Kakadus« und dem Clan.

Reverend Martin stand mitten in der Menge, hatte seine Arme erhoben und rief: »Um der Liebe Gottes willen. Das ist nicht recht. Hört auf! Im Namen von Jesus Christus hört mit dieser Gewalt auf...«

Seine Stimme ging unter im Schreien von Rebecca Sharkey. Auf Händen und Knien wollte sie zu ihrer Mutter, als sich dicht neben ihrem Kopf ein Pferd aufbäumte. Nicholas rannte die Verandastufen herunter und riß sie in seine Arme. Nan war hinter einem Wagen hervorgekommen und lief auf ihn zu.

»Hört auf damit!« schrie Summer verzweifelt.

In diesem Moment kam ein Reiter auf sie zu.

Summer bemerkte ihn erst, als es zu spät war. Sie war die Stufen hinuntergelaufen, um Wayne Johnson, der wie verloren mitten in dem Chaos stand, herauszuholen. Als sie aufblickte, beugte sich gerade ein Reiter zu ihr herunter, griff nach ihr, zog sie hoch und warf sie längs vor sich über den Sattel. Summer war wie benommen. Erst nach ein paar Minuten wurde ihr bewußt, was mit ihr geschah, sie wurde gekidnappt. Es gelang ihr, den Kopf zu heben, und sie sah, daß auch die anderen Reiter sich aus der Menge der verschreckten Leute lösten und ihre Pferde zur Straße hin lenkten. Und da war Nicholas, der mit bleichem, entsetztem Gesicht hinter ihnen herlief und ihren Namen rief.

21

Summer blickte herunter auf den Lauf von Roy Tennysons Gewehr. Ihre Knie fühlten sich an wie Wasser. Ihre Rippen waren grün und blau geschlagen von dem wilden Ritt über die Wiesen und Berge. Wie ein Sack hatte sie über dem Pferderücken gelegen. Tausend Gründe, weshalb sie entführt wurde, schossen ihr durch den Kopf. Aber eigentlich gab es doch nur zwei: Rache oder das Erpressen von Geld. Nun, Geld hatte Nicholas nicht. Das wußten sie doch. Also, vermutete sie, war es Rache.

Sie hob ihr Gesicht und blickte in Roy Tennysons harte Augen.

»Also«, gelang es ihr mit heiserer Stimme zu sagen, »wenn Sie mich töten wollen, dann bringen wir es doch hinter uns.«

Er runzelte die Stirn, und das Gewehr schwankte leicht. Seine Finger spielten mit dem Abzug. »Ich habe nicht die Absicht, Sie jetzt schon zu töten«, sagte er schließlich.

»Dann was, zum Teufel –«

»Meine Frau«, unterbrach er sich. Er deutete auf die geschlossene Schlafzimmertür. »Da hinein«, wies er sie an.

Sie bewegte ihre Beine mit größter Mühe vorwärts. Sie ging zur Tür. Mit einem vorsichtigen Blick zurück stellte sie fest, daß die Waffe auf ihren Kopf gerichtet war. Dann schob sie die Tür auf. Als erstes sah sie die zitternde Magd, die am Fußende zusammengekauert saß. Dann glitt ihr Blick zu Blannie, die sie mit beiden Händen umklammerte. Sie sah Summer mit unglaublichem

Schmerz und mit Verzweiflung entgegen.

Für einen Moment vergaß Summer Roy. »Himmel!« flüsterte sie. »Was –«

»Es ist das Baby«, sagte Roy. »Es kommt nicht.«

Summer eilte zum Bett. Blannie, die sich vor Schmerz krümmte, griff verzweifelt nach ihrer Hand. »Helfen Sie mir, Mrs. Sabre«, wimmerte sie. »Bitte.«

Summers Blick glitt zurück zu Roy.

»Ich habe gehört, daß Sie als Hebamme gearbeitet haben«, sagte er. »Helfen Sie ihr.«

»Ich habe bei einer Hebamme gelebt«, antwortete Summer und versuchte, sich ihre Panik nicht anmerken zu lassen. »Ich habe ihr sehr oft assistiert. Aber ich habe nie selbst einem Kind auf die Welt geholfen.«

Roy legte den Finger wieder an den Abzug.

Blannie schrie erneut vor Schmerz auf, und ihre Finger krallten sich regelrecht in Summers Hand. Summer vergaß ihre Angst und beugte sich über die arme Frau. Sie strich ihr übers Haar.

»Bitte«, flehte Blannie. »Lassen Sie dieses Baby nicht sterben.«

Die Worte strömten in Summer ein, und sie machten ihr die ganze Ironie der Situation bewußt. Sie sollte Roys Kind retten? – Wo doch er ihr durch seine Machenschaften das ihre genommen hatte. Eisige Wut erfüllte sie.

Ihre Gedanken mußten sich auf ihrem Gesicht widergespiegelt haben. Als sie sich zu Roy umdrehte, war er weiß geworden. Das Gewehr begann zu zittern.

Summer nahm einen tiefen Atemzug. »Machen Sie keinen Fehler, Mr. Tennyson. Ihnen helfe ich nicht. Und wenn Sie im Treibsand steckten und nur Ihr Hals guckte noch raus, ich würde nicht den Finger rühren, um Sie da herauszuholen. Aber ich bin der festen Überzeugung, daß Frauen und Kinder nicht der schwachsinnigen Besessenheit der Männer geopfert werden dürfen, die Kriege miteinander führen und mit Macht und Gier alles erreichen wollen.«

Sie begann, die Ärmel ihres Kleides hochzukrempeln. »Sehen Sie, ob Sie etwas Kalium-Permanganat für mich auftreiben können. Nicholas hat es im Schafstall. Mixen Sie fünf Körner zu einer Pinte Wasser. Wenn Sie Jodtinktur finden, noch besser.«

Summer wandte sich an die aufgeregte Magd und befahl, so ruhig wie möglich: »Ich brauche eine Schale mit heißem Wasser, damit ich mir die Hände waschen kann. Eine andere, damit ich sie mir abspülen kann. Dann eine für die gebrauchten Lappen. Und eine für die Plazenta. Bringen Sie mir so viele saubere Handtücher, wie Sie nur finden können. Sterilisieren Sie die beste Nadel, die Sie im Haus haben, genauso eine Schere und ein Messer. Ich brauche Seidenfaden. Und Verbandsmull. Danach möchte ich, daß Sie allen Schnickschnack aus dem Zimmer forträumen. Es sind Staub- und Bakterienfänger.« Sie blickte sich im Zimmer um. »Diesen Teppich hätte man längst hinausbringen sollen und die Bilder abhängen. Den Boden hätten Sie schrubben und die Wände abwaschen sollen.«

»Das hätten wir ja getan«, weinte das Mädchen, »aber das Kind kommt einen Monat zu früh.«

»Dann ist es gut.« Summer wandte sich wieder

Blannie zu, deren Gesicht schmerzverzerrt war. »Holen Sie das heiße Wasser, Seife und eine Nagelbürste. Also, was stehen Sie hier noch rum? Laufen Sie.« Das Mädchen rappelte sich auf. »Und wenn du schon mal dabei bist, sag jedem, daß keiner hier hereinkommen darf, ohne Gaze vor der Nase und dem Mund zu tragen.«

»Wenn sie stirbt, werde ich Sie und alles, was Ihnen lieb ist, zerstören, Mrs. Sabre!« sagte Roy.

Mit einem knappen, kühlen Lächeln bedachte Summer den Mann. »Das haben Sie bereits, Mr. Tennyson.«

Summer brauchte nicht lange, um herauszufinden, was bei Blannie nicht stimmte.

»Es ist eine Schulterlage«, sagte sie ruhig zu Roy.

Immer noch hielt er das Gewehr im Anschlag. »Was bedeutet das?«

»Es kommt mit der Schulter zuerst.«

Er blickte zum Bett seiner gequälten Frau. »Das bedeutet, daß sie und das Baby sterben, wenn nicht etwas getan wird.«

»Was kann getan werden?«

Summer schüttelte den Kopf. »Ich kann versuchen, das Kind zu drehen. Blannies Fruchtblase ist noch nicht geplatzt. So könnte es vielleicht gehen.«

»Können Sie das tun?«

»Ich habe einmal zugesehen, wie Martha es gemacht hat. Man muß das Kind in eine Steißlage bringen und es mit den Füßen zuerst herausholen.«

»Kann sie das überstehen?«

»Welche andere Wahl haben wir? Wenn wir nichts tun, stirbt sie.«

Roy blickte sie mit hervorquellenden Augen an.

»Das Baby steckt fest«, erklärte Summer. »Die einzige Möglichkeit, daß es in dieser Position auf die Welt kommt, ist, ein Messer zu nehmen und Blannie aufzuschneiden.«

Sein Gesicht wurde aschfahl.

Von draußen war Lärm zu hören. Summer rannte zum Fenster und sah, daß auf der Bergspitze gerade die Wagen von den Johnsons und den Sharkeys und den Thorndikes auftauchten. Dann erschien ein Reiter, der sich tief über den Hals des galoppierenden Tieres beugte. Nicholas! Ihr Herz schlug ihr bis zum Hals, und sie mußte sich vor Schreck am Fenstersims festhalten.

Roy trat hinter sie. Sie sahen, daß Tennysons Leute vor dem Haus in Stellung gingen, die Gewehre gezückt, um jeden Moment zu schießen. Ohne sich umzudrehen, sagte Summer mit ruhiger Stimme: »Wenn auch nur ein Schuß abgefeuert wird, lasse ich sie sterben.«

Es schien Ewigkeiten zu dauern, bis Roy sich endlich entschloß, seinen Gewehrlauf von ihrem Rücken nahm und das Fenster vor ihr aufschob. »Nicht schießen!« befahl er.

Nick sprang von seinem schwitzenden Pferd und lief aufs Haus zu. Aber die Männer vertraten ihm den Weg.

»Ich werde sie erschießen, Sabre«, brüllte Roy. Er stieß Summer den Gewehrlauf erneut in den Rücken, um seinen Worten Nachdruck zu verleihen. Zwei Männer fielen über Nick her, als er dennoch versuchte, ins Haus zu gelangen. Er sah Summer im Fenster stehen und kämpfte nur noch verzweifelter.

Dan und Arnie sprangen von ihren Wagen. Da sie nur noch mehr Ärger kommen sah, schrie Summer: »Ich helfe Blannie bei der Geburt! Bleibt ruhig. Bitte! Roy hat mir nichts getan, und er hat es auch nicht vor. Er will nur, daß ich seiner Frau helfe.«

Roy warf das Fenster zu. Sie konnten Nicks Fluchen nicht mehr hören. Summer ging wieder zum Bett.

Zwei Stunden später war Summer ziemlich sicher, daß es ihr gelungen war, das Baby in die Steißlage zu bringen. Die Anstrengung allerdings hatte einen ernsthaften Tribut von Blannies Energie gefordert. Völlig geschwächt schlug sie nur noch hilflos bei jeder Wehe um sich. Sie stammelte Unzusammenhängendes und nahm Summer nur noch zwischendurch wahr, wenn sie aus ihrer Benommenheit für kurze Momente erwachte.

»Es tut mir leid«, hatte Blannie vor einer Weile geflüstert, bevor sie vollkommen entkräftet in den Dämmerzustand gesunken war. Summer war gerade dabei gewesen, ihr mit einem feuchten, kühlenden Lappen über die Stirn zu wischen. »Es tut mir leid, was mein Mann Ihnen angetan hat, Mrs. Sabre.«

»Seien Sie jetzt still. Sie dürfen sich nicht verausgaben.« Summers Worte wurden gedämpft durch die Gazemaske, die sie über Nase und Mund trug.

»Ich habe versucht, mit ihm zu reden, aber Männer... sie hören gar nicht zu. Sie hören nur, wenn sie hören wollen.«

Summer lächelte und nickte zustimmend.

Blannie faßte nach ihrer Hand. »Wenn Sie entscheiden müssen zwischen dem Baby und mir, bitte, was auch immer Sie tun, retten Sie das Kind. Das Baby ist so wichtig für Roy.« Sie lächelte schwach und schloß ihre Augen. »Er liebt mich nicht, müssen Sie wissen. Es war eine reine Vernunftehe, beschlossen zwischen ihm und meinen Eltern. Ihm ging es nur darum, einen Sohn und Erben zu haben.«

»Oh, das weiß ich aber nicht«, antwortete Summer. »Er scheint sehr besorgt um Sie zu sein.«

Blannies Augen öffneten sich. »Glauben Sie? Nein, nein. Sie müssen sich täuschen. Es ist das Kind, um das er sich sorgt. Ich bin mir ganz sicher.« Sie zog ihre Brauen zusammen und blickte Summer an. »Er hat mir nie gesagt, daß er mich liebt. Wenn ich nur glauben könnte, daß er einen Funken von wahrer Zuneigung für mich hat, dann vielleicht...«

Summer hielt Blannies Hand ganz fest in ihrer und beugte sich über die junge Frau. »Hören Sie, Blannie. Aus irgendeinem unerfindlichen Grund tun sich die Männer schwer, ihre Gefühle zuzugeben, sogar sich selbst gegenüber. Sie zeigen ihre Liebe auf andere Weise. Wenn sie ein besonderes Schmuckstück kaufen oder eins verkaufen, um dafür ein hübsches Kleid kaufen zu können. Oder sie tanzen mit dir, obwohl sie das Tanzen eigentlich hassen. Oder sie halten deinen Kopf und streicheln über dein Haar, wenn du krank bist.«

»Glauben Sie?« fragte Blannie hoffnungsvoll.

»Ja«, antwortete Summer. »Eine Freundin hat mir einmal gesagt: Taten sprechen eine klarere Sprache als Worte. Ich war nur zu dumm, es zu glauben. Aber ich tue es jetzt. Und das sollten Sie auch.«

Blannies Augen schlossen sich, und Summer rief nach der Magd. Das Mädchen kam mit einer Schüssel heißem Wasser. Summer trat zur Seite und blickte hinaus. Dort stand Nicholas mitten unter den »Kakadus« und sprach offensichtlich gerade mit Arnie, Dan und Frank, der auf der Verandatreppe hockte. Es waren noch viele andere da. Viele unter ihnen waren die Farmer, die an der Messe hatten teilnehmen wollen. Dann waren da noch andere, die sich zu den Leuten von Tennyson gesellt hatten. Summer wurde mit Entsetzen klar, daß es zu den schlimmsten Auseinandersetzungen kommen würde, wenn Blannie oder dem Kind bei der Geburt oder auch ihr selbst etwas zustoßen würde.

Seufzend wandte sie sich wieder dem Bett zu.

Mit Hilfe der Magd drehte Summer die junge Frau so, daß sie quer über dem Bett lag, mit dem Gesäß am Rand der Matratze. Die Füße wurden auf zwei Stühle gelegt. Zwischen Blannies Knie hatte sie selbst sich auf einen Hocker gesetzt und wartete nun nervös und unsicher, was als nächstes zu tun war. Sie konnte sich daran erinnern, daß Martha das Baby auf diese Weise mit den Preßwehen geholt hatte. Es durften nur nicht die Arme über dem Kopf sein. Dann konnte das Kind nicht kommen. Und es würde auch zu lange dauern, die Arme wieder in die richtige Lage zu bringen. Das Kind könnte ersticken, wenn der Kopf zu lange die Nabelschnur abquetschen und damit die Blutzufuhr abschneiden würde.

Eine Stunde verstrich. Dann eine weitere. Es wurde dunkel. Leute brachten eine Lampe und dann etwas zu essen.

Hin und wieder hörte man von draußen Stimmen. Lauter und lauter wurden die Proteste.

Wilder und wilder schrie Blannie auf.

Summer wiegte sich, das Gesicht in den Händen vergraben, hin und her. Sie war im Grunde nicht in der Verfassung für das hier. Gerade an diesem Morgen noch hatte sie sich so sehr über ihren eigenen Verlust gegrämt und über ihre Ehe. Sie fühlte sich selbst so schwach. Am liebsten hätte sie sich neben Blannie ins Bett gelegt und hätte sich von jemandem bemuttern lassen.

Mitternacht. Summer befeuchtete Blannies trokkene Lippen mit lauwarmem Tee.

Um drei Uhr morgens verlor Blannie das Bewußtsein, gerade kurz bevor ihre Fruchtblase platzte und sich die grünliche Flüssigkeit in die Schale auf dem Fußboden ergoß. Summer wusch Blannies Gesicht mit kühlem Wasser, um sie wieder wachzumachen. Die Schmerzen waren es schließlich, die Blannie wachrüttelten. Die Wehen wurden stärker.

Als der Po des Babys erschien, dachte Summer scharf nach, was sie jetzt zu tun hatte. Sie war erst sechzehn gewesen, als sie bei der Steißgeburt dabeigewesen war.

Mit zitternden Händen entband Summer die Beine des Babys. Martha hatte damals erklärt, daß man auf keinen Fall das Kind an den Füßen herausziehen dürfe. Es mußte auf ganz natürlichem Wege geboren werden. »Oder du riskierst, daß sich die Arme falsch legen«, hatte Martha gewarnt.

Die Nabelschnur erschien. Summer fühlte den Pulsschlag. Gott sei Dank war er stabil und gleichmäßig.

Blannie wimmerte vor Schmerz und Erschöpfung. Summer versuchte sie zu beruhigen und erklärte ihr, wie sie auf die Wehen reagieren sollte. »Pressen«, rief sie. »Sie haben es fast geschafft.«

»Ich kann nicht... bitte...«, weinte Blannie.

»Einmal noch«, bat Summer.

»Gehen Sie und lassen Sie mich allein. Tun Sie etwas, mein Gott.«

Die Schultern schlüpften heraus. Summer griff mit der rechten Hand nach den Füßen, mit der linken nahm sie den Rücken und die Schultern. Sie half ganz leicht mit, als Blannie endlich den Kopf gebar. Das Baby war da.

Schnell kümmerte sich Summer um das Kind, säuberte Nase und Mund, hielt es an den Füßen und schlug ihm leicht auf den Rücken. Einmal, zweimal. *Bitte, alle Heiligen im Himmel, macht, daß es atmet.*

Das Baby schrie.

Blannie hob ihren Kopf. Und obwohl ihre Augen von dicken schwarzen Schatten umrandet waren und sie von all dem Schmerz und der Erschöpfung gezeichnet war, leuchtete ihr Gesicht vor Erleichterung auf. »Wir haben es geschafft?« fragte sie mit schwacher Stimme, voller Hoffnung.

»Ja«, lächelte Summer. »Wir haben es geschafft.«

Das erste Morgenlicht kroch gerade durch die Fenster, als Summer die Schlafzimmertür öffnete und hinaus in den Flur trat. Dort stand Roy Tennyson mit hängenden Schultern und sah völlig aufgelöst aus. Sein Blick traf auf Summer und dann auf das Bündel in ihren Armen.

Summer ging direkt auf Roy zu und lüftete eine Ecke des weißen Tuches, um das Gesicht des Babys freizulegen. »Es ist ein Junge.«

Er zitterte. »Meine Frau?« flüsterte er.

»Erschöpft. Aber mit guter Pflege, denke ich, wird es ihr bald wieder gut gehen.« Sanft legte sie ihm das Baby in die Arme. »Ich glaube, Ihre Frau würde Sie gern sehen«, sagte sie.

Er nickte, und vorsichtig ging er auf die Schlafzimmertür zu. Dort blieb er stehen und sah sie an. Sein Gesicht war rot gefleckt, und er hatte Tränen in den Augen. »Es tut mir leid... alles.«

Summer zuckte mit den Schultern. »Dann lassen Sie uns jetzt vielleicht in Ruhe.«

Er senkte die Augen und trat ins Schlafzimmer. Sie blieb im Flur stehen, erleichtert und erschöpft.

»Mrs. Tennyson möchte Sie sehen«, sagte die Magd, die aus dem Zimmer getreten war.

Summer nahm sich zusammen und ging zurück zu Blannie. Roy stand am Fußende des Bettes und gurrte und lockte mit leiser Stimme das schlafende Kind.

Blannie streckte Summer die Hand entgegen. »Darf ich Sie eine Freundin nennen?«

»Das hoffe ich.«

»Wie schön. Ich habe keine wirklichen Freunde, seit ich in Neuseeland bin. Zumindest keine in meinem Alter.« Ein müdes Lächeln überzog ihre Lippen. »Wie kann ich dir danken?«

»Ich –«

»Ich weiß«, unterbrach Blannie sie. »Margret«, rief sie die Magd. »Bring mir meinen Schmuckkasten.«

Blannie nahm eine Rubinnadel – Nicholas Rubinnadel – heraus und hielt sie Summer hin. »Sie gehört dir sowieso. Ich hätte sie niemals kaufen dürfen, wo ich doch wußte, wie lieb sie dir war.

Danach habe ich so ein schlechtes Gewissen gehabt. Ich konnte es nie über mich bringen, sie zu tragen.«

Lächelnd umschlossen Summers Finger den Stein. »Nicholas wird so dankbar sein«, sagte sie.

»Nicht dankbarer, als ich es dir bin, meine Freundin.«

Nachdem Summer sich noch einmal vergewissert hatte, daß Blannie gut versorgt war, schritt sie durch die Haustür.

Als sie zur Tür heraustrat, kam Leben in die Menge.

Nicholas kam aus dem Schatten auf sie zu. Sein Gesicht spiegelte die Qualen wider, die er in den vergangenen Stunden durchgemacht hatte, und auch die Erleichterung, als er sie jetzt sah. Langsam stieg sie die Stufen der Veranda herunter und rannte in seine Arme.

»Bring mich nach Hause«, bat sie mit leiser Stimme.

Keiner sprach, als Nick ihr auf den Wagen half. Dann kam Frank aus der Menge auf sie zu. »Schätze, ich komme später nach Hause«, sagte er und zog an seiner Pfeife. »Man hat mir gesagt, daß Roy Probleme mit seiner Wollpresse hat. Dachte eigentlich, ich könnte einen Blick drauf werfen, wenn ihr nichts dagegen habt.«

»Gut«, antwortete Nick und sprang auf den Wagen neben Summer. »Bis nachher.«

Die Pferde setzten sich in Bewegung. Summer blickte sich noch einmal um. Die Farmer und die »Kakadus« hatten sich vermischt und unterhielten sich miteinander, als wollten sie das zarte Band von Gemeinsamkeit erproben, das sich über die

Sorgen um eine Mutter und ihr ungeborenes Kind in dieser langen Nacht gesponnen hatte. Dann sah sie, daß Roy mit dem Baby im Arm aus dem Haus getreten war und seinen Sohn stolz der Menge zeigte.

Die Fahrt nach Hause war lang und kalt. Summer hatte sich bei Nick eingeschoben und mühte sich, wachzubleiben. Schließlich konnte er sie überzeugen, den Kopf auf seinen Schoß zu legen und etwas zu schlafen.

Betsy lief ihnen von der Veranda entgegen, als Nick seine Frau ins Haus trug. Er stieß die Tür auf und ging ins Schlafzimmer. Sanft bettete er Summer auf die Decken und Kissen. Dann legte er sich neben sie und zog sie an sich.

»Wenn du dich etwas besser fühlst und ausgeruht bist, weißt du, was ich dann möchte?«

Sie schüttelte den Kopf.

»Noch ein Kind machen. Ich möchte ein Baby mit dir.«

Summer hob den Kopf. Ihre Augen waren warm, ihr Mund so weich.

»Was hast du gegen jetzt?« flüsterte sie.

22

Sechs Monate später

Nicholas war mal wieder spät dran. Die Johnsons waren schon fort. Auch die Sharkeys. Jeff Mead war gekommen und wieder gegangen und hatte versprochen, er werde morgen früh zurückkommen und das Dach fertigmachen, bevor die großen Frühlingsregen einsetzen würden. Nun waren nur noch sie und Sean da und sammelten Hammer und Nägel ein und fegten das Sägemehl zusammen, das auf dem Boden lag.

Als Nicholas um halb fünf noch immer nicht da war, bot Sean ihr an, sie mit aufs Pferd zu nehmen und nach Hause zu bringen. »Wenn er schon aufgebrochen ist, treffen wir ihn ja auf dem Weg«, meinte er.

Sie nickte und suchte ein letztes Mal hoffnungsvoll den Horizont nach ihrem Mann ab. Sean, der schon aufgestiegen war, half ihr hinter sich aufs Pferd.

Summer konnte überhaupt nicht verstehen, warum Nicholas nicht gekommen war. Das paßte doch gar nicht zu ihm. In diesen letzten Wochen hatte er sie immer besonders pünktlich von der Schule abgeholt, oft war er auch bei ihnen geblieben und hatte bei dem Bau geholfen. Und wenn er gar nicht konnte, schickte er zumindest immer Frank hinaus.

Vielleicht war ein Wagenrad gebrochen. Oder vielleicht lammte ein Muttertier und hatte Schwierigkeiten. Himmel, das passierte jetzt in diesen Tagen so oft.

Als sie auf der Bergspitze angekommen waren und über die Wiesen auf ihr Zuhause blickten, mußte Summer an ihre Ankunft vor fast einem Jahr denken, als Sean sie vor der Haustür von Mr. Sabre, hochwohlgeboren, abgesetzt hatte. Wer hätte damals gedacht, daß er und Nicholas je so gute Freunde werden würden. Und daß sie ein so großes Glück finden würde in der Bruchbude, die sie am Anfang so sehr enttäuscht hatte.

Aber dort lag es umgeben von Blumenbeeten, mit den Schornsteinen, aus denen blau-grauer Rauch aufstieg. Frank kochte.

»Sieht aus, als hättet ihr Besuch«, sagte Sean und zog Summers Aufmerksamkeit auf den Wagen, der vor dem Haus stand.

»Wer mag das wohl sein?«

»Ich denke, das werden wir gleich wissen«, meinte Sean trocken.

Fünf Minuten später glitt Summer vom Pferd und lief die Verandatreppe hinauf. Nicht, ohne Sean einzuladen, noch etwas zu bleiben, bevor er nach Hause reiten würde. Die Haustür stand offen. »Nicholas!« rief Summer. »Frank?«

Sie lief zur Wohnzimmertür und blieb auf der Schwelle stehen. Ein Fremder stand vor dem Tisch. Er blickte sie neugierig und auch irgendwie betroffen an. Nicholas stand am Fenster und wandte sich langsam um. Er starrte sie mit eisiger Wut an.

Sein Gesicht war weiß. Nie zuvor, nicht einmal als ihr Baby tot geboren war, hatte er so ausgesehen.

»Hier ist jemand, der dich sehen möchte«, sagte er mit völlig fremder, trockener Stimme.

Seine zitternde Hand deutete auf eine dritte Person im Zimmer, die sie bisher noch nicht wahrgenommen hatte. Ihre Augen blickten auf die Frau. Aber... aber... das war doch nicht möglich, das mußte ein Hirngespinst sein.

»Hallo, Liebes«, begrüßte Sophie Fairburn sie mit einem nervösen Lächeln.

»Sophie. Darf ich Ihnen meine *Frau* vorstellen?« ertönte Nicholas' Stimme.

»Ich schätze, das ist wirklich eine Überraschung«, sagte ihre alte Freundin.

»O Gott, *Sophie*!«

»Aber du bist tot«, flüsterte Summer ganz in Gedanken. Sie trat einen Schritt zurück. »Ich sah dich sterben.« Sie schüttelte den Kopf. »Ich glaube es nicht. Ich glaube es nicht. Ich...« Sie schluckte und zwang sich, Nicholas anzusehen, der immer noch mit seinem Rücken zum Fenster dastand, die Fäuste tief in die Hosentaschen geschoben, wie um sie zu vergraben, statt ihr damit den Hals umzudrehen.

Sophies Stimme drang wieder an ihr Ohr. »...brachte mich ins Krankenhaus...«

Sabre blickte sie wütend an.

»Du bist wegen nichts fortgelaufen, Liebes. Pimbersham hat überlebt. Er war natürlich stinksauer, als er nach drei Tagen aus seiner Bewußtlosigkeit erwachte und sich daran erinnerte, was geschehen war. Er sprach sogar davon, dich festnehmen zu lassen. Aber wir haben eine Abmachung getroffen. Ich habe ihm versprochen, nichts wegen versuchten Mordes gegen ihn zu unternehmen, wenn er dafür die Sache mit dir vergißt.«

»Aber du kannst dir Mr. MacFarlands Überraschung vorstellen, als er mich im Krankenhaus sah. Er lag ja dort wegen seiner zwei gebrochenen Beine, und ich mußte mich von den Schlägen auf den Kopf erholen. Ich hätte ja auf dem Schiff nach Neuseeland sein müssen. Aber wir haben uns näher kennengelernt und angefreundet. Na ja, um ehrlich zu sein, wir haben uns ineinander verliebt... Und er hat mich um meine Hand gebeten. Aber dann haben wir uns daran erinnert, daß ich ja legal mit Mr. Sabre verheiratet bin. Deshalb sind wir hergekommen, um die Ehe annullieren zu lassen, damit Jamie und ich heiraten...«

Nick war so nahe an Summer herangetreten, daß sie seinen Atem auf ihrer Haut spüren konnte. Und aus seinen Worten hörte sie die unglaubliche Wut.

»Lügen. Alles Lügen. Alles. Du hast unsere Beziehung auf eine vorsätzliche Lüge aufgebaut. Und ich, der größte Zyniker, bin drauf reingefallen.« Seine Augen funkelten schwarz vor Zorn. »Ich habe dir vertraut, und du hast mich betrogen.«

»Das habe ich nicht.«

»Ich habe dir einmal die Gelegenheit gegeben, dich mir anzuvertrauen –«

»Ich hatte Angst, dich zu verlieren.«

Er lachte hart auf. »Du hast dir nicht soviel aus mir gemacht, Irin. Du warst verzweifelt, das ist alles. Hattest Angst, ich könnte dich zurück nach London schicken – ins Gefängnis.«

»Vielleicht am Anfang –«

»Du bist genau wie alle anderen, Summer. Ein intrigantes kleines Biest, das lügt, das sich in das Herz eines Mannes hineinlügt, nur um zu erreichen, was sie will –«

»Hör auf!« Summer hielt sich die Ohren zu.

»...alles was du wolltest, war ein Name und ein Haus –«

»Haus?« schrie sie und wandte sich zornig zu ihm um. »Welche Frau, die noch alle Tassen im Schrank hat, würde diese verdammte Bruchbude schon wollen? Welche Frau würde ihr Leben an eine stinkende Schaffarm am Ende der Welt vergeuden?«

Er sah aus, als hätte sie ihn geschlagen. Aus seinem Gesicht wich alle Farbe. Seine Augen – oh, seine Augen – schimmerten voller Schock und Unglauben. Sie wünschte, sie hätte ihre Worte zurücknehmen, ihre Arme um ihn werfen können und ihn ihrer Liebe versichern und ihres Wunsches, immer bei ihm zu bleiben. Er war wütend und verletzt. Aber wenn er ihr doch nur eine Chance geben würde –

»Geh«, sagte er. »Geh aus meinem Haus und aus meinem Leben, Summer Wie-auch-immer-dein-Name-ist.«

Sie versuchte, ihre Schultern sehr gerade zu halten und ihr Kinn zu heben. Sie versuchte alles, um die Tränen zu unterdrücken. Aber es funktionierte nicht. Alles, was sie noch tun konnte, war, aus dem Haus zu gehen, ohne zu fallen. Sean, der die ganze Zeit auf der Veranda gestanden hatte und Zeuge dieses schrecklichen Streits geworden war, sagte mit schneidender Stimme irgend etwas zu Nicholas.

»Sie ist deine, wenn du sie willst. Ich auf jeden Fall habe kein legales Recht auf sie.«

Dann wurde die Tür zugeworfen.

Der Kreis war geschlossen. Sean hatte sie hergebracht, und nun nahm er sie wieder mit. Ihr Mann hatte sie am Anfang nicht haben wollen, und jetzt wollte er sie auch nicht.

Nicholas stand am Wohnzimmerfenster und blickte hinaus in die Dunkelheit, ohne etwas zu sehen. Zuviel Whisky. Zu viele Erinnerungen. Bedauern – ein Leben lang.

Feigling.

Narr.
Idiot.
Schwachsinniger.

Nur ein paar von den Schimpfworten, mit denen er sich seit kurzem bedachte.

Er schloß seine Augen und lehnte seine Stirn gegen die Fensterscheibe. Er massierte seinen steifen Nacken. Einst hatte ihm schon allein die Idee an eine Ehe einen Schlag versetzt. Jetzt war er unverheiratet und fühlte sich wie ein hilfloser Schiffbrüchiger auf weiter See. Sein Haus war leer. Sein Kopf war leer. Sein Herz war leer.

Nein. Sein Herz war nicht leer. Es war voll bis obenhin mit Qual und Pein.

Er hatte sich entschlossen, Summer zu bitten, zu ihm zurückzukehren. Aber Dora hatte ihm die Neuigkeit berichtet, daß Summer nach Christchurch gezogen war. Jamie MacFarland hatte ihr eine kostenlose Passage auf dem ›Tasmanischen Teufel‹ angeboten, falls sie nach London zurückkehren wolle, und sie hatte angenommen. Einfach so.

Sie wäre ja gar nicht nach Neuseeland gekommen, wenn sie nicht vor dem Ärger, der auf sie zukommen würde, weggelaufen wäre. Sie hätte natürlich nicht die Identität einer anderen Frau angenommen und sich an irgendeinen Schaffarmer verkauft, der sie gar nicht liebte.

O Gott. Diese Verzweiflung konnte einen Menschen verrückt machen.

Sie konnte einen Jungen, der so sehr der Liebe seines Vaters bedurfte, dazu bringen, um sich zu schlagen, und das Objekt seiner Schmeicheleien dazu bringen, ihn als ein Ungeheuer anzusehen.

Sie konnte einem verblendeten jungen Mann jede Vernunft aus dem Schädel ziehen und ihm zum Mörder im Namen der Ehre machen.

Sie konnte ein verängstigtes und verwaistes junges Mädchen ohne Zuhause dazu bringen, etwas oder jemand zu werden, das es gar nicht war.

Er verstand das jetzt.

Er hatte es damals auch verstanden. Sogar, als er Summer O'Neile zum zweiten Mal aus der Tür gewiesen hatte. Er hatte verstanden, warum sie gelogen hatte. Aber er hatte mit seinen eigenen Teufeln zu kämpfen gehabt. Mit der alten Verwirrung, Wut, Enttäuschung, Angst.

O ja, die Angst. Die Angst, sie könnte ihn verlassen. Sie war ja nicht seine Frau, darum konnte sie auch gehen, wann und wohin sie wollte. Es gab für sie überhaupt keinen Grund, den Rest ihres Lebens mit einem Mann zu verbringen, der ihr nichts weiter als eine Hütte in den Bergen und ein paar tausend schäbige Schafe bieten konnte. Wie sie ihn erinnert hatte – wer wollte schon sein Leben so vergeuden?

Hatte sie es ehrlich gemeint, als sie gesagt hatte, daß sie ihn liebt?

Bestimmt nicht. Sie hatte ja nicht mal versucht, ihn noch einmal zu sehen, bevor sie nach Christchurch gegangen ist.

Er blickte auf seine Uhr. Der ›Tasmanische Teufel‹ sollte morgen mittag in See stechen. Jetzt war es dreiundzwanzig Uhr dreißig. Normalerweise brauchte man fünfzehn Stunden von hier nach Lyttleton. Aber im Wagen. Auf dem Pferd würde er nicht so lange brauchen... Außerdem hatte ja Frank schon den Wagen genommen.

Er rannte aus dem Haus zur Scheune hin und sattelte sein Pferd. Dann preschte er hinaus in die Nacht.

Zehn Meilen vor Lyttleton wurde Nicks Pferd lahm. Wieder Strahlfäule. Da war nichts zu machen. Er band das Tier an einen Baum und begann zu laufen.

Die Sonne war schon vor Stunden aufgegangen. Sie brannte auf seiner Haut. Der Schweiß rann ihm in Strömen vom Körper. Immer wieder blickte er sich voller Hoffnung um, ob wohl ein Wagen den Weg entlang käme.

Einmal strauchelte er. Seine Hosen waren vollgespritzt mit Dreck, auch sein Hemd. An seinen Fersen hatten sich Blasen gebildet, die immer mehr schmerzten. Schließlich konnte er nur noch humpeln.

Seine Lungen taten weh. Und seine Beine. Und der Rücken.

Unterwegs hatte er auf einer bunten Blumenwiese ein paar rosafarbene, süßlich duftende Blumen gepflückt. Allerdings hatten sie Dornen, und seine Hände bluteten und waren zerkratzt. Er blickte auf die Uhr, und Panik stieg in ihm auf.

Fast mittags.

Er biß die Zähne zusammen und machte einen Endspurt bis zum Hafen. Er lief wirklich so schnell er konnte. Endlich sah er den Ozean, dann den Hafen. Am Kai standen viele Wagen. Er erkannte im Vorbeirennen den von den Meads. O'Connells – dieses Verräters, der Summer erlaubt hatte, mit ihm fortzureiten, statt ihr gut zuzureden und ihr zu erklären, daß ihr schwachsinniger Ehemann – oder was auch immer Nick war – schon wieder zur Besinnung kommen und erkennen würde, was für ein Esel er war. Die Johnsons waren offensichtlich da und Frank. Sein altes Herz war fast gebrochen bei dem Gedanken, daß Summer nach England zurückkehren würde. Der alte Kauz hatte nicht ein Wort mehr mit Nick gesprochen, seit er Summer vor einer Woche aus dem Haus geworfen hatte. Natürlich war Frank da, um ihr Lebewohl zu sagen. Er liebte sie wie ein Vater. Genau wie er ihn, Nick, liebte... mehr als ein Vater.

Der ›Tasmanische Teufel‹ hatte Segel gesetzt. O Gott. Es war zu spät. Das Schiff bewegte sich bereits fort. Nick bahnte sich einen Weg durch die Menge, die dicht beieinander stand. Er rannte bis nach vorn. Mancher wandte sich ihm mit überraschtem Gesicht zu. Drüben auf dem Schiff standen viele Leute an der Reling. Eine Frau hob ihre Hand und winkte.

War es Summer?

Vielleicht konnte er dem Schiff nachschwimmen! – Oder gar springen – mit einem großen Satz...

»Warte!« rief einer.

»Halt!« schrie ein anderer.

Er blickte sich um. Da, aus der Menge der Menschen, die ihn verblüfft und entsetzt ansahen, löste sich eine zierliche rothaarige Gestalt. Summer lief auf ihn zu, in der einen Hand den Koffer, mit der anderen hielt sie den gräßlichen Hut. Summer.

Atemlos blickte er ihr entgegen.

Sie blieb vor ihm stehen und stellte den Koffer ab. Sie hatte rote Backen und leuchtende Augen. Sie sah, fand er, eigentlich genauso aus wie an dem Tag, an dem sie bei ihm aufgekreuzt war und sein sinnloses Leben von einem Moment zum anderen mit ihrem herzerweichenden Lächeln umgekrempelt hatte.

»Ich dachte, du wärst fort«, sagte er.

Sie hob ihr Kinn. »Ich dachte, ich gebe dir noch eine Chance, zur Besinnung zu kommen.«

Er blickte auf seine Stiefel und spürte, wie sein Herz ganz warm wurde und die Wärme langsam spiralenförmig auf seinen ganzen Körper überging. Dann erinnerte er sich an die Blumen, die er immer noch in der Hand hielt. Die Stengel waren fast alle zerbrochen, die Blumen ließen ihre Köpfe hängen. Dennoch streckte er sie ihr entgegen.

Summer betrachtete sie voller Freude und nahm sie aus seinen Händen. Sie tauchte ihre Nase in die Blüten, dann blickte sie ihn wieder an und reichte ihm ihre Hand. »Mein Name ist Summer Shannon O'Neile, Sir. Ich freue mich sehr, Ihre Bekanntschaft zu machen.«

Er nahm ihre Hand in seine, schloß seine Finger um ihre und hielt sie fest. »Hallo«, sagte er. »Wollen Sie meine Frau werden?«

Ihre Brauen zogen sich nachdenklich zusammen. »Also, ich weiß nicht. Das kommt doch sehr plötzlich. Vielleicht sollten wir uns erst etwas besser kennenlernen.«

»Mein Name ist Nicholas Winston Sabre, Esquire, und... ich bin sehr einsam dort oben ohne Sie, und...« Er grinste. »Ich liebe dich.«

»Oh.« Ihr Gesicht begann zu strahlen. »Oh, also... in diesem Fall –«

Epilog:

Ein Jahr später

Das neue Haus war gerade rechtzeitig fertig geworden. Aber es gab immer noch einiges zu tun. Es mußte noch gestrichen werden. Es fehlten Fensterläden. Aber alles war sehr schön geworden. Nick hatte eine Fertigtür extra aus Amerika kommen lassen. Und auf einer Auktion hatte er ein riesiges, sehr komfortables Bett gekauft. Es sollte eine Überraschung für Summer werden. Frank würde es heute aus Christchurch mitbringen. Nick wollte, daß sein Kind im bequemsten Bett, das man nur mit Geld kaufen konnte, geboren wurde.

Und das Baby sollte heute auf die Welt kommen.

Clara erschien in der Schlafzimmertür und blickte zu ihm heraus. »Warum gehst du nicht etwas an die frische Luft?« schlug sie vor. »Es wird noch eine Weile dauern.«

»Wie geht es ihr?«

»Sehr gut. Sie macht sich mehr Sorgen um dich als um sich selbst.«

Ben trat ins Haus. »Frank kommt zurück«, sagte er.

Clara lächelte. »Geh schon. Wir rufen, wenn wir dich brauchen.«

Zögernd ging Nick aus dem Haus. Aber er achtete nicht sehr auf den vollgeladenen Wagen, der aufs Haus zukam. Er blickte auf die fröhlich spielenden Kinder und auf ihre Eltern, die ihr Bestes taten, um sie zur Ordnung zu rufen. Wie gewöhnlich standen überall Tische herum, die vollgeladen waren mit Essen. Männer standen zusammen und sprachen über den Bau der Veranda, die dreiseitig ums Haus laufen sollte.

Dort drüben kroch Rebecca Sharkey auf allen vieren durchs Blumenbeet. Nick steckte die Hände in die Hosentaschen und ging zu ihr hinüber. Dann blieb er stehen und schaute dem Mädchen zu, das ganz vertieft war in den Anblick der Blumen. Jetzt krabbelte sie direkt auf seinen Stiefel zu.

»Huch«, rief ihre kleine Stimme. Dann erschien ihr Kopf mit den beiden braunen Zöpfchen, und sie starrte ihn mit großen Kulleraugen an.

Nick beugte sich zu ihr herunter und nahm eine Blüte aus ihrem Haar. »Was tust du hier, Rebecca?«

»Ich suche nach Feen, natürlich. Summer hat mir doch gesagt, daß sie hier leben.«

»Hat sie das?«

Sie nickte. »Sie sagt, sie kommt jeden Morgen hierher, und sie laden sie zu einem Tee ein. Den machen sie aus Tau.« Treuherzig blickte sie ihn an. »Es ist ein Zaubertau. Wenn du ihn trinkst, werden alle deine Träume wahr. Möchtest du einen Schluck?«

»Sag mir nicht, es ist schon ein Tee fertig.«

Das kleine Mädchen reichte ihm eine Blume. Die Blüte war gefüllt mit etwas Flüssigkeit. »Na mach schon«, sagte sie. »Wünsch dir was und trink.«

Lächelnd hielt Nick die Blüte in seiner Hand und bewegte sie hin und her. »Was sollte ich mir wünschen?« fragte er sich laut. »Ich habe doch alles, was ich will. Eine wunderschöne Frau. Ein Kind auf dem Weg in die Welt. Eine erfolgreiche

Farm. Eine Menge lieber Freunde...« Er zwickte das kichernde Mädchen an der Nase.

»Aber bestimmt gibt es was«, bohrte Rebecca weiter.

»Also...« Nick wagte kaum, es sich zu wünschen. Es war doch sinnlos. Er hatte auch längst sein Bedürfnis, mit seinem Vater Frieden zu machen, begraben. Und damit auch all den Schmerz, den er jahrelang in sich getragen hatte. Gar kein Grund, damit jetzt wieder anzufangen...

»Mach schon!« ermutigte ihn das Mädchen.

Ganz sacht nahm Nick einen Tautropfen mit dem Finger auf, schloß seine Augen und berührte ihn mit der Zunge.

Er zwinkerte Rebecca zu und steckte sich die Blume ins Revers seiner Jacke. Dann ging er zum Wagen.

Frank reichte ihm zögernd einen Brief.

Nick starrte auf die Handschrift seines Vaters. Mit zitternden Händen öffnete er den Umschlag, und seine tränennassen Augen konzentrierten sich auf die Anrede:

Nicholas, mein lieber Sohn...

Die Wehen kamen regelmäßig und waren sehr stark. Summer blickte keuchend an die Decke und achtete nicht weiter auf Doras und Claras Versuche, sie zur Mitarbeit zu bewegen. Eigentlich störte sie das ganz schön. Wenn sie das nächste Mal dasselbe mit einer wehengeplagten Frau machen würde, wollte sie daran denken, wie man sich bei diesen weisen Ratschlägen fühlt.

Sie drehte ihren Kopf und sah Nicholas in der Tür stehen. Meine Güte, er sah ja schlimmer aus als sie.

»Dürfte ich meine Frau einen Moment allein sprechen?«

»Aber –«

»Einen Moment. Bitte.«

Summer wischte sich den Schweiß von der Stirn und blickte ihren beiden Freundinnen nach. »Himmel!« rief sie. »Geht nicht zu weit weg!«

Nick schloß die Tür hinter sich und kam auf sie zu. Seine Augen funkelten zornig. »Was habe ich denn nun schon wieder getan?« fragte sie schnippisch. »Du siehst mich doch nur so an, wenn ich irgend etwas gemacht habe, was dich aufregt.«

Er trat ans Bett.

»Ich habe es nicht getan«, sagte sie. »Was auch immer es ist, ich habe es nicht getan.«

Er blickte ihr ins Gesicht. »Ich dachte, wir wollten keine Geheimnisse mehr voreinander haben«, preßte er ärgerlich hervor.

Sie klammerte sich an das Bettuch.

Nick zog sich einen Stuhl ans Bett und setzte sich. Er nahm den Umschlag aus seiner Tasche und reichte ihn ihr. »Das ist ein Brief von meinem Vater«, sagte er.

»Oh?« murmelte sie und vergaß für einen kurzem Moment ihren Schmerz.

»Er sagt, daß du ihm geschrieben und ihm erzählt hast von dem Baby und was für ein guter Mann ich geworden bin. Du hast vorgeschlagen, daß so ein Gentleman wie der Earl of Chesterfield bestimmt ein letztes Mal in sein Herz schauen könnte und seinem Sohn alle Fehler vergeben sollte.«

»Oh.«

Sie blickte ihrem Mann in die Augen und sah,

daß sich langsam ein Lächeln darin zeigte und sich dann langsam über sein Gesicht breitete. Er beugte sich über sie.

»Danke.«

»Du bist nicht böse?«

»Nein.« Er schüttelte den Kopf. »Wie sollte ich böse sein?«

Sie lächelte zurück oder versuchte es wenigstens. Denn wieder versank sie in den Schmerzen ihrer Wehen.

Zärtlich strich Nick ihr eine Strähne aus der feuchten Stirn und küßte sie. »Er möchte, daß ich – wir – zurückkommen, Summer.«

»Nach England?« Er nickte. Und sie begann: »Aber –«

»Er hat sich beim Gerichtshof für mich eingesetzt. Ich bin frei.«

»Frei«, wiederholte sie und konnte ihren Blick nicht von ihm wenden. »Und wir können Neuseeland verlassen und nach England zurückkehren.«

»Wenn du das willst.«

Sie blickte sich im Zimmer um und zum Fenster hinaus.

»Es ist nicht gerade ein Schloß«, sagte Nick – so wie sie es einmal gesagt hatte. »Wenn wir zurückfahren, kann ich dir ein Schloß schenken. Meinst du, du möchtest das?«

Summer blickte ihn wieder an. »Überall, wo ich mit dir lebe, bin ich in einem Schloß, mein Lord. Ich... denke, die Kinder werden es hier mögen.«

»Ich habe gehofft, daß du das sagst. Ich glaube, daß unsere Kinder hier kräftig und gesund und glücklich aufwachsen werden.«

Summer ließ sich in die Kissen zurücksinken und

lachte. »Und wo wir gerade von Kindern sprechen... Ich glaube, es ist besser, du holst Clara. Unser Sohn kommt jeden Moment.«

»Sohn?«

»Ja. Das Baby wird ein Junge, und er wird genauso hübsch wie sein Vater.«

»Woher weißt du das?«

Mit einem spitzbübischen Lächeln schaute Summer ihn an und strich über seine Wange. »Weil eine kleine Fee es mir gesagt hat, darum.«

»Ich liebe dich, Summer.«

Sie schloß die Augen und seufzte. »Sag es noch mal.«

»Ich liebe dich.«

»Noch mal.«

»Ich liebe dich. Ich liebe dich... Ich liebe dich.«